Susanne von Berg

Die Zeit der Frauen

Das Versprechen der Zukunft

atb aufbau taschenbuch

SUSANNE VON BERG ist das Pseudonym des Schriftstellers Andreas Schmidt, bekannt durch zahlreiche Kriminalromane. Er lebt und arbeitet als freier Autor und Journalist in seiner Heimatstadt Wuppertal.

Im Aufbau Taschenbuch sind die Bände der Kaufhaussaga »Das Kaufhaus – Zeit der Sehnsucht«, »Das Kaufhaus – Zeit der Wünsche« und »Das Kaufhaus – Zeit des Wandels« sowie der erste Band der Alltagswunder-Saga »Die Zeit der Frauen – Eine große Erfindung« lieferbar.

Ida möchte finanziell auf eigenen Füßen stehen. Die Stellenanzeige der Firma Thiele kommt wie gerufen, und sie ist eine der ersten Arbeiterinnen, die in der Produktion des Unternehmens tätig sind. Die Arbeit an der Seite ihres Kollegen Alfons gefällt ihr, doch warum bekommt sie als Frau eigentlich weniger Lohn als die Männer? Sie schließt sich einer Frauenversammlung an, die sich für die Rechte der Arbeiterinnen einsetzt, und hat das Glück, dass Katharina Thiele, die Frau des Firmengründers, auf ihrer Seite steht. Und auch Alfons hält zu ihr, aber kann Ida ihm auch ihr Herz anvertrauen?

Susanne von Berg

DAS VERSPRECHEN DER ZUKUNFT

DIE ZEIT DER FRAUEN

Roman

atb aufbau taschenbuch

FSC www.fsc.org
MIX
Papier | Fördert gute Waldnutzung
FSC® C083411

ISBN 978-3-7466-4120-1

Aufbau Taschenbuch ist eine Marke
der Aufbau Verlage GmbH & Co. KG

1. Auflage 2024

www.aufbau-verlage.de
10969 Berlin, Prinzenstraße 85

Umschlaggestaltung und Motiv www.buerosued.de, München
Satz Greiner & Reichel, Köln
Druck und Binden CPI books GmbH, Leck, Germany

Printed in Germany

Kapitel 1

Obwohl der Regen der letzten Tage nachgelassen hatte, waren die Wege noch immer aufgeweicht. Bei jedem Schritt, den sie tat, drang ein schmatzendes Geräusch an ihre Ohren. Ein eisiger Herbstwind fegte über das Land, und Ida musste den tiefen Pfützen, die ihren Weg zur Fabrik säumten, ausweichen. Trotz aller Vorsicht hatten sich an den Sohlen ihrer braunen Lederstiefel unansehnliche Ränder gebildet. Sie ärgerte sich, war es doch heute mit etwas Glück ihr erster Tag in der Fabrik von Carl Thiele und Rudolf Zenker. In der Zeitung war Ida auf eine Stellenanzeige aufmerksam geworden. Man suchte technisch versierte Arbeiterinnen, um der steigenden Nachfrage nach Milchzentrifugen vom Typ *Satellit* und neuen Buttermaschinen gerecht werden zu können. Ida kannte sich zwar nicht mit dem Bau von landwirtschaftlichen Maschinen aus, war aber sicher, alles für die Montage Nötige erlernen zu können.

Die feuchte Kälte war längst unter ihre Kleidung gekrochen. Sie fröstelte trotz des kratzigen Mantels, den ihr ihre Stiefmutter Margot vermacht hatte.

Nun tauchte die Zentrifugenfabrik Thiele & Cie. vor ihr auf. Wie eine Trutzburg ragte der Backsteinbau in den wolkenverhangenen Himmel über Herzebrock. Einst war in dem Gebäude eine Kornmühle untergebracht, doch seit einiger Zeit wurden hier Zentrifugen für die Landwirtschaft hergestellt. Bewundernd, fast ehrfürchtig blieb Ida stehen. Oft schon hatte sie ihr Weg an der Fabrik am Rand von Herzebrock vorbeigeführt. Doch aus nächster Nähe wirkten die Gebäude noch größer und mächtiger. Das Geräusch von Hämmern und Sägen drang aus der Halle an die kalte Herbstluft. Auf dem Hof standen einige Fuhrwerke. Arbeiter, deren lautes Fluchen der Wind nun an Idas Ohren trug, beluden die Wagen. Offenbar herrschte in der Fabrik ein rauer Umgangston, an den sie sich wohl erst noch gewöhnen musste. Doch sie brauchte dringend Geld. Der Winter stand bevor, und sie hatte keine Lust, am Hungertuch nagen zu müssen. Das Geld, das sie geerbt hatte, reichte gerade einmal für ein paar Monatsmieten. Wenn es aufgebraucht war, würde sie die Kammer, in der sie wohnte, verlassen müssen. Von dem Erbe ihrer Stiefmutter hatte sie sich bei Josephine, einem lebensfrohen Mädchen in ihrem Alter, eingemietet. Die Wohnung war klein, feucht und dunkel, doch sie bot ein Dach über dem Kopf und jedes Mädchen hatte eine eigene Kammer – fast schon ein Luxus in diesen schlechten Zeiten. So lebte Ida mehr schlecht als recht in ihrer bescheidenen Bleibe. Nach dem Tod ihrer Stiefmutter war Ida auf sich alleine gestellt. Ihr Vater Johann, ein übler Trinker, hatte schon vor zwei Jahren das Zeitliche gesegnet, ihre Geschwister hatten dem Dorf längst den Rücken gekehrt, um in den Städten ein neues Leben zu beginnen. Ihre Brüder Johann und Paul verdingten sich in Gütersloh als Tagelöhner, während Betty, ihre Schwester, eine Anstellung als Hausmädchen in einem vornehmen Haus in Bielefeld angetreten hatte. Sie alle hatten es nicht für nötig befunden, der Stiefmutter, die es unter der harten Hand ihres Vaters ausgehalten hatte, das letzte Geleit zu geben. Zeit, um Freundschaften zu pflegen, hatte Margot nie gehabt, entsprechend einsam war sie zuletzt gewesen. Und entsprechend überschaubar war die Trauergemeinde gewesen, die den Sarg bis zum Grab begleitet hatte.

Nur Ida hatte Margot bis zum Schluss die Treue gehalten. Unmöglich hätte sie die schwerkranke Frau alleine zurücklassen können, das hätte sie niemals übers Herz gebracht.

Wie gern hätte Ida eine Schneiderlehre angefangen, doch die wenigen Ausbildungsplätze waren heiß begehrt. Jetzt, da Ida für sich alleine sorgen musste, wurde es höchste Zeit, eigenes Geld zu verdienen. Die Schneiderlehre musste warten, jetzt ging es erst einmal darum, das Überleben zu sichern. Da war ihr die Zeitungsanzeige der Zentrifugenfabrik wie gerufen gekommen. Händeringend suchte man Arbeiterinnen. Ida verdrängte die düsteren Gedanken, denn heute war die Zeit für einen Neuanfang gekommen.

Ein Gefühl von Kälte durchrieselte Idas zierlichen Körper. Doch es lag nicht am auffrischenden Wind, sondern an dem Gedanken, dass sie fortan für sich selbst zu sorgen hatte. Sie setzte große Hoffnung darein, eine Anstellung in der Zentrifugenfabrik von Carl Thiele zu bekommen. *Einkaufen*, dachte sie sehnsüchtig, *dann werde ich endlich einkaufen und mir Brot, Käse und Wurst leisten können*. Ein verlockender Gedanke, der ihre Zweifel beim Anblick der Fabrik verdrängte. Nun gab es kein

Zurück mehr. *Ich bin bereit, meinen Weg zu gehen*, dachte sie entschlossen, als sie über den unbefestigten Pfad stapfte, der geradewegs zur Fabrik führte. Die missbilligenden Blicke des Kutschers, der sein mit Milchkannen schwer beladenes Fuhrwerk dicht an ihr vorbei lenkte, ignorierte Ida. Entschlossen und mit einem hoffnungsvollen Lächeln auf den Lippen schritt sie durch das große Werktor.

Kapitel 2

»Bei allem Respekt, mein lieber Carl, doch bin ich nicht davon überzeugt, dass Frauen Fabrikarbeit verrichten sollten.« Mit der Zeitung unter dem Arm betrat Rudolf Zenker das Büro seines Freundes. Die Annonce der eigenen Firma hatte seine Aufmerksamkeit erregt. Seit der Gründung ihres ersten Unternehmens war Rudolf für den Verkauf, Carl für die Produktion der Molkereimaschinen verantwortlich.

Carl blickte verwundert auf, als sein Geschäftspartner sichtlich aufgewühlt vor seinen Schreibtisch trat. Mit einem Schwung warf er ihm die aufgeschlagene Zeitung auf die Schreibunterlage. Ein wenig erschrocken wich Carl zurück.

»Worum geht es, mein Freund?«, fragte er mit einer erhobenen Augenbraue.

»Darum.« Rudolf tippte mit dem Zeigefinger auf die Stellenanzeige mit dem Logo der Zentrifugenfabrik Thiele & Cie., die sie vor einem Jahr gegründet hatten. Seitdem fertigten sie sehr erfolgreich modernste Milchzentrifugen für die Landwirtschaft. Kurz erinnerte sich Carl an seine Anfänge als Unternehmer. Er war jung gewesen, als er seinen Vater, einen angesehenen Maurermeister aus Herzebrock, auf einen Bauernhof in Clarholz begleitet hatte, um im Auftrag des Landwirts einen neuen Stall für das Milchvieh zu errichten. Beim Aufenthalt auf dem Zumwinkel-Hof hatte er sich prompt in die Tochter des Bauern verliebt. Ein glückliches Lächeln erhellte Carls Gesicht, als er an seine Frau Katharina dachte. Inzwischen waren sie glücklich verheiratet. Doch ermahnte er sich zur Konzentration und warf einen Blick auf die Stellenanzeige, deren Inhalt er natürlich kannte.

»Und?«, fragte Carl. »Was ist so schlimm daran?«

»Warum wusste ich nichts von der Annonce?«

»Sieh es mir nach, Rudolf, aber als Katharina die Anzeige aufgab, warst du auf Handelsreise im Süddeutschen, sonst hätte ich dich davon in Kenntnis gesetzt.« Carl fühlte sich unwohl in seiner Haut. Es lag ihm fern, seinen Kompagnon zu übergehen, geschweige denn, ihn vor vollendete Tatsachen zu stellen, doch die Sache hatte keinen Aufschub geduldet. Die Auftragsbücher der Fabrik waren voll, und die Arbeiter schufteten schon jetzt bis zur Erschöpfung. Einige der Männer waren bereits krankheitsbedingt ausgefallen. Und es war an der Zeit, dass sie von fleißigen Arbeiterinnen Unterstützung erfuhren. Mit schuldbewusster Miene sah er zu seinem Freund und Geschäftspartner auf.

Rudolf dachte einen kurzen Moment nach, dann trat er an das Fenster. Mit hinter dem Rücken verschränkten Armen sah er hinab auf den Hof des ehemaligen Sägewerkes. Ihre Maschinen fanden seit Monaten schon reißenden Absatz, die Nachfrage stieg ständig. Die Fabrik platzte seit geraumer Zeit aus allen Nähten.

Gedämpft drangen die Geräusche der an das Büro angrenzenden Produktionshalle an die Ohren der beiden Männer. Carl Thiele saß selbstbewusst an seinem Schreibtisch und beobachtete seinen Freund und Geschäftspartner nun mit einem nachsichtigen Lächeln. »Vielleicht solltest du dich mit dem Gedanken anfreunden, dass auch Frauen unsere Zentrifugen montieren können.« Er holte tief Luft. »Wir haben die Produktion neu strukturiert – es gibt einzelne Baugruppen, in der Teile vorgefertigt und montiert werden, so dass am Ende der Produktionsstraße die fertige Zentrifuge herauskommt. Dazwischen gibt es immer wieder Arbeitsschritte, die durchaus von Frauen erledigt werden können, Rudolf.«

»Das mag sein.«

»Was stört dich an dem Gedanken, Frauen in der Produktion unserer Maschinen zu beschäftigen?« Carl Thiele erhob sich von seinem Stuhl und durchquerte das Büro, um sich neben seinen Freund ans Fenster zu stellen. Carl betrachtete ihn im Spiegelbild der Scheibe. Sein Kompagnon war von untersetzter Statur, sein Gesicht kantig, der Ansatz seiner inzwischen ergrauten Haare recht hoch, Zenkers Blick war wie immer wachsam.

»Frauen sollen sich um ihre Kinder, den Haushalt und um ihre Männer kümmern«, fand Zenker. »Da ist nicht viel Zeit für die Arbeit in unserer Fabrik, Carl.« Er wandte sich zu Carl um. »Ich würde nicht wollen, dass sich Lina etwas in einer Fabrik hinzuverdient«, ergänzte er.

Den Einwand seines Freundes ließ Carl nicht gelten. »Es ist längst üblich, dass Frauen in der Leder-, der Textil- und der

Tabakindustrie arbeiten.« Die Idee, Frauen für leichte Tätigkeiten einzustellen, hatte Katharina gehabt, als sie vor einigen Tagen fieberhaft überlegt hatten, wie sie dem erhöhten Auftragsaufkommen entgegenwirken konnten.

Rudolf betrachtete ihn mit einem zweifelnden Blick. »Welcher Mann wird seiner Frau erlauben, bei uns zwölf Stunden täglich zu arbeiten?«

»Viele Familien brauchen Geld«, entgegnete Carl. »Und bei uns verdienen die Frauen mehr, als wenn sie einer Putz- und Scheuerbeschäftigung nachgingen oder auf dem Feld arbeiten würden.«

»Meiner Lina würde ich es nie gestatten, sich Arbeit in einer Fabrik zu suchen«, wiederholte Rudolf Zenker kopfschüttelnd. Carl musste lachen. Sein Freund war mit der ehemaligen Magd des Hofes verheiratet, auf dem er Katharina kennengelernt hatte. Die beiden Frauen verband eine lange Freundschaft, nur fanden sie in jüngster Vergangenheit kaum Zeit für gemeinsame Unternehmungen, denn Freizeit war ein knappes Gut geworden.

»Du verfügst über ein gutes Einkommen und musst deine Frau nicht arbeiten schicken, um über die Runden zu kommen«, erinnerte er Rudolf mit einem feinsinnigen Lächeln, »doch nicht jeder Familienvater verfügt über einen ausreichenden Verdienst.«

»So betrachtet magst du recht haben«, lenkte Rudolf ein.

»Ich bin sicher, dass Hermann Böker die Arbeiterinnen sehr sorgsam aussuchen wird«, versicherte Carl ihm. »Wenn ich mich nicht täusche, sitzt gerade eine Bewerberin bei ihm.«

Als sich Rudolf zu ihm umsah, entspannten sich seine Gesichtszüge. »Ich bin neugierig auf die Dame.«

Carl machte eine einladende Geste. »Dann komm«, schlug er vor, »schauen wir sie uns an. Vielleicht hilft es, deine Bedenken auszuräumen.«

★

Erschrocken blickte Ida auf, als zwei vornehm gekleidete Herren nach einem energischen Anklopfen und Bökers *Herein* das kleine Büro betraten. Der Werkleiter, ein hochgewachsener Endfünfziger mit altmodischem Backenbart, nahm den Zwickel von der schmalen Nase und erhob sich von seinem Schreibtisch. Gerade hatte er über Idas Zeugnissen und ihren Bewerbungsunterlagen gebrütet, dabei immer nur eigenartige Geräusche gemacht und ab und an anerkennend genickt. Währenddessen hatte sich Ida neugierig im Büro des Werkleiters umgesehen. Es war spartanisch eingerichtet, das hölzerne Mobiliar einfach und nicht mehr ganz neu. An den Wänden hingen übergroße technische Zeichnungen, die ihr nichts sagten. Das einzige Zierelement im Raum war ein kleiner hölzerner Elefant, der neben den Aktenbergen auf Bökers Schreibtisch thronte. Das Ticken der Wanduhr war für endlose Minuten das einzige Geräusch im Raum.

Hastig strich Böker sich jetzt die graue Schürze glatt und setzte ein verbindliches Lächeln auf. Idas Bewerbungsunterlagen warf er auf den Schreibtisch. »Welch Ehre«, sagte er und erhob sich mit zackigen Bewegungen, um den Neuankömmlingen die Hand zu schütteln. »Herr Thiele«, Böker deutete eine Verbeugung an, »Herr Zenker, schön, Sie zu sehen.«

Idas Herzschlag beschleunigte sich vor Aufregung, als sie realisierte, dass die beiden Firmengründer höchstpersönlich den Raum betreten hatten. Sie wusste nicht, wie sie sich verhalten sollte, und sprang von dem Besucherstuhl auf, um vor den Herren einen Knicks zu machen. »Sehr erfreut«, sagte sie mit zitternder Stimme und einem ehrfürchtig gesenkten Blick.

»Das Vergnügen ist ganz auf unserer Seite«, versicherte ihr Carl Thiele mit einem freundlichen Lächeln. Er strahlte etwas Warmes, fast Väterliches aus. Sein Kompagnon, Rudolf Zenker, betrachtete sie ein wenig skeptischer, warum, konnte sich Ida nicht erklären.

Carl Thiele räusperte sich. »Sie sind also durch die Stellenanzeige auf uns aufmerksam geworden.«

»So ist es.« Ida nickte mit hochrotem Kopf.

»Sind Sie denn in der Lage, harte Fabrikarbeit zu verrichten?«, fragte Rudolf Zenker. »Bei uns arbeiten fast ausschließlich Männer, der Umgangston ist mitunter etwas rau und manches Wort sicher nicht für die Ohren einer jungen Dame geeignet. Können Sie damit umgehen?« Die Skepsis in seiner Stimme war nicht zu überhören.

»Aber sicher doch«, antwortete Ida hastig. »Ich bin bereit, hart zu arbeiten für mein Geld.« Als sie aufblickte, hielt sie dem Blick des Geschäftsführers stand. »Und mit den Männern werde ich schon fertig«, schob sie rasch hinterher.

»Gut.« Zenkers Gesichtszüge entspannten sich. Offenbar hatte ihm Idas letzter Satz imponiert. Er bedachte Böker mit einem Blick. »Dann überlasse ich die junge Dame Ihnen, Herr Böker. Wenn Sie der Meinung sind, dass sie unseren Anforderungen in der Fabrik gerecht werden kann, geben Sie ihr einen Arbeitsvertrag.«

Ida betrachtete den Werkleiter mit einem bangen Blick, doch Hermann Böker lächelte ihr aufmunternd zu. »Ich denke«, sagte er gedehnt, »dass wir dem Fräulein eine Chance geben sollten.«

Nun räusperte sich Carl Thiele. War er dem Gespräch bisher schweigend gefolgt, so trat er vor und reichte Ida die Hand, die sie unsicher ergriff. Sein Händedruck war fest, der Blick seiner Augen hatte etwas Sympathisches. »Na dann«, sagte er gedehnt, »herzlich willkommen in der Milchzentrifugenfabrik Carl Thiele.«

»Vielen Dank«, sagte Ida erleichtert. Sie konnte kaum glauben, dass sie die Firmenchefs und den Werkleiter von sich überzeugt hatte. Am liebsten wäre sie den gestandenen Männern vor Freude um den Hals gefallen. Jetzt konnte ihr neues Leben beginnen. Überschwänglich bedankte sie sich und konnte ihren ersten Arbeitstag in der Fabrik kaum erwarten.

Kapitel 3

Also gut«, sagte Rudolf, nachdem sie das Büro des Werkleiters verlassen hatten, »geben wir ihr eine Chance.« In der Produktionshalle herrschte reges Treiben. »Ihr und einigen anderen Frauen, die sich auf Katharinas Annonce bewerben.« Männer in blauer Arbeitskleidung waren mit der Montage der Zentrifugen beschäftigt. Hier wurde gesägt, gehämmert und geschmiedet. Es roch nach geschliffenem Holz und Maschinenöl. Als die Arbeiter Rudolf und Carl erblickten, nickten sie ihnen knapp zu und versanken in ihrer Arbeit, ohne von den beiden Firmengründern weiter Notiz zu nehmen. Für Carl war es immer noch ungewohnt, dass er elf Angestellte hatte, die die Arbeit für ihn verrichteten. Er war es gewohnt, selbst mit anzupacken.

»Sie wird ihre Sache gut machen.« Carl war von der jungen Frau, die sich eben vorgestellt hatte, überzeugt. Der Kleidung nach zu urteilen, stammte sie aus ärmlichen Verhältnissen. Trotzdem hatte ihm ihre Art gefallen. Ida schien zu wissen, was sie wollte. »Denk zurück an unsere eigenen Anfänge, Rudolf«, fügte er hinzu. »Wir haben auch ganz klein begonnen, und jetzt ist das hier«, Carl machte eine ausladende Geste und drehte sich einmal um die eigene Achse, »der Lohn unserer Mühen. Wir sind Fabrikanten, und unsere Zentrifugen, Buttermaschinen und Molkereianlagen finden reißenden Absatz.«

»Du bist ein genialer Erfinder, Carl.«

Carl senkte den Blick und nickte. Kurz errötete er. Es war ihm unangenehm, wenn er gelobt wurde. »Und wir brauchen viele fleißige Hände, Rudolf«, antwortete er seinem Freund und Partner.

»Ich sehe es ein«, stimmte Rudolf ihm zu, während er ein gequältes Lächeln aufsetzte. »Also gut, stellen wir zusätzliches Personal ein, um unsere Aufträge fristgerecht abzuwickeln.«

Carl lächelte erleichtert und klopfte Rudolf jovial auf die Schulter. »So gefällst du mir.« Seite an Seite betraten sie Carls Büro. Der Duft nach Akten und Tinte hing schwer in der Luft. Carl trat an das Fenster, um die frische Luft des Herbsttages in den Raum zu lassen. Draußen taumelten die ersten bunten Blätter der Bäume zu Boden. Lange würde es nicht mehr dauern, und die Welt würde ein tristes, graues Kleid tragen. In den Morgenstunden waberten bereits dichte Nebelschwaden über die Felder. Erst jetzt bemerkte Carl, dass sein Freund sich in Schweigen hüllte. Er riss sich vom Blick aus dem Fenster los und wandte sich zu Rudolf um, der auf einem der beiden Besucherstühle vor dem Schreibtisch Platz genommen hatte und ins Nichts stierte. Rudolf wirkte in sich gekehrt. Etwas schien ihn zu bedrücken.

Carl setzte sich an den Schreibtisch und betrachtete den Geschäftspartner nachdenklich. »Was bedrückt dich?« Carl legte die Fingerkuppen beider Hände aneinander.

Rudolf seufzte. »Unser Erfolg spricht eine klare Sprache«, sagte er schließlich. »Wir machen alles richtig, es ist uns gelungen, innerhalb kürzester Zeit einen großen Kundenstamm aufzubauen und …«

»Dein Verdienst«, unterbrach Carl ihn lobend.

»Geschenkt«, nickte Rudolf und deutete ein Lächeln an. »Doch an manchen Tagen frage ich mich, wo unsere Reise hinführen wird – ich meine, was machen wir in ein paar Jahren?«

»Wenn die Nachfrage nach Milchzentrifugen gedeckt ist?« Carl ahnte, worauf sein Freund hinauswollte.

»Richtig.« Rudolf nickte. »Unsere Maschinen sind darauf ausgelegt, viele Jahre zuverlässig zu funktionieren. Wir werden so schnell keine neuen verkaufen können.«

Carl musste schmunzeln. Erst gestern Abend hatte er mit Katharina darüber gesprochen, dass ihm noch viele Ideen im Kopf herumspukten, und sie hatte ihn ermuntert, über eine Erweiterung des Sortiments nachzudenken.

»Ich habe ein paar Ideen, die wir gewinnbringend in die Tat umsetzen könnten«, eröffnete er seinem Freund. »Mit diesen Ideen hätten wir andere Maschinen im Angebot, um unseren Kunden auch weiterhin die Arbeit zu erleichtern.«

»Hervorragend.« Rudolf schien erleichtert aufzuatmen. Er klatschte euphorisch in die Hände. »Worauf warten wir dann noch?«

Es war eine Wohltat für Carl, zu sehen, wie sich die Laune seines Freundes schlagartig besserte. »Ich wollte erst mit dir sprechen, um zu sehen, wo wir ansetzen können.«

»Dann lass uns sprechen, mein Lieber.«

»Bleiben wir in der Landwirtschaft«, schlug Carl vor. Er erinnerte sich daran, wie er seine geliebte Katharina kennengelernt hatte – beim mühsamen Butterstampfen. Ihr Rücken und ihre Schultern hatten von der stundenlangen Belastung geschmerzt. »Was hältst du von einer neuen Buttermaschine?«

Rudolf musste nicht lange nachdenken. »Das klingt hervorragend«, sagte er und klatschte begeistert in die Hände. »Schaffst du es, das Bewährte zu verbessern, damit wir bald ein neues Modell präsentieren können?«

»Du kennst mich«, schmunzelte Carl. »Ich habe mir bereits Gedanken darüber gemacht.«

»Das heißt, es gibt schon Pläne für eine neue Buttermaschine?« Rudolfs Augen wurden groß, als Carl nickte.

»Aber sicher doch. Erste Zeichnungen habe ich schon gemacht. Das alles könnte ich ausarbeiten. Dann würde ich mich an den Bau eines Prototyps machen.«

»Du bist großartig«, rief Rudolf. »Und ich könnte unseren Kunden schon in Kürze ein neues Produkt vorstellen.«

»Eines in der bewährten Thiele-Qualität«, fügte Carl selbstbewusst hinzu. »Wobei auch die Zentrifugen bald schon optimiert werden sollten.«

»Warum das?«

Carl trommelte mit den Fingern auf dem Schreibtisch herum. »Unsere Maschinen sind großartig, und trotzdem gibt es immer Kleinigkeiten zu verbessern.«

»Gibt es Probleme mit den ausgelieferten Maschinen?«, fragte Rudolf besorgt.

»Nein«, erwiderte Carl schnell, »das ist es nicht.«

»Was bewegt dich dann dazu, noch einmal Hand anzulegen?«

»Weil wir Thiele sind, Rudolf. Und besser geht immer.«

»Besser geht immer?« Rudolf runzelte die Stirn. Dann sprang er wie von der Tarantel gestochen auf. Um ein Haar wäre der Stuhl umgekippt, auf dem er gesessen hatte. »Besser geht immer!«, rief er begeistert. »Besser geht immer!«

Carl beobachtete seinen Freund verwundert. »Was ist los mit dir?«, erkundigte er sich. »Geht es dir nicht gut?«

»Doch, es geht mir sogar blendend.« Rudolf winkte unbekümmert ab. »Besser geht immer – das ist ab sofort das Motto unserer Arbeit!«

»Selbstredend«, nickte Carl ein wenig verwundert über die Euphorie seines Freundes. »Das war schon immer so.«

»Das weiß ich, Carl, das weiß ich doch.« Rudolf nickte. »Aber von nun an sollten wir das Motto auch nach draußen tragen.« Er nahm Haltung an. »Besser geht immer – Thiele!« Dann betrachtete er Carl mit fragendem Blick. »Na, was hältst du davon?«

Carl musste nicht lange überlegen, bevor er seinem Freund antwortete. »Das klingt gut, zugegeben.«

»Mehr nicht?« Rudolf machte große Augen.

»Doch, es klingt großartig«, lachte Carl.

»Entschuldige mich bitte, ich habe zu tun.« Rudolf legte zum Gruß zwei Finger an die nicht vorhandene Hutkrempe und marschierte entschlossenen Schrittes zur Tür. Dort angekommen, hielt er noch einmal inne und wandte sich zu Carl um. »Und du machst dir Gedanken über die Maschinen, die unser

Repertoire künftig bereichern sollen.« Ohne Carls Antwort abzuwarten, stürmte er aus dem Büro.

»Wird erledigt«, murmelte Carl leise vor sich hin und seufzte. Manchmal wunderte er sich ein wenig über die Eigenheiten seines Geschäftspartners. Doch der Satz *besser geht immer* ging ihm fortan nicht mehr aus dem Kopf.

Kapitel 4

Ich zeige Ihnen noch Ihren Arbeitsplatz – wenn Sie mögen?« Hermann Böker hatte sich mit einem zufriedenen Lächeln auf den Lippen von seinem Platz erhoben.

»Ich kann Ihnen zwanzig Reichsmark pro Woche bezahlen, der Arbeitstag beginnt um sechs Uhr, und er endet zwölf Stunden später. Dazwischen zwanzig Minuten Kaffeepause und eine Stunde Mittagspause. Sie werden zunächst als Handlangerin arbeiten, und sobald ich sehe, dass Sie Ihre Fähigkeiten ausbauen, schauen wir, welche Arbeit ich Ihnen geben kann.« Böker lächelte. »Einverstanden?«

»Einverstanden.« Ida nickte begeistert. Sie war sicher, dass Böker ein herzensguter, wenngleich auch strenger Mann war. Doch sie hatte nicht vor, sich mit ihm anzulegen, und freute sich auf ihre neue Anstellung. Gleich morgen früh um sechs sollte es losgehen.

»Dann kommen Sie.« Böker führte sie zur Tür seines Büros. Als er sie öffnete, drangen die Geräusche aus der Fabrik an ihre Ohren. Idas Herz klopfte wie verrückt, als sie Böker in die Fabrikhalle folgte. Hier wurde gehämmert, gebohrt und geschliffen, der Geruch von Eisen, Holz, frischer Farbe und Öl hing schwer in der Luft. An den Arbeitsplätzen der Männer standen halbfertige Zentrifugen, die auf ihre Endmontage warteten. Das ungleiche Paar wurde von einem knappen Dutzend neugieriger Augenpaare verfolgt. Von der Decke hingen große elektrische Leuchten, die Gänge zwischen den einzelnen Stationen waren gefliest und sauber. Die schmalen Fenster waren jedoch staubblind. Das Licht der Herbstsonne drang nur mühsam in die Halle. Noch immer konnte sie es kaum glauben, dass sie hier nun fortan Tag für Tag arbeiten würde, um für ihren Lebensunterhalt zu sorgen.

Es gab große Maschinen, deren Funktionen Ida noch nicht kannte. Alle wurden über breite und meterlange Transmissionsriemen unter der hohen Decke angetrieben. Ein Surren hing in der Luft, als befände sich ein mächtiger Schwarm wütender Hornissen unter dem Dach der Halle.

Als hinter ihr ein schriller Pfiff ertönte, blieb Ida wie angewurzelt stehen. Sie fuhr auf den Absätzen ihrer Stiefel herum und blickte in das grinsende Gesicht eines jungen Mannes mit zu langen dunkelblonden Haaren und strahlend blauen Augen. Er trug eine blaue Arbeitshose und ein taubengraues, an den Ärmeln hochgekrempeltes Hemd zu schwerem Schuhwerk. Die Schiebermütze auf dem Kopf vermochte kaum, seine dichte Haarpracht zu bändigen. Der Besuch bei einem Frisör war längst überfällig, er machte auf Ida einen verwegenen Eindruck. Lässig kaute er auf einem Streichholz herum und trat näher.

»Wen haben wir denn da?«, fragte der junge Arbeiter. Ida schätzte, dass er kaum älter war als sie, und erregte so die Aufmerksamkeit der anderen Arbeiter, die kurz ihr Schaffen unterbrachen, um Ida nun ebenfalls mit neugierigen Blicken zu betrachten. Sie scherten sich nicht darum, dass sich Ida in der Begleitung des Werkleiters befand.

Das ist meine Feuertaufe, durchzuckte es Ida mit wild klopfendem Herzen. Doch sie hatte nicht vor, sich von dem Jungen in Arbeiterkluft einschüchtern zu lassen. »Wer will das wissen?«, fragte sie stattdessen kokett. Mit einem Seitenblick auf Böker registrierte sie, dass er eine zufriedene Miene aufsetzte.

»Na ich – der Alfons.« Sein Grinsen wurde eine Spur breiter.

»Hast du nichts zu tun?«, fragte Böker ihn mit strengem Blick. Die Hände hatte er auf dem Rücken verschränkt.

»Doch, schon, ich wollte nur …«

»Worauf wartest du dann?«

»Ich wollte …«

»Du solltest dich benehmen in Anwesenheit einer Dame«, ermahnte Hermann Böker den Jungen, der auf der Stelle errötete. Drei, vier Männer lachten wiehernd. Einer trat von hinten an Alfons heran, riss ihm die Mütze vom Kopf und wuschelte ihm durch das dichte Haar.

»Lass das«, zischte der Junge, bückte sich und rollte die Mütze eilig zusammen, um sie hinter dem Rücken zu verstecken. Erst dann galt seine Aufmerksamkeit wieder Ida.

»Haben Sie Dame gesagt?«

Böker schwieg.

Alfons lachte auf. »Wo haben wir denn eine Dame?« Er blickte sich theatralisch suchend um. »Ich kann weit und breit keine sehen, Meister.«

Jetzt sah Ida den Moment gekommen, sich in das Gespräch einzumischen, schließlich ging es um sie. Sie baute sich mit in die Hüften gestemmten Händen vor Alfons auf. »Deine Mutter scheint dir keine Manieren beigebracht zu haben, sonst wärst du wohl kaum so vorlaut.«

Wieder lachten die anderen Arbeiter, allesamt wild aussehende Männer mit unrasierten Gesichtern und buschigen Augenbrauen. Ihre Hände waren so groß wie Bratpfannen. Doch davon ließ Ida sich nicht verunsichern. Sie fixierte Alfons mit ihrem Blick. »Ich werde dir schon noch beibringen, wie man sich zu benehmen hat.«

»Du?« Alfons machte große Augen und schien nicht zu wissen, ob er lachen oder weinen sollte. »Du willst mir Manieren beibringen?«

»Und ob ich das werde.«

»So kann's gehen, Kleiner«, sagte ein groß gewachsener Arbeiter und hieb Alfons auf die Schulter. »Ich hab dir schon lange gesagt, dass du ein ziemlich loses Mundwerk hast, Terstegen.«

Terstegen, registrierte Ida blitzschnell. Nun kannte sie also auch den Nachnamen des Jungen, dem seine vorlaute Bemerkung offensichtlich peinlich war. Doch es kam ihm offenbar nicht in den Sinn, sich bei Ida zu entschuldigen.

»Damit ist die Angelegenheit geklärt«, schritt Hermann Böker ein. »Und jetzt macht euch an die Arbeit, Männer.« Er klatschte in die Hände. »Sonst kürze ich euch den Lohn, wenn ihr hier durch Nichtstun auffallt.«

Die Arbeiter kamen der Aufforderung umgehend nach und machten sich an den Zentrifugen zu schaffen.

»Und es kann nicht schaden, wenn die junge Dame dir Manieren beibringt«, rief Böker Alfons hinterher. »Hier geht es manchmal hart her«, brummte er an Ida gewandt, und es klang fast entschuldigend.

»Ich werde mich daran gewöhnen«, versicherte Ida, während sie ihm zum großen Tor der Halle folgte. Ein eisiger Wind fegte in die Fabrik. Fröstelnd schlug Ida den Kragen ihres Mantels hoch. Auf dem Hof waren ein paar Männer damit beschäftigt, ein Fuhrwerk mit neuen Zentrifugen zu beladen. Die Pferde scharrten bereits unruhig mit den Hufen, und der Mann auf dem Kutschbock trieb die Arbeiter zur Eile an.

»Wir sehen uns morgen früh um sechs Uhr«, riss Bökers Stimme Ida aus ihren Beobachtungen. Er hielt ihr die Hand hin, Ida ergriff sie und hätte unter seinem festen Händedruck um ein Haar aufgestöhnt. »Dann bereite ich auch den Arbeitsvertrag vor.«

Ida nickte dankbar. »Vielen Dank, Herr Böker.«

»Bis morgen also.« Der Werkleiter wandte sich zum Gehen. Für ihn war alles gesagt. Am großen Tor angekommen, warf Ida noch einen letzten Blick über die Schulter zurück in die Fabrik. Ab Morgen würde sie hier arbeiten, und es fühlte sich alles noch so unwirklich an. Was sie noch wahrnahm, war Alfons Terstegen, der damit beschäftigt war, Metallteile in einem glänzenden Schwarz zu streichen. Für einen Moment trafen sich ihre Blicke. Als Ida bemerkte, dass er lächelte, senkte sie mit roten Wangen den Blick.

*

Spätabends herrschte im Wirtshaus »Zum goldenen Hahn«, das nur einen Steinwurf von der alten Kornmühle entfernt lag, noch ausgelassene Stimmung unter den Männern an der Theke. Wie an fast jedem Abend hatten sie sich nach einem langen Arbeitstag bei Thiele hier eingefunden, um den Tag gemeinsam ausklingen zu lassen.

Das Geschwätz der Männer neben ihm interessierte Alfons Terstegen nicht im Geringsten. Seine allesamt älteren Kollegen philosophierten über das Weltgeschehen und Politik, nichts, was für Alfons von Interesse war. So lenkte sich der Junge ab, indem er Hermann Meyer, den fülligen Wirt, hinter der Theke bei der Arbeit beobachtete. Lustlos polierte Meyer die gespülten Gläser. Er wirkte müde und schien den Moment herbeizusehnen, in dem die Männer die Zeche zahlten. Doch das schien noch eine Weile zu dauern, denn die Arbeiter waren gerade in eine hitzige Diskussion verwickelt. Alfons kannte den Wirt gut genug, um zu wissen, dass er sicher gleich die Sperrstunde verkünden würde, um seine trinkfesten Gäste loszuwerden. Alfons atmete tief durch und hing seinen Gedanken nach.

Die junge Frau, die sich heute in der Fabrik vorgestellt hatte, ging ihm nicht mehr aus dem Kopf. Immer wieder sah er ihr fein geschnittenes Gesicht vor sich aufblitzen. Ihm gefielen nicht nur ihre wunderschönen grauen Augen und die wohlgeformten Lippen, den warmen Klang ihrer Stimme konnte er ebenso wenig vergessen wie ihr kokettes Lächeln, als er sich ihr in den Weg gestellt hatte. Während andere Mädchen eingeschüchtert reagiert hätten, schien sie sich über seine rüpelhafte Art sogar amüsiert zu haben.

»Stimmt doch, Alfons, oder?«

Der Junge zuckte erschrocken zusammen, als er die schwere Hand eines Kollegen auf seiner Schulter spürte. Johannes Tiedtke, ein graumelierter Mann Ende fünfzig mit buschigem Backenbart, betrachtete ihn mit verkniffenem Blick und nahm einen großen Schluck aus seinem Glas. »Sag mal, hörst du mir überhaupt zu?«

»Ich war kurz abgelenkt«, murmelte Alfons schuldbewusst. »Worum geht es?«

»Um die Weiber«, grölte Karl Deilmeyer, ein vierschrötiger Kerl mit stechendem Blick. »Sie drängen sich überall rein, wo sie nichts zu suchen haben. Bald schon arbeiten sie bei uns in der Zentrifugenfabrik.«

Alfons hatte nichts dagegen, künftig mit Frauen zusammenzuarbeiten, und zuckte die Schultern.

»Fahr doch mal nach Köln oder Berlin, da ist es längst üblich, dass Frauen in Fabriken arbeiten«, meinte Tiedtke.

Deilmeyer winkte ab. »Wir sind aber in Herzebrock und nicht in Berlin.«

»Was hat das damit zu tun?«

»Dass Frauen an den Herd gehören«, fand Deilmeyer. »Sie sollen sich um die Kinder und um den Haushalt kümmern.« Er hob sein Bierglas.

»Und unser Alfons hier«, wieder spürte Alfons die schwere Hand seines Kollegen auf der Schulter, »hat sich prompt von einer neuen Arbeiterin den Kopf verdrehen lassen.« Er lachte polternd und sah Beifall heischend in die Runde.

Alfons fühlte sich ertappt. Er senkte den Blick.

»Unsinn, Tiedtke – er hat ihr hinterhergepfiffen. Und sie hat ihm prompt contra gegeben.« Deilmeyer lachte wiehernd und schlug mit der flachen Hand auf den Tresen. »Ich sag dir was, Alfons, hüte dich vor ihr. Sie hat mehr Haare auf den Zähnen als meine Berta zu Hause.«

»Dann schmeiß deine Berta doch raus«, empfahl Alfons ihm, als er seine gewohnte Schlagfertigkeit wiedergefunden hatte. Die Männer waren schrecklich altmodisch, fand der junge Mann und unterdrückte ein Kopfschütteln.

»Es soll so bleiben, wie es immer schon war, der Mann ist der Ernährer der Familie, Punkt.« Deilmeyer schüttelte den Kopf. »Daran muss nicht gerüttelt werden.«

»Andererseits: Was spricht dagegen, wenn die Frauen arbeiten gehen, um einen Zuverdienst zu erwirtschaften?«, fragte Tiedtke.

»Wenn es ums Geld geht, sollen sie doch Heimarbeit verrichten«, wetterte Deilmeyer. »Sollen sie spinnen oder weben, dann können sie sich um die Kindererziehung und den Haushalt kümmern.«

»Aber wie dem auch sei – unser Jungspund hier«, Tiedtke hieb Alfons so fest auf die Schultern, dass er aufstöhnte, »sieht das alles ganz anders.« Er lachte und sah in die Runde. »Das Mädchen, das sich heute beim Alten vorgestellt hat, scheint Alfons zu gefallen, oder irre ich mich?«

»Sie ist … hübsch«, verteidigte sich Alfons.

Jetzt lachten die anderen laut auf.

Hermann Meyer hatte bemerkt, dass sie es auf Alfons abgesehen hatten und ungeniert über ihn lästerten. »Männer«, rief der Wirt und warf sich das karierte Poliertuch über die breite Schulter, »wo lebt ihr denn? Frauen werden schon bald die Weltherrschaft übernehmen, und ihr stellt euch an, weil sie euch in der Fabrik helfen?« Er schüttelte den Kopf. »Ihr seid schrecklich altmodisch.«

»Das sagst du so«, behauptete Karl Deilmeyer. »Du stehst den ganzen Tag hinter deinem Tresen – die Frau ist in der Küche. Aber bei uns sollen schon morgen Frauen in der Fabrik mitarbeiten. Das kann doch nicht gut gehen!«

»Ich finde es nicht schlimm, wenn Frauen bei uns arbeiten«, mischte sich Alfons jetzt in das Gespräch ein. »Und Ida scheint eine patente junge Frau zu sein, die sich sicher schon bald gut einbringen wird.«

»Hört, hört!«, erwiderte Tiedtke spöttisch. »Da will ich nur hoffen, dass du nicht auf dem Holzweg bist.«

Karl Deilmeyer gab dem Wirt ein Zeichen, sein Glas erneut zu füllen, doch Hermann Meyer schüttelte den Kopf. »Sperrstunde, Männer, heute gibt es nichts mehr.«

Alfons war es recht, dass sich die Männer jetzt über das vermeintlich störrische Verhalten des Wirtes ärgerten, anstatt über die Frauen in der Fabrik herzuziehen. So konnte er sich noch einen Augenblick zu Ida träumen. Schon jetzt freute er sich, sie morgen wiederzusehen.

*

»Das ist ja großartig!« Josephine sprang von der knarrenden Eckbank der Wohnküche auf, nachdem Ida ihr berichtet hatte, dass sie schon am nächsten Tag in der Zentrifugenfabrik Thiele & Cie. anfangen würde. Sie umarmte die ein wenig verdutzte Ida und drückte sie an sich. In der Küche hing der Duft von Kohl, den Josephine am Nachmittag vorbereitet hatte. Im Spülstein stapelte sich das Geschirr, sie hatte Wasser aufgesetzt und wartete im Schein der kleinen Petroleumlampe darauf, dass es kochte. Das Feuer im Ofen verbreitete eine wohlige Wärme.

»Na ja«, erwiderte Ida, »es ist keine Schneiderlehre, aber ich habe eine Anstellung und verdiene Geld für die Miete.«

»Egal – immerhin hast du ein geregeltes Einkommen!« Josephine ließ den Einspruch nicht gelten. »Und wir fliegen nicht aus der Wohnung!«

Ida streifte den dicken Mantel ab und warf ihn über eine Stuhllehne, bevor sie sich setzte. Sie betrachtete ihre Mitbewohnerin nachdenklich. Josephine war einen Kopf kleiner als Ida. Ihr rundliches Gesicht schien immer zu lächeln, was von den mädchenhaften Grübchen und ihren strahlend blauen Augen betont wurde. Die strohblonden Haare hatte sie hinter dem Kopf zu einem Zopf gebunden.

Ida seufzte. »Ich verdiene Geld, aber mit meinem Traum, Schneiderin zu werden, wird es wohl nichts.«

»Ach was.« Josephine machte eine wegwerfende Handbewegung. Ida hatte immer gehofft, dass ihre Mitbewohnerin bei ihrem Lehrherrn ein gutes Wort für sie einlegen konnte, doch Bockmüller, ein etwas verschrobener Schneidermeister alter Schule, hatte ihr stets eine Abfuhr erteilt. Sie nahm den Kessel vom Ofen und bereitete Tee zu. Der Abwasch konnte warten. »Der Alte kann sich nur ein Lehrmädchen leisten«, erklärte sie.

»Aber wer sagt denn, dass ich mein bei ihm erlerntes Wissen nicht an dich weitergeben kann?« Sie kicherte. »Wenn du Lust und Zeit hast, zeige ich dir, wie man Kleider näht.«

»Nichts lieber als das.« Ida wirkte erleichtert. »Dann kann ich mich jetzt auch über die Anstellung in der Fabrik freuen.«

»Erzähl, was musst du dort machen?« Josephine kehrte mit der Teekanne und zwei Tassen zum Tisch zurück und sank auf die harte Holzbank am Fenster. Der frisch aufgebrühte Tee duftete.

»Ich helfe bei der Montage der Zentrifugen, übernehme leichtere Arbeiten, muss die Einzelteile mit Farbe anstreichen und schraube Dinge zusammen, von denen ich offen gestanden nicht viel verstehe.«

»Ich bin sicher, du wirst alles schnell lernen und den Arbeitern schon bald etwas vormachen können«, versicherte Josephine ihr, während sie die Tassen füllte.

»Aber es gibt bestimmt Arbeiten, für die ich nicht stark genug bin«, gab Ida zu bedenken.

»Na und?« Josephine winkte ab. »Dafür sind dann die Männer da.« Sie zwinkerte Ida verschwörerisch zu. »Und?«, fragte sie und beugte sich zu ihr über den Tisch. »Wie sind sie?«

»Was meinst du?«

»Na, sind es hübsche Kerle, die dort arbeiten?«

»Geht so.« Ida stellte fest, dass sie während der Führung mit Hermann Böker nicht darauf geachtet hatte, ob die Arbeiter in der Fabrik attraktiv waren. Nur einer war ihr aufgefallen. Alfons. Doch davon musste Josephine nichts wissen. Obwohl die jungen Frauen wie Schwestern waren und kaum Geheimnisse voreinander hatten, so war es Ida unangenehm, ihr von dem Mann zu erzählen, der ihr schöne Augen gemacht hatte.

»Du schwindelst«, stellte Josephine amüsiert fest. Sie pustete in den dampfenden Tee und trank in kleinen Schlucken. »Das sind bestimmt starke Männer, die gut anpacken können.«

»Kann sein.« Ida fühlte sich unwohl und rutschte auf ihrem Platz hin und her. »Also«, wechselte sie schnell das Thema, »du wirst mir zeigen, wie man Kleider näht?«

»Versprochen ist versprochen.« Josephine sprang auf, verschwand in ihrer Kammer und kehrte mit einem großen Korb zurück, den sie auf den Tisch stellte. Unter dem Tuch verbargen sich Näh- und Schneiderutensilien sowie einige Stoffreste. »Hast du schon mal genäht?«

»Klar.« Ida erinnerte sich an ihre Versuche, die sie unter der Anleitung ihrer Mutter unternommen hatte. Wie lange war das her? Damals musste sie noch ein Kind gewesen sein. Doch seitdem hatte sie der Traum, ihre eigene Mode zu kreieren, niemals losgelassen.

»Dann wirst du es jetzt so richtig lernen.«

»Jetzt?« Ida war müde und wollte eigentlich gleich zu Bett gehen, denn am nächsten Morgen musste sie frisch und ausgeschlafen in der Fabrik erscheinen. Doch sie wagte es nicht, der Freundin den Spaß zu nehmen, und ließ sich erklären, worauf es beim Nähen und Schneidern ankam.

*

Im Stadthaus der Familie Thiele brannte trotz später Stunde noch Licht. Gegen Abend hatte Carl ein Feuer im Kamin entfacht, da sich eine kalte Nacht ankündigte. Katharina hatte ihn ins Wohnzimmer begleitet, wo sie es sich vor dem Kamin gemütlich gemacht hatten, um mit einem Glas Spätburgunder in die Flammen zu blicken. Stundenlang hätte Katharina ihn einfach beobachten können, so sehr liebte sie ihren Mann.

Sie saßen beisammen und ließen die Ereignisse des Tages Revue passieren. »Morgen«, erzählte Carl ihr leise, »wird die erste Arbeiterin in der Fabrik anfangen. Sie macht einen recht patenten Eindruck, wie ich finde.«

»Was werden die Männer dazu sagen?«, wollte Katharina wissen. Sie konnte sich gut vorstellen, dass es zu Reibereien führen konnte, wenn Männer und Frauen gemeinsam an den Zentrifugen arbeiteten.

Carl zuckte die Schultern. »Wir werden sehen. Denkst du, dass es Probleme geben wird?«

»Bisher sind Frauen in Männerberufen eher ungewöhnlich«, gab Katharina zu bedenken. »Sie arbeiten als Haushälterinnen oder als Fräulein vom Amt, aber selten in Fabriken.«

»In Zigarrenfabriken und in der Textilindustrie ist das nichts Außergewöhnliches mehr«, erwiderte Carl. »Warum sollte es bei uns nicht funktionieren?«

»Weil sich die Arbeiter erst daran gewöhnen müssen«, meinte Katharina.

»Wir sollten die Zusammenarbeit in den nächsten Tagen aufmerksam beobachten«, schlug Carl vor. »Ich werde Böker bitten, ein Auge darauf zu haben.«

Katharina erhob sich und trat an das Fenster. Die Straße lag verlassen unter ihr. Bei diesem unwirtlichen Wetter hielt sich niemand länger im Freien auf, als es nötig war. Die Nächte wurden immer kälter, und schon bald würde es den ersten Frost geben. Heute Abend hatte sie sogar geglaubt, Schnee riechen zu können. »Der Winter steht bevor«, murmelte sie, ohne den Blick aus dem Fenster abzuwenden.

»Woran denkst du?«

Im Spiegelbild der Scheibe konnte Katharina beobachten, wie er sein Weinglas auf das kleine Beistelltischchen stellte und sich erhob. Carl trat neben sie und sah ebenfalls hinaus in die Nacht.

»Daran, dass wir uns für die Belegschaft auch dann einsetzen müssen, wenn sie krank ist und sich keinen Arzt leisten kann«, sagte Katharina. Sie dachte an ihre lungenkranke Mutter, die auf dem Zumwinkel-Hof oft bis zum Umfallen arbeitete. Seit Langem schon scheute Theresa Zumwinkel die teuren Arztbesuche wie der Teufel das Weihwasser. Vermutlich lag es aber auch daran, dass sie neue Hiobsbotschaften fürchtete. Schnell verdrängte Katharina die düsteren Gedanken. »Viele unserer Leute werden in der kalten Jahreszeit krank werden und ausfallen.«

»Das werden wir nicht verhindern können«, meinte Carl.

»Wir müssen ihnen helfen, ich möchte, dass sie zum Arzt gehen können und Medizin bekommen.«

»Du denkst an eine Art Krankenversicherung für unsere Leute?«

Katharina nickte. »Ja«, sagte sie. »Sie arbeiten von früh bis spät für uns, und ich finde, dass wir verantwortlich für unsere Angestellten sind.«

Carl nickte. »Du bist eine gute Seele.« Ein sanftes Lächeln umspielte seine Mundwinkel. »Ich werde gleich morgen früh mit Rudolf darüber sprechen«, versprach er ihr und legte einen Arm um Katharinas Taille.

Katharina war froh darüber, dass ihr Mann sie ernst nahm und ihre Ideen nach Möglichkeit umsetzte. »Thiele«, sagte sie leise. »Besser geht immer.«

Carl lachte leise. »Das Motto scheint dir zu gefallen.«

»Aber ja, Carl. Wir sollten es für die Reklame nutzen. Bald wird es sich herumsprechen, dass wir alles daransetzen, immer besser zu werden.«

»Und neue Erfindungen auf dem Markt zu etablieren«, ergänzte er.

Katharina drehte sich zu Carl um.

»Hast du etwa schon wieder eine Idee?« Sie liebte es, wenn Carl Dinge erfand, die das Leben erleichterten.

»Aus der Zentrifuge lässt sich viel machen«, antwortete er ein wenig ausweichend. »Und ich bin sicher, dass uns dann der ganz große Siegeszug bevorsteht.«

Katharina dachte wieder an ihre Mutter. »Morgen ist wieder Waschtag auf dem Hof.« Ihre Stimme klang melancholisch, als sie sich an die Plackerei auf dem Zumwinkel-Hof erinnerte. Dort hatten sie sich kennengelernt, als Carl mit seinem Vater gekommen war, um einen neuen Stall zu bauen. Vom ersten Augenblick an hatte er sich interessiert gezeigt an den Arbeiten, die auf einem Hof anfielen. Sie erinnerte sich noch gut daran, wie technikbegeistert Carl schon damals gewesen war. Gemeinsam hatten sie in einem Schuppen auf dem Hof die erste Milchzentrifuge konstruiert, die ihr Vater Bernhard voller Stolz Freunden und Geschäftspartnern präsentiert hatte. Sogar der Oberpräsident der Provinz Westfalen war aus Münster angereist, um sich von der Arbeitsweise der Zentrifuge zu überzeugen. Seitdem setzte sich der Politiker für die Fabrik ein. Katharina wusste, dass er sogar mit dem Kaiser darüber gesprochen hatte, der ihnen sämtliche Unterstützung zugesichert hatte.

Carl hauchte ihr einen Kuss auf die Wange. Er schien bemerkt zu haben, dass sie in Gedanken versunken war. »Wie geht es deiner Mutter?«

»Sie wird nicht mehr gesund, aber das ist ja nichts Neues. Ich denke, dass sie Vater immer weniger zur Hand gehen kann, denn die Krankheit schreitet voran.«

»Und der Waschtag bedeutet immer eine Qual für sie.« Carl nickte. »Wir müssen ihr helfen.«

»Aber wie?«

»Fahr nach Clarholz und unterstütze sie«, schlug Carl vor. »Und ich mache mir Gedanken, wie ich deinen Eltern helfen kann.«

»Mit einer neuen Erfindung?« Der Ansatz eines hoffnungsvollen Lächelns erwärmte Katharinas Gesicht.

»Womöglich, ja.«

»Was hast du vor, Carl Thiele?« Katharina wandte sich ihm zu und versuchte, in seiner Miene zu lesen. »Du planst doch etwas.«

Er deutete ein Nicken an. »Ich habe dich auf dem Hof beobachtet, und dabei ist mir aufgefallen, wie anstrengend der Waschtag ist.«

»Worauf willst du hinaus?«

»Meine Idee ist noch nicht ausgereift.«

Katharina strahlte. »Dann baust du eine Waschmaschine?«

Er zuckte die Schultern. »Das klingt nach einer guten Idee.«

»Ist es, Carl, das ist es. Mit einer Maschine, die den Frauen das Waschen abnimmt, würdest du vieles verbessern können.«

Nun musste Carl lachen. »Du bist gut«, sagte er. »Ich habe die Maschine noch nicht einmal entwickelt, und du weißt schon, wie sie heißen wird.«

»Also wirst du eine Waschmaschine bauen?«

»Es war deine Idee.«

»Das ist nicht die Antwort auf meine Frage«, rügte sie ihn in spielerischer Empörung. »Sag schon!«

»Ja«, nickte er, »ich könnte mir vorstellen, eine solche Maschine zu entwickeln. Ob meine Bemühungen allerdings von Erfolg gekrönt sein werden, lässt sich noch nicht sagen.«

»Ich bin sicher, dass du es schaffen wirst«, versicherte Katharina ihm mit vor Aufregung glühenden Wangen. »Hast du bereits Zeichnungen angefertigt?«

Er schüttelte den Kopf. »Du hast mich gerade erst auf die Idee gebracht, eine … Waschmaschine«, er sprach das Wort langsam und wohlbetont aus, »zu erfinden.«

»Na also«, sagte Katharina und klatschte in die Hände. »Worauf wartest du dann noch?«

Carl kehrte zu seinem Sessel zurück, nahm das langstielige Weinglas in die Hand und nippte daran. »Meinst du denn, dass wir mit einer Waschmaschine erfolgreich sein könnten?«

»Natürlich könnten wir das, Carl.« Katharina nickte. Eine

Waschmaschine wäre grandios, denn Frauen auf der ganzen Welt wären froh, wenn die leidigen Waschtage endlich der Vergangenheit angehören würden.

»Worauf wartest du noch?«, drängte Katharina ihn. »Sprich mit Rudolf und frag ihn, was er von unserer Idee hält.«

»Wir haben gestern noch über die neue Buttermaschine gesprochen«, lächelte Carl. »Eins nach dem anderen? Beides zur gleichen Zeit?«

Katharinas Herz klopfte schneller vor Aufregung. »Ich bin sicher, dass die Welt darauf gewartet hat, Carl.« Sie setzte sich zu ihm auf die Sessellehne und legte einen Arm um ihn. »Und wenn ihr jetzt Frauen einstellt, können die auch gleich helfen. Und denk an die Krankenversicherung für die Belegschaft und …«

»Pssst«, machte Carl mit einem spitzbübischen Lächeln auf den Lippen. »Ich muss meine Gedanken ordnen.«

»Wir werden unsere Ideen nur dann in die Tat umsetzen können, wenn wir alles dafür tun, die Arbeitskraft der Angestellten aufrechtzuerhalten, Carl.« Katharina wusste, dass es Fabrikarbeiter gab, die arm waren, obwohl sie von früh bis spät schufteten, die sich keinen Arzt und keine menschenwürdige Bleibe leisten konnten. Ihr war bekannt, dass es nicht allen so gut ging wie ihnen. Kurz nach der Hochzeit hatten sie das moderne Stadthaus gekauft, das ihnen genügend Platz bot. Selbst wenn sich Nachwuchs ankündigen würde, müssten sie nicht ausziehen, denn es gab genügend Zimmer. In den Wohnungen der Arbeiter sah das oft anders aus. Bis zu acht Personen lebten dort unter ärmlichen Bedingungen und auf engstem Raum zusammen. Katharina nahm sich vor, die Lebensumstände der Arbeiter zu verbessern. Mit einem dankbaren Blick sah sie sich im Raum um. Es roch noch nach frischer Farbe, Carl hatte ihr nach ihrem Einzug sämtliche Freiheiten bei der Auswahl des Mobiliars und der Dekoration gelassen, und sie hatte ihnen ein gemütliches Nest geschaffen.

Carl saß in seinem bequemen Ohrensessel und drehte das langstielige Weinglas gedankenverloren in den Händen. Ein feines Lächeln lag auf seinen Lippen, während Katharina ihm von ihren Ideen berichtete. »Bald werden es die Spatzen von den Dächern pfeifen«, frohlockte sie. »*Thiele, besser geht immer* wird zum geflügelten Wort werden.«

»Ich bin sicher, dass du dafür Sorge tragen wirst«, nickte Carl zufrieden. »Bist du glücklich?«, fragte er sie mit sanfter Stimme.

»Aber ja«, nickte sie und hauchte ihm einen Kuss auf die Wange. »Glücklicher wohl, als du es dir vorstellen kannst.«

Prüfend betrachtete er sie, während er Katharinas Hand hielt. »Und der Bauernhof? Fehlt er dir nicht?«

Tatsächlich hatte er sie jetzt an ihrem wunden Punkt getroffen. Der Gedanke an das Leben ihrer Eltern auf dem Zumwinkel-Hof betrübte sie. Seitdem sie zu Carl gezogen war, führte ihr Vater den Hof an der Seite von Katharinas kranker Mutter. Zwar hatte ihr Vater ihr versichert, dass er damit leben könne, wenn sie mit ihrem Mann nach Herzebrock ging, doch Katharina kannte ihn gut genug, um zu wissen, dass er unter den neuen Lebensumständen auf dem Zumwinkel-Hof litt. Erschwerend kam hinzu, dass sich die Magd Lina, zu der Katharina eine enge Freundschaft pflegte, auf ihrer Hochzeit in Carls

Geschäftspartner Rudolf verliebt und den Hof kurz nach Katharina verlassen hatte.

»Natürlich mache ich mir Sorgen um den Hof und um meine Eltern, die ich im Stich gelassen habe, und ich …«

»Nein«, unterbrach Carl sie. »Du hast sie nicht im Stich gelassen, Prinzessin. Ich habe bei deinem Vater um deine Hand angehalten, und er war einverstanden. Er hatte auch nichts dagegen einzuwenden, dass wir hier ein neues Leben beginnen.«

»Ich weiß.« Katharina seufzte. »Dennoch fühle ich mich an manchen Tagen furchtbar, wenn ich an meine Eltern denke.«

»Eine deiner Aufgaben auf dem Hof war es, die Milch der Kühe zu verarbeiten.« Er lächelte zu ihr auf und drückte ihre Hand fester. »Dafür haben wir deinem Vater Maschinen gebaut, die von der Belegschaft bedient werden können.« Carls Blick glitt kurz ins Leere.

»Trotzdem wäre ich gern öfters dort, um Mutter zur Hand zu gehen. Ich weiß nicht, wie gut sich die neue Magd an ihrer Seite macht.«

»Du solltest schon morgen nach Clarholz fahren und sehen, wo du helfen kannst.«

»Werde ich dir hier nicht fehlen?«

»Natürlich … du fehlst mir von der ersten Minute an, wenn ich morgens das Haus verlasse, und ich sehne mich nach dir, bis ich dich in den späten Abendstunden wieder in die Arme schließen kann. Deshalb liegt es mir am Herzen, dass du glücklich bist.«

»Ich bin sogar sehr glücklich, dich an meiner Seite zu haben«, erwiderte Katharina.

»Clarholz liegt keine Weltreise entfernt«, munterte Carl sie auf. »Du kannst deine Eltern gern unterstützen.«

»Aber die Werbung«, gab Katharina zu bedenken. »Ich sollte doch die Werbung für die Fabrik gestalten.«

»Das kannst du an den Tagen, an denen du in Herzebrock bist, Prinzessin.« So nannte er sie, seitdem er sie zum ersten Mal in ihrem Hochzeitskleid gesehen hatte. »Du solltest nach deinen Eltern sehen, wann immer dir danach ist.«

Katharina umarmte ihren Mann. »Danke«, sagte sie überglücklich, »und nach meiner Rückkehr bin ich gespannt auf die neue Erfindung.«

Obwohl es noch nicht viel mehr gab als ein paar Ideen, bezweifelte Katharina keine Sekunde, dass ihnen mit der nächsten Erfindung ein Siegeszug um die ganze Welt bevorstand. Immerhin hatte sie sich den Namen für die neue Maschine ausgedacht. Jetzt musste Carl sich an die Umsetzung machen, aber Katharina war sicher, dass er etwas Großartiges schaffen würde.

Kapitel 5

In dieser Nacht fand Ida keinen Schlaf. Sie zog sich die kratzige Decke bis zum Kinn hoch und legte sich das Kissen so auf den Kopf, dass der Lärm aus dem Nebenzimmer nur noch gedämpft an ihre Ohren drang. Josephine war offenbar noch nicht zu Bett gegangen und hantierte in der Küche mit dem Geschirr herum. Dabei sang sie laut, aber falsch ein altes Lied.

Es war nicht nur der Krach aus der Küche, der Ida am Einschlafen hinderte, sondern der hübsche Alfons wollte ihr nicht aus dem Kopf. Immer, wenn sie die Augen schloss, sah sie sein freches Lausbubengrinsen vor sich und hörte den Klang seiner Stimme. Wie er so vor ihr gestanden hatte, die Hände lässig in den Taschen seiner braunen Arbeitshose versenkt, die oberen beiden Knöpfe des beigefarbenen Leinenhemds offen, die Schiebermütze lässig in den Nacken geschoben.

Beim Gedanken an den Arbeiter schlug ihr Herz ein paar Takte schneller. Ida war sicher, dass er viel zu erzählen hatte. Sie nahm sich vor, sein Geheimnis schon bei nächster Gelegenheit zu ergründen. *Morgen früh*, dachte sie aufgeregt, *beginnt mein neues Leben*. Sie konnte es kaum glauben, dass sie fortan auf eigenen Beinen stehen sollte – und es endlich auch konnte.

Ida war gespannt, ob sie die einzige Frau sein würde oder ob man noch weitere Bewerberinnen eingestellt hatte. Bald schon würde sie es erfahren.

In der Küche war inzwischen Ruhe eingekehrt. Ida lauschte in die Wohnung und vernahm die Schritte ihrer Freundin, die über den Dielenboden des Korridors zu ihrer Kammer führten. Eine Tür wurde leise ins Schloss gedrückt, dann war es endlich still. Langsam wurde Ida von einer wohligen Müdigkeit übermannt. Das Letzte, was sie sich vor dem Einschlafen in Erinnerung rief, war der warme Klang der Stimme von Alfons Terstegen. So umspielte ein sehnsüchtiges Lächeln ihre Mundwinkel, als sie wenig später in einen tiefen Schlaf fiel.

*

Es war spät geworden, doch nichts zog Theresa Zumwinkel ins Bett. Im Herd prasselte ein munteres Feuer. Durch die offene Luke konnte sie das zuckende Licht der Flammen beobachten, dann schloss sie die Klappe. Den Angeln entwich ein ohrenbetäubendes Quietschen. Theresas Gedanken ließen sie nicht zur Ruhe kommen, und sie saß bei einem Glas Milch in der großen Küche des Zumwinkel-Hofes. Morgen war Waschtag. Schon jetzt graute es der Bäuerin vor der elenden Plackerei. Schon am Abend hatten ihr ein Knecht und die neue Küchenmagd Frieda das Brennmaterial herangeschafft, um in aller Herrgottsfrühe das Waschwasser im großen Kessel erhitzen zu können.

Um ihre Gesundheit war es nicht gut bestellt. Was würde

wohl aus dem Hof werden, wenn sie krankheitsbedingt ausfiel? Ihr Mann Bernhard war fleißig, doch alleine würde er den Hof nicht weiter bewirtschaften können. Frieda, die neue Magd, war zwar tüchtig und strebsam, doch ging ihr die Arbeit noch lange nicht so gut von der Hand, wie Theresa es von Lina gewohnt war. An manchen Tagen fühlte sich die Bäuerin von allen im Stich gelassen. Doch all ihr Jammern nutzte nichts – die Arbeit musste getan werden.

Der Waschtag begann morgens um zwei Uhr und endete oft erst spät in der Nacht. Zuerst wurde der Kessel angeheizt. Etliche Eimer Wasser, die mühsam herangeschleppt werden mussten, wurden benötigt, das Wasser musste gekocht, umgefüllt und ausgetauscht werden. Nach dem Kochen in einem Bottich wurden die Kleidungsstücke mit dem Wäschestampfer bearbeitet, danach wurde gespült, bevor die Wäsche mit dem Wäscheholz aus dem Kessel genommen und auf einem großen Tisch ausgebreitet wurde, wo es daranging, jedes Teil mit Seife einzureiben und es mühsam zu bürsten. Manches Wäschestück wurde auch auf dem Waschbrett bearbeitet. Danach wurde wieder gespült und gewrungen. Das Waschen war eine Arbeit, die schwere Rückenleiden verursachte, auch Erkältungen wegen des Wasserdampfes waren keine Seltenheit. Einige Kleidungsstücke mussten anschließend gebügelt und gebleicht werden, eine langwierige und anstrengende Prozedur für alle Beteiligten. In vielen Dörfern gab es Waschhäuser, die man sich mit anderen Familien teilen musste, denn nicht jeder besaß eine eigene Waschküche im Haus.

»Was sitzt du hier noch herum?«

Theresa zuckte erschrocken zusammen, als sie die tiefe Stimme ihres Mannes hinter sich vernahm. Sie war derart in Gedanken versunken gewesen, dass sie nicht mitbekommen hatte, wie Bernhard die große Wohnküche betreten hatte. Er trug eine dunkelblaue Arbeitshose, ein graues Leinenhemd und schwere Stiefel. Dunkle Ringe lagen unter seinen Augen, der Dreitagebart warf dunkle Schatten auf sein Gesicht und ließ ihn älter wirken, als er war. Als er bemerkte, dass er Theresa erschreckt hatte, setzte er ein schuldbewusstes Lächeln auf. »Träumst du, Theresa?« Er nahm sich einen der Stühle und sank mit einem Seufzer darauf. Schweigend betrachtete er seine Frau, die vornübergebeugt auf der Bank am Fenster hockte und das Kinn in die Hände stützte.

»Es wird alles nicht einfacher«, murmelte sie. »Morgen ist Waschtag, davor graut es mir, Bernhard.«

»Ich weiß.« Er nickte verständnisvoll. Auch für Bernhard bedeutete der Wegzug seiner Tochter einen Verlust. Dass Theresas Küchenmagd kurz drauf den Hof verlassen hatte, machte die Sache auch nicht leichter. »Uns fehlen Leute«, brummte er. »Gute, fleißige Leute.«

»Ja.« Theresa nickte. »Ich weiß nicht, wie lange ich es noch schaffe, Bernhard. Meine Lunge wird nicht mehr besser, und das ständige Einatmen des Wasserdampfes schadet mir.« Sie spürte den aufsteigenden Hustenreiz und kämpfte dagegen an. »Und wenn ich ganz ausfalle, was wird dann aus dem Hof?«

»Wir werden eine Lösung finden«, versprach Bernhard. Er streckte den Arm über den Tisch, nahm ihre Hand und drückte sie. Doch seine Zuversicht wirkte halbherzig, und tief in ihrem

Innern wusste Theresa, dass auch ihren Mann Sorgen plagten. Er bangte um den Hof seiner Eltern, gleichwohl sorgte er sich um sie, denn ihr Gesundheitszustand hatte sich in den letzten Wochen weiter verschlechtert. Ein paar Tage lang hatte Theresa sogar das Bett hüten müssen, und für einen Arzt fehlte ihnen das Geld. »Die Seeluft soll gut sein, wenn man es an der Lunge hat«, brach er nun das Schweigen.

Theresa lachte auf. Sie hatte schon von den Heilbädern an der Küste gehört, doch für eine Sommerfrische fehlte ihnen nicht nur das Geld – sie würden den Hof nicht einfach sich selbst überlassen können. Das Vieh musste versorgt werden, die Arbeit erledigte sich nicht von allein. »Wie stellst du dir das vor?«, fragte Theresa mit einem bitteren Lachen.

»Irgendwie muss ich dich mal für ein paar Wochen entbehren können«, erwiderte Bernhard. »Ich will nicht, dass dich der Hof kaputt macht.«

»Wenn das nicht mal schon längst passiert ist.«

»Ich hoffe nicht.« Bernhard schüttelte den massigen Schädel, dann gähnte er herzhaft. »Es ist spät«, bemerkte er mit einem Blick auf die Wanduhr. »Wir sollten zu Bett gehen. Morgen wird ein langer, harter Tag.« Der Bauer streckte sich am Tisch, dann schob er den Stuhl zurück und erhob sich.

»Ja.« Theresa nickte und erlitt einen Hustenanfall, der so schlimm war, dass ihr kurz schwarz vor Augen wurde. Sie klammerte sich am massiven Holztisch fest und sank wieder auf die Bank, von der sie sich eben erst erhoben hatte.

Hastig reichte ihr Bernhard ein Glas Wasser. »Trink das.«

Als sie das Glas nahm, zitterte ihre Hand. Theresa keuchte,

dann trank sie das Wasser in einem Zug aus. »Ich hasse meine Krankheit«, flüsterte sie verbittert und schüttelte den Kopf. An manchen Tagen fühlte sie sich wie eine alte Frau, dabei war sie nicht einmal fünfzig Jahre alt.

»Wir müssen das Beste daraus machen und sehen, wie wir dich schonen können«, antwortete Bernhard. »Und jetzt komm.«

Theresa nickte. Die Sorge, dass sie ausgerechnet am Waschtag ausfiel, wurde größer. Sie hoffte, dass ihr ein paar Stunden Schlaf halfen, um wieder zu Kräften zu kommen. Schnell löschte sie das Licht in der Küche und folgte ihrem Mann, der bereits auf dem dunklen Flur auf sie wartete. Die Treppe ins Obergeschoss nahm sie langsam wie eine alte Frau, dabei keuchte sie. Als sie ihre Schlafkammer endlich erreicht hatten, sank Theresa erschöpft auf das große Ehebett. Sie musste unbedingt einen Weg finden, mit ihrer Krankheit zu leben. Doch an Tagen wie diesen schien ihr das nur ein frommer Wunsch zu sein, der sich wohl nie erfüllen würde.

Missmutig entkleidete sie sich, bürstete sich das lange Haar vor dem Spiegel der Kommode, dann schlüpfte sie in das Nachthemd und gesellte sich zu Bernhard ins Bett.

»Manchmal wünsche ich mir, nicht mehr zu leben«, gestand sie ihm mit feucht schimmernden Augen.

»Warum das?«

Als sie zu ihm aufsah, erkannte sie seine Umrisse nur schemenhaft im Dunkel des Zimmers. Bernhard drehte sich auf die Seite und legte einen Arm um sie.

»Weil ich dir zur Last werde.«

»Das ist doch Unsinn.«

»Nein, ist es nicht«, beharrte sie trotzig. »Ich bin krank und schwach, meine Krankheit wird mich für den Rest meines Lebens begleiten, und je schlimmer es wird, desto weniger kann ich auf dem Hof leisten.«

»Wir haben Angestellte.«

»Trotzdem – ich falle dir zur Last, Bernhard.«

»Das ist Unsinn.« Er schüttelte den Kopf. »Wir werden einen Weg finden.« Zärtlich strich er ihr eine widerspenstige Haarsträhne aus der Stirn.

»Manchmal denke ich, wenn ich tot wäre, müsstest du dich nicht um mich kümmern. Du würdest eine neue Frau heiraten können, die dich bei deiner Arbeit unterstützt.«

»Rede nicht so«, antwortete er energisch. »Du weißt genau, dass das Unsinn ist, Theresa. Du bist meine Frau, die Liebe meines Lebens, und wir stehen gute und schlechte Zeiten gemeinsam durch – so, wie der Pfarrer es damals auf unserer Hochzeit gesagt hast, weißt du noch?« Er beugte sich zu ihr und hauchte ihr einen liebevollen Kuss auf die Stirn. »Daran hat sich bis heute nichts geändert.«

Theresa nickte. Sie atmete ein paar Mal tief durch und wusste, dass Bernhard es gut mit ihr meinte. Vielleicht war die Idee, sterben zu wollen, ihren trüben Gedanken entsprungen und nicht angebracht gewesen. Womöglich, so überlegte sie, während sie sich an ihren Mann schmiegte, hatte sie ihn jetzt verängstigt. Das hatte sie nicht beabsichtigt. Eigentlich liebte sie das Leben an seiner Seite. Bernhard war verständnisvoll und stets bemüht, ihr eine Arbeitserleichterung zu verschaffen. Und sie dankte es ihm, indem sie davon sprach, lieber tot sein zu wollen? Theresa fühlte sich schlecht.

»Es war nicht so gemeint«, flüsterte sie und presste sich ganz fest an ihn. »Tut mir leid.«

»Ich weiß, dass es nicht so gemeint war«, versicherte er ihr. »Doch sag so etwas nie wieder, hörst du?«

»Ja«, nickte Theresa mit tränenerstickter Stimme. »Ich verspreche, dass ich nie wieder solche Gedanken zulassen werde, Bernhard.«

Kapitel 6

Carl hatte vergessen, wie viel Zeit vergangen war, nachdem Katharina zu Bett gegangen war. Mit einem »mach nicht mehr so lange« hatte sie sich nach einem liebevollen Gute-Nacht-Kuss zurückgezogen.

»Bei mir dauert es noch«, hatte er geantwortet, bevor er sich voller Tatendrang an den Sekretär in seinem Arbeitszimmer gesetzt hatte. Das Gespräch mit seiner Frau ging ihm nicht aus dem Kopf. Und so zog ihn noch nichts ins Bett. Katharina bestärkte ihn in seinen Ideen, Dinge umzusetzen, um die Welt ein wenig zu verbessern. *Thiele, besser geht immer*, ging ihm der neue Werbeslogan durch den Kopf, als er sich den Zeichenblock und die Stifte zurechtlegte, um in der nächtlichen Stille im Schein der kleinen Petroleumleuchte an seiner Erfindung zu arbeiten. Zwar hatte er schon in der Fabrik jede freie Minute genutzt, um ein paar flüchtige Skizzen anzufertigen, doch erst jetzt fand er die nötige Ruhe und Muße, um auch kleinste Details aufs Papier zu bringen. Mit Feuereifer arbeitete er an der Entwicklung seiner Waschmaschine, wie Katharina sie vorhin genannt hatte.

Gut gelaunt summte Carl ein Lied, nahm immer wieder einen Schluck Wein, hielt inne, um sich den fruchtigen Geschmack auf der Zunge zergehen zu lassen, während er seine Zeichnung betrachtete.

Die Ideen wirbelten förmlich durch seinen Kopf. Fasziniert sah er dabei zu, wie der Stift von selbst über das Papier zu fliegen schien.

Das monotone Ticken der Standuhr in der Ecke des Arbeitszimmers erinnerte ihn an seinen eigenen Herzschlag, an einen Taktgeber für sein fast schon künstlerisches Schaffen. Er vergaß Raum und Zeit und zeichnete wie besessen.

Als die Grundkonstruktion fast vollendet war, machte er sich Gedanken über den Antrieb der Maschine, die auf den ersten Blick seiner Milchzentrifuge zum Verwechseln ähnlich sah. Es gab einen Holzbottich, der auf einem eisernen Gestell ruhte. Erst bei näherem Betrachten erkannte man, dass es keine Abläufe für die Molke gab und keine Sammelbehälter, die seitlich an der großen Trommel befestigt waren.

Carl überlegte, wie man diese Maschine zum Leben erwecken konnte. Kurz legte er den Zeichenstift aus der Hand, verschränkte die Arme hinter dem Kopf und betrachtete sein Werk mit kritischem Blick. In vielen Städten gab es bereits Elektrizität, auch der Kaiser hatte ihnen versichern lassen, die Elektrifizierung zügig voranzutreiben. Doch das Netz war noch lange nicht flächendeckend ausgebaut, und besonders in ländlichen Gegenden würde es schwer sein, Abnehmer für eine elektrische Waschmaschine zu finden. Sicher würde es noch Jahre dauern, bis das Reich in seiner Gänze elektrifiziert war. So entschloss sich Carl, die Maschine zunächst von Hand anzutreiben. Er zeichnete ein großes, hölzernes Drehkreuz an das obere

Ende der aufrecht stehenden Holztrommel. Außerdem gab es Leitungen, durch die das Wasser in den Bottich strömen konnte. Ein weiterer Anschluss war zum Ablaufen des Brauchwassers gedacht. Seitlich von der Trommel gab es eine Vorrichtung, die aus einem Auflagebrett, mehreren eisernen Walzen und einer weiteren seitlichen Kurbel bestand. Hier konnte die saubere Wäsche ordentlich ausgewrungen werden. Carl hatte, so hoffte er, an alles gedacht, um den Alltag der Waschfrauen künftig zu erleichtern. Während er mit zufriedenem Blick seine Konstruktionszeichnung betrachtete, spürte er, wie die Anspannung der letzten Stunden von ihm abfiel. Eine bleierne Müdigkeit lastete plötzlich zentnerschwer auf seinen Schultern. Er gähnte herzhaft und erhob sich. Bei einem Blick auf die Standuhr erschrak er: Es war fast zwei Uhr morgens. Hastig legte Carl seine Utensilien zusammen, erhob sich von seinem Stuhl. Er löschte die Lampe und verließ das Arbeitszimmer. So leise wie möglich huschte er durch den dunklen Flur zum Schlafzimmer, das sich am anderen Ende des Korridors befand. Um Katharina nicht zu wecken, entkleidete er sich bereits im dunklen Flur. Mit den Kleidern in der Hand drückte er die Türklinke des Schlafzimmers nieder. Das leise Quietschen im Schloss erschien ihm überlaut, und um ein Haar wäre ein Fluch über Carls Lippen gekommen. Vorsichtig schlich er ins Schlafzimmer. Katharinas gleichmäßige Atemzüge hingen leise im Raum. Durch einen Spalt in den Gardinen drang das fahle Mondlicht herein und warf silbrige Lichtbahnen auf den Dielenboden. Barfuß tappte Carl zum Läufer, der sich seitlich vom Bett befand, und betrachtete seine schlafende Frau mit verliebtem Blick. Am liebsten hätte er sie jetzt aufgeweckt, um ihr von seiner Erfindung zu berichten. Doch er beherrschte sich, warf die Kleidung auf den Herrendiener neben dem Bett und fluchte leise, als eine der Dielen unter seinen Schritten knarrte. Kurz hielt er inne und sah sich zu Katharina um, doch sie verfügte über einen festen Schlaf und war nicht aufgewacht.

Carl sank auf die Bettkante, um mit einer gleitenden Bewegung zu seiner Frau unter die Bettdecke zu schlüpfen. Sie erwachte nicht, schlief tief und fest. Gleichmäßig hob und senkte sich ihr Brustkorb, dabei lag ein sanftes Lächeln auf ihren Lippen. Carl genoss Katharinas Nähe und den wundervollen Duft ihres Haars nach Jasmin. Erst, als er einen Arm zärtlich um sie legte, erwachte sie, sah zu ihm auf, lächelte kurz und war schon im nächsten Augenblick wieder eingeschlafen.

Carl fragte sich, was sie wohl zu seiner neuartigen Holzbottichwaschmaschine sagen würde, und schloss die Augen. Es dauerte nur einen Moment, bis er glücklich und zufrieden eingeschlafen war.

Kapitel 7

Ida erwachte mit dem ersten Hahnenschrei des nächsten Tages. Die Nacht war eiskalt gewesen, sie hatte die Decke bis zum Kinn gezogen und trotzdem noch gefroren. Als sie die Augen aufschlug, sah sie im ersten Grau des noch jungen Tages Atemwölkchen vor ihrem Gesicht aufsteigen. Doch sie ignorierte die Kälte in ihrem Zimmer so gut es ging, denn heute war ihr großer Tag.

Es sollte ihr erster Arbeitstag in der Zentrifugenfabrik von Carl Thiele werden. Er war der erste Erfinder, dem sie leibhaftig begegnet war. Voller Aufregung dachte sie an ihr neues Leben. In einer Stunde schon musste sie in der Fabrik sein. Ida zitterte, und sie wusste nicht, ob es an der Kälte lag oder an der Aufregung. Darunter mischte sich auch die Freude, Alfons wiederzusehen.

Ida fragte sich, wie es wohl wäre, an seiner Seite zu arbeiten. Jetzt aber war es höchste Zeit. Energisch stieß sie die Bettdecke fort und schlüpfte in ihre Pantoffeln. Sie waren abgenutzt, doch für neue hatte ihr Geld bisher nicht gereicht.

Einen Moment lang saß Ida auf der Bettkante und lauschte ins Haus. In den anderen Räumen herrschte Stille, offenbar schlief Josephine noch. Bockmüller öffnete seine Schneiderei erst um acht Uhr, deshalb konnte Josephine etwas länger schlafen als sie. Ida erhob sich. Sie trat an das Fenster und zog die geblümten Gardinen zur Seite. Nebel hing in den Straßen von Herzebrock. Unten rumpelte gerade ein Fuhrwerk über das Pflaster, das mit Milchkannen beladen war. Das Klimpern der Kannen erschien ihr in der Stille des Morgens überlaut. Ida konnte das grimmige Gesicht des Kutschers auf dem Bock sehen. In seinem Mundwinkel klemmte eine Zigarette, die Zügel hatte er locker auf den Beinen liegen. Nachdem das Gefährt um die nächste Straßenecke verschwunden war, ließ Ida den Blick über die mit Raureif bedeckten Dächer der umliegenden Häuser gleiten. Rauch kringelte sich aus den Schornsteinen.

Der Herbst ist der Frühling des Winters, dachte Ida ein wenig melancholisch. Das hatte sie in einem Buch gelesen. Die weisen Worte des französischen Malers Henri Toulouse-Lautrec kamen ihr beim Blick aus dem Fenster wieder in den Sinn, dann riss sie sich los und fing an, sich auf den Tag vorzubereiten. Wie kalt würde wohl der Winter werden, wenn schon die ersten Herbstnächte diese eisige Kälte mit sich brachten?

Sie begann ihre Morgenroutine. Ihre Hände zitterten leicht, als sie sich Wasser aus der bereitstehenden Porzellankanne in die Waschschüssel kippte. Heute würde eine Katzenwäsche genügen, denn erwartungsgemäß war das Wasser eiskalt. Bibbernd frottierte sie sich das Gesicht und die Hände mit dem Tuch. Anschließend drückte sie etwas von der mit Honig gesüßten Zahncreme aus der neumodischen Tube auf die Schweineborsten der Holzzahnbürste. Für eine dieser vornehmen Perlmuttbürsten reichte ihr Geld nicht. Auch das würde sich vielleicht bald ändern. Nachdem sie sich die Zähne geputzt und den Mund gespült hatte, betrachtete sich Ida im Spiegel. Eigentlich war sie recht zufrieden mit ihrem Aussehen – wären da nur nicht die zahlreichen Sommersprossen. Im Volksmund hieß es, dass die kleinen Flecken von Krankheit und Nervosität kündeten. Beides traf auf sie nicht zu und so griff sie zu einem Hausmittel und träufelte jeden Morgen etwas Zitronensaft und Essig auf einen Lappen, um sich die Punkte sorgsam abzutupfen. Doch bisher hatte der vermeintliche Trick noch nicht geholfen. Heute wollte sie besonders gut aussehen, und Ida fragte sich, wo diese Eitelkeit herrührte. War es, weil sie die neue Anstellung begann oder weil sie Alfons gefallen wollte? Sie verdrängte den Gedanken und kleidete sich eilig an. Bald schon begann ihre erste Schicht, und heute Abend würde ihr Josephine wieder das Handwerk des Schneiderns erklären. Eine aufregende Zeit lag vor ihr, und Ida war froh, dass endlich Bewegung in ihr Leben kam.

*

»Da ist sie«, raunte Deilmeyer Alfons zu, als der sich gerade die blaue Arbeitsjacke zuknöpfte. Die Arbeiter bereiteten sich auf den Arbeitstag vor. Schwer hing der Duft von Öl, geschliffenem Stahl und frischer Farbe in der großen Halle.

Alfons blickte in die Richtung, in die sein Kollege mit dem ausgestreckten Finger zeigte. Das Mädchen, das sich gestern beim alten Böker vorgestellt hatte, betrat eben an der Seite des

Werkleiters die Fabrikhalle. Böker schritt förmlich, die Hände auf dem Rücken verschränkt, wie ein dozierender Professor durch die Fabrik. Neben ihm wirkte die junge Frau klein und eingeschüchtert. So hatte Alfons sie gestern nicht wahrgenommen. »Sie hat Angst«, raunte er Deilmeyer zu.

»Na, wenn das kein Grund ist, sich ihrer anzunehmen.« Der ältere Kollege kicherte. »Sei ihr Beschützer!«

»Blödmann«, zischte Alfons und hieb Deilmeyer den Ellenbogen in die Rippen, so dass dieser mit einem zischenden Laut zur Seite trat. »Und jetzt zeig, dass du gute Manieren hast!«

Deilmeyer machte eine säuerliche Miene, ersparte sich aber eine Antwort.

»Gibt es Probleme?« Böker war hinter ihnen aufgetaucht. Mit strengem Blick betrachtete er Alfons und Deilmeyer.

»Nein, Herr Böker, alles in Ordnung«, beeilte sich Alfons zu antworten.

»Ist das so?«

»Sicher.« Deilmeyer misslang ein Grinsen.

»Gut.« Die Gesichtszüge des Werkleiters entspannten sich ein wenig. »Das hier ist Fräulein Brenneisen. Sie wird ab heute in der Fabrik arbeiten.«

Brenneisen heißt das schöne Mädchen also mit Nachnamen, dachte Alfons, während er sie betrachtete. Ida hatte den Kopf gesenkt, und dennoch konnte er sehen, dass ihre Wangen vor Aufregung gerötet waren.

»Terstegen, ich denke, Ida sollte dir zuarbeiten«, ordnete Böker an. Seine Stimme duldete keinen Widerspruch, und Alfons ignorierte das hämische Grinsen seiner Kollegen. Einer pfiff durch die Zähne, ein anderer strubbelte ihm durch das dichte Haar, wobei ihm die Mütze in weitem Bogen vom Kopf fiel. »Lass das«, zischte Alfons und bückte sich nach seiner Mütze.

»Bin ich die einzige Frau, die heute ihren ersten Arbeitstag hat?«, wandte sich Ida an Hermann Böker, um von dem peinlichen Zwischenfall abzulenken.

Der Werkleiter schüttelte den Kopf. »Du bist eine von drei neuen Arbeiterinnen«, erklärte er ihr, »und ich bin gespannt, wie ihr euch verstehen werdet.« Ida nickte erleichtert. Wenn heute noch andere Frauen anfingen, würde ihr nicht die gesamte Aufmerksamkeit der Arbeiter gelten. Nun war sie neugierig, wer die beiden anderen waren.

»Dann los, worauf wartet ihr?« Böker klatschte in die Hände. »Der Arbeitstag hat vor drei Minuten begonnen, und es gibt viel zu tun.« Ohne eine Antwort abzuwarten, verschwand er in seinem kleinen Büro.

»Na dann los«, raunte Alfons ihr zu.

»Ja«, nickte Ida. »Auf ins Abenteuer.«

Kapitel 8

Das ist genial, mein Freund«, konstatierte Rudolf Zenker, als Carl seinem Kompagnon den Entwurf präsentierte, den er in der vergangenen Nacht zu Papier gebracht hatte. Die Idee hatte er schon länger mit sich herumgetragen, doch hatten ihm Zeit und Muße gefehlt, seine Pläne detailliert aufzuzeichnen. Katharinas Zuspruch und ihre Begeisterung hatten ihn ermutigt.

Carl hatte dem Freund alle Einzelheiten erklärt. Das milchige Licht der Herbstsonne drang durch das Bürofenster. Staubpartikel tanzten in der Luft, die Geräusche der Fabrik drangen gedämpft an die Ohren der beiden Männer, als sie sich über die Konstruktionszeichnung beugten. Carl freute sich über Rudolfs Euphorie. »Ich habe die Idee unserer Zentrifuge *Satellit* abgewandelt«, erklärte er, um einen sachlichen Tonfall bemüht. »Bei der Holzbottichwaschmaschine handelt es sich um ein aufrechtstehendes Eichenfass, in dem sich ein Rührwerk befindet, das sich drehen lässt.« Er tippte auf die Stelle der Zeichnung, an der sich der Mechanismus oberhalb des Fasses befand. »Die Schaufeln im Innern habe ich so konstruiert, dass sich die Wäsche beim Drehen nicht daran aufwickeln kann.« Jetzt zeigte

Carl die seitlich angebrachte Walzenkonstruktion. »Und hier wird die frische Wäsche gleich ausgewrungen. Das spart Wasser, Kraft und Wege.«

»Das ist großartig!« Zenker war sichtlich beeindruckt von Carls Entwürfen. Seine Wangen glühten vor Aufregung.

»Damit haben wir die erste Holzbottichwaschmaschine, die den Frauen eine echte Erleichterung bescheren wird«, riss Rudolfs Stimme ihn aus den Gedanken. Sein Kompagnon strahlte über das ganze Gesicht und schien es kaum erwarten zu können, die neuartige Erfindung der Kundschaft anzupreisen. »Durch die Zeitersparnis können sich die Frauen auf andere Arbeiten konzentrieren«, war er sicher. »Carl, das ist genial«, wiederholte er sichtlich beeindruckt. Dann wurde er ernst. »Wie steht es mit einem elektrischen Antrieb?«

»Die Maschine habe ich so konstruiert, dass sie sich problemlos mit einem elektrischen Motor nachrüsten lässt«, erklärte Carl und deutete mit dem Stift an das untere Ende des Eichenfasses. »Wie schon damals bei der Zentrifuge.«

»Das wird uns ganz neue Märkte eröffnen.« Rudolf war zufrieden. »Ich hoffe, dass die Elektrifizierung des Deutschen Reiches so schnell voranschreitet, wie es uns der Kaiser verspricht.«

»Wenn Kaiser Wilhelm Wort hält, können wir mit unserer Waschmaschine bald den Siegeszug durch das gesamte preußische Reich antreten«, grinste Carl stolz. »Doch noch ist es nicht so weit, und wir sollten uns auf den Handantrieb konzentrieren. Er sollte möglichst langlebig und robust ausgelegt sein«, fügte er hinzu. »Dazu werde ich gleich mit Hermann Böker sprechen, sicher hat auch er Ideen dazu.«

»Mach das«, nickte Rudolf. »Sobald ihr die Baugruppen und die benötigten Teile aufgelistet habt, kann ich mit der Kalkulation beginnen.«

»Wir werden den Bottich wie bei der Zentrifuge auch aus Eichenholz fertigen, die Standfüße aus robustem Gusseisen«, schlug Carl vor. »Beides nicht ganz billig, dafür sehr langlebig.«

»So ist es recht.« Unternehmungslustig rieb sich Rudolf die Hände. Er freute sich diebisch auf die neue Maschine, die er schon bald der Kundschaft verkaufen konnte.

*

Ida hatte gut zu tun in der Fabrik. Sie erledigte leichte Montagearbeiten, schraubte die eisernen Halterungen der Zentrifugen zusammen und pinselte Farbe auf die Einzelteile. Doch immer, wenn Ida einen Moment Zeit fand, nahm sie die Einrichtung der Fabrik in Augenschein. Es gab eine große Dampfmaschine, die über Transmissionsriemen, die unter der hohen Decke der Halle verliefen, sämtliche Maschinen antrieb: Sie erkannte Bohrmaschinen, Fräsen und Sägen.

Offenbar hatten Carl Thiele und sein Kompagnon großen Wert auf modernste Technik gelegt. Die Maschinen bestimmten den Rhythmus der Arbeit, und Ida war nun ein Teil dieser Welt geworden.

In der alten Kornmühle herrschte reges Treiben, es wurde gehämmert, gebohrt und geschliffen, die Männer riefen sich Anweisungen zu und pfiffen gut gelaunt irgendwelche Lieder. Nur, wenn sich jemand aus der Geschäftsleitung blicken ließ, verstummten die Pfiffe, und alle versanken in ihrer Arbeit. Auf dem Hof fuhren fast im Minutentakt Fuhrwerke vor, die neues Material anlieferten, während fertig montierte Zentrifugen auf die Leiterwagen anderer Gespanne verladen wurden. Die Fuhrmänner, grobschlächtige Kerle, fluchten beim Laden wie die Rohrspatzen, doch es fiel kaum ein wirklich böses Wort zwischen den Männern.

Das hier war alles andere als das Schneiderhandwerk, das Ida so gern erlernt hätte, doch sie konnte sich durchaus vorstellen, hier eine Zeit zu verbringen, um ihr eigenes Geld zu verdienen. Und sie war sicher, dass es Schlimmeres gab, als in der Zentrifugenfabrik zu arbeiten.

Kapitel 9

Theresa Zumwinkel traute ihren Augen nicht, als die Küchentür aufgestoßen wurde und ihre Tochter mit einem breiten Lachen im Türrahmen stand. Um ein Haar hätte sie den Kaffee verschüttet, den sie gerade trank. Die trüben Gedanken, die sie letzte Nacht gehabt hatte, verdrängte sie. Fast schämte sie sich sogar dafür.

»Guten Morgen!«, rief Katharina gut gelaunt.

»Guten Morgen, mein Kind«, stammelte Theresa überrascht. Gerade wollte sie den noch gedeckten Frühstückstisch abräumen. Die Belegschaft war schon bei der Arbeit, auch Katharinas Vater schien bereits auf dem Feld zu sein.

Nachdem Katharina rasch den Mantel ausgezogen und über eine Stuhllehne gehängt hatte, ging sie ihrer Mutter zur Hand. Erschüttert stellte sie fest, dass auch die einfachsten Arbeiten Kurzatmigkeit bei Theresa hervorriefen. Sicher war es güt, dass sie heute zur Unterstützung nach Clarholz gekommen war. »Wie weit seid ihr beim Waschtag?«, fragte sie möglichst beiläufig.

»Ach, Kind – es ist eine Qual. Die Wäscheberge werden von Mal zu Mal höher, so hat es den Anschein.« Theresa rang sich ein müdes Lächeln ab und stöhnte. »Seit zwei Uhr bin ich schon zugange, Frieda hilft mir, doch es ist eine wahre Plackerei.«

»Ich kann mich noch gut an die Waschtage erinnern«, nickte Katharina, während sie Wasser für den Abwasch aufsetzte. »Und deshalb dachte ich mir schon, dass du Hilfe gebrauchen könntest.«

»Musst du deinem Carl nicht in der Fabrik helfen?« Keuchend sank Theresa auf einen Stuhl. Ihr Atem ging rasselnd.

»Er kann mich heute entbehren«, behauptete Katharina. »Außerdem hat er Rudolf an seiner Seite.«

Theresa nickte. Sie deutete auf einen der Stühle. »Komm«, sagte sie, »setz dich doch zu mir und erzähl, was es Neues in Herzebrock gibt. Sicher bist du auch hungrig und durstig?«

»Einen Tee nehme ich gern«, erwiderte Katharina.

»Sollst du haben.« Theresa erhob sich schwerfällig wie eine alte Frau, um ihr einen Tee aufzubrühen. Ihr Gang war gebückt, die Furchen in ihrem Gesicht wirkten heute tiefer als sonst, unter den Augen hatten sich dunkle Ringe gebildet, die von schlaflosen Nächten kündeten. Sorgenvoll beobachtete Katharina ihre Mutter. Ihr wurde schwer ums Herz, und ein wenig fühlte sie sich in diesem Augenblick wieder, als hätte sie Theresa mit der Hochzeit und dem Umzug im Stich gelassen.

»Wie ergeht es euch in Herzebrock?«, fragte Theresa, während sie am Herd herumhantierte und Katharina den Rücken zuwandte.

»Die Fabrik ist großartig geworden«, schwärmte Katharina. »Rudolf und Carl sind ein gutes Gespann, sie verkaufen Unmengen an Zentrifugen im ganzen Reich und darüber hinaus.

Erst gestern mussten sie Arbeiterinnen einstellen, die den Männern in der Fabrik zur Hand gehen, sonst wären die Aufträge kaum zu erfüllen.«

»Das klingt doch gut«, erwiderte Theresa. Sie kehrte mit einer Tontasse an den Tisch zurück, in der ein frischer Tee dampfte. »Vorsicht, er ist heiß«, warnte sie ihre Tochter, bevor sie sich wieder zu ihr setzte.

»Danke.« Katharina nahm die Tasse in beide Hände, um sich die kalten Finger daran zu wärmen. Sie pustete in den Tee und trank vorsichtig in kleinen Schlucken.

»Aber mich interessiert natürlich, wie es Carl und dir privat ergeht in Herzebrock.« Theresa bedachte sie mit einem mütterlichen Lächeln.

»Wir lieben uns wie am ersten Tag und vermissen uns, wenn wir mal nicht beieinander sein können.«

»Dann stellt sich sicher bald Nachwuchs ein?«

Katharina lachte auf. »Darüber haben wir uns noch nicht unterhalten«, gestand sie ihrer Mutter. »Aber irgendwann ist es sicher so weit. Carl wünscht sich nichts sehnlicher als einen Sohn, der irgendwann in seine Fußstapfen tritt.«

»Wie dein Vater damals«, seufzte Theresa und senkte kurz den Blick.

»Leider bin ich kein Sohn«, entgegnete Katharina melancholisch. In ihrem noch jungen Leben hatte ihr Vater ihr oft vorgehalten, dass er sich immer einen Nachfolger für den Hof gewünscht hatte. Doch Katharina hatte nicht vorgehabt, den Zumwinkel-Hof eines Tages zu übernehmen. Wahrscheinlich hatte er ihr das immer verübelt. So war es immer Katharinas

Anliegen gewesen, dem Vater so gut wie möglich bei der Arbeit auf dem Hof zur Hand zu gehen.

»Wie lange bleibst du?«

»So lange ich gebraucht werde.«

Jetzt lachte Theresa auf. »Lass das nicht deinen Vater hören – er braucht immer Unterstützung und ist für jede helfende Hand dankbar.«

»Habt ihr neue Leute eingestellt?«

»Das mussten wir.« Theresa nickte. »Alle sind sehr fleißig.«

»Aber der Waschtag bleibt immer noch an dir hängen.«

»Leider, ja.« Theresa seufzte. »Aber Frieda hilft mir – sie schleppt das Wasser heran, stampft die Wäsche, scheuert sie auf dem Waschbrett, damit ich nur wringen und aufhängen muss. Trotzdem ist es immer eine Arbeit, die mir von Mal zu Mal schwerer fällt.«

»Ich werde dir helfen.«

»Du bist ein Engel, mein Kind.« Theresas Wangen hatten sich gerötet. Sie nahm die Hand ihrer Tochter und drückte sie dankbar.

⋆

»Clara – du hier?« Ida traute ihren Augen nicht, als sie ihre alte Freundin, die sie seit der Schulzeit nicht mehr gesehen hatte, auf dem Weg zum Kontor traf, das sich außerhalb der Fabrik in einem Anbau auf dem Hof befand. Alfons hatte sie geschickt, um einen Eimer schwarzer Farbe sowie Pinsel aus dem Magazin zu besorgen. Clara trug wie sie ein einfaches Arbeitskleid, dazu eine Schürze, auf dem Kopf thronte ein grauweißes Häubchen. Sie war kaum älter als Ida, etwas größer und ebenfalls schlank. Auch Clara schien überrascht zu sein, Ida hier anzutreffen.

»Ida«, rief Clara sichtlich erfreut und schloss ihre alte Freundin in die Arme. »Arbeitest du also auch hier?«

»Ja«, nickte Ida, »endlich verdiene ich mein erstes eigenes Geld und die Arbeit bereitet mir Freude.«

»Soso.« Claras graue Augen verengten sich zu Schlitzen. »Und du bist zufrieden hier?«

»Es ist mein erster Arbeitstag«, erklärte Ida. »Bis jetzt kann ich mich nicht beschweren.« Sie zögerte. Etwas schien mit Clara nicht zu stimmen. »Warum sollte ich denn nicht zufrieden sein?«

»Sie lassen uns schwere Arbeit verrichten und nehmen keine Rücksicht darauf, dass die Männer viel kräftiger sind als wir.«

»Also hast du auch deinen ersten Tag heute?«

»Ja, aber mir reicht es schon wieder.« Clara winkte ab. »Die Männer scheuchen mich durch die Halle, mach mal hier, hol mal da … und wenn es ihnen nicht schnell genug geht, bekomme ich Ärger.« Sie winkte ab. »Und wenn ich laufe, starren sie mir hinterher, sie pfeifen und machen anzügliche Bemerkungen.«

Kurz dachte Ida an Alfons. »Der Arbeiter, dem ich zugeteilt wurde, setzt mich für Handlangertätigkeiten ein, er erklärt mir alles geduldig und ist höflich zu mir. Ich kann mich wirklich nicht beklagen, Alfons hat gute Manieren.«

»Das klingt, als hättest du Glück gehabt mit der Anstellung«, entgegnete Clara mit einem verächtlichen Gesichtsausdruck. »Aber das ist es nicht, denn zu allem Ärger und der Schufterei bezahlen sie uns viel weniger als den Männern.« Clara betrachtete sie mit einem prüfenden Blick. »Das ist dir neu, oder?«

»Ja … nein, ich …«

»Siehst du«, rief Clara verächtlich. »Das nenne ich ungerecht.«

Ida fragte sich, warum Clara ihr die Arbeit madig machte. Sie hatte ihre alte Freundin fröhlicher in Erinnerung gehabt. Schon immer war Clara selbstbewusst gewesen, doch im Augenblick schien sie sich in ihrem Ärger zu verlieren.

»Niemand hat dich gezwungen, hier anzufangen«, entgegnete Ida ein wenig befremdet.

»Leider doch, denn ich bin auf das Geld angewiesen«, antwortete Clara. »Aber ich werde das nicht mitmachen. Ich verrichte die gleiche Arbeit wie Tiedtke, also kann ich auch den gleichen Lohn verlangen.«

»Sicher hat Tiedtke sich bereits Fähigkeiten angeeignet, die uns noch fehlen«, vermutete Ida. Bisher hatte sie nicht das Gefühl gehabt, ausgenutzt zu werden.

»Papperlapapp«, winkte Clara ab. »Das ist ziemlich ungerecht, und man behandelt uns schlecht, weil wir Frauen sind.«

»Warum sollte man das?«

»Weil es so üblich ist in der schönen neuen Arbeitswelt«, erwiderte Clara sarkastisch. »Man beutet uns aus, doch ich mache das nicht mit.«

»Was willst du denn dagegen tun?«

Clara sah sich um und versicherte sich, dass ihnen niemand zuhörte. »Ich besuche geheime Frauentreffen.«

»Du besuchst … was?« Ida machte große Augen. »Was um Himmels willen ist das?« Sie hatte zwar schon gehört, dass seit einiger Zeit sogenannte Frauentreffen im Verborgenen stattfanden, sich aber nie näher dafür interessiert.

»Es geht um unsere Rechte«, erklärte Clara, während sie sich immer wieder umsah. »Was dürfen wir denn schon, außer uns um die Haushaltsführung und um unsere Kinder kümmern?«

»So habe ich das noch nie gesehen«, räumte Ida ein.

»Siehst du. Und das ist das Problem«, setzte Clara nach. »Wir nehmen es als selbstverständlich hin, dabei dürfen wir nicht viel in der Gesellschaft.« Clara holte tief Luft. »Wir sind dazu verdammt, uns unserem Schicksal zu fügen.«

»Deshalb hast du die Arbeitsstelle angenommen?«, fragte Ida.

»Auch, ja. Ich möchte selbst über mein Leben bestimmen können und dieselben Rechte haben wie die Männer. Schließlich leben wir in einer modernen Welt.«

Ida dachte kurz nach. Im Grunde genommen schien ihre alte Freundin recht zu haben. Doch bisher war ihr nie bewusst geworden, dass Frauen hinter den Männern zurückstehen mussten.

»Ich kämpfe für die Rechte der Frauen, in den Familien, im Beruf, überall. Ich will auch wählen dürfen, so, wie es bei den Männern schon längst selbstverständlich ist.«

»Das klingt plausibel«, musste Ida eingestehen.

»Das ist es auch«, nickte Clara. »Komm doch mal mit, dann wirst du erfahren, wie es uns gelingen kann, zu unserem Recht zu kommen.«

»Du hast gesagt, dass es sich um heimliche Treffen handelt«, sagte Ida mit gedämpfter Stimme. »Warum darf davon niemand erfahren?«

»Das ist doch klar! Die Männer tolerieren nicht, dass wir uns gegen die Unterdrückung wehren. Wir kämpfen für Rechte und Bildung. Es würde ihnen nicht gefallen, wenn wir …«

»Clara – was ist da los?« Tiedtke war auf dem Hof erschienen. Offensichtlich hatte er schon nach Clara gesucht. »Wo steckst du denn?«

»Entschuldigung«, rief Clara ihm schon von Weitem zu. »Ich komme sofort!« Sie griff in die Schürzentasche und zog einen Zettel hervor. »Ich muss los.«

Verwundert nahm Ida den Zettel an und überflog die Zeilen. Darauf standen eine Adresse, das heutige Datum und eine Uhrzeit in den Abendstunden. Um diese Jahreszeit würde es zu Beginn der Frauenversammlung wohl schon stockfinster sein.

»Wir sehen uns«, raunte Clara Ida zu, bevor sie ihren Weg fortsetzte, ohne sich noch einmal zu Ida umzublicken.

Ein wenig verdutzt betrachtete Ida den Zettel in ihrer Hand, bevor sie ihn sorgsam faltete und in ihrer Tasche verschwinden ließ. Sie hatte die Neugier gepackt und sie überlegte, ob sie an der Versammlung teilnehmen sollte. Sicher war es interessant zu hören, was die Frauen besprachen.

*

Sie hatte viel Zeit verloren und hatte keine Lust auf Ärger. Nachdem Ida Farbeimer und Pinsel aus dem Magazin geholt hatte, sah sie zu, dass sie zu Alfons kam.

»Hast du dich verlaufen?«, fragte er mit einem schiefen Grinsen auf den Lippen, als sie sich wieder zu ihm gesellte. Er schraubte gerade den Deckel der neuen Zentrifuge fest. Jetzt legte er den schweren Schraubenschlüssel auf die Werkbank und putzte sich die Finger an einem Lappen ab, der aus seiner Hosentasche hing.

»Ich habe eine alte Freundin getroffen, die auch hier arbeitet.« Ida schalt sich eine Närrin, denn eigentlich wollte sie Alfons nichts von dem Gespräch erzählen. Nun war es raus.

Alfons betrachtete sie mit interessiertem Blick. »Und?«, fragte er. »Woher kennt ihr euch?«

»Aus der Schule«, antwortete Ida schnell und war froh, dass er ihr nicht böse war.

»Dann mal los.« Alfons nahm ihr den Farbeimer und die Pinsel aus der Hand und öffnete den Eimer mit einem Schraubendreher. »Wir haben beim Bearbeiten der Eisenträger an einigen Stellen die Farbschicht beschädigt, die musst du jetzt wieder ausbessern.« Er sah sie an. »Kannst du das?«

»Ich versuche es.«

»Gut.«

Ida machte sich an die Arbeit. Das alles hier hatte nichts mit ihrem Traum von der Schneiderei zu tun, doch die Arbeit machte ihr durchaus Freude. Während sie mit dem Pinsel hantierte, dachte sie wieder an das Gespräch mit Clara zurück.

»Seid ihr etwa immer noch nicht fertig?«

Ida erschrak, als sie die tiefe Stimme von Böker hinter sich vernahm. Sie ließ die Hand sinken und drehte sich zu dem Werkleiter um.

»Mehr als arbeiten können wir nicht, Meister«, rief Alfons. Schützend baute er sich neben Ida auf. »Was stellen Sie sich vor?«

»Die Kutsche steht bereits auf dem Hof und wartet auf die Verladung der Maschine, Terstegen! Der Kutscher muss heute noch nach Bielefeld damit!«

»Wir haben nur vier Hände«, verteidigte sich Alfons mit verkniffener Miene. Ida sah ihm an, dass er Böker am liebsten die Meinung gesagt hätte. In ihm brodelte es. »Und das, was ihr hier mit uns macht, ist eine Sauerei! Demnächst steht ihr noch mit der Peitsche hinter uns!«

Insgeheim wunderte sich Ida, dass Alfons sich traute, ihm Paroli zu bieten. Ihre Augen wurden groß, als sich das Gesicht des Werkleiters tiefrot verfärbte und er die Hände in die Hüften stemmte.

»Werd mal nicht frech!« Böker baute sich bedrohlich vor Alfons auf. Er zeigte auf Ida. »Du hast schon Unterstützung bekommen, also sieh zu, dass die Maschine so schnell wie möglich fertig wird!«

»Eine Stunde brauch ich sicher noch«, entgegnete Alfons.

»Dann ziehe ich dir eine Stunde vom Lohn für diese Woche ab«, konterte Böker aufgebracht. Ohne ein weiteres Wort ließ er Alfons und Ida stehen und stapfte wütend davon. Ida sah dem Werkleiter, den sie gestern noch als freundlichen Mann kennengelernt hatte, fassungslos hinterher.

»Was war das denn?«

Alfons seufzte. »Böker, wie er leibt und lebt. Er treibt uns an, brüllt und meckert mit uns, wenn er Thiele oder Zenker Termine verspricht, die kaum einzuhalten sind.«

»Warum tut er das?«

»Was weiß ich.« Alfons winkte ab. »Wahrscheinlich machen

ihm Thiele und Zenker Druck. Oder er hat daheim bei seiner Frau nicht viel zu melden.« Jetzt grinste er wieder, doch Ida sah ihm die Anspannung immer noch an. »Komm«, sagte er und trommelte auf das Holzfass. »Lass uns das Ding jetzt fertigmachen, damit es ausgeliefert werden kann.«

Kapitel 10

Bernhard Zumwinkel hatte in einem leerstehenden Schuppen ein Waschhaus eingerichtet. Im Sommer konnte der Waschtag draußen auf dem Hof stattfinden, aber in der kalten Jahreszeit war es eine Zumutung für die Frauen, stundenlang in der Kälte ihre Arbeit zu verrichten.

Durch die kleinen Fenster fiel indes nur wenig Licht ins Innere, und es dauerte einen Moment, bis sich Katharinas Augen an das Zwielicht gewöhnt hatten. Staunend stand sie im Türrahmen des Waschhauses. Es gab einen großen Waschzuber, einige Holztische, zwei Waschbretter, unzählige Schüsseln und eine Vorrichtung, auf der die gewaschene Wäsche gewrungen werden konnte. Im hinteren Bereich des Waschhauses hatte ihr Vater Leinen zum Trocknen spannen lassen. Trotz aller Bemühungen, es den Frauen so einfach wie möglich zu machen, stellte der Waschtag die Beteiligten vor hohe Herausforderungen. Der Ofen, auf dem das Wasser erhitzt wurde, sorgte an kalten Tagen für Wärme – allerdings auch für feuchtwarme Luft. Offenbar hatte Vater bereits ein Feuer in Gang gebracht. Die Flammen prasselten, Holzscheite knackten vernehmlich. Außerdem empfing Katharina der Geruch von Seife.

»Er hat sich richtig Mühe gegeben, uns die Arbeit zu erleichtern«, riss Theresas Stimme sie aus ihren Beobachtungen. Katharina wandte sich zu ihrer Mutter um. »Ja«, nickte sie. »Das hat er wirklich.« Kurz war sie versucht, von Carls neuester Erfindung zu erzählen, doch sie hielt sich zurück. Sie hatte sich schon auf der Fahrt nach Clarholz vorgenommen, Carl selbst von den Neuigkeiten berichten zu lassen, sobald er das nächste Mal auf den Hof kam. Das kleine Waschhaus bot genügend Platz für eine Waschmaschine. Katharina verdrängte die Gedanken und nahm den Wäscheberg in Augenschein. »Also los«, sagte sie, während sie sich die Ärmel ihrer Bluse hochkrempelte. »Worauf warten wir, Mutter?«

*

Carl hielt nichts mehr in seinem Büro. Kaum, dass er Rudolf seine Pläne präsentiert hatte, rollte er die Skizzen zusammen und begab sich voller Tatendrang in die Fabrikhalle. Hier herrschte emsiges Treiben. Erstmals sah Carl auch die drei jungen Frauen, die Böker den Arbeitern als Handlangerinnen zugeteilt hatte. Er beschloss, den Werkleiter später zu fragen, wie sie sich machten. Wenn sie sich gut eingearbeitet hatten, würde Carl veranlassen, ihnen auch verantwortungsvollere Aufgaben zuzuteilen.

Doch jetzt stand erst einmal seine neuste Erfindung im Vordergrund. Er musste sich von Böker die für den Bau des Prototyps benötigten Materialien zusammenstellen lassen. Carl hatte alles auf eine Liste geschrieben. Erst, wenn der Prototyp fertiggestellt war, würde er Böker einweihen, um ihn nach Verbesserungsvorschlägen zu fragen. Der Werkleiter war ein erfahrener Maschinenbauer, der sicherlich seine Ideen einbringen konnte. Doch noch wollte Carl das Projekt alleine umsetzen. Er war sich durchaus darüber im Klaren, dass er mitunter stur war, wenn es um die Umsetzung seiner Ideen ging, doch an manchen Tagen konnte er einfach nicht aus seiner Haut.

Wie besessen marschierte Carl durch die Fabrik. Die neugierigen Blicke der Belegschaft nahm er kaum wahr. Als ihn jemand anrempelte, fuhr er erschrocken auf und ließ die Zeichnungen fallen. Er war mit einer jungen Arbeiterin zusammengestoßen. In letzter Sekunde konnte er sie vor dem Sturz bewahren.

*

Ida trat einen Schritt zurück, um Alfons nicht im Weg herumzustehen. Dabei stieß sie mit dem Stiefel gegen den Farbeimer, der scheppernd umstürzte. Die pechschwarze Farbe ergoss sich auf den Boden und bildete im Nu einen dunkel glänzenden See. »Oh nein«, rief Ida peinlich berührt und nahm die Hände entsetzt vor den Mund. »Was habe ich getan?« Instinktiv machte sie einen Schritt rückwärts und prallte mit jemandem, der sich unmittelbar hinter ihr befunden haben musste, zusammen. Sie stolperte und drohte das Gleichgewicht zu verlieren, als sie zwei starke Hände spürte, die sie festhielten.

»Vorsicht!«, hörte sie eine Männerstimme.

Als Ida sich umwandte, wagte sie ihren Augen nicht zu trauen, denn kein anderer als Carl Thiele höchstpersönlich stand ihr gegenüber. »Entschuldigung, ich war ungeschickt«, kam es kleinlaut über ihre Lippen.

»Ich auch«, erwiderte Thiele mit einem dünnen Lächeln. »Ich war in Gedanken und habe nicht aufgepasst.« Als er die Farblache neben der Zentrifuge sah, zupfte er sein Taschentuch hervor. Als Ida sich nicht gleich traute, es zu nehmen, breitete er es aus und legte es in die Farbe. »Das kann gewaschen werden«, behauptete er und grinste spitzbübisch. Bevor Ida etwas erwidern konnte, wandte Carl Thiele sich um und machte sich daran, die Papierrollen, die er unter dem Arm getragen hatte, wieder an sich zu nehmen, bevor jemand einen Blick darauf werfen konnte. Alfons eilte, sichtlich peinlich berührt, herbei und half dem Firmengründer, die Skizzen einzurollen.

Auch Ida half den Männern. Die anderen Arbeiter taten so, als hätten sie von dem Zwischenfall nichts mitbekommen.

»Es tut mir unendlich leid, Herr Thiele«, beteuerte Ida noch einmal. Am liebsten wäre sie im Boden versunken, so peinlich war ihr die Situation.

»Schwamm drüber, Frau …« sagte Thiele.

»Brenneisen«, beeilte sich Ida zu sagen. »Ida Brenneisen.«

»Sehr angenehm. Wir haben uns vor Ihrer Einstellung ja schon kurz gesehen.« Nachdem er ihr zugenickt hatte, setzte Carl Thiele seinen Weg durch die Fabrikhalle fort. Ida stand da und sah dem Firmengründer nach. Musste sie ausgerechnet mit ihm zusammenstoßen? Sie konnte sich nicht daran erinnern, wann sie zum letzten Mal eine derart unangenehme Situation erlebt hatte. Hinter ihr hatte sich Alfons bereits darangemacht, die Pfütze der pechschwarzen Farbe mit Hilfe von zahlreichen Lappen aufzuwischen.

»Du bist eine blöde Pute«, zischte er Ida zu, als sie ihm zur Hand ging.

»Und du bist unverschämt«, konterte sie gekränkt.

»Tut mir leid, du hast recht«, antwortete Alfons ein wenig kleinlaut. »Aber Bökers unverschämte Art hat mich wütend gemacht.«

»So leicht kommst du mir nicht davon.« Ida hatte ihre Selbstsicherheit schnell wiedergefunden und schenkte ihm ein breites Lächeln. »Das musst du wiedergutmachen.«

Kurz unterbrach er seine Arbeit. »Ich muss … was?«

»Du musst es gutmachen.«

»Und wie soll das gehen?« Er nahm den mit Farbe getränkten Lappen mit den Fingerspitzen auf und trug ihn behutsam zu einem Mülleimer.

»Das ist ganz einfach«, erwiderte Ida. »Du führst mich am Wochenende aus.«

»Was?« Verdutzt musterte er sie.

»Du darfst mich am Sonntag zum Tanzkaffee in Gütersloh einladen.«

»Wie bitte?« Jetzt war es an ihm, große Augen zu machen.

»Du lädst mich zum Tanzkaffee ein, der immer sonntags in Gütersloh stattfindet.«

»Ich kann doch gar nicht tanzen.« Alfons wirkte hilflos wie ein kleiner Junge.

»Das musst du auch nicht.« Sie lachte. »Hauptsache, wir gehen gemeinsam aus.«

»Ja, aber …«

»Ich dachte nur, dass ich dann noch etwas über dich erfahre.« Ida setzte alles auf eine Karte. Entweder lachte er sie jetzt aus und erteilte ihr eine Abfuhr oder …. »Sicher hast du mir viel von dir zu erzählen«, setzte sie nach, als er mit hochrotem Kopf schwieg und die Mütze wieder aufsetzte.

»Und dann verstehe ich vielleicht, warum du ein so loses Mundwerk hast.«

Alfons zögerte und schien nachzudenken. »Ich weiß nicht …« Er blickte sich zu den anderen Männern um, die ihrer Arbeit nachgingen. Dabei schielten sie immer wieder zu Ida und Alfons herüber. Tiedtke grinste schief, während Deilmeyer abschätzig den Kopf schüttelte. »Ich überleg mir was«, versprach Alfons schließlich.

Ida hatte Mühe, ihre Enttäuschung zu verbergen. So konzentrierte sie sich für den Rest des Tages auf die Arbeit und redete nur das Nötigste mit Alfons. »Womit machen wir jetzt weiter?«

Er deutete mit dem Kinn auf die fast fertige Maschine an ihrem Platz. »Mit der Zentrifuge«, antwortete er kurz angebunden. »Wir müssen noch alle Schrauben auf ihren Sitz kontrollieren, und du musst sämtliche Stellen am Eisengestell überprüfen und dort, wo Farbe fehlt, mit dem Pinsel nachstreichen.«

»Nichts lieber als das«, sagte sie und nahm sich den kleinen Farbeimer und einen Pinsel, bevor sie sich ans Werk machte. *Immerhin*, machte sie sich selber Mut, *es besteht Hoffnung, dass er mit mir ausgeht.*

Kapitel 11

Sorgenvoll beobachtete Katharina ihre Mutter, die unter den Strapazen des Wäschewaschens litt. Bei jeder Bewegung kam ein unterdrücktes Stöhnen über ihre Lippen, immer, wenn sie sich über den Waschzuber mit dem kochenden Wasser beugte, verzog sie schmerzerfüllt das Gesicht. Katharina konnte sich gut in ihre Mutter hineinversetzen. Auch für sie war die Arbeit strapaziös und anstrengend. Schon nach zwei Stunden schmerzten Rücken und Schultern, die feuchtwarme Luft im Waschhaus des Hofes machte das Atmen schwer. Theresa erlitt mehrere schwere Hustenanfälle, sie keuchte und krampfte zusammen. Zitternd stand sie an einem der Tische, um sich abzustützen. Dabei schüttelte sie stumm und verzweifelt den Kopf.

»Mach mal eine Pause«, riet Katharina ihrer Mutter mit sanfter Stimme. Sie legte das Hemd, das sie eben bearbeitet hatte, auf den Stapel und nahm Theresa die Wasserkanne ab, deren Inhalt sie in die Wanne kippen wollte. »Die feuchte Luft über dem Zuber ist deiner angeschlagenen Lunge sicher nicht zuträglich.«

»Es hilft nichts, wir müssen doch fertig werden«, gab Theresa kopfschüttelnd zu bedenken.

»Ich löse dich hier ab«, bot Katharina ihr an. »Geh mal an die frische Luft, setz dich auf Vaters Lieblingsbank und atme tief durch, Mutter.« Sie warf der neuen Magd einen Blick zu. Frieda hatte das Gespräch mitgehört und nickte unmerklich. Sie trat näher, um die Waschwanne mit dem heißen Wasser zu füllen. Anschließend machte sie sich daran, die Wäsche hineinzugeben.

»Nun geh schon«, drängte Katharina ihre Mutter, die ein wenig unschlüssig dastand.

»Wie du meinst.« Theresa nickte und verließ das kleine Waschhaus. Katharina blickte ihrer Mutter nach – sie ging vorgebeugt und mit schlurfenden Schritten wie eine alte Frau davon.

Am liebsten hätte ihr Katharina verboten, sich um die Wäsche zu kümmern. Vielleicht war es ratsam, eine Haushälterin einzustellen, die den Waschtag an Mutters Stelle übernahm. Katharina wusste, dass ihre Eltern keine reichen Leute waren. Doch wenn es am Geld scheiterte, würde sie mit Carl reden. Katharina war sicher, dass er keine Einwände haben würde, wenn sie vorschlug, die Angestellte zu bezahlen. Jedenfalls so lange, bis seine Erfindung es zur Serienreife gebracht und er seinen Schwiegereltern eine der ersten Holzbottichwaschmaschinen gebaut hatte.

*

Die Dampfsirene rief zur Mittagspause, und einige der Männer begaben sich zum Werktor, wo ihre Frauen mit Henkelmännern auf sie warteten, um ihnen warmes Essen zu bringen. Offenbar war es üblich, dass es deftige Kost gab, die sie bei Kräften hielt. Einige der Männer freuten sich über Eintopf, andere fanden gestampfte Kartoffeln und Wurst in ihren Behältern vor. Andere verließen die Fabrik gar, um das Mittagessen zu Hause einzunehmen.

Ida beobachtete die Arbeiter und ihre Frauen. Sie beneidete sie nicht, arbeiteten sie doch meistens von frühmorgens bis spät in der Nacht, kümmerten sich um den Haushalt und die Kindererziehung. Nur die besserverdienenden Familien konnten sich eine Gouvernante leisten. Ida glaubte zu verstehen, was Clara in ihrem Gespräch gemeint hatte. Während Männer sich ausschließlich um die Arbeit kümmerten, fiel dem Großteil der Frauen eine Doppelbelastung zu.

Ida gehörte nicht gerade zu den Reichen, doch mit dem heutigen Tag gehörte sie immerhin zum arbeitenden Teil der Gesellschaft, ein Umstand, der sie stolz machte, auch, wenn es mit der Schneiderlehre nicht geklappt hatte. Jeden Freitag würde sie von nun an ihren Lohn bekommen und war niemandem mehr Rechenschaft schuldig.

Mit einem mulmigen Gefühl dachte sie an den Zusammenstoß mit Carl Thiele, bei dem seine technischen Zeichnungen auf dem Boden der Fabrik gelandet waren. Sie fragte sich, was auf den Skizzen zu sehen gewesen war. Jedenfalls war ihr nicht entgangen, dass Thiele es eilig gehabt hatte, sie zusammenzurollen, bevor jemand einen Blick darauf erhaschen konnte. Sicherlich gab es ein Geheimnis, das er – im wahrsten Sinne des Wortes – mit sich herumtrug. Sie war gespannt, was das wohl war. Vielleicht wusste Alfons, was auf den Zeichnungen zu sehen gewesen war. Sie würde ihn fragen. Dabei fiel ihr auf, dass er sich mit einer Antwort auf ihre Frage Zeit ließ. Sie nahm sich vor, sich in der Pause nichts anmerken zu lassen. Ida suchte nach ihrem Vorarbeiter und fand ihn auf einer Mauer hockend. Gedankenverloren stierte er ins Leere und kaute lustlos auf seinem Wurstbrot herum. Dazu trank er aus einer Flasche, vermutlich Tee oder Malzkaffee. Er schien sie nicht zu bemerken. Erst, als sie unmittelbar vor ihm stand, blickte er erschrocken auf.

»Ida«, rief er mit vollem Mund. »Was ist?«

»Du schuldest mir noch eine Antwort.«

Keiner der anderen Arbeiter scherte sich um den Jüngsten. Einige aßen schweigend, andere standen beisammen und unterhielten sich angeregt, wieder andere rauchten in der Kälte des Herbsttages. Alfons hatte kein Mittagessen ans Werktor gebracht bekommen. Ida überlegte und kam zu dem Schluss, dass es wahrscheinlich keine Frau in seinem Leben gab, die ihm Essen brachte. Vermutlich gab es gar keine Frau in seinem Leben – von seiner Mutter abgesehen. Nun fehlte nur noch die Einladung zum Tanzcafé, doch Ida gab die Hoffnung so schnell nicht auf.

Kapitel 12

Carl hatte die Zeit vergessen, so sehr war er von seiner Idee eingenommen, auf Basis seiner Skizze nun den Prototyp einer Waschmaschine zu bauen. Die Angestellten hatten die Fabrik längst verlassen, sogar Rudolf hatte sich vor zwei Stunden verabschiedet. Für ihn stand am kommenden Morgen eine Geschäftsreise ins Norddeutsche an. Carl hoffte, dem Freund nach seiner Rückkehr eine fertige Maschine präsentieren zu können.

In der Fabrik herrschte eine nahezu geisterhafte Stille. Als Carl irgendwann den Schraubenschlüssel zur Seite legte und aufblickte, stellte er fest, dass sich die Dunkelheit über die Stadt gelegt hatte. Nur die hohen Deckenlampen warfen ihren Lichtschein auf sein Werk. Carl atmete tief durch, dann trat er ein paar Schritte zurück, um die Maschine zu betrachten. Dabei war sie noch lange nicht fertig, doch ein technisch begabter Betrachter würde sich denken können, um was für eine Art von Maschine es sich handelte.

Das Eichenfass, es war größer als das der beliebten Thiele-Zentrifuge, ruhte bereits auf schweren Eisenträgern, die der Trommel einen festen Stand ermöglichen sollten. Dabei hatte

Carl die Träger verwendet, die beim Bau der Milchzentrifugen zum Einsatz kamen. Am Fass gab es einen Wasserzulauf und einen Ablauf am unteren Ende des Bottichs. Die Löcher hatte Carl mühsam mit der Bohrspindel ins Holz getrieben. Jetzt wunderte er sich fast selbst ein wenig darüber, wie sehr seine Konstruktion den Entwürfen glich, die gestern in seinem Arbeitszimmer entstanden waren. Böker hatte ihm die gewünschten Bauteile gebracht und ihn voller Neugier bei der Arbeit beobachtet, sich aber wohl nicht getraut, den Firmengründer zu fragen, was er da trieb. »Wenn Sie mich nicht mehr benötigen, würde ich mich dann verabschieden«, hatte Böker irgendwann gesagt.

Carl hatte keine Einwände gehabt. Er liebte es, in den Abendstunden, wenn alle gegangen waren, an seinen Erfindungen zu arbeiten. »Selbstredend, mein lieber Böker, ab nach Hause mit Ihnen«, hatte er ihm gut gelaunt geantwortet, um sich, kaum dass der Werkleiter verschwunden war, wieder in die Arbeit zu stürzen. Mit einem Blick auf die große Uhr unter der Decke stellte Carl fest, dass seitdem mehrere Stunden vergangen waren. Doch er war weder müde noch erschöpft. Carl trat an den Bottich und drehte ihn vorsichtig. Die Lager waren leichtgängig, doch das große Fass ließ sich nur schwer bewegen. »Es muss leichter zu drehen sein, sonst ist es keine Arbeitserleichterung«, murmelte er mit einem unzufriedenen Blick. Er dachte angestrengt nach, wie er die Handhabung der Maschine vereinfachen könnte. Ein Elektromotor wäre die einfachste und wohl die effektivste Lösung, doch da noch nicht alle Städte und Dörfer elektrifiziert waren, musste er sich einen leicht zu bedienenden, durch Menschenhand angetriebenen Mechanismus ausdenken. Das Gewicht des großen Fasses hatte er bei der Erfindung auf Papier nicht berücksichtigt.

»Eine Übersetzung muss her«, brummte Carl mit einer Sorgenfalte auf der Stirn. Er stemmte die Hände in die Hüften und dachte fieberhaft nach, wie ein solcher Antrieb aussehen könnte. Als er kurz den Kopf in den Nacken legte, um seine Gedanken zu ordnen, fiel sein Blick auf die langen Transmissionsriemen unter der Hallendecke. Sie wurden von einer zentralen Dampfmaschine angetrieben und erweckten so nahezu den ganzen Maschinenpark der Fabrik zum Leben. Auf den meterlangen Strecken der Riemen gab es Umlenkrollen und Zahnradgetriebe, die für die richtige und gewünschte Drehzahl sorgten. »So kann es gelingen«, sagte Carl zu sich selbst. »Warum bin ich da nicht früher draufgekommen?« Kopfschüttelnd trat er an seine Erfindung. Wenn es ihm gelang, eine leicht zu drehende Trommel zu realisieren, würde Katharina sicher stolz auf ihn sein.

Kurz schweiften seine Gedanken zu seiner Frau. Sie würde die Nacht auf dem Zumwinkel-Hof verbringen und morgen, bei Tageslicht, die Heimreise nach Herzebrock antreten. In einigen Städten gab es bereits Telefonleitungen, in Herzebrock bedauerlicherweise noch nicht, von Clarholz ganz zu schweigen. Gäbe es ein Telefon, hätte er sie auf dem Hof anrufen können, um ihre Stimme zu hören. Und natürlich hätte er ihr erzählen können, dass er mit dem Bau eines Prototyps der Waschmaschine begonnen hatte. Doch so würde er sich in Geduld üben müssen und Katharina erst nach ihrer Rückkehr von der Waschmaschine erzählen. Die Vorstellung, heute alleine einschlafen zu müssen, behagte ihm nicht, doch es nutzte nichts. Katharina wurde auf dem Zumwinkel-Hof gebraucht.

*

Katharina fand ihren Vater am späten Abend in der Küche, wo er bei einem Bier auf der Bank hockte und den arbeitsreichen Tag auf dem Hof Revue passieren ließ. Tagsüber waren sie sich nur selten begegnet, einmal hatte sie gesehen, wie er unter dem Vordach eines Stalls Holz gehackt hatte.

Die Petroleumlampe verbreitete einen anheimelnden Lichtschein in der Küche. Das Feuer in der Küchenhexe sorgte für eine angenehme Wärme. Brennende Holzscheite knackten in den Flammen. All das war eine seit ihrer Kindheit vertraute Umgebung für Katharina, auch jetzt fühlte sie sich sofort wieder heimisch. Der Umstand, dass sie jetzt ein eigenes Leben an Carls Seite führte und nur zu Besuch auf dem Zumwinkel-Hof war, fühlte sich seltsam an.

Ihre Mutter hatte sich bereits zurückgezogen, um sich von den Strapazen des Waschtages zu erholen, und im großen Wohnhaus war Stille eingekehrt. Auch die Mägde befanden sich längst in ihren Kammern. Einen Moment lang stand Katharina im Türrahmen, um ihren Vater zu betrachten. Sie fand, dass Bernhard Zumwinkel in den letzten Monaten gealtert war, was sicher auch durch die Sorge um seine Frau begründet war. Bartstoppeln bildeten dunkle Schatten und ließen sein Gesicht älter wirken. Er rasierte sich nur sonntags, bevor es zum Gottesdienst in die Kirche ging. Die Hände, die nun auf dem einfachen Holztisch ruhten, wiesen von der jahrelangen harten Arbeit Schwielen auf.

»Katharina, Kind«, sagte er mit einem wehmütigen Lächeln auf den Lippen, als er seine Tochter bemerkt hatte. »Komm, setz dich doch zu mir.« Er klopfte auf einen der freien Stühle am Tisch.

Katharina schloss die Küchentür und trat näher.

»Wie geht es dir?«, fragte er und nahm einen Schluck von seinem Bier.

»Ich bin müde von der Arbeit«, gestand sie ihm ehrlich.

Bernhard Zumwinkel lachte leise. »Du bist das Arbeiten nicht mehr gewohnt, seit du nach Herzebrock gezogen bist.«

»Das ist möglich, ja.« Katharina nickte. Eine Sache bewegte sie schon seit ihrer Ankunft auf dem Hof, doch bisher war keine Gelegenheit gewesen, darüber zu sprechen. Jetzt nahm sie sich ein Herz. »Ich mache mir große Sorgen um Mutter.«

»Ich auch.« Bernhard Zumwinkel nickte. »Sie wird nicht mehr gesund, ganz im Gegenteil: Ihr Zustand verschlechtert sich so schnell, dass man fast dabei zusehen kann. Und die Arbeit geht ihr immer schwerer von der Hand.«

»Du musst zusätzliche Leute einstellen, um sie zu entlasten, Vater.«

»Ich weiß, aber wer soll das bezahlen?«

Katharina zögerte mit einer Antwort. »Du brauchst eine Köchin und mindestens noch zwei Dienstmädchen, die sich zuverlässig ums Waschen, Putzen, um das Servieren und den Einkauf der Lebensmittel kümmern.«

»Das kann ich mir beim besten Willen nicht leisten, Katharina.« Als Bernhard Zumwinkel den Kopf schüttelte, glänzten seine Augen feucht. Das Schicksal seiner Frau ging ihm nahe, und dennoch wusste er keinen Ausweg. Katharina sah die Verzweiflung, die in seinem Blick lag. »Dann musst du dich bald, so schwer es dir fällt, vom Hof trennen.« Sie hatte langsam und leise gesprochen, denn sie wusste, dass ihr Vater mit ganzem Herzen am Hof seiner Eltern hing. »Mutter kann dir nicht mehr helfen, Vater.«

Sekundenlang herrschte betroffenes Schweigen in der Wohnküche. Katharinas Blick glitt zum Fenster, doch die Gardinen mit dem geblümten Muster waren zugezogen.

»Ich weiß, dass ich den Hof schon längst hätte verkaufen müssen, einen Betrieb, der eigentlich gut läuft.« Bernhard Zumwinkel seufzte bedeutungsschwer. »Und es wird mir das Herz brechen, wenn ich mich von meiner Heimat, die der Hof für mich immer war, verabschieden muss.

Was soll ich in der Stadt tun?«

»Es entstehen überall große Fabriken«, erwiderte Katharina. »Alle suchen Arbeiter, starke Männer, die anpacken können und etwas im Kopf haben, Vater.«

»Eingepfercht in einer düsteren Fabrik würde ich wohl elendig zugrunde gehen.«

»Alles ist eine Gewohnheitssache. Ihr könntet eine Wohnung mieten, Mutter könnte sich schonen, du würdest euch mit dem Lohn als Arbeiter gut ernähren können. Und wenn der Druck der Arbeit, der hier auf euch lastet, von euch abfällt, dann würdet ihr ein glückliches Leben miteinander führen, frei von Sorgen.«

»Ihre Krankheit wird bleiben.« Bernhards Stimme klang verbittert. Er ballte die Hände zu Fäusten und zitterte.

»Das ist wahr, aber ohne den Hof könnte Mutter sich in die Behandlung begeben, die schon längst überfällig ist.«

»Wovon soll ich die Arztrechnungen bezahlen?«, wagte Bernhard einen zögerlichen Einwand.

»Carl und ich werden euch sicher hier und da helfen können.«

Seine Miene entspannte sich ein wenig. Er hob den Kopf und lächelte sie dankbar an. »Ich weiß nicht, ob wir das annehmen können.«

»Es soll euch ein wenig entlasten, nicht mehr und nicht weniger.«

Nun streckte Bernhard die Hand nach der seiner Tochter aus. Er nahm und drückte sie. Dankbarkeit lag in seinem Blick. »Es tut gut zu wissen, dass ihr für uns da seid.«

»Dafür sind wir eine Familie«, erwiderte Katharina sanft. »Ich würde euch gern öfters auf dem Hof helfen, allerdings kann ich das Arbeitspensum auf Dauer nicht schaffen, Vater. Mutter benötigt Hilfe in der Stadt, wo sich Ärzte um sie kümmern können.«

»Aber wo sollen wir denn hin?«

»Nach Herzebrock, oder noch besser, nach Gütersloh. Dort gibt es viele gute Ärzte und sogar ein Krankenhaus.«

»Aus deinem Munde klingen diese Worte so leicht.« Ihr Vater seufzte, während sein Blick ins Leere glitt. »Ich weiß nicht, ob ich es schaffe, mich vom Hof zu lösen.«

»Eine andere Möglichkeit sehe ich gerade nicht.«

»Ich weiß, Kind, ich weiß.« Er nickte nachdenklich. »Aber, wie sagt man immer? Einen alten Baum verpflanzt man nicht.«

Jetzt musste Katharina lachen. »Aber Vater«, rief sie, »so alt bist du doch noch gar nicht!« Als Bernhard in ihr Lachen einstimmte, war das Eis gebrochen, und Katharina hatte den Eindruck, dass sie ihn von ihrer Idee überzeugt hatte, den Hof zu verkaufen.

*

Hermann Böker war nicht entgangen, dass die zwei Frauen auf dem Hof in der Mittagspause miteinander getuschelt hatten. Die eine hatte der anderen einen Zettel in die Hand gedrückt und sich dabei derart auffällig umgesehen, dass Böker geahnt hatte, dass die beiden etwas im Schilde führten. Er hatte spioniert und herausgefunden, dass am Abend eine Frauenversammlung stattfand. Diese Versammlungen waren ihm ein Dorn im Auge, brachten nichts als Unruhe in die Gesellschaft, und aufständische Frauen konnte er in der Zentrifugenfabrik nicht gebrauchen. Doch noch konnte er den beiden nichts nachweisen.

Mit zunehmender Stunde hatte ihn die Unruhe gepackt. Auch Franziska, seiner Frau, war nicht entgangen, dass ihn etwas beschäftigte. Ihre sechs Kinder lagen längst in den Betten, und so saßen sie in der kleinen Küche der Mietwohnung im Schein einer einzelnen Petroleumlampe zusammen. Franziska, eine stämmige Frau mit geröteten Pausbacken, blickte von ihrer Handarbeit auf. Sie war damit beschäftigt, Socken zu stopfen. Mit einer leidenden Miene rieb sie sich den schmerzenden Rücken, während sie ihren Mann betrachtete. »Was ist los mit dir?«

Hermann Böker trommelte nervös mit den Fingerspitzen auf der Tischplatte herum und warf immer wieder Blicke aus dem Fenster. Die Nacht hatte sich über Herzebrock gesenkt, dichte Wolken waren aufgezogen. Nur das Feuer im Herd sorgte für eine angenehme Wärme in der Küche. »Ich muss noch mal los.«

»Wie bitte?« Franziska betrachtete ihren Mann, als hätte er den Verstand verloren. »Um diese Zeit?«

Böker nickte. »Es ist wichtig.« Ohne ihre Antwort abzuwarten, leerte er sein Bierglas, wischte sich den Schaum mit dem Handrücken von den Lippen, dann erhob er sich.

»Was kann so wichtig sein …«

»Es geht um die Arbeit.«

»So.« Franziska seufzte verstehend. »Dann ist es nicht zu ändern.«

»Nein.« Böker hatte keine Lust, ihr zu erklären, was ihn umtrieb. Er zog die Hosenträger über die Schultern und schlüpfte in die Stiefel, die neben der einfachen Holzbank standen.

»Ich wollte gleich zu Bett gehen«, bemerkte seine Frau.

Böker nickte zustimmend. »Lass dich nicht aufhalten und warte nicht auf mich.«

»Also dauert es lange?«

»Ich kann es nicht sagen.« Böker zuckte die Schultern, als er die dicke Jacke vom Haken nahm. Er wollte seiner Frau nicht von der Frauenversammlung erzählen, um sie nicht auf dumme Gedanken zu bringen.

»Gute Nacht«, sagte er, rang sich ein Lächeln ab, dann verließ er so leise wie möglich die Wohnung.

Auf der Straße angekommen, schlug er den Kragen seiner schweren Jacke hoch. Niemand war mehr unterwegs, auch in den Fenstern der umliegenden Häuser brannte kein Licht. Die Nacht versprach kühl zu werden. Mit jedem Atemzug bildeten sich winzige Wölkchen vor Bökers Gesicht. Fröstelnd rieb er sich die Hände, dann stapfte er los.

*

Ida war gespannt auf das Frauentreffen. Obwohl sie nach dem langen Arbeitstag am liebsten zu Hause geblieben wäre, um sich zu erholen, trieb sie die Neugier doch noch einmal aus dem Haus.

»Also nähen wir heute nicht mehr?« Josephine betrachtete sie, als Ida sich erhob und zur Jacke griff.

»Nein, sonst komme ich zu spät.« Ida kam eine Idee. »Komm doch mit zu diesem Treffen, vielleicht gefällt uns, was sie dort besprechen.«

Josephine schüttelte den Kopf. »Ich brauche das nicht«, behauptete sie. »Egal, wofür die Frauen auch kämpfen wollen, ich bin zufrieden mit meinem bescheidenen Leben.« Sie erhob sich, um ein Holzscheit in den Ofen zu schieben. Gierig leckten die Flammen daran. Als erste Funken flogen, verschloss Josephine die Klappe und wandte sich ihrer Mitbewohnerin zu. »Geh du nur hin und berichte mir, was dort besprochen wird.«

»In Ordnung.« Ida nickte. »Dann gehe ich mal los.«

»Ist gut.« Josephine räumte das Nähzeug vom Küchentisch. »Sei leise, wenn du nach Hause kommst.«

»Versprochen.« Unterwegs erinnerte sich Ida, dass ihre Freundin Clara schon als Kind eine nahezu kämpferische Natur an den Tag gelegt hatte. Immer hatte sie sich für Gerechtigkeit eingesetzt, wenn es zwischen den Mädchen in ihrem Freundeskreis zu Streitigkeiten gekommen war. Daran hatte sich offenbar bis zum heutigen Tage nichts geändert.

Ida musste sich eingestehen, dass sie sonst nichts über Clara wusste, denn mit dem Ende der Schulzeit hatten sich ihre Wege unweigerlich getrennt. So ahnte sie nur, dass Clara noch keinen Mann gefunden hatte. Eine Familie zu gründen, das passte auch irgendwie nicht zu ihr. Schon früher war sie eine eigenwillige, stolze und dabei liebenswerte Person gewesen. Ida verstand zu gut, dass es einer jungen Frau missfiel, wie wenig Rechte sie in der Gesellschaft hatten. Und sie konnte nachvollziehen, dass Clara für Gleichberechtigung kämpfte. Bis heute war es üblich, dass Frauen in der Politik nicht mitreden durften. Selbst zur Unterzeichnung eines Vertrages brauchte es in zahlreichen Fällen einen männlichen Vormund.

Die Dunkelheit hatte sich bereits über Herzebrock gesenkt, als Ida durch die leergefegten Straßen ging. Die vereinzelten Straßenlaternen schafften es kaum, die Dunkelheit der hereinbrechenden Nacht zu vertreiben.

Als sich ihr ein Radfahrer näherte, blieb sie kurz stehen. Auf ihrer Höhe pfiff der Mann ihr zu. »Na«, rief er, »haste kein Zuhause?«

Ida ignorierte die Frage und setzte ihren Weg unbeirrt fort, während der Mann auf dem Rad am Bordstein stehen geblieben war. »Hast es wohl nicht nötig, zu antworten?«, rief er ihr empört hinterher. Kopfschüttelnd schloss er wieder zu ihr auf »Eingebildete Pute!«, wetterte er.

Ida erkannte, dass es sich bei dem Mann um einen hageren Kerl von Mitte zwanzig handelte. Er trug einfache Arbeitskleidung und schwere Schuhe. Sein Gesicht lag im Schatten der Mütze, die er tief in die Stirn gezogen hatte.

Der Mann bereitete Ida Angst, sie fühlte sich ihm ausgeliefert. Es bestand kein Zweifel daran, dass er ihr körperlich überlegen war, sollte er im nächsten Moment handgreiflich werden. Es fiel ihr schwer, sich ihre Angst nicht anmerken zu lassen, doch innerlich bebte sie. Während sie ihren Weg fortsetzte, blieb er mit dem Rad auf dem Kopfsteinpflaster der Dorfstraße auf gleicher Höhe. »Bleib stehen«, bellte er sie an, doch Ida blieb stur. »Ich will doch nur mit dir reden.« Seine Zunge war schwer, offensichtlich hatte der Mann zu tief ins Glas geschaut.

»Nein.« Im Laufen schüttelte sie den Kopf.

»Du bist eine eingebildete Pute«, wiederholte der Radfahrer wütend. »Dann sieh zu, wie du klarkommst. Ich werde dich jedenfalls nicht schützen, wenn du in Gefahr gerätst.« Er spuckte auf das Pflaster der Straße und trat dann fester in die Pedale. Er drohte ihr mit erhobener Faust, wobei sein Rad ins Schlingern geriet, dann war er um die nächste Straßenecke verschwunden.

Es dauerte einen Augenblick, bis sich Idas Herzschlag normalisiert hatte. Sie holte ein paar Mal tief Luft, bevor sie ihren Weg fortsetzte. Vielleicht, dachte sie, ist es gut, wenn wir Frauen zu mehr Stärke in der Gesellschaft finden. Jetzt genoss sie die Ruhe der verlassenen Straßen. Alles war ihr lieber als eine Handvoll Trunkenbolde, die sich, vom Alkohol mutig und enthemmt, auf dem Heimweg befand.

Der unheilvolle Schrei eines Käuzchens hallte durch die Nacht. Wie angewurzelt blieb Ida stehen. In einem Garten stand eine alte Eiche, die im Sommer sicherlich viel Schatten spendete. Jetzt befanden sich nur noch ein paar vereinzelte Blätter in den weit ausladenden Ästen des Baumes. Wieder erklang der klagende Ruf des Käuzchens aus dem Baum über ihr. Ida versuchte, den Vogel im Astwerk der Eiche auszumachen, konnte ihn aber nicht sehen. Erst, als sich das Käuzchen mit raschen Flügelschlägen in den Nachthimmel erhob, bemerkte sie das Tier.

Der Totenvogel, dachte sie, *so nennt man das Käuzchen.* Kurz überlegte sie nach der Begegnung mit dem betrunkenen Radfahrer, ob es sich um ein Zeichen handeln könnte. Man sagte schließlich, dass jemand starb, sobald der Ruf des Käuzchens erklang. »Ich bin wirklich eine alberne Pute«, sagte sie zu sich selbst. »Und abergläubisch bin ich auch noch.« Sie lachte, dann sah sie zu, dass sie endlich weiterkam. Die Schatten schienen von Minute zu Minute länger zu werden, und ein paar Mal ließen sie Geräusche zusammenzucken. Immer wenn sie sich kurz umwandte, glaubte sie, einen gleitenden Schatten hinter sich zu sehen. *Ich bilde mir schon etwas ein*, schalt sie sich eine Närrin. Ida mahnte sich, ruhig zu bleiben. Vermutlich war sie so ängstlich, weil sie schon lange nicht mehr alleine nach Einbruch der Dunkelheit unterwegs gewesen war.

*

Endlich hatte Ida ihr Ziel erreicht und stand nun unschlüssig vor dem Gasthaus »Zum Krug«.

Lauschend hielt sie den Kopf schräg, doch es schien nicht viel los zu sein. Obwohl hinter den Fenstern der Gaststube noch Licht brannte, drang kein Gelächter oder Stimmengewirr an ihre Ohren. Kurz überlegte Ida, ob sie hier richtig war. Wieder blickte sie sich um, dann fasste sie sich ein Herz und betrat den Gasthof. Drinnen empfing sie eine wohlige Wärme. Tatsächlich herrschte kaum Betrieb an den Tischen, der füllige Wirt stand hinter der Theke und betrachtete sie mit einem wissenden Blick.

»Guten Abend«, sagte Ida mit einem freundlichen Lächeln auf den Lippen, während sie sich suchend umsah.

Der Wirt erwiderte den Gruß, dann deutete er mit dem Kinn in den hinteren Bereich der Gaststube. Dort befand sich eine verschlossene, zweiflügelige Tür, hinter der offenbar die Versammlung stattfand. *Was dort besprochen wird, dürfte den feinen Herren der Gesellschaft nicht sonderlich gefallen*, dachte Ida.

Vor der verschlossenen Türe hörte sie gedämpfte Stimmen. Zögerlich klopfte sie an und trat ein. *Jetzt gibt es also kein Zurück mehr*, dachte sie, als ein gutes Dutzend Augenpaare sich auf sie richtete.

*

Böker hatte gar nicht lange warten müssen, bis eine der beiden Frauen aus der Fabrik auftauchte. Lässig hatte er an einer alten, mannsdicken Eiche gelehnt, um zu warten. Nun huschte er mit einer gleitenden Bewegung hinter den alten Baum, um unerkannt zu bleiben. Bei der Frau, die sich ihm näherte, handelte es sich um Ida Brenneisen. Sie trug einen dicken langen Wollmantel, der sie vor der Kälte schützte. Dazu einen Hut, den sie tief in die Stirn gezogen hatte. Ihr Gesicht lag im Schatten der weit ausladenden Krempe, der Blick war gesenkt.

So unauffällig wie möglich folgte Böker der jungen Frau im Schutz der Dunkelheit bis zum Gasthof. Immer wieder blieb sie stehen und schaute sich um.

Du hast also ein schlechtes Gewissen, triumphierte Böker. *Gut so,* dachte er, *und trotzdem werde ich dich überführen.* Dich und die andere Rebellin.

Am Wirtshaus angekommen, schob er sich hinter die Litfaßsäule, um nicht entdeckt zu werden, und konnte beobachten, wie Ida das Gasthaus betrat. Jetzt war seine Stunde gekommen.

*

An diesem Abend lag Katharina in ihrer Kammer auf dem Zumwinkel-Hof lange wach. Der Gedanke daran, dass ihr Vater den Hof verkaufen wollte, fühlte sich eigenartig an. Einerseits war Katharina erleichtert, weil Bernhard Zumwinkel so etwas mehr Zeit finden würde, sich um seine Frau zu kümmern, auf der anderen Seite bedeutete der Verkauf des Hofes den Verlust ihrer Heimat. Hier war sie geboren worden, hier war sie aufgewachsen und hatte eine Menge gelernt. Und hier war sie Carl zum ersten Mal begegnet, dem Mann, den sie wenige Monate, nachdem er als einfacher Arbeiter im Betrieb seines Vaters einen neuen Stall auf dem Zumwinkel-Hof errichtet hatte, geheiratet hatte.

Und nun sollte der Hof der Vergangenheit angehören? Der Gedanke, ihn zu verlieren, fühlte sich beklemmend an. Für ihren Vater bedeutete der Verkauf eine noch größere Veränderung.

Und wie würde erst Katharinas Mutter auf diese Nachricht reagieren? Auch sie war ja schon als junge Frau auf den Hof gekommen und hatte an Bernhards Seite den Hof seiner Eltern weitergeführt.

Ein schwerer Bleigürtel legte sich um Katharinas Brust, als sie daran dachte. So schnell wie möglich verdrängte sie diese düsteren Gedanken und dachte an die Vorteile, die ein Leben in der Stadt für ihre Eltern mit sich bringen würde. Sicherlich würde Carl ihnen bei der Suche nach einer geeigneten Wohnung behilflich sein. Er kannte viele Leute und konnte über seine Kontakte bestimmt eine Bleibe für die beiden finden. Katharina blickte sich in der Dunkelheit des Zimmers um. Der Geruch, die alten Möbel, die längst vergilbten Tapeten – alles hatte sich seit ihrer Jugend nicht verändert. Hastig zog sie die Bettdecke bis zum Kinn und drehte sich auf die Seite. Wie schön wäre es, wenn Carl jetzt bei ihr sein könnte. Doch er hatte zu tun, war wie besessen von ihrer Idee, eine Waschmaschine zu erfinden. Sie war gespannt auf die Entwürfe, die er ihr sicherlich voller Stolz nach ihrer Heimkehr zeigen würde. Ein sanftes Lächeln legte sich beim Gedanken an ihren geliebten Mann auf ihr Gesicht, als sie einen Moment später einschlief.

*

»Wie schön, dass du kommen konntest!« Clara löste sich aus der Gruppe, bei der sie eben gestanden hatte, näherte sich Ida und begrüßte sie mit einer Umarmung. »Es geht gleich los.«

»Ich bin gespannt«, räumte Ida ein, während ihr Blick durch den Saal schweifte. Vergeblich versuchte sie, ein bekanntes Gesicht unter den Frauen auszumachen.

»Bist du gut hergekommen?«

»Einigermaßen.« Ida nickte und überlegte kurz, ob sie der Kollegin von dem zudringlichen Radfahrer berichten sollte, entschied sich jedoch dagegen.

Kurz dachte Ida an Alfons. Wie er wohl über Frauentreffen dachte? Vermutlich würde er sie auslachen, wenn sie ihm davon berichtete. Nun hatte sie also ein Geheimnis. Doch da sie noch nicht wusste, ob er sie am Wochenende ausführen würde und ob sie sich irgendwann sogar näherkommen würden, rückte dieser Gedanke schnell in den Hintergrund. Sie ließ den Blick durch den Saal schweifen. Schmale, hohe Fenster sorgten bei Tag für Licht. Jetzt brannten elektrische Lampen, die an langen Seilen von der hohen Decke hingen und ein gleichmäßiges Licht auf das Mobiliar warfen. Die langen Tische waren in Dreierreihen aufgebaut. Es gab schneeweiße Tischdecken und Polster auf den Holzstühlen. An den Wänden hingen bunte Girlanden von der Decke herab. Fast hätte Ida das Orchester in einer Ecke des Saals gesucht, das gleich zum Tanz aufspielen würde. Doch dieser Abend sollte nicht der Unterhaltung dienen. Heute ging es um die Gleichberechtigung der Frauen in der Gesellschaft. Für Ida war es ein ungewohnter Anblick, dass sich nicht ein einziger Mann im Saal aufhielt, doch das war dem Anlass der Versammlung geschuldet. Die anwesenden Frauen und Mädchen trugen lange Röcke und Blusen, einige auch vornehme Kleider. Ihre neugierigen Blicke ignorierte Ida so gut es ging, doch kam sie nicht umhin, sich ein wenig unwohl zu fühlen.

Ida fiel auf, dass die Stimmung eher wie bei einem geselligen Beisammensein wirkte. Vor Kopf des Saals hatte man eine Art Bühne aufgebaut, auf der sich ein hölzernes Rednerpult befand. Ida war gespannt, wer gleich vor die Menge treten würde. Ihre Aufregung legte sich nur langsam.

»Komm«, sagte Clara und riss sie aus ihren Überlegungen. »Ich stelle dich unserer Vorsitzenden vor.« Ohne Idas Antwort abzuwarten, nahm Clara ihre Hand und zog sie durch die Menge.

*

»Es geht los«, raunte Clara ihrer Freundin ins Ohr. Sie hatten sich einen freien Platz vor der Bühne gesucht. Inzwischen hatte Ida Hildegard Krautmacher kennengelernt, die Vorsitzende des Frauenverbands. Sie war eine große und schlanke Frau um die vierzig. Die langen Haare hatte sie am Hinterkopf zu einem Knoten gebunden, die Augenbrauen waren sanft geschwungen, der Blick ihrer graugrünen Augen war wachsam und lauernd. Von ihr ging eine schwer zu beschreibende Strenge aus. Von Clara hatte Ida erfahren, dass Hildegard Krautmacher als Lehrerin an einer Armenschule in Gütersloh arbeitete. Sie war unverheiratet und kinderlos und kämpfte in ihrer Freizeit fast schon verbissen für die Rechte der Frauen.

Erst jetzt fiel Ida auf, dass das Stimmengewirr im Saal verstummt und einem andächtigen und gespannten Schweigen gewichen war. Gerade begab sich Hildegard Krautmacher erhobenen Hauptes zur Bühne. Hätte Ida es nicht besser gewusst, hätte sie denken können, dass die Verbandsvorsitzende aus adeligem Haus stammte. Diese ließ ihren Blick durch den Saal wandern, es war, als würde sie jede einzelne der anwesenden Frauen mit einem prüfenden Blick betrachten. Als sie am Rednerpult anlangte, war es mucksmäuschenstill geworden.

»Genossinnen«, sagte Hildegard Krautmacher mit lauter, fester Stimme, »arbeitende Frauen und Mädchen, wir haben uns heute hier versammelt, um einmal mehr für unsere Rechte in der Gesellschaft zu kämpfen.«

Ein zustimmendes Raunen hing in der Luft.

Die Rednerin ließ einen Moment verstreichen, bevor sie fortfuhr. »Wir verlangen Gleichstellung mit den Männern, wir wollen politisch aktiv werden können und einen Beruf ergreifen dürfen. Wir fordern die gleichen Löhne, die die Männer bekommen, die in den Fabriken die gleichen Arbeiten erledigen wie wir. Wir wollen mitreden in der Politik und wir kämpfen für Gleichberechtigung.«

Die Frauen im Saal klatschten Beifall, einige jubelten begeistert. Ida nutzte die Gelegenheit, die Rednerin zu betrachten. Sie trug ein langes, schwarzes Kleid mit Spitzenbesatz am Kragen, ein goldenes Amulett zierte den Hals, eine leichte, rosafarbene Jacke bildete einen modischen Kontrast zum strengen Schwarz. Passend zum Amulett glitzerten sternförmige Ohrringe im Licht der Lampen.

»Wie wollen wir das erreichen?«, wagte ein rundliches Mädchen von den hinteren Plätzen zu fragen.

»Wir werden dafür kämpfen«, antwortete Hildegard Krautmacher, »und zwar Seite an Seite. Nur gemeinsam können wir unsere Ziele erreichen und für Gleichberechtigung in der Gesellschaft sorgen.«

Wieder wurde Beifall geklatscht.

»Es ist an der Zeit, dass wir den Männern in den Fabriken ebenbürtig behandelt werden. Kämpft für den Lohn, der euch zusteht!« Die Stimme der Vorsitzenden klang energisch und kämpferisch, auch das warme Lächeln, das Ida so an ihr gemocht hatte, war einem entschlossenen Gesichtsausdruck gewichen.

»Kämpft für eure Werte, Schwestern, dabei seid menschlich, mutig und stark!«, forderte Hildegard Krautmacher die Anwesenden auf. »Verbündet euch, erhebt eure Stimmen gegen die Ungerechtigkeit in diesem Land und lasst euch nicht abhalten von denen, die versuchen, uns zu unterdrücken.«

Jeder im Saal wusste, dass sich ihre Worte gegen die Herren der Gesellschaft richteten, die solche Frauenversammlungen am liebsten verboten hätten.

*

Hermann Böker stand fröstelnd in der Kälte und spähte durch eines der Fenster im Saal des Gasthauses. Dabei achtete er darauf, nicht von einer der Frauen im Innern des Versammlungsraumes entdeckt zu werden. Durch die dünnen Scheiben konnte er die Rede der Vorsitzenden verfolgen. Er traute seinen Ohren nicht, denn die Rednerin am Pult sprach davon, dass Frauen mehr Lohn zustand.

Und zwei seiner neuen Arbeiterinnen waren anwesend. Sie applaudierten der Rednerin und nickten zustimmend. Immer wieder tuschelten die beiden miteinander. Böker sah die Bedrohung für die Zentrifugenfabrik, die von dieser Versammlung ausging. Er hatte genug gehört und machte sich auf den Heimweg. Die Worte der Rednerin hallten in ihm nach. Seine beiden Arbeiterinnen konnten sich auf etwas gefasst machen. Eine Rebellion würde er in der Zentrifugenfabrik auf gar keinen Fall dulden.

*

Ida hatte der Rednerin aufmerksam zugehört. Zwar stimmte sie Hildegard Krautmacher zu, doch überforderte sie das Gehörte auch. Bisher hatte sie sich ihrem Leben und dem Schicksal gefügt, war unauffällig gewesen und jetzt froh, eine Arbeit in der Zentrifugenfabrik bekommen zu haben. Im Grunde war sie zufrieden mit ihrem bescheidenen Leben. Doch sie verschloss die Augen nicht vor der Wirklichkeit, denn sicherlich gab es unzählige Frauen, denen es schlechter ging als ihr. Dennoch war sie nicht sicher, ob sie sich an einem organisierten Kampf beteiligen wollte. Ida setzte immer auf den klugen Menschenverstand und darauf, dass es friedliche Lösungen gab. Was sie hier hörte, klang zu kämpferisch für ihren Geschmack.

»Und?«, riss sie Claras Stimme aus den Gedanken, »gefällt dir, was du hörst?«

Ida nickte, wirkte dabei aber wohl nicht ganz überzeugend, denn Clara runzelte die Stirn. »Willst du denn nicht für unsere Rechte kämpfen?«, fragte sie.

»Doch, aber das hier«, sie deutete nach vorn, »klingt wie eine Verschwörung. Das ist mir ein wenig unheimlich.« Ida erhob sich und ignorierte die überraschten Blicke der anderen Frauen. Ohne sich von Clara zu verabschieden, rannte sie aus dem Saal. Als sie in die kühle Nacht stolperte, blieb sie kurz stehen, um Luft zu holen. Gedämpft drang der Lärm aus dem Hinterzimmer des Gasthofes hinaus in die Nacht. Ida hörte das Blut in ihren Ohren rauschen. Die Stimme der Verbandsvorsitzenden hallte in ihrem Kopf nach. Nachdem sie sich ein wenig beruhigt hatte, machte sie sich auf den Heimweg. Dass eine schwarze Gestalt sich in den Schatten eines Baumstammes duckte, bemerkte sie nicht einmal.

Kapitel 13

Als Katharina an diesem Morgen erwachte, bahnte sich die Sonne gerade den Weg durch die grauen Herbstwolken. Sie fröstelte, denn die dünne Decke im Bett ihrer alten Kammer hatte sie in der Nacht nicht ausreichend gewärmt. Ein wenig vermisste sie ihr großes Bett in Herzebrock, am meisten aber fehlte ihr Carl. Sie wunderte sich, wie sehr man sich doch an einen Menschen gewöhnen konnte. Sein sanftes Lächeln, sein zärtlicher Kuss, mit dem er sie an jedem Morgen weckte, seine liebevollen Berührungen, ja, sogar sein leises Schnarchen in der Nacht hatten ihr gefehlt.

Es fühlte sich eigenartig an, dass sie hier nun in ihrer Kammer erwachte. Alles war wie immer, die Zeit auf dem Zumwinkel-Hof schien stehen geblieben zu sein. Katharina warf die Bettdecke zur Seite, nachdem sie sich gestreckt und herzhaft gegähnt hatte. Sie richtete sich auf und schlüpfte in die Pantoffeln, die auf dem selbst gewebten Läufer vor dem Bett auf sie warteten. Als Katharina sich erhob, spürte sie ihre schmerzenden Schultern und den Rücken. Fast fühlte sie sich wie eine alte Frau. Die Nachwirkungen des langen Waschtages gestern machten ihr zu schaffen. Nun ahnte sie, wie sich wohl ihre Mutter fühlen musste. Es war höchste Zeit, dass eine Maschine Erleichterung für den Waschtag brachte. Ein glückliches Lächeln erhellte Katharinas Gesicht, als sie an Carls Erfindung dachte – und sie hatte ihm den Anreiz dazu gegeben! Ihr fehlte das technische Verständnis, doch Carl war ein begabter Tüftler, und sie war gespannt darauf, wie weit die Skizzen gediehen waren, die er in der Nacht vor ihrer Abreise nach Clarholz zu zeichnen begonnen hatte. Wenn Carl eine Idee im Kopf herumspukte, war er voller Tatendrang und gab erst dann Ruhe, wenn das Ziel in greifbare Nähe gerückt war. Während sie sich wusch und die Zähne putzte, wurde Katharina bewusst, wie sehr sie ihren geliebten Mann vermisste. Es war, als wäre sie nur eine halbe Person, wenn Carl nicht bei ihr sein konnte. Liebevoll bezeichnete er sie immer als seine Muse, wenn sie gemeinsam über Erfindungen sprachen. Tatsächlich hatte Katharina Freude daran, sich mit ihm über Maschinen zu unterhalten, die den Alltag der Menschen erleichtern sollten. Und auch hier ergänzten sie sich: Sie hatten unglaublich viele Einfälle, die er mit seinem technischen Verständnis in die Tat umsetzen konnte. Mit einem sehnsüchtigen Lächeln erinnerte sich Katharina daran, wie er ihr voller Interesse beim Stampfen der Butter und bei der Aufbereitung der Kuhmilch zugeschaut hatte. Schon damals war Carl der Meinung gewesen, dass es möglich sein musste, die einzelnen Arbeitsschritte durch die Kraft von Maschinen zu vereinfachen. Angefangen hatte es mit der ersten Zentrifuge und einer Buttermaschine, die den Bauern die Verarbeitung der Milch erleichtern sollten. Und all das hatte seinen Anfang hier auf dem Zumwinkel-Hof genommen. Aus ihren Ideen hatten sie eine Maschinenfabrik gemacht, Carls Kompagnon Rudolf Zenker verkaufte die Thiele-Maschinen in die ganze Welt. Katharina war sicher, dass auch ihre Waschmaschine reißenden Absatz finden würde. Sie wusste allerdings, dass bis dahin noch eine ganze Zeit vergehen würde, denn Carl ließ seine Maschinen erst in Serienproduktion gehen, wenn er überzeugt davon war, dass sie ein langes und zuverlässiges Leben vor sich hatten. Carl war ein Perfektionist und bestrebt, ihre Ideen so gut wie möglich in die Tat umzusetzen. Dabei sollte die Waschmaschine vielen Frauen auf der ganzen Welt helfen.

Katharinas Gedanken schweiften ab. Sie dachte an das Gespräch, das sie gestern Abend mit ihrem Vater geführt hatte. Ihm war es sichtlich schwergefallen, sich mit dem Gedanken, den Hof zu verkaufen, auseinanderzusetzen. Sie konnte ihn nur zu gut verstehen und war gespannt, wie er sich entschieden hatte, nachdem er einmal darüber geschlafen hatte. Als Katharina wieder an ihre neueste Erfindung dachte, wurde ihr klar, dass die Waschmaschine, die eigentlich ihrer Mutter die lästigen Waschtage ersparen sollte, für sie zu spät kommen würde.

*

»Was war denn gestern mit dir los?« Fassungslos betrachtete Clara ihre Freundin, als sie um kurz vor sechs sichtlich müde in der Fabrik erschien. Clara schien auf sie gewartet zu haben und nahm sie gleich zur Seite. »Hast du dich nicht wohlgefühlt auf der Versammlung? Weil sie im Geheimen stattgefunden hat?«

Ida druckste herum. Sie hatte befürchtet, dass Clara ihr heute Morgen unangenehme Fragen stellen würde. Kaum, dass sie die Veranstaltung am Abend beinahe fluchtartig verlassen hatte, schämte sie sich für ihr Verhalten. Nun standen sie sich vor dem Magazin der Fabrik gegenüber und maßen sich mit Blicken.

»Ich … mir war es nicht gut«, stammelte Ida mit gesenktem Blick. Doch sie sah, dass Clara ihr kein einziges Wort glaubte. »Ich kann das nicht«, schob sie kleinlaut hinterher.

»Was kannst du nicht?« Clara sah sich um und vergewisserte sich, dass ihnen niemand der anderen Arbeiter zuhörte. In der Fabrik begann in wenigen Minuten die Arbeitszeit, jeder bereitete sich vor und war mit sich selbst beschäftigt, auch Mia, die dritte der neuen Arbeiterinnen, schlüpfte gerade in ihre Schürze. Sie war eine ruhige und wortkarge junge Frau, die noch keinen Anschluss gefunden hatte.

»Eigentlich bin ich mit meinem Leben zufrieden«, murmelte Ida. »Sieh mal: Ich habe eine Arbeit gefunden, mit der ich meinen Lebensunterhalt verdienen kann, ich lebe in einer zugegebenermaßen kleinen Stube zur Miete und ich habe sogar den Luxus, mir jeden Monat ein wenig Geld zur Seite zu legen. Was will ich mehr?«

»Geld?«, konterte Clara schlagfertig. »Mehr Geld zum Beispiel? Die Männer hier verdienen ein Drittel mehr als wir.«

»Sie sind schon länger hier und haben sich ihre Erfahrung angeeignet«, versuchte es Ida. Natürlich hätte sie auch nichts dagegen einzuwenden gehabt, wenn sie ein wenig mehr Lohn verdienen würde, doch das, was man ihr bei Thiele bezahlte, genügte ihr zum Leben.

»Also möchtest du auch nicht in der Politik mitreden? Nicht wählen dürfen und irgendwann einen Mietvertrag unterschreiben, ohne deinen Mann um Erlaubnis zu fragen?«

»Doch, schon.« Ida fühlte sich elend. Alles, für das die Frauen sich organisierten, war mehr als eine verlockend klingende Vorstellung, und trotzdem war Ida keine Kämpferin. Sie fühlte sich, je länger sie darüber nachdachte, klein und feige. »Es tut mir leid«, murmelte sie mit gesenktem Blick. »Ich kann das nicht.«

»Dann muss ich das akzeptieren.« Clara nickte mit einem Seufzer auf den Lippen.

»Bin ich jetzt eine Verräterin?«

Clara schien einen Moment lang nachzudenken. Dann schüttelte sie den Kopf. »Nein«, beruhigte sie Ida. »Solange du nicht gegen uns Sturm läufst und dich ruhig verhältst, nicht.«

»Das habe ich natürlich nicht vor«, versicherte Ida ihr. »Schließlich profitiere ich davon.«

Clara musste lachen. »Das sind mir die Liebsten«, rief sie. »Die Hände in den Schoß legen und anderen den Vortritt lassen, um dann von dem Erreichten zu profitieren.«

»Den mutigeren Frauen lasse ich den Vortritt«, verbesserte Ida sie mit einem Lächeln. »Vielleicht bin ich auch einfach zu feige, um zu kämpfen, so, wie ihr es tut.«

»Schon gut«, nickte Clara. »Ich habe dich verstanden.«

Ida fiel ein Stein vom Herzen. Sie hatte befürchtet, mit Clara in Streit zu geraten. »Vielleicht überlege ich es mir ja noch einmal, bei euch mitzumachen.«

»Einverstanden.« Clara schien ihr nicht böse zu sein. »Dann sag mir einfach Bescheid, wenn du dich anders entscheidest.«

Sie nickte. »Ich werde dir helfen, wenn du doch dabei sein möchtest.«

»Danke.« Ida war erleichtert. Als die Werkssirene durch die Halle schrillte, um den neuen Tag einzuläuten, sahen die Frauen, dass sie an die Arbeit kamen.

*

Theresa betrachtete ihren Mann mit betroffener Miene. »Und du bist ganz sicher, dass du den Hof verkaufen willst?« Vorgebeugt saßen sie am noch gedeckten Frühstückstisch beisammen, nachdem die Belegschaft die große Küche verlassen hatte, um das Tagwerk zu beginnen. Bernhard hatte die Magd gebeten, ihn kurz mit seiner Frau alleine zu lassen, als diese sich daran machen wollte, den Tisch abzuräumen.

Auch Katharina, die ahnte, was ihre Eltern zu besprechen hatten, war gegangen, um die beiden unter vier Augen reden zu lassen. »Ich muss noch packen, in einer Stunde kommt die Kutsche«, hatte sie gesagt, bevor sie sich in ihre Kammer zurückgezogen hatte.

So saßen sie nun alleine in der Küche, und Bernhard hatte Theresa mit belegter Stimme mitgeteilt, dass er sich zum Verkauf seines geliebten Hofes entschlossen hatte. Er sah auf und hielt ihrem fragenden Blick mit verschlossener Miene stand. »Ja, Frau«, nickte er, »ich bin mir ganz sicher, dass wir verkaufen müssen.«

»Aber der Betrieb läuft doch gut«, wagte Theresa einen zaghaften Einwand. Die Nachricht ihres Mannes hatte sie überrascht, obwohl sie wusste, dass er seit geraumer Zeit mit sich rang, da eine Nachfolge für den Hof nicht gesichert war.

»Es ändert nichts an der Tatsache, dass wir älter werden und unseren Aufgaben immer weniger gerecht werden können«, erklärte Bernhard, während er die Kaffeetasse in den großen Händen drehte.

»Du meinst mich«, verbesserte Theresa ihn, »ich werde meinen Aufgaben nicht mehr gerecht, weil es mir an der nötigen Kraft fehlt.« Wie zur Bestätigung ihrer Vermutung überkam sie ein Hustenanfall.

»Ich möchte, dass es uns im Alter gut geht«, erwiderte Bernhard, nachdem sie sich ein wenig beruhigt hatte. »Diese Plackerei von morgens früh bis spät in die Nacht hinein ist nichts mehr für uns, Theresa. Und bevor du das wieder auf dich beziehst – auch ich werde älter, meine Kräfte werden schwinden, und dann stehen wir eines Tages da, denn die Knechte und Mägde können den Hof nicht alleine bewirtschaften.«

Theresa, die nach dem starken Husten immer noch gegen den Schwindel ankämpfte, nickte. Sie stierte auf einen Fleck auf der Tischplatte und sah plötzlich Bilder vor ihrem geistigen Auge auftauchen. Der erste Besuch auf dem Hof ihres künftigen Mannes, ihre Hochzeit, der Einzug ins Wohnhaus, die Geburt ihrer Tochter – die Erinnerungen rasten förmlich an ihr vorüber.

Inzwischen war der Hufschmied eingetroffen. Draußen auf dem Hof hatte er seine Arbeit aufgenommen. Das gleichmäßige, metallische Schlagen seines Hammers auf dem Amboss drang an ihre Ohren. Die Knechte und Mägde gingen an die Arbeit, Stimmen wurden laut. Doch Bernhard und Theresa in der Küche waren in einer eigenen Welt gefangen. Theresa spürte, wie Beklemmung in ihr aufstieg. Sie ahnte, dass ihr Mann den folgenschweren Entschluss ausschließlich ihretwegen gefasst hatte.

»Was, wenn ich gehe und du hier alleine den Hof fortführst?«

Sein Kopf ruckte hoch. Mit versteinerter Miene starrte Bernhard sie an. »Auf gar keinen Fall«, sagte er in einem Tonfall, der keinen Widerspruch duldete. »Was soll ich hier ohne dich an meiner Seite?«

»Aber der Hof ist deine Heimat«, erinnerte sie ihn mit einem schwachen Lächeln auf den schmalen Lippen.

Bernhard schüttelte langsam den Kopf. »Nein«, sagte er kaum hörbar, »Heimat ist kein Ort, Heimat ist dort, wo man mit seiner Liebsten sein kann.« Er seufzte. »Und das wird hier nicht mehr länger möglich sein, also werden wir beide gehen.«

Am liebsten wäre Theresa aufgesprungen, um ihn zu umarmen. Ihr Herz klopfte wie verrückt. Ein schöneres Kompliment hätte er ihr nicht machen können – wäre da nur nicht der Verkauf des Hofes. »Und wo sollen wir leben?«

»Wir werden uns eine Wohnung in der Stadt suchen. Dort gibt es Ärzte, die dir im Notfall schnell helfen können. Und wir sind nicht alleine dort, denn Katharina und Carl sind in unserer Nähe. Katharina hat mir bereits ihre Hilfe angeboten.« Bernhards Gesichtszüge entspannten sich ein wenig. »Sie ist ein Engel.«

»Ja, das ist sie wirklich.« Theresa seufzte. »Also steht deine Entscheidung fest?«

Er holte tief Luft, ergriff ihre Hand, drückte sie und hauchte einen Kuss auf den Handrücken. »Ja«, nickte er. »Wir werden

den Hof verkaufen und ein neues, ein anderes Leben beginnen. Ich möchte nämlich noch möglichst viel von dir haben und unsere gemeinsame Zeit genießen, ohne ständig an die Arbeit denken zu müssen.«

Als es zaghaft an der Küchentür klopfte, blickten sie auf. Auf Bernhards »Herein« steckte Katharina den Kopf durch den Türspalt. »Darf ich stören?«

»Du störst nicht, du bist hier zu Hause«, lächelte Theresa und winkte ihre Tochter heran. Wie erwachsen sie geworden war, seit sie den Hof verlassen hatte. Katharina trug feine Kleider, sie war stets adrett frisiert und sie duftete nach Parfüm. Ihre Bewegungen wirkten eleganter und reifer als damals. Das lag wohl daran, dass sie jetzt die Gattin eines wohlhabenden Fabrikanten war, überlegte Theresa.

Katharina setzte sich zu den Eltern. »Habt ihr miteinander gesprochen?«

Bernhard nickte. »Ja, Kind, haben wir. Der Verkauf des Zumwinkel-Hofes ist beschlossene Sache. So schwer es mir auch fällt, mich vom Hof meiner Eltern zu trennen – mir liegt das Wohl deiner Mutter am Herzen.« Ein schwaches Lächeln legte sich auf sein Gesicht.

»Ich bin erleichtert«, sagte Katharina, und Theresa sah ihr an, dass sie insgeheim auch ein wenig trauerte. »Dann werde ich Carl noch heute bitten, eine Wohnung für euch zu suchen.«

»Ist das nicht ein wenig voreilig?«, fragte Theresa.

»Nein, das ist es nicht. Sicher dauert es eine Weile, bis sich etwas Geeignetes finden lässt. Und solange werdet ihr ja noch hier wohnen können.«

»Was ist mit dem Personal?«, wandte sich Theresa an ihren Mann. »Werden wir es entlassen?«

»Nein.« Bernhard schüttelte den Kopf. »Viele sind Saisonarbeiter und werden bald weiterziehen. Die festangestellten Knechte und Mägde werden wir behalten. Ich kann versuchen, dass der neue Besitzer des Hofes sie weiter beschäftigt.«

»In Ordnung.« Theresa nickte zufrieden. Es wäre einer Tragödie gleichgekommen, wenn sie alle Arbeiter entlassen müssten. Langsam gewöhnte sie sich an den Gedanken, dem Hof schon bald den Rücken zu kehren. Vielleicht war es wirklich die beste Entscheidung, sich, wenn auch schweren Herzens, vom Zumwinkel-Hof zu trennen.

Kapitel 14

»Stimmt etwas nicht?« Lange hatte Ida Alfons bei der Arbeit beobachtet. Er war an diesem Morgen wortkarg, wirkte in sich gekehrt und wich ihren Blicken aus. Konzentriert ging er seiner Arbeit nach und beschränkte sich auf die Anweisungen, die er ihr erteilte. Gerade stand er an der Drehmaschine, um die Bolzen für die nächste Zentrifuge zu drehen. Ida betrachtete die fliegenden Eisenspäne, die unter dem gleichmäßigen Surren des stählernen Meißels abgetragen wurden. Immer wieder kühlte Alfons das Werkstück mit Öl.

»Was soll nicht stimmen?«, fragte er. Als er sich zu ihr umwandte, lag zum ersten Mal an diesem Tag ein Lächeln auf seinem Gesicht.

»Du bist so schweigsam«, stellte Ida fest. »Fast so, als hätten wir Streit.« Sie nahm den Besen und fegte die Eisenspäne neben der Maschine zusammen.

»Ach was.« Er lächelte schief, schob sich die Mütze in den Nacken und machte eine wegwerfende Handbewegung. »Hab halt nicht die beste Laune heute.«

Ida war halbwegs beruhigt. »Wie kommt es?«

»Keine Ahnung. Erst habe ich verschlafen, dann nicht den

rechten Schuh gefunden, war spät dran heute Morgen und dann das Gespräch mit Böker.« Beim letzten Wort biss er sich auf die Lippe.

»Was ist mit Böker?«, fragte Ida, die von einem schlechten Gefühl befallen wurde.

Alfons blickte sich um. Die anderen Männer gingen ihrer Arbeit nach, ohne sich um ihn und Ida zu scheren. »Nicht hier«, raunte er ihr zu. »Nicht jetzt.« Dann grinste er wieder. »Aber ich erzähl es dir.«

»Einverstanden«, nickte Ida. »Aber lass mich nicht zu lange warten. Ich bin nämlich sehr neugierig.«

»Ich weiß«, grinste Alfons und wich geschickt dem Handfeger aus, den sie nach ihm warf. Der Handbesen flog in viel zu hohem Bogen durch die Halle und hätte einen anderen Mann um ein Haar getroffen. Der Mann, in feinen Zwirn gekleidet, wich mit einem irritierten Blick aus und betrachtete den kleinen Besen, der nun vor den Spitzen seiner blankpolierten Lederschuhe auf dem Hallenboden lag.

»Oh nein«, rief Ida und presste sich die Hände vor den Mund. Ihre Augen wurden groß wie Untertassen, als sie bemerkte, wen sie da um ein Haar getroffen hätte. »Es tut mir leid, Herr Thiele.«

Carl Thiele betrachtete sie mit regungsloser Miene, dann bückte er sich nach dem Handbesen, hob ihn auf, um ihn in beiden Händen zu wiegen, während er Ida ansah. Sekundenlang schien der Firmengründer darüber nachzudenken, wie er mit der eigenartigen Situation umgehen sollte, bevor er antwortete. »Muss ich das als Angriff werten?«, fragte er mit erhobener Augenbraue.

»Nein, auf gar keinen Fall«, rief Ida schnell und schüttelte den Kopf. »Es war ein Missgeschick, Herr Thiele.«

Der Mann trat näher. Er strahlte eine Souveränität aus, die Ida erschaudern ließ. Was, wenn er sie jetzt vor die Tür setzte?

Thiele stand einfach da, dann winkte er sie zu sich. Es schien ihn nicht im Geringsten zu interessieren, dass er das Interesse aller Anwesenden auf sich lenkte. Die Arbeit zu unterbrechen, wagte jedoch niemand.

Außer Alfons. Er schaltete die Drehmaschine ab. »Es tut mir leid, Herr Thiele«, sagte er und ging zu Carl Thiele, um ihm den Handfeger aus der Hand zu nehmen. »Es war meine Schuld.«

»Wie bitte?« Thiele schien kurz verunsichert zu sein.

»Ich wollte damit die Späne zusammenfegen, als mir das Ding …« Er vollführte eine ausladende Armbewegung mit dem Handbesen, »aus der Hand gerutscht sein muss.« Alfons deutete auf Ida. »Sie kann aber wirklich nichts dafür, Herr Thiele.«

»Schon gut, schon gut.« Thieles Gesichtszüge entspannten sich. Ida glaubte sogar, ein feines Lächeln um seine Mundwinkel erkennen zu können. »Passen Sie demnächst einfach besser auf.«

»Versprochen, Herr Thiele.« Alfons schlug die Hacken zusammen und salutierte wie ein Soldat.

Carl Thiele schien mit der Reaktion zufrieden zu sein, denn er lächelte freundlich und nickte Alfons zu. Als er Ida mit einem Blick bedachte, den sie schwer einordnen konnte, deutete sie eine Verbeugung an und machte sich wieder an die Arbeit. Erst, als Thiele seinen Weg durch die Fabrik fortgesetzt hatte, wagte sie, Alfons anzusprechen.

»Danke«, sagte sie überglücklich, »danke, dass du für mich in die Bresche gesprungen bist, Alfons.«

»Gern geschehen«, brummte er und setzte die Drehmaschine wieder in Gang. Die Treibriemen, die von der großen Welle unter der Hallendecke nach unten zum Antrieb der Maschine führten, surrten, dann setzte sich der Meißel wieder in Bewegung.

Ida fragte sich, was mit ihrem Kollegen los war. »Warum hast du das getan?«, erkundigte sie sich, nachdem sie allen Mut zusammengenommen hatte.

»Was?« Auf seiner Stirn stand eine steile Falte.

»Du hast Ärger mit Thiele riskiert, um mich zu schützen.«

»Das macht man so.« Er stierte auf das Werkstück, das sich in der Arretierung der Maschine drehte.

»Was macht man so?« Ida trat näher und betrachtete ihn von der Seite.

»Frauen helfen, wenn sie in Schwierigkeiten stecken.«

Ida lächelte. »Du bist ein guter Kollege, Alfons.«

Als er sich ihr zuwandte, lächelte er. »Und du bist eine gute Arbeiterin.« Endlich schien das Eis gebrochen zu sein.

*

»Wie geht es dir mit dem Gedanken, dass deine Eltern den Hof verkaufen wollen?« Sorgenvoll betrachtete Lina ihre Freundin.

Katharina zuckte etwas unbeholfen die Schultern. »Schwer zu sagen«, gestand sie Lina. »Ich bin dort groß geworden und ich weiß, wie sehr Vater an dem Hof seiner Vorfahren hängt.«

Sie seufzte schwer. »Abgesehen davon wollen sie gar nicht verkaufen. Aber wenn sie es tun, ist es eine reine Vernunftentscheidung. Meinem Vater wird es das Herz brechen.« Sie blickte aus dem Fenster.

Nach einer Runde durch den Stadtpark waren sie im Kaffeehaus Bockskrug eingekehrt, um sich aufzuwärmen. Die Frauen hatten einen freien Tisch am Fenster des großen Gastraumes ergattert. Während Katharina die wundervoll würzige Hausröstung genoss, hatte sich Lina für eine heiße Schokolade entschieden. An den benachbarten Tischen herrschte nur mäßiger Betrieb. Katharina wusste jedoch aus der Erfahrung vergangener Besuche, dass am Wochenende viele Ausflügler ins Kaffeehaus einkehrten. Samstags war sogar Kuchen für die Gäste im Angebot. Beim Bockskrug handelte es sich um einen schmucken, zweigeschossigen Fachwerkbau, an den eine Terrasse und ein Biergarten grenzten, die von einem Holzzaun zum vorbeiführenden Weg abgegrenzt waren. Das Mobiliar im Innern war edel, die Tische standen in Reih und Glied und waren mit strahlend weißen Tischdecken gedeckt, darum standen vornehm anmutende, elegant geschwungene Buchenholzstühle mit Armlehnen.

Katharina beobachtete drei Mädchen in hellen Kleidern und Hüten, die draußen in ein Spiel versunken waren, bei dem sie klatschten und herumsprangen. Einmal blieb ein alter Mann in einer abgenutzten Soldatenuniform stehen, um mit den Kindern zu schimpfen. Das Laub der umliegenden Bäume verfärbte sich bereits bunt, schon bald würden die ersten Herbststürme die Blätter von den Ästen treiben.

»Das war sicherlich keine leichte Entscheidung«, mutmaßte Lina. »Ich war ja nur eine Saison als Küchenmagd dort, aber in dieser kurzen Zeit ist mir der Hof schon ans Herz gewachsen – und ich weiß, wie sehr dein Vater daran hängt.«

»Das Leben geht weiter, und darüber ist sich Vater wohl auch im Klaren«, bemerkte Katharina nachdenklich. »Carl wird sicher dafür sorgen, dass meine Eltern eine gute Wohnung in der Stadt bekommen.«

»Sehr vernünftig«, nickte Lina. »Ich denke, sie werden es leichter haben als auf dem Land, wo die Arbeit für sie niemals endet.« Sie dachte kurz nach, dann hellte sich ihre Miene auf. »Rudolf hat mir erzählt, dass in unserem Haus bald eine Wohnung frei wird.«

»Wie schön!«, freute sich Katharina und klatschte begeistert in die Hände. Sie hatte Lina oft in ihrem neuen Zuhause besucht und wusste, dass ihre Freundin und Rudolf in einem der gerade entstandenen Bürgerhäuser lebten. Dort nannten sie eine großzügige Wohnung ihr Eigen. »Meinst du, das wäre etwas für meine Eltern?«

»Ich werde Rudolf bitten, den Vermieter danach zu fragen«, versprach Lina. Offenbar gefiel ihr die Vorstellung, bald schon mit Bernhard und Theresa Zumwinkel unter einem Dach zu leben.

Das Haus war modern, verfügte bereits über Elektrizität und Etagentoiletten – was wollte sie also mehr für ihre Eltern?

»Ob sie sich die Miete wohl leisten können?«, fragte Katharina ein wenig bange. Ihre Eltern waren einfache Leute vom Land, und sicherlich würde ihnen der Neuanfang in der Stadt nicht vom ersten Tag an leichtfallen. Von Reichtum konnte da keine Rede sein.

Lina zuckte die Schultern und strich eine Falte im Tischtuch glatt. Ihr Blick schweifte durch den Gastraum. An einem der Nebentische saßen drei schwatzhafte, ältere Damen mit beachtlichem Leibesumfang, daneben war ein vornehm gekleideter Herr mit Backenbart und Zwicker auf der Nase in die Lektüre der Zeitung vertieft.

»Das Finanzielle erledigt Rudolf, deshalb weiß ich nicht, wie hoch die Miete ist.« Sie winkte leichtfertig ab. »Aber deine Eltern werden vom Verkauf des Hofes sicherlich gut leben können, und wenn dein Vater noch eine Anstellung annimmt, mit der er für den Lebensunterhalt sorgen kann – umso besser!« Sie stellte die Tasse auf den Unterteller mit dem filigranen, floralen Muster und klatschte in die Hände. »Sei unbekümmert, das wird schon werden.«

Die drei Damen am Nebentisch lachten laut. Erst jetzt sah Katharina, dass sie es sich bei einem Schaumwein gut gehen ließen. Immer wieder prosteten sie sich zu und schienen sich köstlich zu amüsieren.

»Das wäre in der Tat traumhaft«, nahm Katharina den Faden wieder auf, während sie ihren Kaffee genoss. *Besser kann ein Kaffee im Wiener Café Central auch nicht munden*, dachte sie schwärmerisch. »Ich wüsste, dass Mutter und Vater bei euch gut aufgehoben wären.«

»Ich würde nach Theresa sehen und ihr zur Hand gehen, falls sie Hilfe benötigt«, versprach Lina.

»Ganz wie in alten Zeiten«, lächelte Katharina dankbar.

»Ganz wie in alten Zeiten«, wiederholte Lina, »nur, dass ich damals als Küchenmagd die Angestellte des Hofes war, während meine Hilfe jetzt eine Herzensangelegenheit wäre.«

Am liebsten wäre Katharina von ihrem Stuhl aufgesprungen, um ihre Freundin zu umarmen. Doch das verbot der Anstand, und so beschränkte sie sich darauf, Linas Hand zu nehmen und sie zu drücken. Sie wusste, dass sie sich auf ihre Freundin verlassen konnte. Es würde sich alles finden.

*

Katharinas Herz klopfte wie wild, als sie am späten Nachmittag die alte Kornmühle betrat. In der großen Halle wurde noch fleißig gewerkelt. Die Männer und Frauen betrachteten sie mit verhaltener Neugier. Katharina ahnte, weshalb Carl sie hergebeten hatte, würde es den Angestellten jedoch nicht verraten. In den letzten Tagen hatte ihr Mann Tag und Nacht gearbeitet. Nun war sie gespannt, was er ihr zeigen wollte.

»Da bist du ja.« Carl kam auf sie zu.

»Wie war dein Tag?«

»Wunderbar«, schwärmte Katharina, als sie sich an das Treffen mit ihrer Freundin erinnerte. Sie berichtete ihm davon, dass Lina versprochen hatte, sich bei Bedarf um ihre Eltern zu kümmern.

»Siehst du«, sagte er zufrieden. »Alles findet sich, und ich bin sicher, dass es deinen Eltern schon bald besser gehen wird, wenn sie ein neues, unbeschwertes Leben in der Stadt beginnen können.«

Katharina nickte. »Du willst mir bestimmt etwas zeigen, deshalb sollte ich auf dem Rückweg hier vorbeikommen, nehme ich an?«

»So ist es.« Er setzte seine feierliche Miene auf und führte sie in den kleinen Hinterraum der Halle. »Sie ist fertig«, sagte er.

»Die Waschmaschine?«, platzte es so euphorisch aus Katharina heraus, dass er ihr erschrocken eine Hand auf den Mund hielt. »Psst«, machte er und sah sich zu den Arbeitern um. »Sie sollen noch nichts von dem wissen, was wir planen.«

»Stimmt.« Katharina kicherte und ließ sich von ihm an der Hand in die kleine Werkstatt führen, die er zum Tüfteln nutzte. Dies war sein Reich, und niemand der Angestellten wagte es, einen Fuß über die Schwelle zu setzen. Katharina sah sich interessiert um. Der Duft von Öl und frischer Farbe hing schwer in der Luft. An beiden Wänden gab es Werkbänke mit Schraubstöcken, Eisenkästen mit Muttern, Schrauben und Splinten. An einer Staffelei, die Carl von einem befreundeten Maler geschenkt bekommen hatte, klemmten großformatige Konstruktionszeichnungen.

Inmitten des Raumes befand sich ein großer, etwa hüfthoher Gegenstand, der mit einem grauen Tuch abgedeckt war. Der Form und Größe nach zu urteilen, hätte es eine Zentrifuge sein können. Katharinas Aufregung wuchs. »Ist sie das?«, fragte sie und blickte in Carls Augen.

Mit einem geheimnisvollen Gesichtsausdruck winkte er sie näher. »Komm«, forderte er sie auf und hielt ihr einen Zipfel des Tuches hin. »Mach du das.«

Sie griff danach, zählte langsam bis drei, und erst, als Carl ihr aufmunternd zunickte, zog sie das Tuch mit einem Ruck zur Seite. Darunter stand eine Maschine, in deren Mitte sich ein Holzkübel befand, der in einer stählernen Halterung ruhte. Seitlich gab es Zu- und Ableitungen für das Wasser. Ein mechanischer Antrieb diente dazu, die Trommel in Bewegung zu setzen.

»Gefällt sie dir?« Carl war hinter Katharina getreten.

Sie erschauderte, als sie seinen Atem in ihrem Nacken spürte, und nickte. »Sie ist wunderschön.« Fast zärtlich strichen ihre Hände über das lackierte Holz und die eisernen Haltebügel. »Funktioniert sie schon?«

Carl nickte. »Ich denke schon. Ohne dich wollte ich unsere Waschmaschine aber nicht ausprobieren. Jetzt ist es endlich so weit, und wir können das gute Stück testen.« Er holte von einer der Werkbänke einen Zuber und trat damit an die Waschmaschine. Im Innern befanden sich Hemden und Hosen, auch Socken und Unterhemden.

»Woher hast du …«, wollte Katharina fragen, als die schrille Sirene nebenan den wohlverdienten Feierabend der Arbeiter einläutete.

»Jetzt«, sagte Carl, nachdem die Sirene verstummt war, »sind wir ungestört und können das erste Mal mit unserer Erfindung Wäsche waschen.«

*

Schon bald würden sie Waschmaschinen bauen! Der Probelauf am frühen Abend war von Erfolg gekrönt gewesen. Die Wäsche war nach dem ersten Waschgang blitzrein und strahlte in neuem Glanz. Katharina war begeistert und stolz auf ihn. Gern wäre er mit ihr nach Hause gegangen, um den Erfolg zu feiern, doch eine eigenartige Unruhe hatte ihn erfasst. Er wollte unbedingt weiterarbeiten, um letzte Details zu verbessern. So hatte er sie zum Werktor begleitet, und sie hatten sich voneinander verabschiedet.

Nun schritt Carl langsam durch die Zentrifugen-Fabrik. Einige seiner Maschinen warteten auf die Fertigstellung und den Versand am nächsten Tag. Der Anblick einer ganzen Batterie von Zentrifugen erfüllte ihn mit Stolz. Das war auch Katharinas Verdienst, denn sie stand immer hinter ihm und beflügelte ihn zu neuen Leistungen.

So wie auch bei seinem jüngsten Projekt. Carl erreichte den Prototyp, den sie soeben ausprobiert hatten und der nun auf seine Fertigstellung wartete. Der erste Probebetrieb war zwar gut verlaufen, die Wäsche war sauber aus dem Bottich gekommen, auch die Walzen, die zum Wringen der nassen Kleidung seitlich angebracht waren, hatten sich bewährt. Doch Carl fand, dass sich die Kurbel am oberen Ende der Trommel noch zu schwer drehen ließ. Er musste sich etwas einfallen lassen, um den Betrieb einfacher zu gestalten. Wahrscheinlich würde ihm das mit einer anderen Übersetzung der kleinen Zahnräder gelingen. Carl trat an die Maschine und zog das Tuch herunter. Schon beim ersten Anblick war zu erkennen, dass die Waschmaschine Ähnlichkeit mit der ersten Milchzentrifuge aufwies. Kein Wunder, funktionierte sie doch nach demselben Prinzip. Und der Umstand, dass die Bauteile aus dem Ersatzteilregal stammten, unterstrichen die Tatsache zusätzlich. Carl löste die eisernen Verschlüsse des Deckels und hob ihn an. Auf der Unterseite befanden sich Zahnräder, die für die Kraftübertragung der Handkurbel auf die Welle im Innern des Bottichs verantwortlich waren. Nachdenklich betrachtete er den Zahnradantrieb der Welle.

»So spät noch fleißig?«

Um ein Haar hätte Carl den schweren Deckel, den er in den Händen hielt, fallenlassen. Er wirbelte herum und erkannte seinen Freund Rudolf, mit einem breiten Grinsen im Gesicht. Als sein Partner bemerkte, dass er ihm einen Schrecken eingejagt hatte, erlosch sein Grinsen auf der Stelle. »Ich wollte dich nicht erschrecken«, beteuerte Rudolf.

»Dich trifft keine Schuld«, entgegnete Carl und schob den Deckel wieder auf den Bottich. Seine Finger zitterten noch leicht, als er die eisernen Verschlüsse betätigte. »Ich war in Gedanken versunken und habe dich nicht kommen hören.«

»Du betrachtest die Maschine wie ein Vater, der zum ersten Mal sein Neugeborenes sieht«, grinste Rudolf.

Carl musste lachen und fühlte sich ertappt. »Was hält dich zu später Stunde noch hier?«, wechselte er das Thema. Erst jetzt bemerkte er die Weinflasche und die beiden Gläser, die Rudolf mitgebracht hatte.

»Ich dachte, du zeigst mir deine neueste Erfindung, und dann stoßen wir auf die Taufe der Holzbottich-Waschmaschine an.« Er hielt Flasche und Gläser in die Höhe.

»Woher wusstest du …«, setzte Carl an, brach aber ab, als sein Kompagnon amüsiert abwinkte.

»Ich kenne dich, alter Freund«, grinste Rudolf. »Deshalb habe ich Vorkehrungen getroffen.« Erfreut beobachtete Carl seinen Partner dabei, wie er einen Korkenzieher aus der Jacketttasche zog, nachdem er die beiden langstieligen Gläser auf der Werkbank abgestellt hatte. Nach einem Blick auf das Etikett wusste Carl, dass es sich bei dem edlen Bordeaux um einen Rotwein vom Château Léoville Las Cases handelte. Er wusste, dass die französische Winzerfamilie eine an Besessenheit grenzende Leidenschaft für gute Weine an den Tag legte. Auf seiner ersten Frankreichreise hatte er sich Zeit genommen, um das Weingut zu besichtigen. Carl war von dem Anwesen und der Arbeit der Winzer beeindruckt gewesen. Natürlich wusste Rudolf von seiner Liebe zu dem Weingut, und nun war Zeit, mit einem besonderen Tropfen anzustoßen. Ein wenig ungewöhnlich, dass die beiden Männer nun im schlichten Ambiente der Werkstatt damit anstießen. Der Wein mundete erwartungsgemäß fruchtig und samtweich. Carl schloss genießerisch die Augen und war für einen Augenblick weltversunken. Erst, als Rudolf sein Glas auf die Werkbank stellte und sich die Hände rieb, fand Carl in die Wirklichkeit zurück.

»So«, rief Rudolf, »dann zeig mir deine Waschmaschine.« Voller Neugier betrachtete er Carls Werk. Seine Wangen glühten vor Aufregung. »Viel Ahnung habe ich von technischen Dingen nicht, alter Freund.« Er nahm einen Schluck Wein, bevor er fortfuhr: »Wie du weißt, bin ich ein Mann der Zahlen.«

Carl ließ es sich nicht nehmen, noch einmal an dem wundervollen Bordeaux zu nippen, bevor auch er das Glas abstellte, um seinem Freund die technischen Eigenschaften der Holzbottich-Waschmaschine zu erklären.

»Und wo gibt es noch Probleme?«, fragte Rudolf, nachdem Carl seine Ausführungen beendet hatte.

»Hier«, erwiderte Carl und deutete auf den mechanischen Antrieb der Kurbel. »Ich finde, sie dreht zu schwer.«

Rudolf trat näher, streckte den Arm aus und betätigte die Kurbel. »Hatte Katharina diesen Eindruck auch?«, fragte er nach ein paar Umdrehungen.

»Nein, aber sicher gibt es auch Frauen, die schwächer sind als Katharina. Ich möchte die Handhabung meiner Maschine so einfach wie möglich gestalten.«

»Nachvollziehbar, alter Freund.« Rudolf nickte zustimmend. »Ich fürchte, dir keine große Hilfe zu sein bei der Lösung dieses Problems. Vielleicht könntest du mir jedoch die Funktionsweise deiner Waschmaschine erklären?«

»Nichts lieber als das.« Carl schob den Deckel des Bottichs zur Seite und deutete in das Innere, um dem Freund die Funktion der Paddel zu erklären, die an der Welle befestigt waren und ursprünglich aus einer Milchzentrifuge stammten. Rudolf zeigte sich äußerst interessiert und unterbrach ihn kein einziges Mal. Erst, als Carl geendet hatte, räusperte er sich. »Ich bin begeistert! Nun würde ich die Maschine gern ausprobieren.« Ohne Carls Antwort abzuwarten, zog Rudolf sein Jackett, das Hemd und die Hose aus, um die Kleider in den Bottich zu stopfen.

Sein ungewöhnlicher Anblick erheiterte Carl. Rudolf stand in Unterwäsche in der kleinen Werkstatt und setzte eine erwartungsfrohe Miene auf. »Du scheinst vergessen zu haben, dass meine Maschine zwar für saubere Wäsche sorgt, diese aber danach trocknen muss, und das kann bei diesen herbstlichen Temperaturen einige Zeit in Anspruch nehmen.«

»Ich habe etwas Zeit mitgebracht«, versicherte Rudolf ihm.

»Also gut, dann starten wir einen Waschgang«, verkündete Carl mit feierlicher Miene, bevor er sich daranmachte, die Waschmaschine zum zweiten Mal an diesem Abend in Betrieb zu nehmen.

Kapitel 15

Herr Thiele, können wir kurz reden?« Nach Luft ringend stand Hermann Böker vor Carls Bürotür.

Carl hatte die ganze Nacht in seiner kleinen Werkstatt am Prototyp der Holzbottich-Waschmaschine gewerkelt, bis ihm irgendwann in den frühen Morgenstunden die Augen vor Erschöpfung zugefallen waren. So hatte er sich auf das Sofa in seinem Büro gelegt, um sich ein wenig zu erholen. Im Morgengrauen hatte er sich in die Waschräume geschlichen, um der gleich eintreffenden Belegschaft nicht übernächtigt gegenübertreten zu müssen. Danach hatte er seine Kleidung geordnet und sich einen starken Kaffee gebraut. Gerade als Carl sein Tagwerk beginnen wollte, war Böker herbeigestürmt. Der sichtlich aufgebrachte Werkleiter schien auf ihn gewartet zu haben. Entweder wunderte er sich nicht darüber, dass der Firmengründer zu früher Stunde aus den Waschräumen kam, oder er wunderte sich, kommentierte das eigenartige Verhalten seines Arbeitgebers jedoch nicht. Carl tippte auf Zweiteres, denn Böker war ein sehr aufmerksamer Beobachter. Jetzt aber wirkte er nervös. Etwas schien ihm auf dem Herzen zu liegen.

Zu dieser frühen Stunde hatte Carl nicht mit Besuch gerechnet. Eigentlich hatte er nach seinem Prototyp schauen wollen, aber das musste warten.

Carl winkte den Werkleiter in sein Büro. »Guten Morgen, mein lieber Böker. Kommen Sie rein.«

»Besten Dank, Herr Thiele.«

»Was kann ich für Sie tun?«, fragte Carl freundlich, nachdem er seinem Mitarbeiter einen Platz angeboten und sich selbst an den Schreibtisch gesetzt hatte, um Böker aufmerksam zu beobachten.

»Es geht um die Frauen«, kam der Werkleiter auf den Anlass des Gespräches zu sprechen. »Die neuen Arbeiterinnen.«

»Was ist mit ihnen?« Carl runzelte die Stirn. Bisher waren ihm die drei jungen Frauen nicht negativ aufgefallen.

»Nun, ich weiß nicht, wie ich es ausdrücken soll, wir sollten vorsichtig sein«, druckste Böker herum. Er hatte die Beine übereinandergeschlagen und rang die Hände.

Carl beugte sich über die Schreibtischplatte. »Das müssen Sie mir erklären, fürchte ich.«

»Sie sind hier fleißig und strebsam«, begann Böker. »Aber sie tauschen sich untereinander aus.«

»Nun, das halte ich nicht für bedenkenswert«, erwiderte Carl gelassen. »Im Gegenteil – es fördert das Arbeitsklima, wenn sie in Kontakt miteinander stehen und den Gemeinschaftsgedanken pflegen.«

»Das meine ich nicht«, erwiderte Böker kopfschüttelnd. »Sicher haben Sie bereits von Frauenversammlungen gehört, die meistens im Verborgenen stattfinden?«

»Aber natürlich.« Carl wusste, wovon sein Werkleiter sprach.

Immer wieder fanden sich Frauen zusammen, die sich für Gleichberechtigung und ein besseres Ansehen der Frauen einsetzten.

»Ich habe beobachtet, dass zwei der drei neuen Frauen an einer dieser Versammlungen teilgenommen haben.«

Nun musste Carl lachen. »Sie reden, als würden Sie von einer gefährlichen Verschwörung sprechen, die sich gegen uns Männer richtet.«

Böker schien nicht zu verstehen, warum sich Carl amüsierte. Er betrachtete den Fabrikanten mit versteinerter Miene. Eine steile Falte stand auf Bökers hoher Stirn. »Bedauerlicherweise ist das in der Tat der Fall.«

»Wie bitte?«

»Ich habe gestern Abend ein wenig … spioniert und war bei der Versammlung dabei.«

»Und?« Carl musste sich ein Grinsen verkneifen. »Sagen Sie mir jetzt nicht, dass Sie sich als Frau verkleidet unters Volk gemischt haben.«

Böker ging nicht auf die Anmerkung ein. »Sie fordern bessere Arbeitsbedingungen in den Fabriken.«

»Das betrifft uns nicht«, behauptete Carl. Er war sicher, dass es seinen Angestellten gut ging. An die Zeiten, als er selber noch im Maurerbetrieb seines Vaters gearbeitet hatte, konnte er sich noch gut erinnern. Aus diesem Grunde hatte er, als er die Zentrifugenfabrik mit Rudolf Zenker gegründet hatte, größten Wert darauf gelegt, dass es der Belegschaft bei Thiele & Cie. gut ging.

»Und ob«, behauptete Böker sichtlich aufgewühlt. »Sie fordern den gleichen Lohn wie ihre männlichen Kollegen.«

»Warum bekommen sie den eigentlich nicht?« Carl musste sich eingestehen, dass er sich darüber nie Gedanken gemacht hatte. Lohnverhandlungen mit den Arbeitern führte der Werkleiter, bisher hatte sich Carl aus diesen Angelegenheiten herausgehalten und den kaufmännischen Teil immer seinem Kompagnon überlassen. Doch Rudolf wollte heute zu einer Reise aufbrechen. Er musste also warten, bevor er ihn fragen konnte.

»Weil wir es wie alle anderen Fabriken machen«, erwiderte Böker. »Wir halten uns an geltende Regeln, Herr Thiele.«

Carl überlegte kurz, bevor er antwortete. »Weiß Zenker das?«

»Natürlich. Als kaufmännischer Leiter muss er alles genehmigen, was ich mit der Belegschaft abspreche.«

»Richtig.« Carl hörte nur mit einem Ohr zu. Der Grund, warum Frauen schlechter behandelt wurden als Männer, wollte ihm nicht in den Kopf. »Wir müssen uns anpassen.«

»Wie bitte?« Böker machte große Augen und betrachtete Carl, als sei dieser von allen guten Geistern verlassen worden.

»Ich sagte, dass wir uns anpassen müssen«, wiederholte Carl geduldig. »Wir sind ein modernes Unternehmen, in dem auch Frauen ihren Dienst verrichten. Und es kann nicht sein, dass sie für dieselbe Arbeit, die auch Männer verrichten, schlechter bezahlt werden.«

»Ist das Ihr Ernst?«

»Selbstredend.« Carl nickte. Er beschloss, mit Rudolf zu reden, sobald sein Kompagnon von der Geschäftsreise zurückgekehrt war. Auch Katharinas Meinung war ihm wichtig. »Wir werden uns beraten und danach entscheiden«, teilte er Böker mit.

»Und sonst nichts?«

»Was meinen Sie?«

»Drohen den Frauen, die an den geheimen Treffen teilnehmen, denn keine Konsequenzen?«

»Ich fürchte, ich verstehe Sie nicht, Böker.«

Sekundenlang war das monotone Ticken der Uhr das einzige Geräusch im Büro. Mit einem theatralischen Seufzer blickte Böker an die Decke des Raums. Es war für Carl offensichtlich, dass er sich falsch verstanden fühlte. Als Carl nichts sagte, fixierte Böker ihn mit seinem Blick. »Wir müssen handeln, so etwas dürfen wir uns nicht gefallen lassen«, forderte Böker. »Die Frauen organisieren sich hinter unserem Rücken, sie rufen zum Widerstand auf und gefährden die Stimmung in der Fabrik!«

»Sie kämpfen für ihre Rechte, Böker.« Carl erhob sich, um den sichtlich verärgerten Werkleiter zur Tür zu begleiten. Für ihn war das Gespräch beendet. »Nicht mehr und nicht weniger.«

Kapitel 16

»Meine Eltern verkaufen den Zumwinkel-Hof.« Am Nachmittag des folgenden Tages öffnete Katharina die Bürotür ihres Mannes und blickte in sein überraschtes Gesicht.

»Was hast du gesagt?«, fragte Carl und stand auf. »Meine Eltern verkaufen den Hof«, wiederholte Katharina. Sie spürte, wie sich Tränen in ihren Augen sammelten, und senkte den Blick.

»Steht das fest, oder ziehen sie es in Erwägung?«

»Nein, es steht fest«, antwortete Katharina. »Und ich habe meinen Vater dazu überredet.«

»Und nun machst du dir Vorwürfe?« Er hauchte einen Kuss auf ihre Lippen und schob ihr einen Stuhl hin. Sie setzte sich und zuckte die Schultern. Tatsächlich hatte sie sich seit dem Gespräch in der Küche des Hofs mehrfach gefragt, ob es richtig gewesen war, ihren Vater vom Verkauf seines geliebten Hofes zu überzeugen.

»Ich weiß nicht«, antwortete sie. Er reichte ihr ein Taschentuch, sie nahm es dankend an und wischte sich die Tränen fort. »Am liebsten würde er nicht verkaufen, der Hof ist sein Leben.«

»Aber es ist eine Entscheidung der Vernunft, wenn man den Gesundheitszustand deiner Mutter bedenkt«, erwiderte Carl sachlich. »Wenn es stimmt, was die Ärzte sagen und sich ihr Zustand sogar verschlechtert, ist der Hof kein guter Ort für sie.« Jetzt lächelte er. »Ich habe deine Mutter als eine strebsame und fleißige Frau kennengelernt. Und es fällt mir schwer, mir vorzustellen, dass sie die Hände in den Schoß legen kann, während alle um sie herum in Arbeit ertrinken.«

»Genau das ist das Problem.« Katharina wusste, dass ihr Mann sie verstand. »Sie würde es nicht ohne Arbeit aushalten, ist aber kaum noch in der Lage, die auf dem Hof täglich anfallenden Aufgaben zu bewältigen.« Sie holte tief Luft und beobachtete ihren Mann, der nachdenklich durch sein Büro ging. Die Arme hatte er dabei wie ein dozierender Professor hinter dem Rücken verschränkt. »Wir werden deine Eltern mit allen Kräften unterstützen«, sagte er schließlich. »Sicher finde ich jemanden, der ihnen eine kleine Wohnung vermietet.«

»Ich wusste es.« Katharina lächelte stolz zu ihm auf. »Ich wusste, dass du sie unterstützt, wenn sie sich zu diesem Schritt entschließen. Und Lina hat vorgeschlagen, dass meine Eltern in dasselbe Haus ziehen könnten, in dem sie mit Rudolf wohnt.«

»Es ist doch selbstverständlich, dass wir deine Eltern unterstützen. Ich werde auch mit Rudolf sprechen, wir werden sehen, was sich findet.« Carl nickte und setzte sich an den Schreibtisch. »Wann soll es losgehen?«

»Sobald sich ein Käufer gefunden hat.«

»Mach dir keine Vorwürfe, Prinzessin, es war eine kluge Entscheidung von deinem Vater.« Sein Lächeln war milde. »Und wir werden für deine Eltern da sein, wenn sie uns brauchen.«

»Trotzdem fühle ich mich nicht gut damit.«

»Es musste sein, und du hast richtig gehandelt.«

»Meinst du?« Katharina spürte erleichtert, wie die Schuldgefühle langsam verblassten.

»Und ob, Prinzessin.«

Sie lächelte ihm dankbar zu. »Du siehst müde und bedrückt aus. Was ist es?«

»Die neuen Arbeiterinnen haben an einer Frauenversammlung teilgenommen«, antwortete Carl. »Böker rechnet nun mit Widerstand.«

»Inwiefern?« Katharina hatte bereits von den Treffen der Frauen gehört. »Dort organisiert man sich politisch. Das betrifft uns nicht direkt.«

»Böker sieht das anders. Man habe auf der Versammlung darüber geredet, dass den Fabrikarbeiterinnen derselbe Lohn zustehen soll wie den Männern.«

Katharina dachte kurz nach und fragte sich, warum sie noch nicht auf diese Idee gekommen war. »Was spricht dagegen?«

»Wie bitte?«

»Was dagegenspricht«, wiederholte sie geduldig. »Die Frauen verrichten die gleiche Arbeit, warum bekommen sie weniger Lohn?«

»Ich habe keine Einwände«, antwortete Carl. »Sobald Rudolf von seiner Reise zurückgekehrt ist, werde ich ihn bitten, das zu veranlassen.«

»Perfekt.

Vielleicht sollte ich mich diesen Frauenversammlungen anschließen, um informiert zu sein und mitreden zu können.«

»Aber du …«, setzte er an, brach aber ab, als sie sichtlich erheitert abwinkte. »Was spricht dagegen, Carl? Ich bin doch eine Frau. Und damit steht es mir zu, mich für unsere Rechte einzusetzen, oder?«

»Manchmal bist du mir unheimlich.«

Sie musste lachen. »Ach Carl, du musst keine Angst haben. Es kann nicht schaden, wenn ich dort hingehe und vermittle, dass wir unsere Arbeiterinnen gut behandeln.«

Er schien verwundert darüber zu sein, wie selbstverständlich manche Dinge aus ihrem Munde klangen.

»So – und jetzt will ich wissen, wie es um die Anpassungen an unserer Maschine steht.« Suchend sah sie sich im Büro um. »Wo sind die neuesten Konstruktionspläne?«

Carl setzte eine bedauernde Miene auf. »Ich fürchte, die gibt es nicht.«

»Nicht?« Katharina hatte Mühe, ihre Enttäuschung zu verbergen.

»Nein.« Grinsend erhob sich Carl. »Aber ich kann dir die verbesserte Maschine zeigen.«

*

»Dann lass uns nochmal Wäsche waschen.«

Verwundert blickte Carl seiner Frau hinterher, die sofort das Büro verließ, kaum, dass er den letzten Satz vollendet hatte. Er musste sich beeilen, ihr zu folgen. »Komm schon«, rief sie über die Schulter, als sie in der offenen Tür seines Werksbüros stand. »Auf zum nächsten Probelauf!«

Wie immer war Carl praktisch vorgegangen. Er hielt sich selten damit auf, Konstruktionspläne detailliert auszuarbeiten. Die Zeit nutzte er lieber, um an der Erfindung zu arbeiten. Er experimentierte, probierte und improvisierte so lange, bis eine Baugruppe sich nahtlos an die vorhandenen anfügte, und war erst dann zufrieden, wenn alle Teile ineinanderpassten und funktionierten.

Es dauerte einen Moment, bis sich ihre Augen an das hier herrschende Zwielicht in der Werkstatt gewöhnt hatten. Erst, als Carl den Bakelitschalter neben der Türzarge drehte, flammte das elektrische Licht unter der Decke auf.

Beim Anblick der Waschmaschine strahlte Katharina wie ein Kind an Weihnachten, und Carls Herz schlug vor Freude schneller. Er freute sich über die Begeisterungsfähigkeit seiner Frau. »Was hast du geändert?«, wollte sie von ihm wissen, ohne den Blick von der Waschmaschine abzuwenden.

Er zuckte mit den Schultern. »Ich habe den Antrieb verbessert. Die Maschine läuft jetzt leichter. Und ein paar Kleinigkeiten, die mir nicht gefallen haben.«

»Beim ersten Probelauf hast du mir die Technik gar nicht richtig erklärt«, empörte sie sich ein wenig gespielt.

Carl lachte. »Die Details wollte ich dir ersparen.«

»Sie interessieren mich aber.«

»Also gut.«

»Ich habe sie nach dem Prinzip unserer Zentrifuge Typ Satellit entwickelt und gebaut«, erklärte er. »Wie du siehst, habe ich das Holzfass senkrecht montiert und das bisher verwendete

Rührwerk im Innern der Trommel gegen Holzstäbe mit Paddeln ersetzt. Dadurch gibt es im Betrieb weniger Widerstand, was wiederum bedeutet, dass weniger Kraft aufgewendet werden muss.«

Staunend beugte sich Katharina über die Konstruktion, um einen Blick ins Innere der Maschine zu werfen.

»Funktioniert die Waschmaschine denn jetzt so, wie du es dir vorstellst?«

»Probieren wir es aus. Ich lasse dir den Vortritt.«

Katharina zog kurzentschlossen ihren dunklen Mantel aus und stopfte ihn in den Bottich.

»Was tust du denn da?«, fragte Carl entgeistert.

»Das siehst du doch«, antwortete Katharina unbekümmert. »Wir probieren die Waschmaschine aus.«

»Und wenn du dir den schönen Mantel ruinierst?«

»Dann müssen wir in die Stadt fahren und du kaufst mir einen neuen«, lachte Katharina. Sie stellte sich auf die Zehenspitzen und hauchte ihm einen Kuss auf die Wange. »Aber so weit wird es nicht kommen, denn ich vertraue deiner Waschmaschine. Also: Fangen wir an!«

Carl ließ sich von ihrer Begeisterung anstecken und streifte das Jackett ab, um es ebenfalls in das Holzfass zu schieben. »Also gut«, sagte er, »probieren wir unsere Weltneuheit aus, Liebste.«

*

»Die beiden scheinen sehr glücklich miteinander zu sein«, stellte Ida fest, während sie Carl Thiele und seiner Frau hinterhersah.

Sie unterhielten sich angeregt, während sie Seite an Seite durch die Produktionshalle marschierten. Obwohl sie miteinander beschäftigt waren, so grüßten sie doch freundlich. Allerdings boten sie einen ungewöhnlichen Anblick, denn sie waren hemdsärmelig unterwegs wie im Hochsommer.

»Neidisch?«

Ida machte auf dem Absatz ihrer Lederschuhe kehrt und blickte in das breite Grinsen von Alfons. Er betrachtete sie, als könne er auf den Grund ihrer Seele blicken. »Warum sollte ich neidisch sein?«, fragte sie ein wenig zu schnippisch.

»Weil die Herrschaften einen sehr glücklichen Eindruck machen«, antwortete Alfons unbeeindruckt. »Sie scheinen sehr verliebt zu sein, hast du gesehen, wie sie sich angeschaut haben?«

»Das hast du bemerkt?«, fragte Ida ungläubig. Für ihre Begriffe war es unüblich, dass Männern auffiel, wenn ein Paar verliebt auf seine Umwelt wirkte. Offenbar war Alfons einfühlsamer, als es zunächst den Anschein erweckt hatte.

»Na klar.« Er nickte. »Das sieht doch ein Blinder mit Krückstock.«

»Ich hätte nicht gedacht, dass Männer …«

»Auf so etwas achten?« Alfons lachte amüsiert.

Ida nickte verschämt. »Ja«, murmelte sie. »Ich dachte, das entgeht euch.«

Alfons konnte ihr offenbar nicht böse sein. Er machte einen Schritt auf sie zu, und für den Bruchteil einer Sekunde hatte sie den Eindruck, dass er sie gern in den Arm genommen hätte.

»Mir entgeht sowas nicht«, raunte er ihr leise zu. »Man sagt mir sogar nach, dass ich ein sehr aufmerksamer Mann bin.«

Ida wagte nicht, ihm zu widersprechen. Als sie sich wieder an die Arbeit machte, sah sie die gnädigen Herrschaften durch eine Tür verschwinden. *Glück, mein Kind, ist das Einzige, das sich verdoppelt, wenn man es teilt,* hatte ihre Mutter oft gesagt. Und ihre Mutter war offenbar eine sehr weise Frau gewesen.

*

Weder Carl noch Katharina scherten sich um die neugierigen Blicke der Arbeiter, als sie Seite an Seite durch die Fabrikhalle gingen, um Rudolf vom Ergebnis des weiteren Probelaufes zu berichten. Hemdsärmelig hatte die Belegschaft ihren Chef schon lange nicht gesehen, doch Carl machte es nichts aus, denn er war schon immer ein Mann der Tat gewesen und packte überall mit an, wo seine Hilfe gebraucht wurde.

Katharina nickte einer der jungen Arbeiterinnen zu, die ihren Weg kreuzte und ein wenig verlegen grüßte.

»Was hast du mit den Frauenorganisationen vor?«, fragte Carl, der Katharinas Blicke aufmerksam beobachtet hatte. Noch immer war es ein ungewohntes Bild, dass junge Frauen den Arbeitern in der kleinen Fabrik zur Hand gingen.

»Ich werde zunächst mit unseren Arbeiterinnen sprechen«, erwiderte Katharina. »Und du solltest mit Rudolf sprechen, um zu veranlassen, dass die Frauen denselben Lohn erhalten wie ihre männlichen Kollegen. Und die Krankenversicherung sollten wir auch noch besprechen.«

Carl seufzte. »Das wird Rudolf nicht gefallen.«

»Es muss ihm auch nicht gefallen«, entgegnete Katharina und

wirkte dabei ein wenig trotzig. »Es liegt mir am Herzen, dass sich unsere Angestellten ernst genommen und wertgeschätzt fühlen.«

»Sie sind aber kein Teil der Familie«, gab Carl zu bedenken.

»Dennoch sollten wir sie so behandeln«, antwortete Katharina. »Nur wer sich bei uns wohlfühlt, wird diese Zufriedenheit auch nach außen tragen, ganz egal, was irgendwelche Frauenverbände über unsere Fabrik oder über unsere Maschinen denken. Mir ist daran gelegen, dass Thiele & Cie. ein gutes Ansehen in der Öffentlichkeit genießt.«

»Meine kluge Frau.« Carl lächelte sie verliebt an. Nachdem er sich versichert hatte, dass sie unbeobachtet waren, beugte er sich zu ihr und küsste sie. »Was wäre ich nur ohne dich?«, fragte er, nachdem sie sich nach einem Moment der glückseligen Zweisamkeit inmitten des Trubels voneinander gelöst hatten.

Katharina zwinkerte ihm zu. »Du wärst Carl Thiele, ein genialer Erfinder, was denn sonst?«

Er schwieg mit einem sanften Lächeln auf den Lippen. Dann holte er tief Luft. »Mein Leben ist durch dich erst vollständig geworden, meine Liebste.«

Sie nickte. »Mir ergeht es ganz genauso.«

Zwischenzeitlich waren sie vor Rudolfs Büro angekommen. Es lag am Ende eines Ganges im oberen Stockwerk, dort, wo sich im alten Sägewerk die Räume der Kommissionierer und der Kontoristen befunden hatten. Auch Katharina hatte Carl hier ein kleines Büro als Rückzugsort einrichten lassen, doch sie nutzte es nur selten. Wenn sie sich in der Fabrik aufhielt, befand sie sich meistens in Carls Büro.

Carl klopfte an die Tür, und auf ein energisches »herein« von innen drückte er die Klinke herunter und betrat das Büro, dicht gefolgt von Katharina.

»Was kann ich für euch tun?«, fragte Rudolf, der von seiner Reise zurückgekehrt war und nun auf der Schreibmaschine ein Angebot schrieb. Carl wusste von seinem Freund, dass die Schreibmaschine sein ganzer Stolz war. Er hatte sie von einer Amerika-Reise mitgebracht, nachdem er dort der *Underwood Typewriter Company* einen Besuch abgestattet hatte. Das Prinzip der Schreibmaschine stammte von einem deutschen Konstrukteur, der nach Amerika ausgewandert war. Dort hatte er sich seine Erfindung patentieren lassen und mit der Maschine einen Siegeszug um die ganze Welt angetreten. Ähnlich hatte es Carl mit seiner neuen Waschmaschine vor, allerdings zog ihn nichts nach Amerika.

»Können wir kurz reden?« Carl schloss die Tür und blickte sich im Raum um. Es störte ihn nicht, dass das Büro seines Partners größer und schöner eingerichtet war als sein eigenes. An einer Wand standen Aktenschränke, die sich unter der Last der zahlreichen Mappen durchbogen, gegenüber hing eine großformatige Karte des deutschen Kaiserreichs. Rudolf hatte einzelne Orte durch Stecknadeln mit roten Köpfen markiert. Carl wusste, dass die gekennzeichneten Stellen Orte waren, an denen sich mindestens eine Thiele-Maschine befand. Zufrieden stellte er fest, dass die Anzahl der Stecknadeln im vergilbten Papier der Karte in den letzten Wochen zugenommen hatte.

Von den beiden Fenstern des Eckbüros aus hatte man einen

Blick auf den Firmenhof und auf die Ausläufer des angrenzenden Teutoburger Waldes.

Auf Rudolfs Schreibtisch stand ein massiver, hölzerner Globus, der beinahe von den Aktenbergen, die sich daneben stapelten, verdeckt wurde. Nachdem der Globus in Carls Büro zum Vorbild für das Markenzeichen der Firma geworden war, hatte Rudolf sich einen ähnlichen zugelegt. Gegenüber dem Schreibtisch befand sich ein Besprechungstisch mit Stühlen. Auch dort hatte Rudolf Unterlagen abgelegt. »Ich brauche bald eine Assistentin, die mir bei dem Papierkram hilft«, bemerkte Rudolf, als er Carls Blick sah. »Eine Sekretärin, eine Briefkopistin, was auch immer – jemanden, der kaufmännisch bewandert ist.«

»Das lässt sich sicher einrichten«, stimmte Carl lächelnd zu. Er war froh, dass er Rudolf Zenker als kaufmännischen Leiter der Firma hatte gewinnen können, denn endlose Zahlenkolonnen waren ihm ein Graus.

Katharina und Carl setzten sich auf die beiden Stühle vor seinem Schreibtisch.

»Was kann ich für euch tun?«, fragte Rudolf.

»Es geht um die Frauen«, begann Katharina. »Sie sind schlechter bezahlt als ihre männlichen Kollegen.«

Rudolf seufzte, dann zog er eine Augenbraue in die Höhe. »Das ist so üblich«, bemerkte er schließlich. »Wir passen uns den üblichen Gepflogenheiten an.«

»Ich weiß, und es ist an der Zeit, das zu verändern.« Katharinas Miene war ernst.

»Warum sollten wir das tun?« Nachdenklich faltete Rudolf die Hände auf der Schreibtischplatte wie zum stummen Gebet.

»Es ist eine Art der Wertschätzung für die Dienste, die uns die neuen Arbeiterinnen erbringen – dabei leisten sie aufgrund ihrer zierlichen Statur mitunter mehr als ihre männlichen Kollegen«, fand Katharina.

»Aber die Männer bringen Fachkenntnisse mit«, erwiderte Rudolf. »Sie können Bohrmaschinen und Drehbänke bedienen und sind technisch bewandert.«

»Also ein Ausgleich?« Carl lächelte seinem Freund spitzbübisch zu.

»Vielleicht.« Rudolf seufzte. »Also gut. Ich werde sehen, was ich tun kann.«

»Danke.« Katharina strahlte.

»Darf ich wissen, wie ihr darauf kommt, den Arbeiterinnen den gleichen Lohn zu bezahlen wie ihren männlichen Kollegen?« Rudolf lehnte sich zurück und verschränkte die Hände hinter dem Kopf.

Carl berichtete ihm von dem Gespräch mit Hermann Böker, der sich heimlich zur Frauenversammlung geschlichen hatte. Während Rudolf seinen Ausführungen lauschte, konnte er sich ein amüsiertes Grinsen nicht verkneifen.

»Herrlich«, sagte er schließlich, »herrlich – ich sehe förmlich vor mir, wie sich der gute Böker in Frauenkleidern und mit einer Perücke auf dem Kopf unter die Anwesenden geschummelt hat.«

»Ganz so war es nicht«, lächelte Carl. »Er muss der Rednerin wohl vom Fenster aus gelauscht haben.«

»Und zwei unserer drei Arbeiterinnen waren anwesend«, fügte Katharina hinzu.

»Und deshalb sind wir jetzt im Zugzwang?«

»Ich verstehe dich nicht, Rudolf.« Katharina zog die Stirn in Falten.

»Meinst du jetzt, wir sollten die Frauen gleich bezahlen wie die Männer, weil sie sonst Stimmung gegen uns machen?« Rudolf winkte ab. »Du kennst meine Meinung zu Frauen und du weißt, dass Frauen meine größte Wertschätzung haben. Auch Lina als deine Freundin wird dir das bestätigen können.«

»Darum geht es gar nicht«, bemerkte Carl jetzt.

»Ich lasse mich aber nicht von den Arbeiterinnen ins Bockshorn jagen, nur weil sie sich in einer Frauenorganisation engagieren, die für die Rechte der Frauen kämpft.«

»Davon ist keine Rede«, sagte Katharina schnell. »Mir geht es um Wertschätzung und um das Ansehen unserer Firma.«

»Ich verstehe.« Nachdenklich legte Rudolf die Fingerspitzen beider Hände aneinander und nickte. Dann wechselte er mit einem Lächeln auf den Lippen das Thema. Er wandte sich Carl zu. »Wie steht es um deine Waschmaschine?«, fragte er. »Wann kann ich sie unserer Kundschaft anbieten?«

»Schon bald«, verkündete Carl stolz.

»Carl hat noch ein paar Schwachstellen verbessert«, fügte Katharina hinzu.

Rudolf lachte. »Deshalb also euer hemdsärmeliger Auftritt.«

»Scharf beobachtet, mein Freund«, nickte Carl. »Wir haben unsere Jacken gewaschen.«

»Und wir waren vom Ergebnis begeistert«, ergänzte Katharina. »Das Bedienen der Holzbottich-Waschmaschine ist nicht zu vergleichen mit den Qualen, die ein üblicher Waschtag so mit sich bringt.« Sie holte tief Luft und schien kurz an den letzten Waschtag auf dem Hof ihrer Eltern zu denken, bevor sie fortfuhr. »Mit der Waschmaschine gelingt die Wäsche fast im Handumdrehen, ein Kinderspiel, das viel Zeit und Mühen erspart.«

»Wunderbar«, freute sich Rudolf und rieb sich begeistert die Hände. »Dann müssen wir jetzt also in die Detailplanung gehen und in die Kalkulation der einzelnen Bauteile einsteigen.«

»Wie schon bei der Zentrifuge werden alle zum Bau benötigten Teile bei uns gefertigt.«

Als Rudolf fragend die Augenbrauen hob, fuhr Carl fort: »Nur dann kann ich Garantie dafür übernehmen, dass unseren Maschinen ein langes Leben beschieden ist.«

»Also gut.« Rudolf seufzte. »Aber die Fertigung wird den Preis der Maschine in die Höhe treiben.«

Carl nickte. »Das ist es mir wert, denn dafür werden wir die Einzigen sein, die hochwertige Waschmaschinen mit einer langen Lebensdauer anbieten können.«

»Also gut.« Rudolf griff zu Stift und Papier, um sich Notizen zu machen. »Wir werden ein erstklassiges Produkt haben.«

Carl nickte erfreut. Vergnügt zwinkerte er Katharina zu. »Davon bin ich überzeugt.«

»Wir sollten uns Carls Idee patentieren lassen«, fand Katharina. »Nicht, dass uns jemand zuvorkommt oder Carls Idee nachbaut.«

»Du hast natürlich recht.« Rudolf sah von seinen Aufzeichnungen auf und nickte. »Ich werde das in die Wege leiten.«

Kapitel 17

»Ich würde gern mit Ihnen sprechen.« Fast lautlos war Katharina Thiele hinter Clara getreten, die in der Fabrikhalle gerade damit beschäftigt war, Schrauben in die Halterungen der nächsten Zentrifugen zu drehen. Die junge Frau war derart in ihre Arbeit vertieft gewesen, dass sie erschrocken auffuhr und Katharina mit großen Augen ansah. Ehrfurcht lag in ihren eisblauen Augen. Offenbar hatte sie nicht damit gerechnet, dass die Frau des Firmengründers das Gespräch mit ihr suchte.

Katharina nutzte die Gunst des Augenblicks, ihr Gegenüber zu betrachten. Sie schätzte Clara auf höchstens siebzehn Jahre. Das Mädchen war von zierlicher Statur, das lange, pechschwarze Haar hatte sie unter die Haube gesteckt. Einzelne Strähnen bahnten sich den Weg daraus hervor. Clara war mager, ihr Gesicht wirkte auf eine eigenartige Weise ausgemergelt. Über ihrem Kleid trug sie eine einfache graue Kittelschürze, dazu derbe schwarze Schuhe.

Als Katharina bemerkte, dass die junge Arbeiterin sie ängstlich ansah, schenkte sie ihr ein warmes Lächeln. »Oh, ich wollte Sie nicht erschrecken«, beeilte sie sich zu sagen.

»Schon gut, gnädige Dame.« Die Arbeiterin deutete eine Verbeugung an und rang sich ein schwaches Lächeln ab. »Was kann ich für Sie tun?« Ihre Hände zitterten, als sie sich die öligen Finger an einem Lappen abputzte.

»Können wir reden?«, wiederholte Katharina ihre Frage. Sie lächelte weiterhin freundlich, um der Arbeiterin ihre Unsicherheit zu nehmen. »Unter vier Augen?«

»Natürlich, gnädige Frau.« Clara nickte. Hektisch sah sie sich um. Ihr war anzusehen, dass sie sich unwohl in ihrer Haut fühlte und am liebsten weggelaufen wäre. Vermutlich fragte sie sich, was die Frau des Firmengründers ausgerechnet von ihr wollte. Clara folgte Katharina mit gesenktem Blick durch die Fabrikhalle. Katharina zeigte hinaus auf den Hof.

Ein eisiger Wind fegte den Frauen in die Gesichter. Clara schlang fröstelnd die Arme um den Oberkörper. »Worum geht es, gnädige Frau?«

»Wie mir zu Ohren kam, haben Sie neulich an einem Frauentreffen teilgenommen«, eröffnete Katharina das Gespräch, während sie im verschlossenen Gesicht der jungen Frau forschte. Verlegen kaute Clara auf der Unterlippe, bevor sie zaghaft nickte. »Das stimmt.« Sie schien sich ertappt zu fühlen, fast so, als hätte sie etwas Verbotenes getan. Sie errötete und senkte den Blick. Doch Katharina hatte die junge Frau nicht angesprochen, um sie zu bestrafen. »Worüber wurde dort gesprochen?«, wollte sie wissen.

»Über die Ungerechtigkeit zwischen Männern und Frauen.« Clara blickte auf und hielt Katharinas Blick stand. »Frauen werden schlechter behandelt als Männer, sie haben weniger Rechte und sie verdienen weniger Geld.«

»Und das stört Sie?«

»Natürlich, gnädige Frau.« Trotz schwang in Claras Stimme mit. »Sie müssen das doch verstehen – Sie sind doch auch eine Frau!«

»Ich kann mich nicht beklagen«, antwortete Katharina.

»Sie haben sicherlich Glück gehabt mit Ihrem Mann«, vermutete Clara. »Aber nicht jede Frau hat einen gütigen und fürsorglichen Mann zu Hause, der zudem als Fabrikant recht wohlhabend sein dürfte. Dieses Glück ist den meisten Frauen nicht beschieden.«

»Wie wollen wir das ändern?« Katharina betrachtete die Arbeiterin mit prüfendem Blick.

»Indem wir uns im Frauenverband organisieren und auf die Missstände hinweisen«, erwiderte Clara kämpferisch. »Nur gemeinsam können wir die Beachtung finden, die uns zusteht.«

»Über die Arbeitsbedingungen möchte ich mit Ihnen sprechen.«

»Ihr Mann muss uns denselben Lohn zahlen wie den Arbeitern.« Claras Selbstbewusstsein kehrte zurück. Energisch stemmte sie die Hände in die Hüften und maß Katharina mit Blicken, die diese schwer deuten konnte.

Doch Katharina hatte nicht vor, sich einschüchtern zu lassen. Sie nickte. »Darum geht es mir.«

»Wirklich?« Claras Augen wurden groß. »Werden wir das gleiche Geld verdienen wie die Männer in der Fabrik?«

»Ich werde mich darum kümmern«, versprach Katharina. »Allerdings nur unter einer Voraussetzung.«

»Ich wusste, dass es einen Haken gibt.«

Katharina musste lachen. »Es ist nicht schlimm«, beruhigte sie die Arbeiterin. So aufsässig sie sich auch zeigte, Katharina konnte ihr nicht böse sein. Sie schätzte die Ehrlichkeit des Mädchens. »Ich habe nur eine Bitte.«

»Welche?«

»Ich möchte auf der nächsten Frauenversammlung dabei sein.«

Clara senkte wieder den Blick. Sie kickte ein paar Steine mit der Schuhspitze fort und rang mit sich. Dann nickte sie. »Ich kann es versuchen.«

»Als Rednerin.«

»Wie bitte?«

»Ich möchte als Rednerin teilnehmen dürfen.«

»Ich weiß nicht, ob das geht, gnädige Frau.«

»Sicherlich wird es möglich sein«, war Katharina überzeugt. »Ich bin auch eine Frau und die Interessen, die dort vertreten werden, sind nachvollziehbar und sicherlich in weiten Zügen angebracht.«

»Sie meinen …«

»Dass dort Dinge besprochen werden, die mich auch etwas angehen, ja.«

»Aber Sie sind …«

»Die Frau eines Fabrikanten, richtig.« Katharina nickte. »Allerdings kann ich mich auch an der richtigen Stelle für die Wahrung der Interessen aller hier beschäftigten Frauen einsetzen.«

»Wir sind nur zu dritt.«

»Noch.« Katharina nickte. »Aber ich bin sicher, dass es hier bald weitere Frauen geben wird. Und ich möchte schon jetzt, dass alle gerecht behandelt werden, Clara. Und dabei müssen Sie mir helfen.«

»Wie kann ich das tun?«

»Indem Sie mich mitnehmen zum nächsten Treffen.« Katharina amüsierte sich über das überraschte Gesicht des Mädchens. »Stellen Sie mich der Verbandsvorsitzenden vor – ich könnte mir gut vorstellen, dass wir ein paar interessante Gespräche führen werden.« An Claras Blick bemerkte Katharina, dass sie die Arbeiterin überzeugt hatte. Erleichtert lächelte sie ihr zu. »Schaffen Sie das?«

Clara nickte. »Ich werde mit Frau Krautmacher reden«, versprach sie und fügte hinzu: »Das ist die Verbandsvorsitzende.«

»Gut«, nickte Katharina.

*

Carl nutzte jede freie Minute, um an der Waschmaschine zu arbeiten. So schnell wie möglich würde er mit Katharina nach Berlin fahren, um das Patent anzumelden, bevor ihnen jemand zuvorkam. Sie wollten so schnell wie möglich mit der Produktion beginnen, um der schon jetzt beeindruckenden Nachfrage an Waschmaschinen gerecht werden zu können.

Katharina hatte eine gute Idee gehabt, wie man den Prototypen der Waschmaschine unter Alltagsbedingungen auf Herz und Nieren ausprobieren konnte. Dazu mussten sie vor ihrer Abfahrt nach Berlin noch eine kleine Reise in Kauf nehmen, doch sie war sicher, dass es die Mühen allemal wert war.

Vom Erfolg der anschließenden Reise in die Kaiserstadt hing

ihre Zukunft ab, also durfte nichts mehr schiefgehen. Die Konstruktionspläne mussten bis zu ihrer Abfahrt fertiggestellt sein, denn er würde sie im Patentamt vorlegen müssen. Carls Augen brannten, während er über den Zeichnungen brütete, die er in seinem Büro auf dem Konferenztisch ausgebreitet hatte. Immer wieder fand er Schwachstellen in seiner Konstruktion, die er mit wenigen Strichen korrigieren konnte. Trotz seiner Erschöpfung war Carl zufrieden mit seiner Arbeit, denn wenn alle Verbesserungen in den Bau der nächsten Maschine einflossen, würde seine Erfindung langsam zur Perfektion reifen. Für Katharina stand schon jetzt fest, dass sie mit der Waschmaschine den Siegeszug um die ganze Welt antreten würden. Carl dachte noch nicht so weit, ihm war es wichtig, erst einmal Erfahrungen beim Verkauf der ersten Maschinen im Deutschen Reich zu sammeln. Erst, wenn alle ausgelieferten Maschinen sich in Kundenhand bewährt hatten, würden sie den nächsten Schritt gehen: Die Eroberung der Märkte in Übersee. Doch bevor Rudolf nach England und Amerika reisen konnte, musste sich die Erfindung dort beweisen, wo sie am meisten gebraucht wurde: Auf den großen Bauernhöfen in Westfalen. Nicht, dass Carl seiner Konstruktion nicht traute, doch es war ihm lieber, wenn die Maschinen erst einmal dort im Dauerbetrieb liefen, wo man zu einer Reparatur schnell anreisen konnte, um Hilfe zu leisten und Fehler auszumerzen.

»Hier steckst du also.«

»Was führt dich zu mir, alter Freund?« Carls Rücken schmerzte vom langen gebückten Stehen am Tisch. Mit schmerzverzerrter Miene streckte er sich.

»Ich möchte mit dir noch mal über Katharinas Vorstellungen die Arbeiterinnen betreffend sprechen.

»Carl, das kostet uns eine Menge Geld«, gab Rudolf zu bedenken. »Noch sind wir nicht so weit. Die Waschmaschine muss in die Serienproduktion, erst dann können wir planen – doch bis dahin tragen wir ein großes Risiko, auch wenn wir schon Gewinne erwirtschaften. Doch das alleine ist es nicht.«

»Katharina hat mit dir über die Krankenversicherung gesprochen«, mutmaßte Carl mit einem süffisanten Lächeln auf den Lippen, ohne auf Rudolfs Bedenken einzugehen.

»Wie ich sehe, habt ihr bereits darüber geredet«, stellte Rudolf ein wenig pikiert fest.

»Ja, das haben wir.« Carl durchquerte sein kleines Büro mit wenigen Schritten und nahm am Schreibtisch Platz. Er verschränkte die Hände am Hinterkopf und sah Rudolf zu, wie er sich sichtlich angespannt auf einen der beiden Besucherstühle sinken ließ.

»Carl, das alles ist ja begrüßenswert, aber ich fürchte, das können wir uns nicht leisten.« Er fuchtelte aufgebracht mit den Händen in der Luft herum. »Außerdem … wie kommt sie auf so etwas?«

»Ihre Mutter ist schwer krank und hat kein Geld für einen Arzt, geschweige denn für brauchbare Medizin.«

»Ich verstehe.« Rudolf stieß hörbar die Luft aus.

»Außerdem hat sie sich mit einer der Arbeiterinnen unterhalten, die an dieser Frauenversammlung teilgenommen haben.«

»Und jetzt ist sie bekehrt?« Ironie schwang in Rudolfs Stimme mit.

»Das nicht gerade, allerdings haben die im Verband organisierten Frauen durchaus gute Denkansätze.«

»Carl, ich bitte dich!«, entfuhr es Rudolf. »Warum sollten wir der Belegschaft mehr Geld bezahlen als nötig und in eine Krankenversicherung investieren? Wir sind Unternehmer und kein Wohltätigkeitsverband.« Rudolf dachte nach, als Carl ihm nicht gleich antwortete. »Außerdem frage ich mich, warum wir besser sein sollten als andere Fabrikanten.«

»Weil es immer besser geht«, lächelte Carl. »Denk mal darüber nach, wenn wir Katharinas Vorschläge in die Tat umsetzen würden: Sicherlich spräche sich wie ein Lauffeuer herum, dass wir nicht nur gute und langlebige Maschinen bauen, sondern dass wir Verantwortung für unsere Angestellten übernehmen, dass sie bei uns gut aufgehoben sind und dass sie gern und aus vollster Überzeugung für uns arbeiten.«

Rudolfs Blick glitt ins Leere. Er schien angestrengt nachzudenken, bevor er nickte. »Sicherlich ein guter Denkansatz«, stimmte er Carl schließlich zu. »Allerdings fürchte ich, dass uns die Kosten dann explodieren, mein Bester. Unser Unternehmen muss sich erst etablieren und wir arbeiten gerade daran, es auszubauen.«

»Eben«, nickte Carl, »und deshalb sollten wir schon jetzt Vorsorge treffen.«

»Ist es nicht gerade wichtiger, die Entwicklung und Produktion der Waschmaschine voranzutreiben?«

»Und dann?« Carl legte den Kopf schräg. »Wenn die Waschmaschine den von uns gewünschten Absatz findet, werden wir uns vergrößern müssen. Die alte Kornmühle platzt ja jetzt schon aus allen Nähten. Es ist eine Frage der Zeit, bis wir uns nach einem weiteren Standort umsehen müssen. Und wir werden mehr Arbeiter brauchen, Frauen und Männer, Rudolf. Wenn sich herumspricht, dass wir uns für unsere Belegschaft einsetzen, wenn jemand in Not ist, dann haben wir gute Chancen, die besten Arbeiter zu bekommen.«

Rudolf nickte. »Deine Gattin besitzt die Fähigkeit, schon zum jetzigen Zeitpunkt einen Schritt vorauszudenken«, räumte er ein. »Dann bleibt nur zu hoffen, dass sie recht behält.« Rudolf erhob sich. Schweigend rückte er den Stuhl zurecht und wandte sich zum Gehen.

»Und jetzt?«, fragte Carl und betrachtete den Rücken des Kompagnons.

»Werde ich mich hinsetzen und die Kosten für die Lohnerhöhung der Frauen und die Einführung einer Krankenversicherung zu berechnen, die über alle gesetzlichen Standards hinausgeht«, erwiderte Rudolf. »Dabei sollte ich zusehen, dass ich noch ein paar Zentrifugen verkaufen kann.« Rudolf betrachtete ihn mit nachdenklicher Miene. »Und was machst du?«

»Ich bereite alle Unterlagen für meine Reise nach Berlin vor«, erwiderte Carl. Er war aufgeregt, denn vor den Prüfern des Kaiserlichen Patentamtes würde sich seine Erfindung bewähren müssen. Obwohl Carl überzeugt von der Waschmaschine war, fühlte es sich seltsam an, sie schon bald einer sehr strengen Kommission von Prüfern vorzustellen. Das Amt würde über Sieg oder Niederlage seiner Erfindung entscheiden. Als Carl seinen Kompagnon betrachtete, schien Rudolf keine Zweifel zu haben, dass die Waschmaschine die Prüfung bestehen würde.

»Großartig«, strahlte er und wirkte plötzlich wieder guter Dinge. »Damit wird unser Siegeszug beginnen.«

★

»Das hat sie nicht gesagt.« Ida machte große Augen. Es fiel ihr schwer, den Worten ihrer Freundin Glauben zu schenken. Sie war gerade damit beschäftigt gewesen, einen Satz Zahnräder zu montieren, als Katharina Thiele Idas alte Freundin zum Gespräch gebeten hatte.

»Doch, das hat sie«, beteuerte Clara mit einem wissenden Lächeln. Sie musste laut sprechen, da einer der Männer nebenan ein Werkstück an der Drehbank bearbeitete. Das metallische Kreischen der Maschine ließ die Frauen kurz verstummen. Erst als Tiedtke die Drehbank, die von einem der mächtigen Treibriemen betätigt wurde, abschaltete, kehrte Ruhe ein.

»Die gnädige Dame wird mit uns an einem Strang ziehen und sich für einen höheren Lohn einsetzen.« Clara sah sich um. Erst, als sie sicher war, dass ihnen keiner der Männer zuhörte, fuhr sie fort: »Sie will sogar mit Hildegard Krautmacher sprechen und sehen, wo wir auch noch Unterstützung bekommen können.«

»Wenn das stimmt …«, setzte Ida staunend an, wurde aber von Clara unterbrochen.

»Warum sollte das nicht stimmen?«, fragte sie schnippisch. »Glaubst du etwa, dass ich lüge?«

»Nein, natürlich nicht«, beeilte sich Ida zu sagen. Sie hatte keine Lust auf Streit. Vielleicht waren diese Frauenverbände doch gar nicht so schlecht. Plötzlich fühlte sie sich unwohl bei der Erinnerung daran, wie sie die Versammlung Hals über Kopf verlassen hatte. Sie nahm sich vor, an dem nächsten Frauentreffen wieder teilzunehmen. Immerhin hatte Katharina Thiele höchstpersönlich ihr Kommen zugesagt. Und das wollte Ida keinesfalls verpassen.

Kapitel 18

Katharina war froh, dass das Wetter während der Fahrt nach Clarholz gehalten hatte. Zwar fegte ein eisiger Wind über die Tiefen Westfalens, jedoch zeigte sich immer wieder die Herbstsonne und verzauberte die Landschaft mit ihrem freundlichen Farbenspiel in eine wunderschöne Idylle. Nur wenige andere Fuhrwerke waren ihnen nach der Abfahrt in Herzebrock am späten Vormittag auf der Landstraße begegnet. Der Wagen besaß keine Plane, und so war ihre Ladung nahezu ungeschützt gewesen. Die Männer in der Fabrik hatten die beiden Maschinen vor der Abfahrt allerdings mit Decken geschützt und gut gesichert.

»Geht es dir gut?«, fragte Carl, der, mit einem dicken Wintermantel bekleidet, neben ihr auf dem Kutschbock saß. Vor der Abfahrt hatte er ihr noch eine wärmende Decke über die Beine gelegt.

»Aber ja, Liebster.« Sie nickte überglücklich, wenngleich sie ein Gefühl der Melancholie beschlich, je weiter sie sich dem Zumwinkel-Hof näherten. Es würde Katharina schwerfallen, nicht in ihre alte Heimat zurückkehren zu können, wann immer ihr danach war.

»Da wären wir«, riss Carls Stimme sie aus den Gedanken, als er die Kutsche auf den Hof ihrer Eltern steuerte. Locker lagen die Zügel in seinen Händen, die Ausfahrt nach Clarholz hatte ihm sichtlich Freude bereitet, was sicher auch an der Ladung lag, die sie mitgebracht hatten.

»Wie schön«, strahlte Katharina. Sie streckte sich und spürte ihren schmerzenden Rücken, der an den nahezu ungepolsterten Kutschbock nicht gewöhnt war. Auf dem Hof herrschte geschäftige Betriebsamkeit, unter einem Vordach am neuen Stall verrichtete der Hufschmied seine Arbeit, ein paar Meter weiter stand der Scherenschleifer an seinem Schleifstein und hielt die stumpfen Klingen der Werkzeuge so, dass es zu einem munteren Funkenflug kam. Einer der Knechte kehrte gerade mit dem Leiterwagen heim. Aurora, das störrische Maultier, trabte brav in Richtung Stall. »Endlich wieder zu Hause.« Kaum, dass sie die Bemerkung ausgesprochen hatte, wurde Katharina wieder bewusst, dass dies nicht mehr lange ihr Zuhause sein würde. So kletterte sie mit einem mulmigen Gefühl vom Bock, nachdem Carl die Fuhre zum Stillstand gebracht hatte. Er betätigte die Handbremse und warf die Zügel über die eiserne Vorrichtung.

»Täuschen mich meine alten Augen oder seid ihr es wirklich?«, hallte die tiefe Stimme von Bernhard Zumwinkel über den Hof. Er stand im Eingang des Wohnhauses und breitete die Arme aus. Kaum, dass er den ersten Schritt hinaus auf den Hof gemacht hatte, folgte ihm seine Frau. Auch Theresa war sichtlich erfreut über den überraschenden Besuch von Carl und Katharina.

»Kinder, wie schön!«, rief sie und ging ihnen entgegen. Die Begrüßung fiel herzlich aus, man umarmte sich, als hätte man sich seit Jahren nicht mehr gesehen.

»Was führt euch zu uns?«, fragte Bernhard Zumwinkel. »Das ist doch sicherlich kein Anstandsbesuch, oder irre ich mich?«

»Nein«, lachte Carl. »Wir sind gekommen, um euch …«

»Was habt ihr denn da mitgebracht?«, unterbrach Bernhard ihn, als er sah, dass sich auf der hölzernen Ladefläche etwas verbarg.

»Das, lieber Vater, ist Carls neueste Erfindung«, platzte es voller Stolz aus Katharina heraus.

Bernhard nickte. »Ihr wisst schon, dass wir den Hof verkaufen wollen?« Seine Miene war ernst geworden, die Augen des stolzen Mannes schimmerten feucht. »Da brauchen wir schon bald keine Maschinen mehr«, fügte er leise hinzu. »Eure Bemühungen in allen Ehren, aber …«

»Aber das, was wir mitgebracht haben, wird euch auch nach eurem Wegzug vom Hof eine große Erleichterung sein«, behauptete Carl mit einem gewinnenden Lächeln auf den Lippen. Er schob seinen skeptisch dreinblickenden Schwiegervater an die Ladefläche des Wagens, erklomm die Leiter und stand schon oben auf dem Fuhrwerk.

»Was ist das?«, fragte Theresa und zupfte an Katharinas Ärmel.

»Der Waschtag war immer eine Plage auf dem Hof«, begann Carl, »ich selber konnte mich während meines ersten Besuches hier davon überzeugen.«

»Ich habe Theresa extra ein Waschhaus einrichten lassen«, brummte Bernhard.

»Das ist hervorragend und lobenswert zugleich«, nickte Carl. »Denn dort werden die beiden Waschmaschinen einen guten Platz finden, davon bin ich überzeugt.« Er trat neben die Fracht, lockerte die Stricke, mit denen die beiden Maschinen gegen ein Verrutschen und Umfallen während der Fahrt gesichert waren, und zog die Decken weg.

»Zwei Waschmaschinen, die euch die Arbeit erleichtern sollen und auch später noch eine wertvolle Hilfe sein werden«, bemerkte Katharina. Sie freute sich über das glückliche Gesicht ihrer kranken Mutter. Staunend nahmen ihre Eltern die Waschmaschinen in Augenschein.

»Wie schön«, rief Theresa und fiel ihr um den Hals. »Wenn wir euch nicht hätten«, sagte sie überglücklich.

»Carl ist ein großartiger Erfinder«, stimmte Katharina stolz zu. »Er hat sich lange Gedanken gemacht, wie das Waschen zu vereinfachen ist.«

»Dabei hatte ich wieder eine wertvolle Hilfe und Ideengeberin«, lachte Carl und deutete auf Katharina. Die neugierigen Blicke der Arbeiter auf dem Hof interessierten ihn nicht. »Eure Tochter ist wie eine Muse für mich.«

»Wer hätte das gedacht«, grinste Bernhard und klopfte Katharina auf die Schultern. »Soll ich die Dinger abladen lassen?«

»Ich hatte nicht vor, sie wieder mit nach Herzebrock zu nehmen«, lachte Carl. »Immer zu, sie gehören euch. Probiert die Waschmaschinen aus und berichtet mir, ob sie sich im Alltag als zuverlässig erweisen.«

»So wie damals deine Zentrifugen?«, fragte Theresa mit einem warmen Lächeln auf den Lippen.

»Exakt, liebe Schwiegermutter.«

Bernhard rief zwei Knechte herbei und bat sie, die Waschmaschinen mit aller gebotenen Vorsicht abzuladen und ins Waschhaus zu bringen. »So«, sagte er anschließend, »und nun kommt erstmal ins Haus, ihr müsst durchgefroren sein von der Fahrt, und ein heißer Tee wird euch guttun.«

»Ich habe einen Kuchen gebacken«, fügte Theresa hinzu.

»Aber es ist doch gar nicht Sonntag«, wunderte sich Katharina.

Theresa winkte ab und lächelte sanft. »Als hätte ich es geahnt, dass wir heute Besuch bekommen.«

»Wir haben Glück«, sagte Carl an Katharina gewandt. Vergnügt zwinkerte er ihr zu. »Dann lassen wir uns jetzt den Kuchen schmecken.«

Bernhard nickte zustimmend. »Eine gute Entscheidung. Dann kommt ins Haus, Kinder.«

»Bleibt ihr auch zum Essen?«, erkundigte sich Theresa. »Es gibt Gans heute.«

»Ein wahres Festmahl!« Katharina spürte, wie ihr das Wasser im Mund zusammenlief. »Da lassen wir uns nicht zweimal bitten.«

»Es gibt etwas zu feiern«, erklärte Theresa mit geröteten Wangen, während sie das Wohnhaus betraten. Der Geruch war Katharina so vertraut wie kein anderer. Sie hatte keine Eile, zurück nach Herzebrock zu fahren.

Nacheinander betraten sie die große Küche. Hier herrschte eine heimelige Wärme. Im Ofen prasselte ein munteres Feuer. Sie zogen die dicken Mäntel aus und nahmen am großen Tisch Platz. Theresa brühte frischen Tee auf, Katharina erhob sich und ging der Mutter zur Hand. Gemeinsam deckten sie, ganz wie in alten Zeiten, den Tisch. Wie oft würden sie das hier noch tun? Alles würde sich verändern, für sie – vor allem aber für ihre Eltern.

»So«, sagte Bernhard gedehnt, als er sich an Carl wandte. »Da bringt ihr uns also euren neuesten Geniestreich auf den Hof.«

Katharina nickte. »Ganz bestimmt wird Carl damit einen Siegeszug antreten.«

»Es wäre euch zu wünschen, Kinder«, lächelte Theresa milde.

»Was kostet denn so eine Waschmaschine?«, wollte Katharinas Vater wissen.

»Etwa fünfzig Mark«, antwortete Carl, »wobei der Preis nach Größe und Ausstattung der Maschine variiert. Rudolf erstellt gerade die Kalkulation.«

Bernhard pfiff durch die Zähne. »Das ist aber ein stolzer Preis. Und ihr seid sicher, dass sich die Waschmaschine verkaufen lässt?«

»Sie bringt allen Frauen eine große Erleichterung«, zählte Carl auf, »und sie wird hoffentlich viele Jahre lang ohne Probleme funktionieren.«

»Vor allem aber auf Höfen und in großen Häusern soll sie sich bewähren«, fügte Katharina hinzu. »Überall dort also, wo große Mengen Wäsche anfallen.«

»Das macht Sinn«, stimmte Bernhard zu und rieb sich die Nase. »So betrachtet, rechnet sich die Anschaffung natürlich auch schnell.«

»Wir wollen die Maschine aber auch in privaten Haushalten zu einer Selbstverständlichkeit machen«, ergänzte Carl. »Und um sie so zu bauen, dass sie auch für Familien erschwinglich sind, müssen wir große Stückzahlen verkaufen.«

»Wir werden überall erzählen, dass man unbedingt eine Waschmaschine haben muss«, versprach Theresa, als sie sich zu den Männern an den Tisch setzte.

Bernhard schien begeistert zu sein von Carls Plänen. »Das scheint ein großer Wurf zu werden, Junge.«

»Wir hoffen es und sind zuversichtlich.« Carls Wangen hatten eine rote Färbung angenommen. »Wir werden nach Berlin fahren, um dort das Patent für die Waschmaschine zu beantragen.«

»Es ist äußerst lobenswert, dass ihr Nägel mit Köpfen macht«, freute sich Bernhard. »Nicht, dass jemand kommt und euch das Ding nachbaut.«

»Das wäre fatal«, mischte sich Katharina nun ein, während sie in der Küche hantierte. »Aber du hast recht, Vater: Wenn wir nicht aufpassen und die Waschmaschine ein Erfolg wird, werden andere kommen, um sie nachzubauen.«

Carl nickte. »Deshalb habe ich es ja so eilig, um nach Berlin zu fahren.«

»Also«, bemerkte Theresa. »Seht zu, dass ihr keine Zeit verliert.«

»Wann soll es losgehen?«, wollte Bernhard wissen.

»So schnell wie möglich«, antwortete Carl.

Bernhard wandte sich an seine Tochter. »Und du begleitest ihn?«

»Natürlich kommt Katharina mit«, antwortete Carl an ihrer Stelle. »Sie verleiht mir Kraft und gibt mir Halt.«

»Ich freue mich auf Berlin.« Katharina strahlte vor Euphorie. »Ich war noch nie dort. Es muss großartig sein in der Kaiserstadt.«

»Ich freue mich.« Carl lächelte.

Katharina brachte die Teekanne und nahm ebenfalls Platz. »So«, sagte sie von der Neugier gepackt und sah ihren Vater erwartungsfroh an. »Jetzt aber zu euch. Du hast eben angedeutet, dass es einen Grund zum Feiern gibt?«

»Das war deine Mutter«, korrigierte Bernhard sie und tauschte einen Blick mit Theresa, die den Rücken durchdrückte. Als sie mit einem wehmütigen Blick in die Runde sah, ahnte Katharina schon, was geschehen war. Die Augen ihrer Mutter schimmerten feucht.

»Wir haben einen Käufer für den Hof gefunden«, verkündete sie mit einem Zittern in der Stimme.

»Das ging aber schnell«, staunte Carl.

»Allerdings, Junge.« Bernhard nickte. »Aber ich bin froh, dass es so schnell ging, dann habe ich keine Zeit, es mir doch noch anders zu überlegen.« Er seufzte und stierte einen Moment lang ins Leere. Katharina sah ihm an, wie schwer ihm der Verkauf fiel.

»Die Verträge sind bereits unter Dach und Fach«, fuhr Bernhard schließlich fort. »Der Notar hat schon alles amtlich gemacht.«

Ein eigenartiges Gefühl, eine Mischung aus Trauer und Erleichterung, überkam Katharina. Nun gab es also kein Zurück mehr. »Dann müssen wir schnell eine Wohnung für euch finden.«

»Das wäre großartig«, meinte Bernhard und nickte. Er wandte sich an seinen Schwiegersohn. »Als angesehener Fabrikant verfügst du sicher über viele Kontakte.«

»Allerdings.« Carl nickte. »Ich werde sehen, was ich für euch tun kann.«

»In drei Monaten räumen wir hier das Feld«, erklärte Bernhard. Er war um einen festen Klang in der Stimme bemüht, dann nahm er Theresas Hand, um sie fest zu drücken. »Und dann wird ein neues, ein unbeschwerteres Leben für uns beginnen.«

Kapitel 19

Samstag war Zahltag. Nachdem die Sirene mit einem schrillen Pfiff den Feierabend eingeläutet hatte, eilten sämtliche Arbeiter zum »Lohnbureau«. So stand es auf einem hölzernen Schild am Backsteingebäude gleich neben dem Werktor. Rudolf Zenker übergab der geduldig wartenden Belegschaft die Lohntüten. Dabei betrachtete er jeden, der vor dem hölzernen Tresen im Lohnbüro auftauchte, mit einem prüfenden Blick, ließ es sich aber nicht nehmen, allen ein schönes Wochenende zu wünschen.

Die tristen Wolken hatten der Sonne Platz gemacht, und dennoch, so fand Ida, wirkte das Fabrikgelände dadurch nicht einladender als sonst auch. Die Backsteinfassaden der Hauptgebäude waren grau und unansehnlich, auf dem Hof hatten sich vom letzten Regenschauer zahlreiche Pfützen gebildet, und die Mienen der meisten Männer wirkten verschlossen.

Damit die Arbeiter ihren Lohn nicht in der nächsten Schankwirtschaft in Alkohol umsetzten, wurden sie am Zahltag vor dem Werktor von ihren Frauen in Empfang genommen. Ida sah ihnen an, dass sie nicht sehr glücklich darüber waren, und musste sich ein Schmunzeln verkneifen.

»Heute schon was vor?«

Überrascht wirbelte Ida auf dem Absatz ihrer Stiefel herum und blickte in das grinsende Gesicht von Alfons Terstegen. Lässig hatte er die Hände in den Hosentaschen versenkt.

»Was?« Ida runzelte die Stirn.

»Ob du schon was vorhast«, wiederholte er seine Frage etwas langsamer. »Heute?«

»Nein.« Ida schüttelte den Kopf. Obwohl sie sonst nicht auf den Mund gefallen war, so wollte ihr in diesem Augenblick keine passende Antwort einfallen. Dabei war es offensichtlich, dass Alfons sie ausführen wollte. »Hast du was vor?«

Er nickte. »Aber klar«, sagte der junge Mann mit einem verwegenen Grinsen. »Wenn zu Hause niemand wartet, würde ich dich gern ausführen heute.«

Ida beschloss, den Spieß umzudrehen und ihn jetzt zappeln zu lassen. Dabei fiel es ihr schwer, ihre Freude über die Einladung zu verbergen. Sie setzte eine ernste Miene auf. »Und wenn doch?« Als er nichts erwiderte, präzisierte sie ihre Frage. »Was, wenn zu Hause doch jemand auf mich wartet?«

Alfons' Miene drückte Enttäuschung aus. »Ich habe keine Lust auf Ärger«, murmelte er und trat einen halben Schritt zurück.

»Und wenn ich dir verspreche, dass du keinen Ärger bekommst?«

Da war es wieder, sein jungenhaftes Grinsen, in das sie sich vom ersten Augenblick an verliebt hatte. »Dann führe ich dich heute aus.«

Idas Herz klopfte wie verrückt. Dies war der Moment, auf den sie schon seit Tagen gewartet hatte. Jetzt war es endlich so weit, Alfons hatte sie um ein Treffen gebeten. Am liebsten wäre sie ihm vor lauter Freude um den Hals gefallen. Nur die Anwesenheit der anderen Fabrikarbeiter hinderte sie daran. »Einverstanden«, sagte sie mit rotglühenden Wangen, bevor sie an sich herabsah. »So?«, fragte sie, »willst du mich so mitnehmen? In meinem ölverschmierten Arbeitskleid?«

»Sieh mich an«, erwiderte er leichtfertig. »Ich trage auch meine Arbeitssachen.«

»Für ein Mädchen schickt es sich aber nicht«, entgegnete Ida, die sich plötzlich schäbig vorkam in ihrem einfachen Kleid. Gern würde sie sich umziehen, bevor sie den Abend mit Alfons verbrachte.

»Mich stört es nicht.« Alfons machte eine wegwerfende Handbewegung. Als er bemerkte, dass Ida sich nicht wohlfühlte, lenkte er ein. »Aber wenn du dich umziehen möchtest, können wir uns auch für später verabreden.«

»Gern, so machen wir es.« Ida nickte erleichtert. »Also«, sagte sie voller Neugier, »was hast du vor mit mir?«

Alfons musste nicht lange überlegen, bevor er ihr antwortete. »Du musst hungrig sein«, vermutete er, »deshalb möchte ich dich zum Essen einladen. Und danach – wenn du noch magst – besuchen wir ein Varieté.« Er betrachtete sie. »Weißt du, was das ist?«

»Aber ja.« Ida nickte. Schon oft hatte sie von den neuartigen Theatern gehört, die ein buntes Programm anboten, denen aber auch ein leicht verruchter Ruf vorauseilte. Doch Ida zögerte nicht, denn sie war niemandem Rechenschaft schuldig, und morgen war Sonntag, da konnte sie ausschlafen.

»Also – kommst du mit?« Alfons schien Hoffnung zu schöpfen.

»Selbstverständlich.«

»Dann müssen wir nach Gütersloh – dort gibt es den Glaspalast, das ist ein neues Varieté.«

»Klingt interessant.«

»Du wirst deine helle Freude haben«, versprach Alfons ihr mit glühenden Wangen. Unternehmungslustig rieb er sich die Hände. So gingen sie ein Stück nebeneinander her, und für Ida fühlte es sich an, als wäre die ganze Welt in die zweite Reihe gerückt. Das Lachen der spielenden Kinder auf der Straße klang wie aus weiter Ferne an ihre Ohren, auch das Fluchen eines Fuhrmanns auf dem Kutschbock, der sich über die Kinder ärgerte, vernahm sie wie durch Watte.

*

»Ich habe meine Hausaufgaben gemacht«, sagte Rudolf Zenker stolz und klopfte auf die Kladde, die auf seinem Schoß lag. Nachdem er den Lohn an die Belegschaft ausgezahlt hatte, war er mit der Mappe in Carls Büro erschienen. Die Männer und Frauen waren nach Hause gegangen, die Fabrikhalle war verwaist. »Jetzt ist alles durchkalkuliert, und sobald die Teile fertig gebaut sind, kann die Montage – und damit der Verkauf unserer Waschmaschine – beginnen.«

Carl tauschte einen Blick mit Katharina, die ihm aufmunternd zunickte. Sie schien zu wissen, dass dieser Moment mit einem mulmigen Gefühl für Carl verbunden war, denn sein

Geschäftspartner war ein knallharter Kaufmann, den nur Zahlen interessierten. »Und?«, fragte er ein wenig zaghaft.

Rudolf trommelte mit den Fingern auf den Umschlag der taubengrauen Kladde, dann zog er das weinrote Halteband zur Seite und schlug die Mappe auf. Carl versuchte, einen Blick auf seine Aufzeichnungen zu werfen, doch wie immer fiel es ihm schwer, die von zahllosen Schnörkeln verzierte Handschrift seines Kompagnons zu entziffern.

»Wir werden die Holzbottich-Waschmaschine in Serie auf den Markt bringen«, verkündete Rudolf. »Und zwar in zwei Ausführungen, denn die Kundschaft soll entscheiden, welche Größe sie benötigt.«

»Der Preis«, platzte es aus Carl heraus, »was soll die Maschine kosten?«

Rudolf ließ sich nicht aus der Ruhe bringen. Er blätterte um und hob eine Augenbraue, während er fortfuhr. »Je nach Ausführung zwischen 48 und 58 Mark«, verkündete er.

»Was?« Carl hieb mit der flachen Hand auf den Schreibtisch. »So teuer?«

Katharina trat hinter ihn und legte ihm eine Hand auf die Schulter. Ihre Nähe gab ihm Kraft. »Das wird die Käufer abschrecken«, sagte er.

»Qualität hat nun mal ihren Preis«, antwortete Rudolf unbeeindruckt. »Wie immer achtest du bei der Herstellung auf exakte Ausführung und Belastbarkeit der Maschine, dabei kommen hochwertige Materialien zum Einsatz, die Langlebigkeit des Produkts garantieren.«

»Aber der Preis ist zu hoch«, fand Carl und schüttelte den

Kopf. »Es ist fast das Monatsgehalt eines Arbeiters. Wer soll sich das leisten können?«

»Billiger lässt sich die Maschine nur durch den Einsatz minderwertiger Materialien herstellen.«

»Auf gar keinen Fall.« Carl winkte ab. »Ich lege, wie du weißt, Wert auf Qualität, denn die Maschinen sollen lange problemlos funktionieren.«

»Dann müssen wir das unserer Kundschaft schmackhaft machen«, murmelte Rudolf. »Aber wie?«

»Ich werde dafür sorgen, dass es keine Reklamationen gibt«, versicherte Carl ihm.

»Geh doch einen Schritt weiter«, riet Katharina ihm.

Ein wenig ratlos blickte er zu ihr auf.

»Du bist von der Qualität deiner Produkte überzeugt, oder?«

»Aber ja, Liebes.«

»Dann gib den Kunden eine Garantie auf die Funktion der Maschinen.« Aus Katharinas Mund klangen diese Worte so selbstverständlich, dass Carl sich fragte, was er nur ohne sie wäre.

»Wenn eine ausgelieferte Maschine trotz richtiger Handhabung innerhalb von zwei Jahren nicht funktioniert oder sie keine befriedigende Arbeit leisten sollte, nehmt ihr sie anstandslos zurück.«

»Da wäre ich vorsichtig«, warnte Rudolf.

»Warum?« Katharina betrachtete ihn mit prüfendem Blick.

»Man könnte unsere Gutmütigkeit ausnutzen.« Zenker legte die Kladde offen auf Carls Schreibtisch. »Es könnten Mängel aufgezeigt werden, die sich nicht als gerechtfertigt erweisen.«

»Dazu wird es nicht kommen«, war Katharina überzeugt. »Um dem vorzubeugen, solltet ihr jedes Bauteil, was innerhalb von drei Jahren aufgrund eines Materialfehlers den Dienst versagt, ohne Berechnung ersetzen.«

Sekundenlang herrschte Stille in Carls Büro. Er dachte angestrengt nach. Einerseits war er sicher, dass die von ihm eingesetzten Materialien weitaus länger als drei Jahre hielten, andererseits fürchtete er die Beanstandungen der Kundschaft, mit denen Rudolf sich dann herumärgern musste. Unzufriedene Kunden und kostenlos ersetzte Bauteile ließen sich wohl auch für einen erfahrenen Kaufmann wie ihn nur schwer kalkulieren.

»Ich finde die Idee gut«, sagte Carl. »Wir liefern zu einem zugegebenermaßen hohen Preis beste Qualität und bieten der Kundschaft dafür Sicherheit.«

Rudolf betrachtete seinen Geschäftspartner mit einer skeptisch erhobenen Augenbraue. »Also geben wir Garantie auf unsere Maschinen?«

»Wenn du es so nennen willst, schon.« Carl nickte.

»Damit wären wir die ersten Hersteller am Markt«, vermutete Katharina. »Und diese Garantie wäre ein Kaufargument, das du gut in deinen Verkaufsgesprächen anbringen könntest«, wandte sie sich an Carls Kompagnon.

Rudolf dachte kurz nach, dann nickte er. »Ich denke, so kann ich trotz des hohen Preises gut argumentieren«.

Carl schien zufrieden zu sein. Nachdenklich betrachtete er Katharina. »Meinst du, das genügt, um unseren hohen Preis zu rechtfertigen?«

»Und ob«, nickte Katharina. »Lass Rudolf mal machen.« Sie

warf Carls Geschäftspartner einen fragenden Blick zu. »Wann beginnst du mit den Verkaufsgesprächen?«

Lachend winkte Zenker ab. »Das, meine Lieben«, sagte er sichtlich amüsiert, »ist längst geschehen.« Er griff zu seiner Kladde und blätterte erneut um. Als er die richtige Seite gefunden hatte, hielt er die Mappe so, dass Carl und Katharina einen Blick darauf werfen konnten. Er hatte eine ganzseitige Tabelle angefertigt, in den Spalten las Carl Namen und Adressen.

»Was ist das?«, fragte er verwundert.

»Das, mein lieber Carl«, erwiderte Rudolf stolz, »sind die ersten Bestellungen für unsere *Thiele*-Waschmaschine.« Zufrieden klappte er das Buch zu und nahm es wieder auf den Schoß. »Die richtige Frage wäre jetzt: Wann können wir mit der Auslieferung beginnen?«

Begeistert sprang Carl von seinem Bürostuhl auf. Dabei hätte er Katharina um ein Haar umgestoßen. »Schon bald«, rief er und klatschte begeistert in die Hände. »Ich werde gleich mit Böker sprechen und den Beginn der Montage anordnen.«

»So kenne ich dich, mein Lieber.« Rudolf erhob sich, deutete gegenüber Katharina eine Verbeugung an und nickte Carl zu. »Ich empfehle mich, denn es gibt viel zu tun.« An der Tür angelangt, blieb er stehen. »Und du«, sagte er an Carl gewandt, »solltest jetzt alles für die Patentierung der Maschine vorbereiten.«

»Die Konstruktionspläne sind bereit, um sie den Prüfern im Kaiserlichen Patentamt vorzustellen«, erklärte Carl. »So schnell wie möglich fahren wir nach Berlin, denn ich will der Erste sein, um das Patent für die Waschmaschine zu beantragen.«

Rudolf lachte. »Dann musst du wohl sehr früh aufstehen, mein Lieber.« Damit war er aus dem kleinen Büro verschwunden.

Kaum, dass er die Tür hinter sich geschlossen hatte, stieß Katharina einen Freudenschrei aus. »Ist das nicht wunderbar?«

»Es ist mir fast schon ein wenig unheimlich. Plötzlich scheint alles so schnell zu gehen.« Carl lächelte sie glücklich an. Es dauerte einen Moment, bis er den Verlauf des Gespräches mit Rudolf verarbeitet hatte. »Das ist unglaublich! Wir haben schon ein volles Auftragsbuch!«

»Er ist ein brillanter Verkäufer«, fand Katharina. »Und du bist ein brillanter Erfinder, und das werden wir auf dem Patentamt unter Beweis stellen.«

»Ja«, antwortete ein sichtlich gerührter Carl, »das ist wunderbar. Und all das habe ich dir zu verdanken, Prinzessin.«

Kapitel 20

So etwas wie die bunten und schrillen Darbietungen im »Glashaus« hatte Ida noch nie gesehen. Es war, als sei sie mit dem Betreten des Varietés in eine andere Welt eingetaucht. Fast fühlte sie sich wie in Berlin oder Paris, nicht im regelrecht ländlichen Gütersloh. Das Theater lag am Rand des Armenviertels und verdeutlichte, wie sehr Licht und Schatten in einer aufstrebenden Stadt beieinanderlagen. Während tagsüber Kinder in der Gosse spielen mussten, ließ abends der Betreiber des Varietés drinnen im wahrsten Sinne die Puppen tanzen. So teilten sich mehr oder minder begabte Musiker mit spärlich bekleideten Tänzerinnen die kleine Bühne im vorderen Bereich des Theaters, die zu den zackigen Rhythmen die Röcke in der blau-weiß-roten Trikolore Frankreichs fliegen ließen.

»Das ist Cancan«, erklärte Alfons ihr, als Ida mit vor Staunen offenstehendem Mund das bunte Treiben auf der Bühne betrachtete. »Ein Tanz aus Paris«, fügte er hinzu und war offensichtlich genauso vom Geschehen auf der Bühne fasziniert wie Ida. »Sie machen das im Zweivierteltakt«, schob er nach und wollte offensichtlich mit Fachwissen glänzen.

»Woher weißt du das?«, rief Ida gegen die tosende Musik an.

Alfons strahlte. »Ich war mal in Paris.«

Sie fragte sich, was Alfons in der Stadt der Liebe getan hatte, und beschloss, ihn bei passender Gelegenheit danach zu fragen. Der Saal tobte, die Menschen an den langen Tischreihen applaudierten, als sich die Tänzerinnen verabschiedeten.

»Gefällt es dir?«, fragte Alfons, der neben Ida saß und ihre Nähe sichtlich genoss.

»Es ist großartig«, rief Ida über den Applaus hinweg. Sie ließ den Blick durch den länglichen Saal schweifen. Es gab lange Tischreihen mit Holzstühlen vor der mit rotem und schwarzem Samt beschlagenen Muschelbühne, an allen Wänden eingebaute Logen, eine Terrasse, von der die Gäste das Geschehen auf der Bühne auf Augenhöhe verfolgen konnten, Säulen wurden durch pastellfarbene Ornamente und durch mit Plüsch beschlagene Wände verziert. Der prächtige Leuchter an der Decke tauchte das Theater in ein schummriges Licht. Überall wurde gelacht, getrunken und gegessen, Männer aller Altersklassen rauchten an den Tischen und amüsierten sich köstlich. Frauen gab es nur wenige im Publikum. Die eigenartigen Blicke, mit denen Ida mitunter bedacht wurde, ignorierte sie. So unauffällig wie möglich betrachtete sie Alfons von der Seite. Das Geschehen auf der Bühne schien ihn in den Bann zu ziehen. Er jubelte begeistert, als ein Jongleur in einem schwarzen Frack und einem glänzenden Zylinder auf dem Kopf nach vorne trat. Nachdem er sich tief verbeugt hatte, begann er seine Darbietung. Dabei jonglierte er mit schwarzen Keulen und bunten Bällen, tanzte auf einem Bein und klatschte zwischendurch in die Hände. Dass Ida Alfons beobachtete, bemerkte er nicht. Sein Gesicht wirkte im Zwielicht des Theaters markant und männlich, seine etwas zu langen Haare verliehen ihm ein verwegenes Aussehen. Je länger sie ihn ansah, umso schneller klopfte ihr Herz.

Was ist das?, fragte sie sich. *Bin ich verliebt?*

Als im Saal Applaus aufbrandete, sah er sich zu ihr um. Ida fühlte sich ertappt und errötete. Als er ihr leeres Glas sah, deutete er darauf. »Möchtest du noch etwas trinken?«

»Gern.« Die Luft im Saal war trocken.

»Ich geh sofort los.« Alfons leerte sein Bierglas, erhob sich, nahm beide Gläser und setzte sich in Bewegung. Erleichtert stellte Ida fest, dass er offensichtlich nicht bemerkt hatte, wie sie ihn angestarrt hatte. Kurz darauf war er im Getümmel verschwunden und bahnte sich durch die Menschenmenge den Weg zum Ausschank.

»Na hübsche Frau, so alleine?«

Erschrocken fuhr Ida herum und blickte in das einfältige Grinsen eines Mannes um die fünfzig.

»Nein«, erwiderte sie irritiert, »warum?«

»Weil wir uns dann eine schöne Zeit machen könnten«, erwiderte der Fremde und nahm wie selbstverständlich ihre Hand, um einen Kuss auf den Handrücken zu hauchen. Seine Lippen waren widerlich feucht, der Blick seiner glasigen Augen war forschend, als könne er tief in ihre Seele blicken.

Ida schüttelte sich angewidert und zog die Hand zurück. »Na hören Sie mal«, rief sie, »was soll das denn?«

Der Mann lachte. »Wir könnten uns eine schöne Zeit machen«, wiederholte er und schien erleichtert zu sein, dass niemand der anderen Gäste sie beobachtete. Er rückte Ida noch näher auf die Pelle und legte jovial einen Arm um ihre Schulter. Sein strenger Schweißgeruch widerte sie an. Sie schüttelte seinen Arm ab. »Lassen Sie das sein!«, forderte sie ihn auf und war versucht, ihm eine Ohrfeige zu verpassen. Doch sosehr der Fremde sie auch bedrängte, wollte sie kein Aufsehen erregen. Wo blieb nur Alfons?

Hektisch blickte sie sich im Saal um und suchte nach ihm. Doch von ihrem Begleiter war weit und breit nichts zu sehen. Auf der Bühne klimperte jetzt ein schwarzer Mann auf einem Klavier herum. Das Publikum klatschte begeistert im Takt der Melodie mit. *Niemand interessiert sich für mich*, schrie es in Ida. Sie fragte sich, wie sie den aufdringlichen Kerl loswerden konnte.

»Warum bist du so widerborstig?«, fragte er und lehnte sich erneut in ihre Richtung. Sein Atem roch nach Alkohol, als er sie mit einem lüsternen Blick ansah.

»Weil Sie ein unmögliches Benehmen an den Tag legen«, konterte sie keck. »Lassen Sie mich in Ruhe, sonst wird mein Freund Sie verprügeln!«

»Dein Freund?«, fragte der Fremde und sah sich um. »Ich sehe keinen Freund, also scheinst du alleine hier zu sein.« Er lachte laut. Ein wenig unsicher erhob er sich von seinem Stuhl, beugte sich zu ihr herunter und nahm ihr Gesicht in die Hände. Bevor Ida sich versehen konnte, senkte er seinen Mund auf ihre Lippen, um sie zu küssen. Vergeblich versuchte sie, sich aus seiner Umklammerung zu befreien. Ihr Schrei wurde durch seinen Kuss erstickt.

»Was soll das?«

Ida erkannte einen hochgewachsenen Schatten im Augenwinkel, sie hörte das Poltern von Glas, dann überschlugen sich die Ereignisse. Jemand riss den Widerling von ihr fort, der Mann schrie, und bevor er sich wehren konnte, landete eine Faust in seinem Gesicht. Ihr Beschützer setzte nach, ließ die geballte Faust nun in den Magen des Fremden schnellen und beobachtete zufrieden, wie der Mann mit einem dumpfen Laut auf den Lippen zu Boden ging. Im Fallen ruderte er mit den Armen, bekam eine der Tischdecken zu fassen und riss sie mitsamt den Gläsern anderer Gäste zu Boden. Im nächsten Moment brach ein wahrer Tumult aus, und Ida wünschte sich, auf der Stelle an einem anderen Ort aufzuwachen. Doch es war kein Alptraum, denn um sie brach eine Prügelei aus, an der sich ein knappes Dutzend Männer beteiligten. Stühle brachen unter lautem Krachen, Glas ging zu Bruch, entsetzte Schreie gellten durch den Saal, und sogar auf der Bühne unterbrach der Pianist seinen Auftritt. In seinen Augen lag das blanke Entsetzen. Nur einer steckte wenig Schläge ein – Alfons war im richtigen Augenblick zurückgekehrt, um sie vor dem aufdringlichen Kerl zu beschützen. Er nahm wortlos ihre Hand und bedeutete ihr, ihm zu folgen. Dass er im Vorbeigehen den wüsten Schwinger eines der Raufbolde abbekam und sofort Blut aus seiner Nase rann, ignorierte er. Wenig später standen sie an der frischen Luft und fanden Gelegenheit, durchzuatmen und sich von dem Schrecken zu erholen.

»Du blutest«, stellte Ida fest und zog ein Taschentuch hervor, um ihn damit abzutupfen. Alfons legte den Kopf in den Nacken und ließ sie gewähren. Dann huschte ein schelmisches Grinsen um seine Mundwinkel. »Das war es wert.«

»Was war es wert?«, fragte Ida irritiert.

»Na der Treffer auf meine Nase«, grinste er und zwinkerte ihr zu. »Ich lasse mich gern von dir pflegen.«

*

»Ich habe eine Wohnung für deine Eltern gefunden«, bemerkte Carl beim Abendessen in der kleinen Küche.

»Rudolf wollte sich auch bei seinem Vermieter erkundigen, da in seinem Haus bald eine Wohnung leersteht.« Katharina schnitt gerade das frische Brot, das sie auf dem Heimweg besorgt hatte. Sie legte das große Messer auf die hölzerne Platte und wandte sich zu ihrem Mann um.

»Umso besser!«, freute sich Carl.

Hastig legte Katharina die Brotscheiben in einen Korb und setzte sich zu ihm an den Tisch. Er nahm eine Scheibe, biss in die Wurst auf seinem Teller und nickte kauend. »Die Wohnung liegt im Haus eines Freundes.« Carl spülte mit einem Schluck Bier nach. Er liebte ein herzhaftes Abendessen. »In der Stadt sind Bernhard und Theresa sicher bestens aufgehoben. Es gibt dort Ärzte, die sich gut um deine Mutter kümmern werden.«

Katharina nickte. Es war wichtig, dass sich ihre Mutter in ärztliche Behandlung begab. Zwar stand fest, dass sie nicht mehr gesund werden konnte, jedoch wünschte sich Katharina für sie einen milden Krankheitsverlauf. Und wenn es in Gütersloh einen guten Lungenarzt gab, war das sicherlich hilfreich.

»Freust du dich gar nicht?«, riss sie Carls Stimme aus den Gedanken.

»Doch, doch«, beeilte sie sich zu sagen und spürte, wie ihr Herz schwer wurde. »Dir fällt der Abschied vom Hof schwer.«

»Ja.« Katharina kämpfte gegen die Tränen an. »Ich bin dort aufgewachsen, und meinem Vater zerreißt es wahrscheinlich das Herz, wenn er sich von seinem Hof trennen muss.« Sie seufzte, nahm eine Brotscheibe und kaute lustlos darauf herum. »Aber ich weiß ja, dass es das Beste für Mutter ist, wenn sie sich nicht länger um alles auf dem Hof kümmern muss.«

»So ist es.« Carl nahm ihre Hand und hauchte einen flüchtigen Kuss darauf. »Wichtig ist, dass es deiner Mutter gut geht. Und nur deshalb hat dein Vater sich auch dazu entschlossen, den Hof zu verkaufen.«

»Ich weiß, Carl.« Katharina holte ein paar Mal tief Luft. »Alles wird gut, und trotzdem hängt unser aller Herz an dem Hof.«

»Das kann ich gut verstehen.«

»Dann müssen wir zu meinen Eltern und ihnen die Botschaft überbringen«, stellte Katharina fest. »Sie werden dir dankbar sein, dass du dich für sie eingesetzt hast.« Nun lag ein warmes Lächeln auf ihren Lippen.

»Das habe ich gern getan«, beteuerte Carl. »Wann möchtest du nach Clarholz fahren?«

»Gleich nach unserer Berlinreise.«

»Einverstanden.« Carl nickte zufrieden. Wahrscheinlich, so mutmaßte Katharina, hatte er befürchtet, dass sie auf den Hof fahren wollte, anstatt mit ihm nach Berlin zu kommen.

Katharina hauchte ihm einen Kuss auf die Wange und zerstreute seine Sorge. »Jetzt werden wir erst einmal dafür sorgen, dass unsere Waschmaschine patentiert wird, und danach kümmern wir uns um meine Eltern.«

*

An diesem Abend war Carl früh zu Bett gegangen. Katharina hatte die Koffer für die bevorstehende Reise nach Berlin bereits gepackt. Morgen schon sollte es losgehen, und sie konnte es kaum erwarten. Aufgeregt dachte sie an die Zeit in der Kaiserstadt und an ihr ehrgeiziges Vorhaben. Als einfaches Mädchen vom Land hatte sie bisher von Berlin nur träumen können. Nun würde dieser Traum, der Weltstadt einen Besuch abzustatten, endlich in Erfüllung gehen. Sie hatte genügend Kleider und Hüte eingepackt und Carls besten Anzug gebügelt. Als sie das Schlafzimmer betrat, saß Carl im Schein der kleinen Laterne auf dem Nachtschränkchen aufrecht im Bett. Er hatte sich das Kopfkissen in den Rücken geschoben und hielt einen Block auf den Beinen. Weltvergessen flog der Stift über das Papier, Carl schien ihre Anwesenheit gar nicht zu bemerken. So blieb Katharina einen Augenblick im Türrahmen stehen, um ihn mit einem verliebten Lächeln auf den Lippen zu beobachten. Kurz dachte sie an ihre Anfangszeit. Es musste eine glückliche Fügung des Schicksals gewesen sein, dass ausgerechnet er, ein einfacher Maurergeselle, seinen Vater auf den Zumwinkel-Hof begleitet hatte, um dort den neuen Stall zu errichten. Dabei waren sie sich über den Weg gelaufen und hatten schnell festgestellt, dass sie offenbar füreinander geschaffen waren. Katharinas Herz klopfte schneller, als sie an die abenteuerliche Zeit auf dem Hof ihrer Eltern zurückdachte. An damals, als er sich gegen den aufdringlichen Knecht Thomas beweisen musste und sie sich nähergekommen waren, um schließlich eine Milchzentrifuge zu bauen, die den Angestellten auf dem Hof die Arbeit erleichtern sollte.

»Ich liebe dich«, hauchte Katharina mit einem glücklichen Seufzer auf den Lippen, als sie sich vom Türrahmen abstieß und sich ihm näherte.

Carl brummte etwas Unverständliches und lächelte, ohne aufzublicken.

Katharina konnte ihm nicht böse sein. »Hörst du mir überhaupt zu?«

Er sah irritiert auf. Als Carl ihr Lächeln sah, grinste er. »Entschuldige, Prinzessin, ich war in meiner Arbeit versunken.«

»Das habe ich bemerkt«, sagte sie und setzte sich auf die Bettkante. Voller Neugier warf sie einen Blick auf seine Aufzeichnungen und erkannte eine technisch anmutende Skizze. »Was ist das?«

»Es ist der Antrieb unserer Waschmaschine«, erklärte er stolz. »Sieh mal, ich habe eine Konsole entwickelt, an der wir einen elektrischen Motor anbauen können.«

»Dann lassen sich handbetriebene Maschinen also später nachrüsten?«

Carl nickte. »Überall dort, wo die Haushalte schon elektrifiziert sind, können unsere Käufer einen Motor bestellen, den wir ihnen montieren.«

»Dann werdet ihr viel unterwegs sein in den kommenden Jahren«, vermutete Katharina. »Schafft ihr das?«

»Rudolf hat zwei linke Hände«, erwiderte Carl amüsiert, »um den Motor anzubringen, muss man schon über handwerkliches Geschick verfügen.«

»Aber wer soll die Arbeit machen?«

»Wir werden eine Lösung finden.«

Katharina überlegte. »Bei der Anzahl der Maschinen, die ihr in der nächsten Zeit verkaufen werdet, braucht es sicher technisch versierte Arbeiter, die herumreisen, um die Motoren einzubauen«, vermutete sie.

»Könnte sein.« Er legte den Zeichenblock auf das Nachtschränkchen und nahm ihre Hand. »Wir werden das schon meistern, wenn wir erst das Patent auf die Waschmaschine haben.«

»Wie wäre es mit einem mobilen Kundendienst?«

Carl runzelte die Stirn. »Wie meinst du das?«

»Ich spreche von Männern, die durch das ganze preußische Reich reisen, um den Kunden ihre Motoren anzubringen.«

»Dann können sie sich gleich auch um Reparaturen kümmern«, pflichtete Carl ihr bei. »Das heißt, wenn überhaupt welche anfallen.«

An seiner zufriedenen Miene erkannte sie, dass ihm die Vorstellung von einem Kundendienst zu gefallen schien. »Wir werden der erste Hersteller von Haushaltsmaschinen sein, der unseren Käufern einen mobilen Kundendienst anbieten kann«, überlegte er. »Wenn das kein überzeugendes Argument ist?«

Katharina nickte. Sie beugte sich zu ihm herab und fuhr ihm mit einem verliebten Lächeln auf den Lippen durch das volle Haar.

Er streckte die Hände aus, um sie näher an sich heranzuziehen. »Das alles«, flüsterte er mit rauer Stimme, »wäre nicht möglich, wenn ich dich nicht hätte.«

Katharina lachte leise. »Weil ich deine Muse bin?« Sie erinnerte sich an das Gespräch auf dem Hof ihrer Eltern, in dem er sie liebevoll als seine Muse bezeichnet hatte.

»Ja«, nickte er und küsste sie. »Weil du da bist, sprudeln die Ideen nur so aus uns heraus. Und ich bin sicher, dass die Experten im Kaiserlichen Patentamt uns mit Lob überschütten werden.«

Bevor Katharina etwas erwidern konnte, verschloss er ihren Mund mit einem leidenschaftlichen Kuss. Sie spürte Schmetterlinge im Bauch und sank zu ihm ins Bett, um sich seinen zärtlichen Liebkosungen hinzugeben.

*

Ida konnte sich nach dem Zwischenfall im Varieté nur langsam beruhigen. Alfons hatte sie heldenhaft vor dem betrunkenen Fremden geschützt. Dass dabei eine Massenschlägerei im »Glashaus« ausgebrochen war, hatte er billigend in Kauf genommen. Ohne sich großartig einzumischen, hatte er sie an die Hand genommen und sie durch den Tumult nach draußen geführt. Sein kühnes Verhalten war allerdings missverstanden worden. Man warf ihnen vor, eine Prügelei angezettelt zu haben. Der Besitzer, ein kugelrunder kleiner Mann mit kahlem Kopf, hatte ihnen noch gedroht, eine Anzeige bei der Polizei aufzugeben, und so waren sie ein wenig kleinlaut von dannen gezogen.

»Und jetzt?«, fragte Alfons ein wenig ratlos, nachdem Ida sich um sein Nasenbluten gekümmert hatte. Er wirkte ein wenig lädiert, doch seine anziehende Art war dadurch nicht verschwunden, ganz im Gegenteil. Am liebsten wäre Ida ihm um den Hals gefallen. Doch das gehörte sich nicht, also beließ sie es dabei, seine Hand zu halten, während sie durch die menschenleeren Straßen zogen. »Soll ich dich nach Hause bringen?« Er blieb stehen und sah sie mit einem forschenden Blick an.

»Auf gar keinen Fall«, sagte Ida schnell. »Nach dem aufregenden Besuch des Varietés könnte ich jetzt kein Auge zu tun.«

Alfons lächelte und schwieg.

Ida gab dem Verlangen nach, ihn zu küssen. So stellte sie sich auf die Zehenspitzen und hauchte ihm einen flüchtigen Kuss auf die Lippen. Als sie sich von ihm löste, glühte ihr Gesicht. Wahrscheinlich, so fürchtete sie, war sie puterrot geworden. »Danke dafür, dass du mich vor diesem widerlichen Kerl beschützt hast.«

»Das ist doch selbstverständlich«, erwiderte er ein wenig verlegen und senkte kurz den Blick. »Wie könnte ich tatenlos dabei zusehen, wie er dich betatscht und dir einen Kuss aufzwingt?«

»Trotzdem«, antwortete sie schnell. »Du bist mein Held.«

Jetzt war es an ihm, zu erröten. Im fahlen Licht der Straßenlaternen wirkte er betreten wie ein kleiner Junge, den man bei einem Streich erwischt hatte. »Gut«, sagte er schließlich. »Wenn ich ehrlich bin, habe ich einen Bärenhunger.«

»Dann gehen wir etwas essen«, schlug Ida hastig vor. Er schien einverstanden zu sein und nickte.

»Es gibt nicht weit von hier das Gasthaus ›Zum Bären‹«, bemerkte er schließlich.

Ida musste lachen. »Wie passend«, rief sie, »dort wird man sicher Abhilfe schaffen gegen deinen Bärenhunger.«

Alfons kratzte sich im Nacken und lachte leise. »Also gut«, sagte er. »Dann los.«

★

Wenig später lagen sich Katharina und Carl in den Armen. Glücklich und erschöpft zugleich schmiegte sie sich an seine breite Brust, um seinen gleichmäßigen Atemzügen zu lauschen. Das Petroleum in der Laterne auf dem Nachtschrank war aufgebraucht, die Flamme zwischenzeitlich erloschen. Eine geheimnisvolle Dunkelheit umfing das Paar. Doch für Katharina genügte es, Carls Nähe zu spüren. Sie glaubte sogar, seinen Herzschlag in der nächtlichen Stille hören zu können.

Carl hatte einen Arm um sie gelegt und küsste ihr Haar.

»Ich liebe dich«, hauchte sie mit geschlossenen Augen.

»Und ich liebe dich«, erwiderte er leise. »Du bist die Frau meines Lebens.«

Ein wohliger Seufzer kam über Katharinas Lippen, als sie sich fester an ihn presste. Ein Leben ohne ihn konnte sie sich nur noch schwer vorstellen. Neben ihrer Liebe ergänzten sie sich auch im Alltag. Sosehr Carl auch über technisches Verständnis und Ideenreichtum verfügte, war er für ihre Anregungen und ihre Kritik dankbar. Gemeinsam hatten sie mit der Zentrifugenfabrik bereits Großes geschaffen, und nun würden sie mit der Waschmaschine den Siegeszug durch sämtliche Haushalte antreten, davon war Katharina überzeugt. Sie konnte es kaum erwarten, ihren geliebten Mann nach Berlin zu begleiten. Von diesen Gedanken beflügelt, wurde sie schon bald ins Land der Träume davongetragen.

*

Im Wirtshaus »Zum Bären« herrschte zu später Stunde noch reichlich Betrieb. Zahlreiche Männer hatten sich eingefunden, um den Abend in geselliger Runde ausklingen zu lassen. Dabei rann literweise Obergäriges durch die Kehlen der durstigen Arbeiter. Am Tresen bildeten sie eine dicke Traube. Die Luft um sie herum war rauchgeschwängert. Doch Alfons hatte Ida wie selbstverständlich an die Hand genommen, um sie an den Männern vorbei und zu einem freien Tisch am Fenster des Wirtshauses zu führen.

Ein weißes Tischtuch zierte die Holzplatte, es gab eine kleine Vase, in der sich Blumen befanden, und einen Kerzenständer. Die Flamme verbreitete einen anheimelnden Lichtschein. Sie setzten sich, und Ida nutzte die Zeit, Alfons zu betrachten, der dem Wirt winkte. Sein Gesicht wirkte im zuckenden Kerzenschein geheimnisvoll und trotz seiner jungen Jahre sehr männlich. Mehrfach an diesem Abend hatte sie festgestellt, dass sie sich in seiner Gesellschaft sehr wohl fühlte. Es war etwas schwer zu beschreibendes Vertrautes zwischen ihnen, und sie musste sich eingestehen, dass sie sich zu ihm hingezogen fühlte. Und da war immer noch etwas Geheimnisvolles, eine eigenartig verwegene Aura, die Alfons umgab.

»Erzähl mir von dir«, forderte Ida ihn auf.

Er sah sie verdutzt an. »Was willst du hören?«

»Alles«, sagte sie lächelnd. »Ich will alles von dir wissen. Welches Geheimnis trägst du mit dir herum?«

»Ach«, winkte er lapidar ab. »Es sind so viele Geheimnisse, da weiß ich gar nicht, wo ich anfangen soll.«

»Wir haben Zeit.«

Der Wirt brachte ihnen zwei Gläser Wein. Sie prosteten sich zu, dabei sahen sie sich so tief in die Augen, dass Ida spürte, wie ihr ein angenehmer Schauer den Rücken herunterrieselte.

»Also von Anfang an«, nahm Ida den Faden schließlich wieder auf. »Wer bist du, Alfons Terstegen?«

»Ich bin der Sohn einer einfachen Familie«, begann er und nahm wie selbstverständlich Idas Hand, die neben dem Glas auf dem Tischtuch ruhte. »Meine Eltern sind einfache Leute, sie arbeiten hart, mein Vater ist Hufschmied, meine Mutter arbeitet in einer Bandweberei – das heißt, eigentlich arbeitet sie von zu Hause aus. Dort steht ein Webstuhl im Wohnzimmer, der so groß ist, dass er fast den ganzen Raum einnimmt. Das Ding macht einen Höllenlärm, wie du dir denken kannst. Wir leben mit acht Leuten in einer Wohnung, die diesen Namen kaum verdient. Irgendwann habe ich es zu Hause nicht mehr ausgehalten und bin abgehauen. Es trieb mich an die Küste. Ich liebe das Meer und die Seefahrt.«

Als Ida kurz die Augen schloss, stellte sie sich Alfons als wilden, den Säbel schwingenden Seeräuber in einem zerrissenen Hemd auf einem mächtigen Segelschiff vor, mit dem er die Weltmeere umrundete.

»Es zog mich nach Hamburg. Dort habe ich eine Zeit lang

am Hafen geholfen, habe mich als Tagelöhner verdingt, einfach, um den Seefahrern nahe sein zu können.« Er lächelte Ida verlegen an und schien sich ein wenig zu schämen.

»Das klingt doch spannend«, fand sie.

»Und als sich die Gelegenheit bot, bin ich auch ein paar Monate zur See gefahren.« In seinem Blick lag eine verträumte Sehnsucht nach der schier unendlichen Weite des Meeres. Ida spürte, dass es ihm fehlte. Sie fragte sich, was er dann in Herzebrock tat. Betroffen stellte sie fest, dass sich sein sehnsüchtiges Lächeln verflüchtigte.

»Das Meer fehlt dir?«, fragte sie verunsichert.

Er nickte. In seinem Blick lag wieder eine unendliche Wehmut. »Ich bin zurückgekehrt, weil ich einen Brief erhielt. Man teilte mir mit, dass mein Vater schwer erkrankt sei. Und ich habe es nicht übers Herz gebracht, ihn im Stich zu lassen.«

»Das … das tut mir leid«, sagte Ida mit belegter Stimme. »Hast du Geschwister?«

Er nickte. »Wir sind sechs, zwei Mädchen, vier Jungs. Ich bin der Jüngste, die anderen treiben sich in der Weltgeschichte herum und scheren sich einen Dreck um Vater.« Jetzt klang er verbittert. Auf seiner Stirn hatte sich eine Zornesfalte gebildet. »Also muss ich mich um ihn kümmern.«

Ida wagte kaum, ihn nach seiner Mutter zu fragen. Verzweifelt suchte sie nach den rechten Worten, um ihm Trost zuzusprechen.

Alfons schien ihre Gedanken zu erraten. »Nach Mutters Tod steht mein Vater ganz alleine da.« Er seufzte. »Also kümmere ich mich um ihn.« Als Alfons sie ansah, schimmerten seine Augen.

»Ich lebe in einer bescheidenen Kammer in der Wohnung, die eigentlich viel zu groß ist für uns beide. Aber ich mache das gern und kann ihn einfach nicht im Stich lassen.«

»Deshalb hast du in der Zentrifugenfabrik angefangen«, schlussfolgerte Ida. »Du bist in deine Heimat zurückgekehrt, weil dein Vater dringend auf deine Hilfe angewiesen ist.«

»Ja.« Ein wehmütiger Seufzer kam über seine Lippen. »So ist es. Und ich habe es nicht bereut – auch wenn mir die Weite der Meere fehlt.«

»Du hast ein gutes Herz.« Seine Geschichte berührte Ida.

»Es tut mir übrigens leid, dass ich dich letztens in der Fabrik angeschrien habe, als du den Farbeimer umgekippt hast.«

»Schon vergessen.« Sie lächelte.

»Danke.« Alfons atmete erleichtert auf. »Das ist sonst nicht meine Art, aber meinem Vater ging es in den letzten Tagen nicht sehr gut, und ich habe schon gefürchtet, dass er ins Krankenhaus muss. Dazu noch der Ärger mit Hermann Böker …« Er schüttelte den Kopf und zupfte das weiße Tischtuch zurecht. »Das war alles etwas viel.«

»Und heute sitzt du hier mit mir herum, anstatt dich um deinen Vater zu kümmern.«

»Das ist in Ordnung.« Alfons winkte ab. »Es hilft mir, auf andere Gedanken zu kommen.« Jetzt nahm er ihre Hand. »Und deine Gesellschaft tut mir sogar sehr gut.«

Am liebsten wäre Ida aufgesprungen, um ihn zu küssen, doch die Anwesenheit der anderen Gäste hielt sie davon ab. So beließ sie es dabei, ihm einen flüchtigen Kuss auf den Handrücken zu hauchen. Überrascht betrachtete Alfons ihre Geste und schien nicht zu wissen, was er dazu sagen sollte. Ein wenig amüsiert stellte Ida fest, dass er verschämt dreinblickte und errötete. Plötzlich erschien ihr Alfons so vertraut, als würden sie sich schon seit vielen Jahren kennen.

»Und dann auch noch dieser schreckliche Zwischenfall im ›Glashaus‹«, murmelte sie betroffen.

»Manche Dinge lassen sich nicht ändern, und ich hätte mir eher eine Hand abgehackt, als dich diesen Raufbolden zu überlassen.«

Ida spürte, wie ihr ganz warm ums Herz wurde.

»So«, sagte er schließlich und setzte ein Lächeln auf. »Nun kennst du meine Geschichte. Jetzt bin ich gespannt, wer du bist, Ida Brenneisen.«

Sie lehnte sich zurück, holte tief Luft, um ihre Gedanken zu ordnen, dann erzählte sie ihm aus ihrer Vergangenheit. Vom tragischen Tod ihrer Mutter, dem Großwerden mit Margot, der neuen Frau in Vaters Leben, von seinem Tod und von den Geschwistern. Während sie redete, stellte sie fest, dass es einige Parallelen in ihrem Leben gab. Ein Umstand, der ihr gefiel, denn Alfons und sie waren in der Lage, gegenseitiges Verständnis füreinander aufzubringen. Vielleicht war es das, was diese Vertrautheit zwischen ihnen ausmachte. Ida fand, dass sie guttat.

*

Ida wollte in dieser Nacht nicht nach Hause gehen. Zu sehr hatte sie den Abend an der Seite von Alfons genossen. So zogen sie trotz später Stunde noch durch die inzwischen menschenleeren Straßen von Herzebrock. Zögerlich hatte Alfons irgendwann, nachdem sie den Gasthof verlassen hatten, ihre Hand genommen. Ihr Herz raste vor Aufregung, doch sie genoss die Zuneigung, die er ihr zuteilwerden ließ, sehr. Schweigend liefen sie durch die Nacht, doch die Blicke, die sie sich zuwarfen, zeugten von inniger Zuneigung, und das, obwohl sie sich erst seit heute richtig kannten. Wie es sich gehörte, ließ er sie nicht alleine durch die Nacht laufen, sondern brachte sie nach Hause.

Ida spürte, dass er ein guter Mensch war, und genoss seine Gesellschaft. Nach einem halbstündigen Fußmarsch standen sie dann doch vor dem Haus, in dem ihre bescheidene Bleibe lag. Am liebsten hätte sie ihn noch mit zu sich hinaufgebeten, aber so etwas ziemte sich nun mal nicht. Doch so einfach wollte sie ihn nicht gehen lassen. Alfons schien es genauso zu ergehen. Nun hielt er sie an beiden Händen und blickte ihr tief in die Augen. Bei seinem Blick wurden ihre Knie ganz weich, und ihr Herz klopfte wie verrückt.

»Da wären wir«, bemerkte sie, nur, um überhaupt etwas zu sagen.

»Ja.« Er nickte und setzte einen bedauernden Gesichtsausdruck auf. »Da wären wir.«

»Ich … ich fand den Abend schön«, flüsterte Ida. »Danke für die Einladung, Alfons.«

»Trotz des Zwischenfalls im Varieté?« Leise lachte er.

»Nicht trotz – sondern gerade wegen des Tohuwabohus, das wir angerichtet haben«, erwiderte sie und stimmte in sein Lachen ein. Heldenhaft hatte er sie vor dem zudringlichen Kerl gerettet und so die Schlägerei im Theater ausgelöst.

»Davon werden wir sicher unseren Enkeln noch erzählen können«, kicherte sie.

Alfons nickte, dann sah er ihr wieder tief in die Augen. »Um Enkel zu haben, müssen wir erst einmal Kinder bekommen«, stellte er lächelnd klar. »Und um Kinder zu bekommen, müssen wir heiraten, und um zu heiraten …«

»Musst du um meine Hand anhalten«, schmunzelte Ida. Bei dem Gedanken daran wurde ihr ganz warm ums Herz. Sie konnte sich gut vorstellen, an der Seite von Alfons alt zu werden. Doch noch war es lange nicht so weit. Ein wenig wunderte sie sich darüber, wie weit ihre Zuneigung zueinander schon reichte.

Ihm schien es ähnlich zu ergehen, denn er nickte. »Das werde ich sicher tun.«

Da spürte Ida, wie ihr das Blut in den Kopf schoss, und sie wehrte sich nicht, als Alfons sie an sich zog. Ihre Gesichter waren ganz nah beieinander. Sie spüre seinen Atem auf ihrer Haut und erschauderte. »Was …«, fragte sie noch, als er ihr schon den Mund mit seinen Lippen verschloss. Berührte er sie zunächst sanft und fast zaghaft, so wurde sein Kuss schon bald von einer wilden Leidenschaft überflutet, die ihren Körper zum Beben brachte.

»Ida«, sagte er schließlich mit heiserer Stimme, »Ida, ich liebe dich.«

»Nein«, erwiderte sie kopfschüttelnd, »das geht nicht.«

»Warum?«

»Weil ich dich liebe.« Nun musste sie lachen. Er stimmte in ihr Lachen ein und war ihr wieder ein Stückchen näher, als sie es eigentlich hatte zulassen wollen. Doch Alfons' Nähe zu fühlen, tat unglaublich gut. Und so warf sie alle guten Vorsätze über Bord und bat ihn, sie auf ihre Kammer zu begleiten. Alfons schien anfangs etwas unsicher zu sein, dann nahm er ihre Einladung an und folgte ihr.

»Aber wir müssen leise sein«, flüsterte sie ihm ins Ohr. »Damit uns die anderen Mädchen nicht bemerken.« Sie kicherte aufgeregt wie ein kleines Kind, das sich einen herrlichen Schabernack ausgedacht hatte, nahm ihn leichtfertig an der Hand und zog Alfons in das dunkle Haus. Schon im Flur streiften sie die Schuhe von den Füßen, um keinen unnötigen Lärm zu veranstalten. Sie legte den Zeigefinger ihrer rechten Hand auf die Lippen. Auf dem Korridor angekommen, blieben sie im Halbdunkel stehen und legten lauschend die Köpfe schräg. Doch nur das gleichmäßige und leise Schnarchen von Josephine drang an ihre Ohren.

»Wer ist das?«, flüsterte Alfons ihr ins Ohr.

»Josephine«, antwortete Ida. »Meine Mitbewohnerin.«

Als die Dielen unter dem Gewicht ihrer Schritte knarrten, blieben sie wie angewurzelt stehen. »Warte«, zischte Ida erschrocken. Das Herz klopfte ihr bis zum Hals. Sie konnte Alfons in der Finsternis des fensterlosen Flures nur erahnen, doch seine Atemzüge drangen an ihre Ohren. Sie tastete nach seiner Hand, fand und ergriff sie, um ihn weiter zu ihrer Kammer zu ziehen. Dabei bemerkten sie nicht, dass das Schnarchen verstummt war.

Doch bevor sie sich in Bewegung setzen konnten, flog eine Tür auf der rechten Seite des Korridors auf, und eine verschlafen dreinblickende junge Frau stand im Widerschein einer Kerze, die sie in der Hand hielt, im Türrahmen.

»Ida«, rief sie, »was treibst du hier?«

»Josephine«, antwortete Ida erschrocken. »Wir wollten dich nicht wecken.«

»Nun ist es zu spät.« Josephine zuckte die Schultern, doch sie schien Ida nicht böse zu sein. Sie trug ein Nachthemd aus Leinen und Pantoffeln an den Füßen. Die blonden Haare hingen ihr strähnig ins Gesicht. Als sie sah, dass Ida nicht alleine war, strahlten ihre Augen. Sie schien zu ahnen, wer Ida nach Hause begleitet hatte.

»Wer ist denn das?«, fragte sie in gespielter Überraschung, während sie Alfons mit einem neugierigen Blick begutachtete. Das, was sie sah, schien ihr zu gefallen.

»Das ist …«, setzte Ida an, wurde jedoch von ihrem Begleiter unterbrochen.

»Ich bin der Alfons, Idas Freund«, sagte er selbstsicher und bedachte Josephine mit einem freundlichen Lächeln.

»Wir waren in Gütersloh im Varieté«, berichtete Ida. »Und als mich ein wildfremder Mann begrabschen wollte, ist Alfons heldenhaft dazwischengegangen und hat diesen widerlichen Kerl verprügelt.«

»Nun ist der Laden ein Trümmerhaufen«, grinste Alfons.

»Ein wahrer Held«, lobte Josephine ihn mit einem koketten Grinsen. »Und jetzt konntet ihr euch wohl nicht voneinander trennen.«

»Sozusagen, ja.« Alfons nickte.

»Das klingt ja spannend«, erwiderte Josephine. »Nun, da ich sowieso wach bin, kann ich mich ein wenig zu euch gesellen. Ich habe noch eine Flasche von dem guten Selbstgebrannten.

Und dann erzählt ihr mir die ganze Geschichte, sonst platze ich vor Neugier.«

Nein, bloß nicht, hätte Ida am liebsten geantwortet. Sie warf Alfons einen hilfesuchenden Blick zu.

»Ich wollte Ida eigentlich nur noch nach Hause begleiten und mich dann selbst auf den Heimweg machen«, sagte er schnell. »Mein Vater …«

»Papperlapapp«, unterbrach Josephine ihn salopp und machte mit der freien Hand eine wegwerfende Bewegung. »Der Tag ist noch jung, und es gibt was zu feiern.«

»Ach ja?«, fragte Ida. »Was gibt es denn zu feiern?« Sie stellte fest, dass ihre Stimme etwas schnippisch klang.

»Dass dich dein Alfons vor diesem Raufbold bewahrt hat«, antwortete Josephine. »Und das werden wir jetzt begießen, wenn ihr nichts dagegen habt?«

Ida tauschte einen schnellen Blick mit Alfons, der sich den Verlauf des restlichen Abends sicher auch anders vorgestellt hatte. Doch als er unmerklich mit den Schultern zuckte, wusste Ida, dass es sinnlos war, ihrer Mitbewohnerin zu widersprechen.

Kapitel 21

Katharina konnte sich kaum daran erinnern, wann sie das letzte Mal mit der Eisenbahn gefahren war. Als Kind vom Lande war sie kaum vom Hof weggekommen, und nun stand sie an Carls Seite auf dem Bahnsteig des imposanten Bahnhofs von Gütersloh. Die Sonne sandte ihre ersten Strahlen über das Walmdach des Bahnhofsgebäudes und tauchte die Umgebung in ein goldenes Licht. Wäre da nicht die eisige Kälte der letzten Nacht, hätte man glauben können, es sei Frühling. Doch so trugen Katharina und Carl ihre dicken Wintermäntel.

Wenn man dem Fahrplan Glauben schenken konnte, sollte gleich der Zug der Königlich-Preußischen Staatseisenbahn einfahren. Immer wieder warf Katharina aufgeregte Blicke auf die große Uhr an der Fassade des Gebäudes. Auf dem Bahnsteig herrschte bereits reger Betrieb. Katharina hatte den Eindruck, dass halb Gütersloh an diesem Sonntag verreisen wollte.

»Sie fahren alle in den Teutoburger Wald«, erklärte Carl, der die neugierigen Blicke seiner Frau bemerkt hatte. »Ich könnte wetten, dass wir die längste Reise vor uns haben.«

»Ich freue mich auf Berlin«, strahlte Katharina.

»Ich bin so aufgeregt«, entfuhr es ihr.

Carl lächelte. Neben ihm standen ihre Koffer. »Wir werden die Prüfer vom Patentamt von unserer Erfindung überzeugen«, versicherte er ihr.

»Das meine ich nicht.« Katharina schüttelte den Kopf. »Ich kann mich nicht an meine letzte Fahrt mit der Eisenbahn erinnern, ich muss noch ein kleines Kind gewesen sein, als wir …« Sie brach mitten im Satz ab, als sich der Zug unter lautem Schnaufen der Bahnstation näherte. Bei der Lokomotive handelte es sich um ein pechschwarzes, gigantisches Ungetüm aus Stahl, das schwere Rauchwolken durch seinen Schornstein auszuatmen schien. Kurz verdunkelte sich der Himmel und ließ die Fassade des Bahnhofsgebäudes trist und grau erscheinen. Im Führerstand der Dampflokomotive erkannte Katharina zwei Männer, den Lokführer und seinen Heizer.

»Zurücktreten vom Bahnsteig, der Zug rollt ein«, rief ein Schaffner in feinster Uniform. Mit strengem Blick sorgte er dafür, dass sich niemand zu nahe an der Kante aufhielt.

Carl bückte sich nach ihren Koffern. Er nickte Katharina lächelnd zu. »So, Prinzessin«, rief er gegen das ohrenbetäubende Quietschen der mächtigen Stahlreifen in den Schienen an, »dann auf ins Abenteuer.«

*

Als Ida erwachte, schlich sich ein monotones Schnarchen in ihre Träume. Es dauerte einen Augenblick, bis sie verstand, dass sie nicht alleine eingeschlafen war. Ihr Schädel dröhnte, und der schale Geschmack in ihrem Mund bereitete ihr Übelkeit. Etwas musste in der letzten Nacht geschehen sein. Sie konnte sich nicht erinnern, spürte aber ein eigenartiges, schwer zu erklärendes schlechtes Gewissen. Mühsam versuchte sie, die Gedanken zu ordnen und sich zu erinnern, kämpfte aber gleichzeitig gegen das flaue Gefühl in der Magengegend an. Ihre Augen brannten, als sie sie öffnete. Als sie blinzelte, stellte sie erschrocken fest, dass die Sonne bereits hoch am Himmel stand. Das gleißende Licht drang in breiten Bahnen durch den offenstehenden Spalt der gemusterten Gardinen ihrer Kammer. Die von Alkohol geschwängerte Luft ließ sie flach atmen. Alfons, durchzuckte es sie. Alfons hatte sie nach Hause gebracht. Doch was war dann geschehen?

Als sie an sich herabsah, stellte sie erschüttert fest, dass sie nackt geschlafen hatte. Panik ergriff sie, als sie ahnte, wer neben ihr schnarchte. Mit einer ruckartigen Bewegung wandte sie den Kopf nach rechts. Tatsächlich lag Alfons neben ihr. Seine Haare standen ihm wirr vom Kopf ab, seine Gesichtszüge wirkten friedlich und entspannt. Vorsichtig rückte sie ein Stück zur Seite.

Was ist bloß passiert?, hämmerte es unablässig in ihrem Kopf.

Doch sosehr sie auch nachdachte, ihre Erinnerung hüllte sich in einen trüben Dunst. Ida erschrak, als sie registrierte, dass es nicht Alfons war, der schnarchte. Er schlummerte friedlich wie ein Kleinkind neben ihr und wachte auch nicht auf, als sie sich von ihm wegdrehte.

Sie waren nicht alleine in dem einfachen Kastenbett. Neben ihr lag Josephine.

Ida erblickte ihren drallen, aber wohlgeformten Körper, auch ihre Freundin hatte sich wohl ihres Leinennachthemdes entledigt. Josephine schnarchte wie ein Brauereikutscher. Ida betrachtete ihre Mitbewohnerin mit großen Augen. Sie schlief tief und fest. Ein entspanntes Lächeln lag auf ihrem Gesicht, ihr Körper hob und senkte sich gleichmäßig.

Ida war versucht, sie wachzurütteln, um sie zu fragen, was sie in ihrem Bett zu suchen hatte, doch sie widerstand der Versuchung.

Ihr Blick schweifte durch die einfache Kammer. Zwei Schnapsflaschen lagen auf dem Dielenboden, beide bis auf den letzten Tropfen geleert. Nun konnte sich Ida ihre stechenden Kopfschmerzen erklären. »Oh nein«, flüsterte sie leise. Auf dem Kabinett neben dem Fenster stand ein Aschenbecher aus Messing, der bereits überquoll, daneben drei geleerte Zigarettenpackungen. Kein Wunder also, dass ihr übel war. Hatte sie etwa geraucht?

Ida wünschte sich, endlich aus diesem Alptraum zu erwachen. Doch es blieb ihr nichts, als sich der Wirklichkeit zu stellen.

Neben ihr rührte sich etwas. Ida wandte sich um und blickte in Alfons' lächelndes Gesicht. Er streckte die Hand nach ihr aus und strich ihr zärtlich über die Wange. »Na«, sagte er in sanftem Tonfall. »Gut geschlafen?«

Ida zuckte die Schultern. »Ich weiß es nicht«, erwiderte sie mit entwaffnender Ehrlichkeit. »Was ist passiert, Alfons?« Insgeheim fürchtete sie sich vor seiner Antwort.

»Kannst du dich daran nicht mehr erinnern?«

»Nein – und fast fürchte ich, dass ich das auch gar nicht möchte.«

»Na, na«, erwiderte Alfons. »So schlimm wird es wohl nicht gewesen sein.«

»Nicht?« Ida deutete mit dem Daumen über die Schulter. »Was auch immer passiert ist, Alfons … wir sind nicht allein.«

»Nicht?« Verwundert runzelte er die Stirn und stemmte sich in die Höhe, um an Ida vorbeiblicken zu können. Mit verdutztem Blick betrachtete er Josephine. Schnell zog Ida ihr die Decke bis zu den Schultern.

»Was macht die denn hier?«, fragte er.

»Ich weiß es nicht, Alfons«, zischte Ida aufgebracht, »aber sie ist nackt, und wir sind nackt.«

Alfons kicherte.

»Weck sie nicht auf«, mahnte Alfons sie und legte einen Finger auf ihre Lippen.

»Sie schläft wie ein Stein«, entgegnete Ida spitz. »Hat sie … ich meine, haben wir …«

»Ich weiß nicht, wovon du redest.« Alfons beugte sich zu ihr, nahm ihr Gesicht in die Hand und sah ihr tief in die Augen. »Hör zu«, sagte er, »egal, was passiert ist, lass es unser Geheimnis bleiben, ja?«

Ida sog die Luft durch die Nase ein. »Ich weiß nicht, ob ich das kann.« Sie schob Alfons mit sanftem Druck von sich. »Was sollen wir denn bloß machen?«

»Wir ziehen uns schnell an und verschwinden.« Er warf die Decke zur Seite und setzte sich auf die Bettkante. Als Josephine etwas Unverständliches murmelte, hielt er erschrocken inne. »Sie schläft«, flüsterte er Ida dann beruhigend zu. Vorsichtig erhob er sich und klaubte seine Kleider zusammen, die auf dem Dielenboden verteilt herumlagen. Mit dem Bündel unter dem

Arm verließ er die Kammer. »Komm mit«, raunte er Ida noch zu, dann verschwand er.

Ida seufzte. Sie ließ Josephine keinen Moment aus den Augen, während auch sie aufstand und ihre Kleidung zusammensuchte, um Alfons zu folgen. Sie trafen sich in der Küche. Die Sonne stand bereits hoch am Himmel. Die Dächer der benachbarten Häuser dampften leicht in den wärmenden Sonnenstrahlen.

Kapitel 22

Gespannt wartete Carl auf die Reaktion der drei Prüfer, streng dreinblickende Herren mit weißen Bärten. Sie standen über die Zeichnungen gebeugt, die Carls Waschmaschine in all ihren Einzelheiten abbildeten. Natürlich hatte er die Skizzen, die die Möglichkeit zur Nachrüstung eines Elektromotors zeigten, noch ausgearbeitet.

Carl versuchte, seine Ungeduld zu zügeln, doch seine Nerven waren zum Zerreißen gespannt. Er spürte, wie ihm der Schweiß ausbrach. Die drei Männer, ein Techniker, ein Jurist und ein Beamter des Kaiserlichen Patentamtes, entschieden gerade über seine Zukunft. Sie bestimmten über Erfolg oder Misserfolg seiner Waschmaschine.

Trotz aller Anspannung spürte er auch die Müdigkeit, die sein Denken lähmte. Hinter Carl und Katharina lag eine viel zu kurze Nacht im Continental-Hotel, einem Prachtbau mit einer imposanten, mehr als hundert Meter langen Fassade, der nur einen Steinwurf vom Bahnhof Friedrichstraße entfernt lag. Rudolf hatte ihm das Hotel empfohlen, er war bereits mehrfach dort abgestiegen.

Und auch Katharina und Carl waren bei ihrer Ankunft am

späten Sonntagnachmittag überwältigt gewesen von der Pracht. So gab es mehr als zweihundert Zimmer, die bis hinauf ins oberste Stockwerk elegant und geschmackvoll eingerichtet waren. Das mondäne Haus in bester Lage verfügte über mehrere Restaurants und einen Salon, es gab einen Fahrstuhl und sogar einen Eisenbahnbillet-Verkauf. Wie Carl von Rudolf wusste, gehörte das Haus dem aufstrebenden Hotelier Lorenz Adlon, einem Mann, dem man eine große Zukunft prophezeite. Doch vor lauter Aufregung hatte Carl keine Ruhe gefunden, und so hatte er schon im Morgengrauen und ohne ein Frühstück einzunehmen das Haus verlassen, um sich in der Luisenstadt in die Schlange der wartenden Menschen vor dem kaiserlichen Patentamt einzureihen. Er hatte sich gewundert, wie viele Männer schon am frühen Montagmorgen den Weg zum Amt gefunden hatten.

Katharina wartete im Hotel auf ihn. Nach seiner Rückkehr wollten sie sich die Stadt ansehen und dann am Abend die Rückreise nach Westfalen antreten.

Doch noch war es nicht so weit. Carl war förmlich erschlagen gewesen von dem imposanten Gebäude, in dem sich die Behörde befand. In der Eingangshalle gab es eine breite, von massiven Säulen gesäumte Treppe, die in die oberen Stockwerke führte. Fast ehrfürchtig hatte Carl dem uniformierten Portier sein Anliegen geschildert. Mit preußischem Diensteifer hatte der ihm Etage und Zimmernummer genannt, wo er das Patent der Waschmaschine beantragen konnte.

Seit einer halben Stunde befand er sich nun schon in einem großen Dienstzimmer, dessen Fenster hinaus auf die Gitschiner

Straße zeigten, und stand den Prüfern Rede und Antwort zu seiner Erfindung. Stimmengewirr und das Rattern unzähliger Fuhrwerke auf dem Pflaster der darunterliegenden Straße drangen an seine Ohren.

Mehr, um sich abzulenken, betrachtete Carl die Einrichtung des Dienstzimmers. An den Wänden rechts und links bogen sich deckenhohe Regale unter der Last unzähliger Akten, es gab drei Schreibtische, die in einer U-Form angeordnet waren und so einem kleinen Gerichtssaal ähnelten. Mitten im Raum befand sich der große Besprechungstisch, um den sich die Diensthabenden versammelt hatten, um Carls ausgebreitete Zeichnungen eingehend zu studieren.

»Bitte schildern Sie uns noch einmal die Funktionsweise Ihrer Waschmaschine«, wurde er von dem ältesten der Männer aufgefordert.

Carl räusperte sich. »In der Waschlauge werden die Wäscheteile aneinandergerieben, danach sorgen Dampf und heißes Wasser in der Drehung des Holzfasses für ein effektives Waschen«, erklärte Carl. »Der Mechanismus sorgt dafür, dass sich der Kraftaufwand für die Wäschepflege deutlich verringert.« Vergeblich suchte er in den Mienen der Männer nach einer Regung. »Und mit einem elektrischen Kleinmotor, der schnell nachgerüstet werden kann, entfällt die körperliche Arbeit schließlich in aller Gänze«, fuhr er schnell fort.

Die drei Männer wechselten Blicke und nickten sich zu. »Sie denken voraus«, stellte der Älteste fest.

»Und hier«, fuhr Carl fort und tippte auf zwei Walzen neben dem Bottich, »sehen Sie den Wringer. Die gewaschene Kleidung wird mittels einer Kurbel durch die Walzen gedreht und so gewrungen, damit sie nicht triefend nass auf die Leine gehängt werden muss.«

Die Advokaten nickten schweigend, dann zogen sie sich zurück, um in einer Ecke des Raumes miteinander zu tuscheln.

»Die Erfindung ist sicherlich eine Erleichterung für alle Waschfrauen und Dienstmädchen, die mit dem Wäschewaschen betraut sind«, murmelte einer der drei Männer schließlich. »Und das Wäschewaschen selbst ist, und das ist unbestritten, eine zeit- und kraftintensive Arbeit.«

Der zweite Beamte meldete sich zu Wort. »Nun, die Waschmaschine ist ein für die praktische Hausarbeit zweifelsohne wichtiges, ansonsten jedoch trivial anmutendes Haushaltsgerät.«

»Trivial?«, platzte es aus Carl heraus. »Bei allem Respekt, meine Herren, wir reden hier von einer Erfindung, die Millionen von Frauen auf der ganzen Welt den Arbeitsalltag erleichtern wird.«

»Nichts für ungut«, erklärte der Mann, der die abwertende Äußerung gemacht hatte, mit einem süffisanten Grinsen. »Aber ob Sie damit«, er deutete auf die Skizzen, »die ganze Welt erreichen, ist zum jetzigen Zeitpunkt fraglich, mein Herr.«

»Mit Verlaub«, meldete sich sein Kollege zu Wort. »Aber mir scheint, als würden Sie nach den Sternen greifen. Sie sind ein Visionär.«

»Immerhin sieht es interessant aus«, räumte der Techniker in einem versöhnlichen Tonfall ein. »Und mir gefällt, was Sie uns hier vorstellen, Herr Thiele.«

»Und genau deshalb habe ich die Reise nach Berlin angetreten«, antwortete Carl mit einem gewinnenden Lächeln. Gespannt wartete er auf das Urteil der Männer, die sich nun im Flüsterton berieten und ihm immer wieder schwer zu deutende Blicke zuwarfen. Carl erschienen die Minuten wie Stunden. Er spürte, dass seine Handinnenflächen feucht wurden. »Und wir sind sicher, die Welt mit unserer Erfindung nachhaltig zu revolutionieren«, fügte er schnell hinzu, als könne er die Entscheidung der Advokaten so zu seinen Gunsten beeinflussen.

»Wir prüfen Ihr Anliegen in den kommenden Tagen«, beschied ihm der erste Advokat schließlich. »Sagt Ihnen der Name Franz Weiß etwas?«

»Nicht dass ich wüsste.« Carl schüttelte den Kopf.

»Er ist Österreicher und hat sich unlängst die sogenannte ovale Trommelwaschmaschine zum Reinigen der Wäsche in Wien patentieren lassen.«

Carl glaubte, sich verhört zu haben. »Das muss ein Irrtum sein«, behauptete er fassungslos. Seine Knie wurden weich, er musste sich setzen. Es war, als würden sich seine Träume von einem Moment auf den anderen in Luft auflösen. Was, um Himmels willen, sollte er Katharina sagen, wenn er gleich zu ihr ins Hotel zurückkehrte? Und wie würde Rudolf die Botschaft aufnehmen, hatte er doch schon unzählige Waschmaschinen verkauft, die es noch zu bauen galt?

»Bedaure, Herr Thiele«, erwiderte der Advokat kopfschüttelnd. »Die Unterlagen der Kollegen aus Wien liegen uns vor und können gern von Ihnen eingesehen werden.«

»Wollen Sie damit sagen, dass es die Waschmaschine bereits gibt?« Carl spürte, wie ihm der Schweiß ausbrach.

»So ist es, mein Herr«, nickte einer der drei Männer. »Und wenn sich Ihre Maschine nicht in wesentlichen Details von der des Österreichers unterscheidet, müssen wir Ihren Patentantrag bedauerlicherweise ablehnen.«

*

Katharina hatte das reichhaltige Frühstück im großen Salon des Continental-Hotels in aller Ruhe genossen und dabei einen Blick in das Berliner Tageblatt geworfen. Darin ging es um die aktuelle Lage in China, in der »Rebellionen an allen Ecken des chinesischen Reiches die Häupter erhoben, um sich gegen die Regierung zu wehren«. In Chemnitz drohte ein Streik der Arbeiterinnen und Arbeiter der Buchbindereien, die zehn Prozent mehr Lohn forderten. Und sie überflog bei einer Tasse Tee einen Bericht zur Beulenpest im englischen Glasgow. Dabei vermochte sie kaum, sich auf die Artikel der Tageszeitung zu konzentrieren, denn in Gedanken war sie bei Carl, der in diesem Augenblick auf dem Kaiserlichen Patentamt seine Erfindung vorstellte und den sicher strengen Prüfern Rede und Antwort stand. Immer wieder ließ sie die Zeitung sinken und blickte zum Fenster hinaus. Draußen auf dem Trottoir und der Straße herrschte zu früher Stunde bereits geschäftiges Treiben. Gegenüber erhob sich der Bau des Berliner Central-Bahnhofes Friedrichstraße aus dem Dunst des Herbstmorgens. Schnaufend schob sich eine Lokomotive aus dem Backsteinbau mit dem Kuppeldach. Das tonnenschwere Gefährt stieß dicke Qualmwolken in den Himmel über der Stadt. Senfgelbe Doppeldeckerbusse schoben sich ratternd durch das Gewimmel, Fuhrwerke und Passanten teilten sich die Straße.

Als Katharina sich vom Ausblick aus dem Fenster losriss, um den Blick durch den Salon schweifen zu lassen, bemerkte sie die Dienstmädchen, die an den leerstehenden Nebentischen das Geschirr abräumten, um neu einzudecken. Sie redeten kein Wort und waren in ihrer Arbeit versunken. Die Tischtücher warfen sie in einen Sack, der auf einem Arbeitswagen stand. Unter geräuschvollem Rascheln faltete Katharina die Zeitung zusammen, um sie neben sich auf den Tisch zu legen. Mit der strahlend weißen Stoffserviette tupfte sie sich die Lippen ab, dann leerte sie die filigrane Teetasse mit dem floralen Muster und erhob sich. Mit einem letzten Blick aus dem Fenster konnte sie auf der großen Uhr über dem Eingang des Bahnhofes erkennen, dass es bald neun Uhr war. Seit vier Stunden war Carl nun schon unterwegs, und Katharina fieberte mit ihm, dass sein Gang zum Kaiserlichen Patentamt sich lohnte. Unter den neugierigen Blicken einiger Herren an den Nachbartischen verließ sie den Salon und fand sich in der Eingangshalle des Hotels wieder. Ein Portier in tiefroter Uniform begrüßte die Gäste des Hauses, während der Concierge hinter der Rezeption Schlüssel an die Neuankömmlinge aushändigte und ihnen den Weg zum Fahrstuhl erklärte. Palmen in der Halle lockerten das Bild des eleganten Hauses auf, ein dicker Teppich dämpfte die Schritte der Gäste.

Niemand schien sich für Katharina zu interessieren, und so ließ sie sich auf einem der bequemen Sessel neben dem Eingang nieder, um das muntere Treiben einen Moment lang zu beobachten. Irgendwann verließen auch die Dienstmädchen mit dem Wäschesack den Salon. Eines der Räder am Transportwagen quietschte leise. Die jungen Frauen kicherten, verstummten jedoch jäh, als ein vornehm gekleideter Herr in mittlerem Alter erhobenen Hauptes in der Halle erschien. Sein schwarzer Anzug saß perfekt, die Lederschuhe glänzten, auf dem Kopf thronte ein Zylinder. Mit seinem Auftreten in der Eingangshalle wirkten alle Angestellten noch eifriger. Sie nickten dem aristokratisch wirkenden Mann dienstbeflissen und fast schon ehrfürchtig zu, der Portier verbeugte sich und begrüßte den Mann formvollendet.

»Einen wunderschönen guten Morgen, Herr Adlon.«

Kurz verlangsamte der Mann seine Schritte, um die Begrüßung eher halbherzig zu erwidern. Katharina betrachtete ihn. Er war groß und schlank, der Blick seiner Augen wachsam und der Schnurrbart fein gestutzt.

Adlon, hallte es in Katharina nach, der Name kam ihr bekannt vor. Ihre Gedanken überschlugen sich förmlich. Lorenz Adlon hieß der Mann. Dann wusste sie, wer er war. *Ihm gehört das Hotel*, durchzuckte es sie siedend heiß. Rudolf hatte ihnen vor seiner Abreise von dem wohlhabenden Hotelier erzählt. Katharina hatte eine Idee. Sie sprang von ihrem Sessel auf und durchmaß die Halle eiligen Schrittes. »Sie entschuldigen«, sagte sie an Adlon gewandt und deutete einen Knicks an. »Mein Name ist Katharina Thiele.«

»Hocherfreut, gnädige Frau«, erwiderte Lorenz Adlon, nahm Katharinas Hand und deutete einen Kuss auf den Handrücken an. »Was kann ich für Sie tun, meine Gnädigste?« Er betrachtete sie mit einem forschenden Blick.

Einen Moment lang schien das Leben in der Halle zum Stillstand zu kommen. Katharina spürte die Blicke der Anwesenden förmlich auf ihrem Körper.

»Mein Mann ist Konstrukteur«, begann sie schließlich und folgte einer sehr spontanen Idee, die ihr mit dem Eintreten des Hoteliers gekommen war. »Er hat unlängst eine neue Maschine entwickelt, die für Sie von größtem Interesse sein dürfte.«

Als sie zu Adlon aufsah, erkannte sie ein kaum wahrnehmbares Zucken in seinem Augenwinkel. Er ließ ihre Hand los und nahm den Zylinder vom Kopf. »Darf ich erfahren, um welche Art von Maschine es sich dabei handelt?«, fragte er mit einem weltmännischen Lächeln auf den schmalen Lippen.

»Sehr gern«, nickte Katharina. Sie sah sich um, denn die Blicke der Belegschaft waren ihr unangenehm. Sie fühlte sich beobachtet, ein Umstand, der ihr nicht sonderlich behagte. »Ist es möglich, das Gespräch an anderer Stelle fortzuführen?«

Adlon schien kurz nachzudenken, dann nickte er. »Bitte folgen Sie mir in mein Arbeitszimmer.« Erhobenen Hauptes schritt er voran, dabei ignorierte er die ehrfürchtigen Blicke seiner Angestellten, bis sie vor einer Tür am Ende des langen Korridors angelangt waren. »Da wären wir«, kommentierte er, öffnete die Tür und machte eine einladende Geste.

Katharina bedankte sich und trat ein. Vor ihr lag ein lichtdurchflutetes Arbeitszimmer. Der Schreibtisch am Fenster glich einem Thron, die hölzerne Weltkugel unterstrich die Eleganz des Raumes ebenso wie das elektrische Licht an der Decke. Sogar einen Fernsprecher gab es. In seinem Büro schien es an nichts zu fehlen.

Lorenz Adlon nahm den Zylinder vom Kopf und platzierte ihn auf der Hutablage, die sich hinter der Tür befand. Nun sah Katharina, dass sein dichtes, welliges Haar streng nach hinten gekämmt war. Es war dunkel und von silbergrauen Strähnen durchzogen, die sein aristokratisches Aussehen noch unterstrichen.

Zwischenzeitlich hatte Adlon seinen großen Eichenschreibtisch umrundet. Er sank auf den Stuhl und bedeutete Katharina, ebenfalls Platz zu nehmen. Sie setzte sich auf einen der beiden Sessel.

»Nun«, sagte Adlon gedehnt, »Sie haben mich neugierig gemacht.« Er lächelte sie freundlich an. »Worum geht es bei der Erfindung Ihres Gatten?«

Katharina antwortete ihm nicht direkt auf seine Frage. »In einem großen Haus wie diesem fällt sicherlich eine Menge Wäsche an«, bemerkte sie stattdessen. »Tischtücher, Leib- und Bettwäsche der Gäste ...«

Adlon nickte. Er beugte sich vor und verschränkte die Finger beider Hände auf der Schreibtischplatte. »Es sind täglich viele Kilo«, stimmte er zu. »Doch was hat das mit Ihnen zu tun? Wenn ich es richtig sehe, sind Sie und Ihr Mann meine Gäste und sollen sich wohlfühlen.« Kurz verdunkelte sich seine Miene. »Oder gibt es einen Anlass zur Beschwerde?«

»Nein, absolut nicht, wir fühlen uns sehr wohl im Continental«, antwortete Katharina schnell. Erleichtert stellte sie fest, dass sich Adlons Miene entspannte. »Es geht um die Konstruktion meines Mannes, weswegen er sich in diesem Augenblick im Kaiserlichen Patentamt befindet.«

»Gnädige Frau, Sie spannen mich auf die Folter«, stellte Adlon ein wenig amüsiert fest.

»Mein Mann hat eine einzigartige Waschmaschine erfunden, die Ihrer Belegschaft das Waschen erleichtern könnte.«

»Wie soll das funktionieren?«

Täuschte sich Katharina, oder klang er interessiert? Offenbar hatte sie seine Neugier geweckt, denn als sie ihm von Carls Waschmaschine berichtete, unterbrach er sie kein einziges Mal. Gebannt hing er an ihren Lippen. Erst, als sie ihre Ausführungen beendet hatte, holte er tief Luft und nickte anerkennend. Lorenz Adlon lehnte sich in seinem bequemen Stuhl zurück. Seine gepflegten Hände ruhten auf den Armlehnen.

»In der Tat sind mir die Wäscheberge ein Dorn im Auge«, bemerkte er schließlich. »Zwar habe ich eine große Wäscherei im hinteren Teil des Gebäudes, doch bindet diese Abteilung unverhältnismäßig viel Personal und Arbeitszeit, die sinnvoller eingesetzt werden könnte.«

Katharinas Herzschlag beschleunigte sich. Sie hatte Mühe, ihre freudige Erregung zu verbergen. »Dann sind Sie interessiert?«

»Ich weiß nicht, ob diese … Waschmaschine die lang ersehnte Erleichterung mit sich brächte«, überlegte der Hotelier. »Aber sicher wäre es einen Versuch wert, sie in unserem Hause zum Einsatz zu bringen.« Lorenz Adlon holte tief Luft. »Ich werde über die Anschaffung einer Waschmaschine nachdenken.«

Am liebsten wäre Katharina von ihrem Platz aufgesprungen, um Lorenz Adlon zu umarmen. Doch ihre gute Erziehung und seine vornehme Ausstrahlung verboten ihr einen derartigen Gefühlsausbruch. »Vielleicht«, sagte sie mit einem strahlenden Lächeln auf den Lippen, »vielleicht wäre sogar die Anschaffung von mehreren Waschmaschinen sinnvoll, denn wenn man das Aufkommen der täglich anfallenden Wäsche berücksichtigt, dann …«

»Schon gut, schon gut«, unterbrach Lorenz Adlon sie lachend. »Ich werde es mir überlegen. Doch um den Bedarf abzuschätzen, würde ich Ihnen gern die Wäscherei des Hotels zeigen. Haben Sie Interesse an einer kleinen Führung hinter die Kulissen unseres Hauses?«

»Aber ja!«, rief Katharina und mahnte sich innerlich zur Ruhe. Sie erhob sich fast zeitgleich mit dem Hotelier und war gespannt auf das, was er ihr gleich zeigen würde.

*

Carl war nicht bereit, schon aufzugeben. Zu viel hatte er in die Waagschale geworfen, um sich jetzt unverrichteter Dinge fortschicken zu lassen. Er hatte die Jacke ausgezogen und sie achtlos über eine Stuhllehne geworfen. Einer der Amtsleute hatte sich die Mühe gemacht, das Patent von Fritz Weiß aus dem Archiv zu holen. Er breitete die Zeichnungen neben denen von Carl aus. Die Blicke der drei Männer schweiften zwischen den Skizzen hin und her. Auch Carl suchte nach gravierenden Unterschieden zwischen seiner Schöpfung und der des Österreichers, der ihm, so schien es, zuvorgekommen war. Umso ärgerlicher für Carl, dass Fritz Weiß sein Patent in Wien angemeldet hatte und auch für das preußische Reich ein Alleinrecht auf den Bau seiner Erfindung beantragte. Als ihm die Beamten davon berichtet hatten, war ihm gewesen, als hätte man ihm den Boden unter den Füßen weggezogen. Doch jetzt war Carl wild entschlossen, die drei Prüfer von seiner Erfindung zu überzeugen. Er verglich die Zeichnungen und tippte immer wieder auf Details. »Der Antrieb unterscheidet sich wesentlich von dem des Österreichers«, sagte er. »Und hier – sehen Sie, den Wringer hat dieser Weiß auch nicht an seiner Maschine. Und die Vorrichtung zu einer Nachrüstung mit einem elektrischen Motor ist auch neu.« Carl spürte, wie ihm der Schweiß auf der Stirn perlte. Seine Finger zitterten, als er auf die genannten Bauteile in den Konstruktionsplänen tippte.

»Das sind, mit Verlaub gesagt, nur moderate Verbesserungen zum bereits Bekannten«, erwiderte der Advokat kopfschüttelnd. »Das würde eine Klage nach sich ziehen, wenn Sie ebenfalls ein Patent auf die Waschmaschine erhielten.«

»Aber es ist meine Erfindung«, rief Carl aufgebracht, »ich habe die Maschine aus meiner Milchzentrifuge abgeleitet – hier, sehen Sie, die Schaufelräder im Innern des Holzbottichs.«

»Auch das ist keine Neukonstruktion«, bedauerte der Prüfer, nachdem er sich im Flüsterton mit seinen Kollegen ausgetauscht hatte. »Sosehr wir auch danach suchen, es genügt einfach nicht, um Ihnen ein neues Patent auf Ihre Waschmaschine zu erteilen.«

*

Mit stolzgeschwellter Brust führte Lorenz Adlon Katharina durch den hinteren Bereich des Hotels. Vor den neugierigen Blicken der Hotelgäste verborgen, befand sich hier eine wahre Fabrik, die sich aus einer gigantischen Küche, einer Abteilung für Hauswirtschaft und Technik und der hauseigenen Wäscherei zusammensetzte. So waren es ganze Hallen, die sich zur Rückseite des Gebäudekomplexes an das eigentliche Hotel anschlossen. Egal wo sie auch auftauchten, grüßten die Angestellten den vornehmen Hotelier voller Ehrfurcht. Hier ging es zu wie in einer Parallelwelt, in der die Menschen ihren Dienst im Verborgenen verrichteten.

»Das ist beeindruckend«, räumte Katharina ein, als sie zum Ende der Führung die Wäscherei besichtigten. Mehr als zwanzig Frauen waren damit beschäftigt, Bett- und Tischwäsche zu reinigen. In der Wäscherei hing ein feuchtwarmer Dunst, der ihr das Atmen erschwerte. Kurz dachte sie an das kleine Waschhaus ihrer Mutter auf dem Zumwinkel-Hof. Die Arbeit dort hatte der Gesundheit ihrer Mutter schwer geschadet.

»Unsere Waschfrauen sind oft krank«, erklärte Adlon, als er Katharinas Blicke sah. »Die körperliche Anstrengung und das feuchtwarme Klima im Innern der Wäscherei sind nicht förderlich für den Erhalt der Arbeitskraft, und so sind Ausfälle an der Tagesordnung, die regelmäßigen Wechsel des Personals erschweren den Alltag dieser Abteilung. Ich suche händeringend nach einer Lösung.«

»Da kommt die Erfindung meines Mannes wie gerufen. Sie werden effektiv Wäsche waschen können, wenn Sie seine Waschmaschinen einsetzen«, versicherte Katharina ihm. Sie hatte Mühe, ihre Aufregung zu verbergen, und konnte Carls Rückkehr kaum abwarten, um ihm von ihrem erfolgversprechenden Gespräch mit Lorenz Adlon zu berichten. Dass er keine guten Nachrichten mitbringen würde, konnte sie nicht ahnen.

Kapitel 23

Eine Frage beschäftigt mich dennoch.« Nach der Führung waren sie in das Büro von Lorenz Adlon zurückgekehrt. Der Hotelier beugte sich weit über den Schreibtisch und betrachtete seine Besucherin. »Sie berichteten mir von einer Erleichterung für alle Hausfrauen, die Ihre Waschmaschine einsetzen.«

»Das ist richtig.« Katharina nickte.

»Dann dürften diese Maschinen, mit Verlaub gesagt, eindeutig zu klein sein für den Einsatz in großen Waschhäusern.«

Damit hatte Katharina gerechnet. Sie wusste, dass Carl die Waschmaschine in zwei unterschiedlichen Größen konstruiert hatte. Doch auch die Waschmaschine in ihrer größten Ausführung würde den Ansprüchen eines Lorenz Adlon nicht genügen, so viel stand schon jetzt fest. Und nach der Besichtigung der hoteleigenen Wäscherei würde er gigantische Waschmaschinen bauen müssen. Doch der Gedanke daran hatte durchaus seinen Reiz, fand Katharina.

»Mein Mann hat natürlich über die unterschiedlichen Bedürfnisse der Kundschaft nachgedacht, und er ist in der Lage, Ihnen eine Maschine, gemessen an Ihrem Bedarf, zu bauen.«

»Das klingt zugegebenermaßen interessant.« Adlon nickte. Er sog die Luft durch die Nase ein und lehnte sich wieder zurück. »Können Sie auch etwas über den Preis sagen?« Bezeichnend rief er Daumen und Zeigefinger aneinander.

Mit der Kalkulation hatte sich Katharina noch nicht beschäftigt – auch Carl überließ das Rechnen am liebsten seinem Kompagnon. Rudolf war ein brillanter Kaufmann. »Ich bin sicher, dass mein Mann Ihnen nach seiner Rückkehr ins Hotel ein attraktives Angebot machen wird.«

»Dann übe ich mich in Geduld und warte seine Antwort ab.« Der Hotelier nickte. »Und wenn der Preis stimmt, werde ich eine Entscheidung treffen.« Lorenz Adlon zwinkerte ihr zu. »Ich weiß nicht, ob Ihnen bekannt ist, dass nicht nur dieses Haus mir gehört«, er malte mit beiden Händen einen großen Kreis in die Luft. »Ich unterhalte auch weitere Hotels und Restaurants in der Kaiserstadt. Und ich plane bereits den Bau eines ganz neuen Hotels, das all das bisher Bekannte in den Schatten stellen wird. Es wird nach mir benannt werden – das *Hotel Adlon*.« Der vornehme Hotelier setzte eine geheimnisvolle Miene auf. »Und spätestens dann werden Sie in mir einen guten Abnehmer für Ihre Maschinen gefunden haben, denn wie Sie sich vorstellen können, wird auch dort Tag für Tag ein gigantischer Wäscheberg anfallen, den es schnell zu reinigen gilt.« Er betrachtete Katharina aufmerksam. »Schnell und effizient.«

»Selbstredend«, nickte Katharina, der heiß wurde bei der Vorstellung, dass sie möglicherweise bald riesige Waschmaschinen für den Berliner Hotelier bauen würden. Doch noch war es nicht so weit, und sie wartete auf Carls Rückkehr ins Hotel, um ihn mit der Neuigkeit überraschen zu können.

*

Das Gespräch hatte Katharina beflügelt. Sie fieberte Carls Rückkehr förmlich entgegen. Wenn alles so klappte, wie sie es sich ausmalte, und wenn Adlon mit den Preisen für die Riesenwaschmaschinen einverstanden war, dann würden sie bald schon gigantische Maschinen für die professionelle Anwendung bauen. Es klang wie ein Traum. Hoffentlich stand der Gewährung der Patente nichts im Weg!

Die Minuten zogen sich wie Stunden in die Länge, und Katharina wanderte im Hotelzimmer auf und ab. Nervös rang sie mit den Händen, blieb immer wieder am Fenster stehen, um hinab auf die Straße zu blicken, doch von Carl war weit und breit nichts zu sehen. Ruhelos sank sie auf den bequemen Sessel am Fenster, strich sich den Rock glatt und fuhr sich durch die Haare. Katharina fragte sich, wo Carl nur blieb und ob es gut war, dass er so lange auf dem Patentamt war. Schon bei ihrer Ankunft in Berlin hatten sie von den langen Warteschlangen gehört. Es waren verrückte Zeiten, und unzählige selbst ernannte Erfinder wollten mit ihren Ideen über das Patentamt zu Reichtum gelangen.

Die Gesellschaft strebte zu ganz großen Dingen. In den Städten entstanden riesige Fabriken, das Eisenbahnnetz wuchs täglich um mehrere Kilometer, es wurden Bahnhöfe gebaut, um Waren transportieren zu können. Auch die Anzahl der Geschäftsreisenden wuchs. Nun wurde es Zeit für eine flächendeckende Elektrifizierung. Von Männern wie Lorenz Adlon wurden gewaltige Hotels gebaut, um den Handlungsreisenden eine Übernachtungsmöglichkeit zu bieten. Die Welt befand sich im Wandel.

Nur Carl war bei seiner liebenswerten Bescheidenheit geblieben. Vermutlich, überlegte Katharina, lag das daran, dass er aus einfachen Verhältnissen stammte. Seine Eltern hatten ihm offenbar früh beigebracht, die kleinen Dinge zu achten und zu ehren. Entsprechend verhalten war seine Freude über den Erfolg ihrer Satellit-Zentrifugen. Carl hatte nie vergessen, wo er herkam, und drehte auch heute noch jede Mark dreimal um, bevor er sie ausgab. Katharina liebte seine bescheidene Art, doch jetzt war es an der Zeit, an ihre ersten Erfolge anzuknüpfen. Und alles sah danach aus, als würde Lorenz Adlon ihr erster Großkunde werden.

Als es endlich an der Zimmertür klopfte, sprang Katharina erschrocken auf. »Wer ist da?«, fragte sie.

»Ich bin es, Carl«, drang seine Stimme gedämpft in das Hotelzimmer.

»Na endlich!« Erleichtert riss Katharina die Tür auf und zog ihn hinein. »Und?«, fragte sie aufgeregt. »Wie war es?« Er ließ sich von ihr zum Sessel führen. »Konntest du sie mit der Waschmaschine überzeugen? Wann können wir mit der Herstellung beginnen?« Als sie merkte, dass sie ihn mit ihren Fragen überschüttete, musste sie lachen. »Entschuldige, Liebster, ich bin total aufgeregt.«

Er nickte stumm und ließ sich mit einem Seufzer in den Sessel fallen. Carl barg das Gesicht in den Händen. Geräuschvoll atmete er tief durch.

»Und?«, fragte Katharina. »Nun rede doch. Bekommen wir das Patent?« Sie überkam ein mulmiges Gefühl. Sie ahnte, dass etwas nicht stimmte. Als Carl zu ihr aufsah, wusste sie, dass sie recht hatte. »Es hat nicht geklappt?«

»Nein.« Er schüttelte mit regungsloser Miene den Kopf und ergriff ihre Hand, um sie fest zu drücken. »Es hat nicht geklappt, Prinzessin.« Seine Augen schimmerten feucht. »Alles war umsonst.«

»Wie bitte?«, fragte Katharina. »Du erlaubst dir einen Scherz.« Doch als sie ihn ansah, wusste sie es besser. Sie ging neben dem Sessel in die Hocke und sah zu ihm auf. Zärtlich strich sie ihm eine Strähne aus der Stirn. »Wir bekommen also wirklich kein Patent?«

Er schüttelte erneut den Kopf und senkte den Blick. »Nein«, sagte er tonlos. »Ein Österreicher ist uns zuvorgekommen.«

Kapitel 24

Ich muss dir auch etwas erzählen«, sagte Katharina später, doch kaum dass sie den Satz ausgesprochen hatte, wusste sie, dass es nicht mehr von Belang war. Carl würde in seiner Fabrik keine Waschmaschinen bauen. Ohne Patent schien sein Unterfangen wertlos zu sein. Betroffen schwieg Katharina.

»Was denn?« Das Lächeln, mit der er sie betrachtete, wirkte blass und farblos. Offenbar wurde ihm erst jetzt die Tragweite der Absage bewusst. Er hatte ihr das umständliche Prozedere geschildert, das seine Konstruktionspläne auf dem Kaiserlichen Patentamt durchlaufen hatten, und ihr von den unendlichen, wenig erfolgversprechenden Gesprächen und schließlich von der Ablehnung seines Antrags erzählt.

»Es ist gleichgültig«, erwiderte sie leise und winkte ab.

»Nein, das ist es nicht«, begehrte Carl auf. »Ich habe doch gesehen, wie du gestrahlt hast, als ich ins Zimmer kam. Deine Wangen waren rot wie Bratäpfel.« Er nahm ihr Gesicht zärtlich zwischen Daumen und Zeigefinger. »Erzähl mir, was du in der Zwischenzeit erlebt hast.«

Sie seufzte. »Also gut«, sagte sie schließlich. »Ich habe den Hotelier getroffen.«

»Adlon?«

»Ja, Lorenz Adlon. Er führt neben diesem Haus noch einige andere Hotels und Restaurants und plant in Kürze den Neubau eines noch größeren, sehr mondänen Hotels.«

»Interessant«, erwiderte Carl halbherzig.

»Wie man es nimmt«, antwortete Katharina und machte eine wegwerfende Handbewegung. Sie berichtete ihm von ihrer Beobachtung. »Und als ich gesehen habe, welch große Wäscheberge in einem Haus wie diesem anfallen, habe ich Adlon angesprochen.«

»Ich ahne, worauf du hinauswillst.« Zum ersten Mal seit seiner Rückkehr lächelte Carl. »Du wolltest ihm Waschmaschinen verkaufen.«

»Ich habe ihm Waschmaschinen schmackhaft gemacht – Herr Adlon war angetan von unserer Erfindung«, verbesserte Katharina ihn. Dann spürte sie, wie die Enttäuschung sich in ihr ausbreitete. »Aber das kommt ja nun wohl nicht zustande«, fügte sie leise hinzu und musste gegen die Tränen ankämpfen. Dass Carl mit schlechten Nachrichten aus dem Patentamt zurückkommen würde, hatte sie nicht erwartet. Nun, so schien es, schien ihr Traum ausgeträumt zu sein. Doch so schnell wollte sie nicht aufgeben. Fieberhaft überlegte Katharina, was man tun konnte.

Carl seufzte schwer und umarmte sie. Es tat gut, seine Nähe zu spüren. »Ein Haus wie das Continental-Hotel braucht sicher größer dimensionierte Waschmaschinen.«

»Auch darüber haben wir gesprochen«, nickte Katharina mit belegter Stimme. Sie betrachtete ihren Mann nachdenklich.

»Ich habe ihm in Aussicht gestellt, dass du ihm große Maschinen bauen kannst.«

Carl verschränkte die Hände vor der Brust. »Ach, meine Prinzessin«, sagte er gedehnt, »was soll ich sagen? Wenn ich Waschmaschinen baue, muss ich damit rechnen, dass Fritz Weiß uns verklagt, weil er uns unterstellen könnte, seine Erfindung gestohlen zu haben.« Wieder seufzte er. »Wir sollten mit Lorenz Adlon reden und ihm reinen Wein einschenken. Wir könnten …« abrupt brach er mitten im Satz ab, trommelte auf dem Bettlaken herum und grinste breit. »Augenblick«, rief er und machte große Augen. »Dieser Österreicher hat das Patent für seine Waschmaschine zwar angemeldet, aber wir können mehr.«

»Wovon redest du?« Eine Falte bildete sich auf Katharinas Stirn, als sie zu ihm aufsah.

»Wo fallen noch große Mengen von Wäsche an?«, fragte er, ohne ihre Frage zu beantworten.

Katharina überlegte. »Auf Bauernhöfen natürlich«, sprach sie aus eigener Erfahrung. »In Hotels und Gasthöfen, in Hospitälern.« Sie stutzte. »Warum willst du das wissen?«

»Du hast mich auf eine Idee gebracht«, erwiderte er. »Wir müssen uns neu erfinden, Katharina.« Jetzt leuchteten seine Augen vor Begeisterung. Er küsste sie auf die Wange und sprang auf. Er setzte sich an den Sekretär, nahm ein Blatt Papier und einen Stift zur Hand. Hastig kritzelte er etwas auf den Bogen. Katharina trat hinter ihn und schaute Carl über die Schultern. »Eine Waschmaschine«, kommentierte sie, als sie sah, was er auf den linken Rand des Blattes zeichnete.

»Richtig«, stimmte er ihr zu, ohne aufzuschauen. »Eine Waschmaschine, wie wir sie bis jetzt entworfen und gebaut haben.« Der Stift flog weiter über das Papier. »Und das hier«, sagte er schließlich, »das ist die Waschmaschine, die wir künftig bauen werden.«

»Sie ist viel größer«, murmelte Katharina, als sie stirnrunzelnd die gigantische Ausgabe der Waschmaschine auf der rechten Seite des Papierbogens betrachtete. Sie verstand nicht, worauf er hinauswollte.

»Exakt, Prinzessin. Sie ist größer und wird über einen anderen Antrieb verfügen. Für Berlin beispielsweise werde ich einen elektrifizierten Antrieb planen. Wir spezialisieren uns auf die Konstruktion von großen Waschmaschinen, die speziellen Anforderungen gerecht werden. Sie werden an Fabrikanten, Hoteliers und Wirte verkauft, aber auch an Krankenhäuser und … Wäschereien.«

»Das ist genial«, musste Katharina zugeben. »Aber glaubst du, dass du mit einer größeren Version deiner Erfindung die Herren im Patentamt überzeugen kannst?«

Carl nickte. Er hatte zu seinem Kampfgeist zurückgefunden. »Absolut«, behauptete er voller Zuversicht. »Gleich morgen werde ich wieder auf dem Patentamt vorstellig, und dann wollen wir doch mal sehen, ob man unsere Erfindung patentiert.«

»Und wenn man dich wieder wegschickt?«

»Das werden sie nicht wagen«, lachte Carl. »Ich werde es ihnen zeigen, dass wir besser sind als dieser Österreicher.« Er kritzelte wie besessen, hob die Augenbrauen, hielt kurz inne, um sein Werk zu betrachten, radierte, setzte neu an und zeichnete weiter. Katharina blickte ihm über die Schulter. Und sie musste Carl recht geben, denn obwohl sie von den technischen Dingen nicht viel verstand, so hatte die große Waschmaschine nicht mehr viel mit ihrer kleinen Schwester gemeinsam. Je länger sie ihm zusah, umso größer wurde ihre Zuversicht, dass sein nächster Besuch beim Patentamt von Erfolg gekrönt sein könnte.

»Und wenn wir uns mit den großen Maschinen einen Namen gemacht haben«, erklärte er mit Feuereifer, »dann wird niemand mehr danach fragen, ob uns ein Österreicher zuvorgekommen ist.«

»Dann zäumen wir das Pferd von hinten auf«, nickte Katharina und küsste ihn leidenschaftlich, als er mit geröteten Wangen zu ihr aufsah. Für einen kurzen Augenblick trat der schreckliche Misserfolg auf dem Amt in den Hintergrund, und es schien nur sie beide auf der ganzen Welt zu geben. Katharina genoss seine Leidenschaft und ließ sich gern von ihm zum großen Bett des Hotelzimmers führen, wo sie sich ihrer Zweisamkeit widmeten.

Kapitel 25

Als der Abend hereingebrochen war, hatte sich Lina auf den Weg zur Fabrik gemacht. Voller Vorfreude betrat sie das Backsteingebäude am Rand von Herzebrock. Es war nur schummrig beleuchtet, da die Arbeiter bereits in den Feierabend gegangen waren. Auch in der großen Halle herrschte eine eigenartige Stille. Nur wenige Männer waren noch damit beschäftigt, ihre Werkzeuge aufzuräumen und den Boden zu fegen. Die neugierigen Blicke der Arbeiter ignorierte Lina. Sie traf Rudolf in seinem Büro an. Freundlich lächelnd bat er sie zu sich. Lina streifte den Mantel ab und warf ihn über die Lehne eines Stuhls. Rudolf saß vorgebeugt an seinem Schreibtisch und hielt ein Telegramm in den Händen.

»Gibt es Neuigkeiten von Carl und Katharina?«, fragte Lina.

»In der Tat, Liebes, in der Tat.« Rudolf nickte. Als er das Telegramm vor sich auf den Tisch legte, stand eine Sorgenfalte auf seiner Stirn. »Carl hat Probleme bei der Beantragung des Patents für unsere Waschmaschine«, erklärte er.

»Also wurde sein Antrag abgelehnt?«

Rudolf nickte. Dann lächelte er ihr zu. »Davon will er sich aber wohl nicht aufhalten lassen.«

»Was hat er vor?« Lina nahm auf einem der beiden Besucherstühle vor seinem Schreibtisch Platz und beobachtete ihren Mann interessiert.

»Carl verfügt über die Fähigkeit, sich immer wieder neu zu erfinden«, stellte Rudolf fest. Er lehnte sich in seinem Bürostuhl weit nach hinten und lächelte Lina zu. Sie war gekommen, um ihn abzuholen. Heute Abend wollte er sie zum Essen in ein neues Restaurant ausführen. Dazu hatte sie extra ihr neues, marineblaues Kleid mit weißer Spitze angezogen. Auf dem Kopf trug sie einen farblich passenden Hut mit prächtiger Federgarnitur, den er ihr von einer Reise nach Berlin mitgebracht hatte. Lina wusste aus Rudolfs Erzählungen, dass Katharina Carl nach Berlin begleitete.

»Doch erstmal macht man ihm das Leben schwer«, bedauerte Rudolf.

»Was ist passiert?«, fragte Lina besorgt.

»Die Bauweise einer Waschmaschine hat sich bereits ein Österreicher patentieren lassen«, berichtete Rudolf.

»Und jetzt?« Lina zog die feinen Spitzenhandschuhe aus und legte sie sich über den Schoß.

»Jetzt arbeitet Carl an einer riesigen Maschine für den professionellen Einsatz in Hotels, Krankenhäusern, Restaurants ….« Rudolf zwinkerte ihr vergnügt zu.

»Und Bauernhöfen«, fügte Lina hinzu. In leidvoller Erinnerung dachte sie an die Waschtage auf dem Zumwinkel-Hof.

»Das hat Katharina ihm bestimmt auch schon gesagt«, schmunzelte Rudolf.

»Also wird es nichts damit, dass die Waschmaschine in gängigen Geschäften gekauft werden kann?«, fragte Lina nachdenklich.

»Ich weiß es offen gestanden nicht.« Rudolf zuckte die Schultern. »Vielleicht sollten wir uns zunächst auf die Fertigung industrieller Maschinen spezialisieren. Ich werde mit Carl reden, sobald er aus Berlin zurück ist.«

»Was ist mit Waschhäusern?«, fragte Lina. Ihr war eingefallen, dass der Mann einer Freundin ein Waschhaus in der Ortsmitte betrieb. Für ihn würde eine große Waschmaschine sicherlich eine sinnvolle Anschaffung sein.

»Die Idee ist brillant«, rief Rudolf. Er klatschte begeistert in die Hände und erhob sich, um den Schreibtisch zu umrunden. Mit einem verliebten Lächeln auf den Lippen beugte er sich zu Lina herab. Sie blickten sich sekundenlang schweigend in die Augen, dann senkte er seine Lippen auf ihren Mund. »Ich werde die Waschhäuser in der Umgebung besuchen, sobald Carl seine neue Entwicklung fertiggestellt hat«, sagte er, nachdem sie sich voneinander gelöst hatten. »Ich bin froh, dich an meiner Seite zu wissen«, fügte er dann hinzu. »Und nun lass uns essen gehen, ich habe einen Bärenhunger.« Er machte eine saure Miene.

Lachend stand Lina auf. »Dann aber schnell«, rief sie und ließ sich von ihrem Mann in den Mantel helfen. Rasch zog sie die feinen Handschuhe über und fühlte sich sehr vornehm. Seit sie den Zumwinkel-Hof und ihr Leben als Küchenmagd hinter sich gelassen hatte, hatte sie sich zu einer richtigen Dame entwickelt und begleitete Rudolf regelmäßig zu offiziellen Anlässen. Sie war angekommen in der Gesellschaft, doch jetzt freute sich Lina auf den gemeinsamen Abend zu zweit, denn das letzte Mal war schon eine Ewigkeit her.

★

Als Katharina später erwachte, wusste sie schon mit geschlossenen Augen, dass Carl das Bett verlassen hatte. Ihr Arm strich suchend über die leere Betthälfte. Als sie verschlafen blinzelte, sah sie, dass sich die Dunkelheit über Berlin gesenkt hatte. Katharina zog sich die Decke bis zu den Schultern, als sie sich im Bett aufrichtete. Carl saß spärlich bekleidet am Sekretär ihres Hotelzimmers. Im Schein der Petroleumlampe zeichnete er und schien nicht bemerkt zu haben, dass sie erwacht war. Neben ihm stand ein Glas Rotwein, von dem er ab und zu nippte, bevor er wieder in seiner Arbeit versank. Es schien, als wäre die Welt um ihn herum versunken.

Katharina betrachtete ihren Mann mit einem verliebten Lächeln auf den Lippen. Einmal mehr stellte sie fest, wie geheimnisvoll sein Gesicht im Zwielicht der kleinen Lampe auf dem Sekretär wirkte. Sie räusperte sich leise, doch auch das nahm Carl nicht wahr. Nur das leise Kratzen seines Stifts auf dem Papier war zu hören.

Mit einem leisen Seufzer auf den Lippen erhob sich Katharina. Nachdem sie die Decke um ihren Körper geschlungen hatte, tappte sie barfuß zu ihrem Mann. Erst, als sie sich über ihn beugte und von hinten die Arme um ihn schlang, kehrte er in die Wirklichkeit zurück. Er unterdrückte einen erschrockenen Laut, dann sah er lächelnd zu ihr auf.

»Katharina«, sagte er mit zitternder Stimme, »ich dachte, du schläfst tief und fest.«

»Das habe ich«, lächelte sie und hauchte ihm einen zärtlichen Kuss auf die Stirn. »Jedoch habe ich nicht so tief geschlafen, wie du in deiner Arbeit versunken warst.« Über seine Schulter hinweg warf sie einen Blick auf das Blatt, das vor ihm lag. Wie gebannt starrte sie auf die Zeichnung.

»Was ist das?«

Carl tippte mit einem siegessicheren Lächeln auf die Skizze. »Das, meine Prinzessin, ist meine neue Waschmaschine. Und damit werden wir uns das Patent holen.«

»Sie … sie sieht anders aus«, stellte Katharina fest. Obwohl sie den hölzernen Bottich mit den drei gusseisernen Standfüßen wiedererkannte, so erschien ihr das neue Modell fremd und neuartig. Es gab keine Kurbel mehr, mit der man die Fächer in der Trommel drehte. Der Antrieb war unter das Fass gewandert und wurde nun von einem langen Hebel, der seitlich des Bottichs in die Höhe ragte, betätigt.

»Jetzt wird die Wäsche nicht nur im Fass gedreht«, erklärte ihr Carl, »sie wirkt gewalkt.« Er deutete auf die Zahnräder unter dem Bottich. »Dieser neuartige Antrieb macht es möglich. Wenn man den Hebel betätigt, wird die Wäsche hin- und herbewegt, anstatt nur gedreht.«

»Das hebt die Waschmaschine mehr von unserer Zentrifuge ab«, bemerkte Katharina mit einem staunenden Gesichtsausdruck.

»Richtig«, nickte Carl stolz. »Wir haben eine Waschmaschine, die nicht mehr viel mit der Zentrifuge vom Typ Satellit gemein hat. Sie arbeitet noch effektiver und lässt sich viel leichter betätigen als der Vorgänger mit der Kurbel.«

»Und das alles hast du jetzt gezeichnet?« Katharina konnte es nicht fassen. Sie warf einen Blick auf die Uhr und stellte fest, dass der neue Tag längst angebrochen war. Sie hatte vier Stunden geschlafen.

Carl nickte. »Ja, Prinzessin«, sagte er, »denn du bist meine Muse.« Er nahm ihre Hände und küsste sie. »Ich liebe dich, und nachdem wir eingeschlafen sind, träumte ich von diesem Antrieb. Ich musste einfach aufstehen und die Idee zu Papier bringen.«

»Was wäre ich nur ohne dich?« Katharina umrundete den Stuhl, auf dem er saß, und ließ sich auf seinen Oberschenkel nieder. Er legte einen Arm um sie.

»Was soll ich denn sagen?«, fragte er sie amüsiert. »Deine Liebe beflügelt mich förmlich.« Er nahm das Blatt zur Seite. Auf einer anderen Zeichnung zeigte er Katharina die Details des neuen Antriebs. »So etwas hat es noch nicht gegeben«, behauptete er voller Eifer. »Da werden die feinen Herren im Patentamt aber staunen.«

»Wie bist du auf die Idee gekommen?«

»Ganz einfach«, antwortete Carl. »Mir ist der Gedanke, große Waschmaschinen zu bauen, nicht mehr aus dem Kopf gegangen. Eine größere Trommel wäre zwar möglich gewesen, aber mit dem zunehmenden Gewicht der Wäsche im Innern wäre es sehr beschwerlich, die Kurbel zu betätigen, um die Wäsche zu drehen. Und so ist mir diese Idee gekommen. Der Kraftaufwand bleibt derselbe, ich nutze die Hebelwirkung, um die

Wäsche in der Trommel zu walken. Damit sind wir in der Lage, Waschmaschinen in allen gewünschten Größen zu bauen.«

»Du bist ein Genie«, stellte Katharina beeindruckt fest.

»Eines fehlt mir noch«, murmelte Carl und machte plötzlich einen zerknirschten Eindruck. Als er Katharinas fragenden Blick sah, tippte er mit dem Stift auf die Zeichnungen. »Das Kind braucht einen Namen.«

»Was meinst du?«

»Wir haben einen Denkfehler gemacht«, erklärte er. »Unsere Zentrifuge hat einen Namen. Wir haben sie *Satellit* genannt, weil sie ihre Besitzer über viele Jahre hinweg begleiten wird.«

»Und die Waschmaschine hat keinen Namen.«

»Genau, vielleicht war das ein schlechtes Zeichen – ich bin zwar nicht abergläubisch, aber es wäre doch möglich …« Carl suchte nach den richtigen Worten. »Deshalb denke ich, dass unsere neue Waschmaschine einen Namen braucht.«

Katharina verstand, was er meinte. Eine Bezeichnung würde sich auch später beim Verkauf besser machen. Rudolf würde die neue Waschmaschine unter ihrem Namen bekanntmachen. Sie überlegte fieberhaft, wie man die Waschmaschine taufen könnte. »Ich bin deine Muse?«, fragte sie unvermittelt.

»Ja – wieso?«

Katharina lächelte. »Wenn das so ist, dann muss der Name etwas mit uns zu tun haben.«

Carl verstand, worauf sie hinauswollte. »Stimmt«, sagte er. »Dann nehmen wir Aphrodite, das ist der griechischen Mythologie nach die Göttin der Liebe.«

Katharina musste lachen. »Meinst du, dass die Käufer unsere Waschmaschinen lieben werden?«

Carl stimmte in ihr Lachen ein. »Eigentlich«, sagte er, »sollten die Frauen, die mit dem Waschen der Wäsche betraut sind, ja ihre Männer lieben – und anders herum.« Er dachte angestrengt nach, doch es schien ihm nichts Passendes einzufallen.

»Ich hab's«, rief Katharina so plötzlich, dass er erschrak. »Wie wäre es mit *Hera*?«

»Hera?« Carl schien nicht zu verstehen, worauf sie hinauswollte.

»Ja, *Hera*. Das ist die Göttin der Ehe. Sie steht für Verbundenheit und Treue.«

»Das klingt vernünftig«, stimmte Carl ihr zu. Er nickte, dann küsste er Katharina leidenschaftlich. Sie spürte, wie er das Feuer der Liebe wieder in ihr entfachte.

»Wir nennen unsere Waschmaschine *Hera*, weil du meine Muse bist und ich nicht ohne dich leben könnte.« Carl fand Gefallen an ihrer Idee. »Wir sind verheiratet und haben uns ein gemeinsames Leben und die Treue geschworen. Im übertragenen Sinne passt das auch auf unsere Waschmaschine.«

»Gut«, nickte Katharina mit trockenem Mund. Ihr Herz klopfte wie wild, und sie sehnte sich danach, Carl noch näher zu sein. Als sie sich aus seiner Umarmung löste, glitt die Bettdecke zu Boden. »Dann hat unsere neue Waschmaschine einen Namen. Und jetzt lösch das Licht und komm zurück ins Bett.«

Kapitel 26

Wie geht es dir?« Besorgt musterte Alfons sie. Endlich war Feierabend. Ida und Alfons hatten den ganzen Tag stumm nebeneinander gearbeitet. Er hatte sich ihr gegenüber distanziert verhalten. Nun spazierten sie durch den kleinen Park, der nicht weit von der Fabrik lag. Die Herbstsonne war eben untergegangen, jetzt senkte sich die Nacht wie ein seidenes Tuch über den kleinen Wald.

»Wie es mir geht?« Ida fröstelte, was nicht nur an der rapide sinkenden Temperatur lag. Sie fühlte sich unwohl. »Nicht gut«, räumte sie mit belegter Stimme ein. Schon den ganzen Tag über hatte es sich für sie angefühlt, als gäbe es eine unsichtbare Mauer zwischen ihnen. »Ich weiß nicht, was Samstagnacht passiert ist.« Wieder tauchten die schrecklichen Bilder wie böse Geister vor ihrem inneren Auge auf.

In einem der umliegenden Bäume sang eine Amsel ihr Lied zur Nacht. Doch Ida konnte sich beim besten Willen nicht an der herbstlichen Idylle erfreuen. Zu viel war geschehen in den letzten Tagen.

Alfons seufzte. Als er ihre Hand nahm, um sie zu drücken, war sie versucht, ihn abzuschütteln, doch sie brachte es nicht übers Herz und versuchte, seine Nähe zu genießen. »Ich habe ein schlechtes Gefühl.«

»Und ich habe ein schlechtes Gewissen«, gab er kleinlaut zu.

»Gibt es dazu denn einen Grund?«

Er zuckte die Schultern. »Genau das weiß ich nicht, Ida. Der Gedanke daran, dass die Erinnerung an diese Nacht wie ausgelöscht ist, bringt mich an den Rand des Wahnsinns.«

Ida stieß einen Seufzer aus.

Er nickte und blickte ihr tief in die Augen. Als er bemerkte, dass Ida fröstelte, zog er seine Jacke aus, um sie ihr fürsorglich über die Schultern zu legen. Sie ließ ihn gewähren. Die Jacke duftete nach ihm, und sie erwischte sich dabei, tiefer einzuatmen. »Wir …«, stammelte er, »wir können es nicht ungeschehen machen.«

»Das ist es ja gerade«, bemerkte Ida mit tränenerstickter Stimme.

»Hat Josephine etwas gesagt?«

»Nein. Und du hast das Haus mit wehenden Fahnen verlassen«, erinnerte sie ihn mit vorwurfsvoller Stimme. »Fast so, als würdet ihr ein Geheimnis hüten, von dem ich nichts wissen darf.«

»Ida«, sagte er energisch. Er wandte sich ihr zu und legte seine Hände auf ihre Schultern. »Ich weiß nicht, was passiert ist. Wir haben zu viel getrunken und lagen am Sonntagmorgen zu dritt in einem Bett.«

»In meinem Bett.«

»In deinem Bett.« Er nickte. »Aber uns fehlt die Erinnerung. Vielleicht versuchst du, mit Josephine zu sprechen?«

»Ich kann es versuchen.« Wieder seufzte sie. »Gestern war alles so schön und heute … Ich hatte mir schon ausgemalt, wie es ist, wenn wir heiraten und gemeinsam alt werden.«

»Eine schöne Vorstellung. Wir vergessen diese Nacht einfach.« Mit einem sanften Lächeln auf den Lippen beugte er sich zu ihr herab und hauchte ihr zaghaft einen Kuss auf die Lippen. Sie ließ seine Nähe zu und spürte, dass seine Zärtlichkeiten ihr Herz schneller schlagen ließen.

»Ein sehr schöner Gedanke, mit dir gemeinsam durchs Leben zu gehen«, wiederholte er grinsend. »Aber eines fehlt noch: Der Antrag.«

Ida nickte nachdenklich. Sie hoffte, irgendwann mit der Angelegenheit so unbekümmert umgehen zu können wie Alfons. Doch sie wehrte sich nicht, als er seine Lippen auf ihren Mund senkte, um sie zu küssen. Diesmal gab sie sich der Leidenschaft hin und erwiderte den Kuss.

Kapitel 27

»Kenne ich Sie nicht, junger Mann?« Der Advokat des Kaiserlichen Patentamtes musterte Carl mit strengem Blick, als er ihn an der Seite von Katharina in das Prüfzimmer bat. Er hatte sich nuschelnd mit Adam Petermann vorgestellt, als er sie hereingebeten hatte.

»Möglich«, sagte Carl und war versucht, seiner Stimme einen unbekümmerten Klang zu geben. Doch Katharina kannte ihn gut genug, um zu wissen, wie angespannt er war. Sie hatte es sich nicht nehmen lassen, ihn zu begleiten.

»Du bist meine Glücksbringerin«, hatte er ihr am Frühstückstisch im Hotel mit glühenden Wangen versichert.

Katharina betrachtete den Bediensteten des Kaiserlichen Patentamtes. Er war Ende fünfzig, groß gewachsen und schlank, sein Haar in Ehren ergraut. Der schwarze Anzug saß perfekt, auch die Schuhe an seinen Füßen glänzten, als hätte er sie mit Speckschwarte eingerieben. Vor seinem rechten Auge klemmte ein Monokel, das durch eine Kette an seinem Jackett befestigt war. Sie sah sich im Prüfzimmer um. Der fast quadratische Raum wurde in der Mitte von einem großen Tisch beherrscht, um den drei Stühle verteilt waren. An einer Wand gab es ein kleineres Pendant, an diesem Tisch standen sich die Stühle gegenüber. Ansonsten gab es unzählige Bücherregale, die massiv aus einem dunklen Holz gearbeitet waren. Zwischen den Regalen gab es Sekretäre, auf der gegenüberliegenden Wand hölzerne Kästen, die das Regal komplett füllten. Auf den mit schwungvollen Lettern beschrifteten Rückenschildern der Aufbewahrungskisten erkannte Katharina namhafte Erfinder und Begriffe aus der Welt der Technik, der Physik und der Chemie. So gab es einen Kasten mit der Aufschrift Ferdinand Graf Zeppelin, darunter der Name Karl Wilhelm von Drais, der die Laufmaschine erfunden hatte. Auch thematische Zuordnungen fielen ihr ins Auge, so las sie die Begriffe *Eisenbahn* und *Automobil.* An dem Holzkasten mit der Bezeichnung »ausländische Patentschaften« blieb Katharinas Blick etwas länger haften. Ob sich darin das Patent des österreichischen Erfinders befand?

Katharina schloss für eine Sekunde die Augen und stellte sich vor, wie auf einem der Fächer der Name Thiele prangte. Bis es so weit war, musste sie sich wohl oder übel noch etwas gedulden. Doch sie war sicher, dass es nur eine Frage der Zeit war, bis Carl sich in die Liste der namhaften Erfinder des Deutschen Reiches einreihte. Es schien ihr, als war der Weg bis zum Erfolg nur noch eine winzig kleine Hürde weit entfernt.

»Heute sind Sie nicht alleine«, bemerkte der Prüfer mit einem Blick auf Katharina.

»Wir haben die Waschmaschine zusammen entwickelt«, stellte Carl klar.

Der Ansatz eines nachsichtigen Lächelns schlich sich in Petermanns Gesicht, während er Katharina ansah. Sie setzten sich an den großen Prüftisch in der Mitte des Raums.

Unter dem Tisch ergriff Carl Katharinas Hand und drückte sie fest.

»Die Waschmaschine – das waren Sie, richtig, jetzt erinnere ich mich.« Das Lächeln des Prüfers erlosch. »Jedoch haben wir Ihnen bereits gestern mitgeteilt, dass es ein österreichisches Patent gibt, das …«

»Wir haben einen neuen Antrieb«, bemerkte Katharina aufgeregt. »Sehen Sie.« Sie schob Petermann die Mappe hin, die Carl zwischen ihnen auf den Tisch gelegt hatte. Carl öffnete sie. Seine Finger zitterten leicht, als er die Skizzen heraussuchte. »Hier«, sagte er. »Es gibt keine Kurbel mehr.«

»Sondern?« Petermann beugte sich über die Zeichnung und betrachtete die Darstellung der Waschmaschine.

»Wir betätigen einen Hebel, der die Wäsche im Fass nicht mehr einfach nur dreht.«

»Sondern?«, wiederholte der Prüfer und machte keinen Hehl aus seiner Skepsis. Sein Blick schweifte zwischen Katharina und Carl hin und her.

»Es gibt einen Schneckenantrieb an der Unterseite des Behälters, er setzt die Paddel im Innern in Bewegung, diese übertragen die Bewegung auf die im Bottich befindliche Wäsche und walken sie in der Waschlauge.« Carl tippte auf die einzelnen Baugruppen. »Die Technik hat sich grundlegend verändert.«

»Dann lassen Sie uns mal sehen, ob die Unterschiede zum bereits bekannten Gebrauchsmuster einer Waschmaschine prägnant genug sind, um Ihnen ein Patent auf Ihre Erfindung zu erteilen.«

»Gern.« Carl räusperte sich und erläuterte dem Prüfbeamten den neuen Antrieb und die verbesserte Funktionsweise der Waschmaschine.

Die Miene des Prüfers blieb zunächst regungslos. Er folgte Carls Ausführungen, nickte immer wieder, murmelte »Ah« und »ich verstehe«, unterbrach Carl aber kein einziges Mal. Carls Anspannung griff auf Katharina über. Nun lag es in den Händen des Beamten, ob er ihnen ein Patent erteilte oder sie wieder unverrichteter Dinge fortschickte.

*

Der neue Tag begann, wie der alte geendet hatte. Ida fühlte sich wie in einem schlechten Traum und wünschte sich, daraus zu erwachen. Am Abend, als Alfons sie nach Hause gebracht hatte, wollte sie mit Josephine sprechen. Doch die Freundin war früh zu Bett gegangen und hatte bereits geschlafen.

Eine schlaflose Nacht lag hinter Ida, und sie fühlte sich wie gerädert, als sie aufstand, um sich für den kommenden Arbeitstag fertig zu machen. Ihr war unwohl, als sie daran dachte, die nächsten Stunden wieder an der Seite von Alfons zu arbeiten. Doch es half nichts. Der neue Tag wartete auf Ida, und sie musste sich ihrem Schicksal fügen und in der Fabrik ihre Frau stehen. Im Flur blieb sie vor Josephines Kammer stehen, um zu lauschen. Als sie das gleichmäßige Schnarchen ihrer Freundin vernahm, beschloss sie, Josephine schlafen zu lassen. Mit einem flauen Gefühl in der Magengegend verließ Ida eine halbe Stunde später das Haus.

*

»Ich muss schon sagen …« Adam Petermann klappte die Akten, die er in der letzten halben Stunde durchgearbeitet hatte, zusammen und lehnte sich auf seinem Stuhl zurück. Mit hinter dem Kopf verschränkten Händen betrachtete er die Antragssteller. Einige Sekunden lang, die sich wie Stunden anfühlten, drang nur das Stimmengewirr, das auf dem großen Korridor der Behörde herrschte, an ihre Ohren.

»Was müssen Sie sagen?« Katharina spürte, wie ihre Handinnenflächen feucht wurden vor Aufregung. »Und?«, fragte sie, als sich Adam Petermann weiter in Schweigen hüllte.

»Wissen Sie«, sagte der Prüfbeamte gedehnt, während er den Blick auf Carl richtete, »bereits gestern haben Sie uns aufgesucht, um uns eine Erfindung vorzustellen, die es bereits gibt. Heute«, er bedachte Katharina mit einem flüchtigen Blick, »kommen Sie erneut zum Patentamt und präsentieren mir einen völlig neuen Antrieb für Ihre Waschmaschine.« Er sog die Luft scharf durch die Nasenflügel ein und blätterte einmal mehr durch Carls Skizzen. »Das ist ambitioniert«, fügte er hinzu.

»Haben wir das Patent?«, wagte Carl zu fragen.

»Es macht den Anschein, als hätten Sie den neuen Antrieb wortwörtlich über Nacht aus dem Ärmel geschüttelt.« Petermann wiegte den Kopf. »Und ich muss schon sagen …«

»Schicken Sie uns auch heute unverrichteter Dinge wieder fort?« Carl trommelte nervös mit den Fingern auf der Tischplatte herum.

Adam Petermann ließ sich nicht von Carl aus der Ruhe bringen. »Ich muss schon sagen«, wiederholte er stattdessen, »dass Sie ein begnadeter Erfinder sind. Sie verfügen über einen bemerkenswerten Ideenreichtum und eine gute Portion Kreativität – schnell sind Sie, wie Sie mir bewiesen haben, ebenfalls.« Er nickte Katharina zu, diesmal war es ein wohlwollendes Nicken.

»Also haben wir das Patent?«, platzte es aus Carl heraus.

Adam Petermann nickte. »So ist es. Herzlichen Glückwunsch, ich werde Ihnen das beantragte Patent gemäß des uns heute vorgestellten Gebrauchsmusters erteilen.«

Katharina hielt nichts auf dem Stuhl. Sie sprang auf und umrundete den Prüftisch, umarmte den völlig verdutzten Prüfbeamten und bedankte sich überschwänglich. Carl schaffte es, sich etwas formvollendeter zu bedanken. Er erhob sich, trat an Petermanns Seite, drückte ihm die Hand und deutete eine Verbeugung an. »Heißt das, dass wir unsere Maschine als patentiert bezeichnen und bauen können?«

»Ab sofort dürfen Sie Ihre Trommelwaschmaschine Typ *Hera,* so steht es in den Unterlagen, als patentiert bezeichnen, bauen und natürlich verkaufen.« Petermann nickte und reichte Carl seine Unterlagen. »Nochmals herzlichen Glückwunsch.« Er sah Katharina an. »Sie können stolz sein auf Ihren Mann.«

»Das bin ich«, antwortete Katharina ehrlich. »Das bin ich in der Tat, gnädiger Herr.«

Kapitel 28

»*Hera*?« Lorenz Adlon betrachtete seine Besucher belustigt. »Sie nennen eine Waschmaschine *Hera*?« Der vornehme Hotelier beugte sich weit über den massiven Schreibtisch vor und sah erst Carl, dann Katharina an.

»Für Sie«, sprudelte es aus Carl heraus, »nennen wir die Maschine sogar *Hera Professionell*.«

Lorenz Adlon schmunzelte und versank sekundenlang in seinen Gedanken. »Wenn Sie meinen, dass eine Maschine einen Namen braucht.« Für den Augenblick war das Ticken der Standuhr in der Ecke seines Büros das einzige Geräusch im Raum. Der Duft nach Leder hing schwer in der Luft, denn Adlon hatte sich ein neues Sofa liefern lassen, das nun eine Ecke des Büros zierte und dem Geschäftsführer des Hotels sicherlich für das eine oder andere Nickerchen dienen sollte. »Ich bestelle jedenfalls fünf *Thiele*-Waschmaschinen in der größten Ausfertigung«, unterbrach Adlon schließlich die Stille. »Wann können Sie liefern?«

Carl zuckte unmerklich zusammen und schien sich verhört zu haben. Als er den Kopf zu Katharina wandte, glühten seine Wangen tiefrot. Katharina lächelte ihm glücklich zu. Sie hatten es geschafft und fünf Waschmaschinen der neuen Generation verkauft, ohne dass es die Maschine gab. Das bedeutete für Carl eine große Herausforderung, denn nach ihrer Heimkehr würde er zunächst einen Prototyp bauen müssen, der sich im Probebetrieb bewähren musste. Erst danach würde die Serienproduktion beginnen können. Dann war Böker gefragt, denn der Werkleiter würde die Abläufe in der Fabrik organisieren müssen. Sie würden mehr Leute einstellen müssen, denn für das zu erwartende Auftragsaufkommen war die Belegschaft zu klein.

»In drei Monaten«, antwortete Carl, der offenbar blitzschnell im Kopf kalkuliert hatte, welcher Liefertermin möglich war.

Adlons buschige Augenbrauen zogen sich zu einer durchgehenden Linie zusammen. Er sah Carl mit regungsloser Miene an und dachte angestrengt nach, dann nickte er. »Einverstanden.«

»Wir haben noch gar nicht über den Preis verhandelt«, gab Katharina zu bedenken.

Adlon lächelte ihr milde zu. Er lehnte sich in seinem Stuhl zurück. Das Holz knarrte leise unter seiner massigen Gestalt. »Wissen Sie«, sagte er gedehnt, »ich bin sicher, dass Sie mir einen guten Preis machen werden.«

»Wir werden Ihnen das schriftliche Angebot in zwei Tagen zukommen lassen«, versprach Carl voller Eifer. »Mein Kompagnon macht sich gleich an die Arbeit und kalkuliert alle Kosten, dann wissen wir mehr, gnädiger Herr.«

Adlon nickte zustimmend. »So soll es geschehen.« Für ihn schien das Gespräch damit beendet zu sein, denn er erhob sich, trat an das Fenster in seinem Rücken und öffnete es. Frische Luft strömte in den Raum. »Ich bin sicher, dass Sie mir ein attraktives Angebot unterbreiten werden, dem ich nicht widerstehen kann«, sagte er, ohne den Blick vom Fenster abzuwenden. »Wie ich Ihnen bereits sagte, plane ich, mich zu vergrößern. Damit kann ich Ihnen den Erwerb weiterer Waschmaschinen in Aussicht stellen. Und sicher wollen Sie sich dieses lukrative Geschäft nicht entgehen lassen, oder irre ich mich?«

»Selbstredend nicht«, erwiderte Carl und sprang von seinem Stuhl auf. »Ich werde umgehend alle Hebel in Bewegung setzen, um die Produktion voranzutreiben.«

»Tun Sie das, Thiele.« Adlon drehte sich zu ihm um. »Tun Sie das.«

Auch Katharina hielt den Moment für gekommen, sich zu erheben. Sie folgte Carl zur Tür.

»Übrigens«, sagte Adlon noch. Als sie sich zu ihm umwandten, lag ein warmes Lächeln auf seinen Lippen. »Herzlichen Glückwunsch zum Patent Ihrer Erfindung.«

»Woher wissen Sie …?«, wollte Carl fragen, doch Adlon winkte amüsiert ab. »Wichtige Dinge sprechen sich in der Kaiserstadt schnell herum, werter Herr Thiele.«

*

Am liebsten hätte Katharina die ganze Welt umarmt. Der Tag war gut verlaufen, sie freuten sich über das Patent und den Auftrag von Lorenz Adlon. Direkt nach ihrer Rückkehr nach Herzebrock würden sie zusehen müssen, dass sie alle Aufträge der Reihe nach abarbeiteten.

Am Abend ihres letzten Tages in Berlin führte Carl Katharina in eine vornehme Restauration an der Prachtstraße Unter den Linden. Hierhin ging man auch zu später Stunde noch, um gesehen zu werden – und um zu sehen. Frauen und Männer in eleganter Robe flanierten über die Straße, sie unterhielten und sie amüsierten sich.

Bedauerlicherweise war es zu kühl, um auf den bequemen Korbstühlen unter der dunkelroten Markise Platz zu nehmen, um das bunte Treiben besser beobachten zu können. So ließ Katharina sich von Carl in den prachtvoll eingerichteten Innenbereich des Restaurants führen. Katharina stand der Mund vor Staunen offen, denn die elegante Einrichtung des Gastraums überwältigte sie. Eine dunkle Holztäfelung, farblich passendes Mobiliar und mondäne elektrische Leuchter an der hohen, gewölbeartigen Decke bestimmten das Bild. Adrette Kellner in strahlend weißen Hemden wieselten zwischen den Tischen herum, um die anwesenden Gäste mit formvollendeter Höflichkeit zu bedienen. Einer führte das junge Paar an einen freien Tisch am Fenster. Von hier aus hatten sie einen guten Ausblick auf die Prachtstraße.

Als der Kellner die Kerze im silbernen Halter angezündet hatte und Carl und Katharina sich gegenübersaßen, fragte er nach ihren Wünschen.

Carl orderte eine Flasche des besten Sektes, der auf der Karte zu finden war, und bat um die Speisekarte. »Sehr wohl, der Herr«, schnarrte der Kellner und verschwand zum Tresen.

»Gefällt es dir?«, fragte Carl mit einem glücklichen Lächeln auf den Lippen. Offenbar hatte er bemerkt, wie beeindruckt Katharina von dem Restaurant war.

Sie nickte. »Und wie.« Kurz war sie skeptisch. »Aber können wir uns ein derart vornehmes Restaurant denn überhaupt leisten?« Tatsächlich verspürte sie Hunger und stellte fest, dass sie seit dem Frühstück im Hotel keine Mahlzeit mehr zu sich genommen hatte.

Carl nickte. »Selbstverständlich, Prinzessin. Außerdem gibt es für uns einen guten Grund, den heutigen Tag angemessen zu feiern.«

Katharina beobachtete die Gäste an den Nebentischen. Alle Anwesenden waren sehr elegant gekleidet, die Damen trugen Kleider aus feinsten Stoffen, ihre Ketten, Ohrringe und Broschen funkelten festlich im Widerschein der Deckenleuchter. Auch die anwesenden Herren trugen maßgeschneiderte Anzüge in samtschimmerndem Schwarz und edlem Grau. Anders als in den Wirtshäusern, die Katharina kannte, wurde hier nicht laut gelacht und wild gestikuliert. Man unterhielt sich in moderater Lautstärke. Alles wirkte vornehm und gediegen. Die anderen Gäste nahmen kaum Notiz von dem jungen Paar, das in der Öffentlichkeit Händchen hielt. Katharina fühlte sich wie in einem wundervollen Traum. Vom Besuch eines solch vornehmen Restaurants hatte sie damals auf dem Hof ihrer Eltern nicht einmal zu träumen gewagt.

»Endlich ist es uns gelungen, das Patent anzumelden«, riss sie Carls sanfte Stimme aus den Beobachtungen. »Und jetzt kann uns niemand mehr aufhalten. Unsere *Hera* und die *Hera Professionell* werden den Siegeszug um die Welt antreten können, und das verdanke ich dir.«

»Den Erfolg hast du dir verdient«, sagte Katharina voller Stolz.

»Ohne dich hätte ich das nie geschafft«, lächelte Carl und drückte ihre Hand fester.

Dass sie Carl unterstützte und seine Fähigkeit beflügelte, erfüllte sie mit Stolz. Katharina wurde bei diesem Gedanken ganz warm ums Herz. Während sie Carl einen verliebten Blick zuwarf, trat der Kellner an den Tisch, um den Sekt zu kredenzen. Die grüne Flasche stellte er in einen silbrig-glänzenden Kühler, platzierte die schmalen Gläser vor ihnen und schenkte ihnen ein. »Sehr zum Wohl, die Herrschaften«, sagte er mit einem feierlichen Ton in der Stimme. Der Mann war sich offensichtlich durchaus darüber im Klaren, dass er dem Paar einen sündhaft teuren Tropfen servierte und dass es offenbar etwas zu feiern gab. Kurz war Katharina versucht, dem Mann von ihrem heutigen Erfolg zu berichten, besann sich aber im letzten Augenblick eines Besseren. Sie wusste, dass Carl solche Situationen schnell unangenehm wurden.

Nachdem der Kellner sich zurückgezogen hatte, hob Carl das Glas. Katharina war sehr gespannt, wie der Sekt schmecken würde. Sie prosteten sich zu. Katharina glaubte, das fruchtige Aroma von Blüten herauszuschmecken. »Der Sekt schmeckt einfach wunderbar«, schwärmte sie. Carl ergriff ihre Hand. »Ich kann unser Glück nach der ersten Niederlage kaum in Worte fassen«, gab er zu.

»Von jetzt an kann unsere *Hera* die Welt erobern«, erwiderte Katharina mit einem feierlichen Unterton in der Stimme. »Die Fabrik wird wachsen und wachsen. Rudolf ist ein brillanter Verkäufer und wird die *Thiele*-Waschmaschine sicher bald schon in großen Stückzahlen verkaufen.«

»Er deutete so etwas bereits an.« Carl nickte. »Manchmal ist mir unser Erfolg immer noch etwas unheimlich.«

Katharina musste lachen. Sie liebte Carls Bescheidenheit. Nach wie vor war er ein bodenständiger Mann, und diese Eigenschaft machte ihn so besonders. Oft genug hatte sie von Menschen gehört, denen der Erfolg schnell über den Kopf wuchs. Davon war Carl weit entfernt.

»Wir werden es langsam angehen lassen«, versicherte sie ihm. »Und wir haben in Rudolf nicht nur einen äußerst fähigen Kaufmann gefunden, sondern auch einen guten Berater.«

»Du hast natürlich recht, Prinzessin.« Carl lächelte glücklich. »Ich liebe dich«, sagte er so unvermittelt, dass er Katharina damit überraschte. Ihr Herz vollführte auf der Stelle einen Freudensprung.

»Und ich liebe dich«, erwiderte sie mit einem leichten Zittern in der Stimme. »Und wären wir nicht längst verheiratet, so würde ich dich bitten, mein Mann zu werden.«

Carl lachte leise. »Ist das nicht eher unüblich?«

»Nein.« Katharina schüttelte den Kopf. »In deinem Fall wäre eine Ausnahme gerechtfertigt.« Sie stimmte glücklich in sein Lachen ein. Gerade, als sie ihm gestehen wollte, dass sie sich ein Leben ohne ihn gar nicht mehr vorstellen konnte, trat der Kellner an den Tisch, um ihnen die Speisekarten zu reichen. Er empfahl ihnen Hummer an Trüffeln oder Austern mit Hummer. Katharina tauschte einen kurzen Blick mit Carl, denn exotische Meeresfrüchte hatte sie noch nie gegessen. Erst, als er ihr zunickte, entschied sie sich für den Hummer mit Trüffeln, während Carl die Austern wählte.

»Das wird bestimmt ein Vermögen kosten«, flüsterte sie Carl zu, nachdem sich der Kellner mit einer leichten Verbeugung zurückgezogen hatte. »Als einfache Frau vom Land bin ich es gewohnt, Kohl und Kartoffeln zu essen.«

Carl lächelte milde. »Heute müssen wir es uns gutgehen lassen«, fand er. »Und um die Rechnung mach dir keine Sorgen. Wir müssen keine finanzielle Not leiden.«

»Dann bin ich beruhigt«, antwortete Katharina ihm. Ihr Blick schweifte durch das große Fenster hinaus auf die belebte Straße. Draußen rumpelte gerade eine Pferdestraßenbahn vorüber. Das Quietschen der Radreifen in den Schienen war bis in das Restaurant zu hören. »Berlin ist eine faszinierende Stadt«, fand sie. »Um diese Zeit wäre in Herzebrock nichts mehr los.«

»Du hast recht. Berlin ist eine Weltstadt«, stimmte Carl ihr zu. »Und wenn es dir gelungen ist, keinen Geringeren als Lorenz Adlon von unserer Waschmaschine zu überzeugen, dann werden wir sicher bald unzählige Hotels in der Kaiserstadt mit unseren großen Maschinen beliefern.«

»Weiß Rudolf davon, dass wir das Patent beantragen konnten?«

Carl nickte. »Ich habe ihm gleich heute Vormittag ein Telegramm nach Herzebrock geschickt und bin gespannt, welche Pläne er hat, um der Nachfrage nach unserer *Hera* gerecht werden zu können.«

»Ich bin sicher, er wird uns mit seinen Vorschlägen überraschen«, strahlte Katharina. Sie ahnte noch nicht, wie sehr sie recht behalten würde mit ihrer Vermutung. Jetzt freute sie sich erst einmal auf ein Festmahl und dann darauf, die Nacht mit

Carl im luxuriösen Zimmer des Hotel Continental zu verbringen. Obwohl sie sich gegenübersaßen, so sehnte sie sich sehr nach seiner Nähe und konnte es kaum erwarten, seine Haut an ihrem Körper zu spüren.

Kapitel 29

Wir werden uns vergrößern müssen.« Rudolf Zenker legte die Beine auf den Schreibtisch und betrachtete seinen Geschäftspartner. »Schon jetzt platzt die Fabrik aus allen Nähten. Wir brauchen mehr Arbeiter, zusätzliche Arbeitsplätze und ein größeres Lager.«

Carl war müde, die Strapazen der langen Zugfahrt steckten ihm auch am nächsten Tag noch in den Knochen. Trotzdem hatte ihn nichts davon abhalten können, schon in den Morgenstunden zur alten Kornmühle zu fahren, um seinem Kompagnon vom Verlauf der Reise zu berichten. Er wunderte sich nicht, dass Katharina mit ihrer Vermutung recht behalten hatte: Natürlich hatte sich Rudolf bereits Gedanken gemacht, wie es mit der Fabrik weitergehen könnte.

»Wie stellst du dir das vor?«, fragte Carl. »Willst du anbauen?« Manchmal musste er sich kneifen, denn der Erfolg des Unternehmens erschien ihm wie ein Traum. Kurz nur schweiften seine Gedanken voller Glückseligkeit zu Katharina ab.

»Nein.« Rudolf schüttelte den Kopf. »Anbauen würde wenig Sinn ergeben. Wir sollten uns an einen Neubau wagen, der genau unseren Bedürfnissen entsprechend errichtet wird.«

Zwei Tage waren vergangen, nachdem Lorenz Adlon ihnen den ersten Auftrag für den Bau von fünf großen Waschmaschinen erteilt hatte. So waren Carl und Katharina völlig beseelt aus Berlin zurückgekommen, wo sie sich gleich an die Arbeit gemacht hatten, um das nötige Material für den neuen Prototyp zusammenzustellen. Rudolfs Aufgabe war es jetzt, Lieferanten zu finden, die schnell helfen konnten. Carl hatte nicht vor, einen Kunden wie Lorenz Adlon zu enttäuschen.

»Du meinst, wir sollten eine eigene Fabrik bauen?« Carl machte große Augen. Obwohl man ihm immer nachsagte, ein kühner Visionär zu sein, so bekam er es nun doch ein wenig mit der Angst zu tun. Die Kosten eines Neubaus waren sicherlich immens und bedeuteten ein hohes Risiko für ihr Unternehmen. Er war gespannt, was Katharina dazu sagen würde, wenn er ihr davon berichtete.

Rudolf lächelte. »Ich kenne einen sehr begabten Maurermeister aus Herzebrock«, bemerkte er schließlich.

»Vater wäre mit einem solchen Projekt überfordert«, fürchtete Carl. »Er kann mit seinen beiden Maurergesellen unmöglich ein so großes Projekt stemmen.«

»Dann kann er Arbeiter einstellen.«

»Ich wage zu bezweifeln, dass er das tun wird.« Carls Vater war ein bescheidener Mann, der jedem Risiko aus dem Weg ging. Vor großen Bauvorhaben hatte er den nötigen Respekt. Oder es fehlte ihm der Mut. Dennoch fand Carl die Idee, seinen Vater in die Pläne der Männer einzubeziehen, gut. »Ich werde darüber nachdenken und mit ihm reden«, versprach er an Rudolf gewandt.

»Mach das.« Rudolf nahm die Füße vom Tisch und zog eine Schublade auf. Kurz war er Carls Sichtfeld entschwunden, dann tauchte er mit einer Mappe wieder auf. Er schlug sie so auf, dass Carl die darin befindlichen Unterlagen sehen konnte. »Ich habe mir übrigens Gedanken zu Katharinas Ideen gemacht.«

»Und?«

»Wir könnten den Frauen den gleichen Lohn zahlen, den die Männer bekommen.« Ihm war anzusehen, dass ihm die Vorstellung nicht behagte.

»Aber?« Carl betrachtete den Kompagnon.

Rudolf druckste herum, bevor er antwortete. »Das würde für uns zusätzliche Ausgaben bedeuten und … es ist einfach nicht üblich.«

»Rudolf, seit wann schert es uns, was üblich ist?« Carl musterte ihn. »Wenn wir wollen, dass unsere Maschinen da draußen beliebt sind, dann sollten wir auch etwas für unser Ansehen in der Gesellschaft tun. Es ist durchaus gerecht, den Frauen denselben Lohn zu bezahlen wie den Männern.«

»Hat Katharina dir das eingeredet?«

Carl mochte es nicht, wenn man ihm vorwarf, dass er seiner Frau folgte, ohne nachzudenken. Er schätzte Rudolf als guten Geschäftsmann, doch manchmal blieb die Menschlichkeit bei seinen Entscheidungen auf der Strecke. »Das ist Unsinn, und das weißt du auch«, entgegnete er zornig. »Wir sollten die Belegschaft gerecht entlohnen, denn sie gibt alles für unsere Firma, Rudolf. Die Arbeiterinnen haben es verdient.«

Rudolf legte die Hände auf den Schreibtisch und rang mit sich. Einen Moment lang stierte er ins Leere, um dann energisch zu nicken. »Also gut«, sagte er entschlossen. »Ich werde das veranlassen.«

Carl atmete erleichtert auf. »Ich wusste, dass du ein guter Mensch bist.«

»Was soll das denn nun wieder bedeuten?«

»Das, was ich gesagt habe«, grinste Carl und erhob sich.

»Dann sollte sich Katharina aber Gedanken darüber machen, wie sie unsere Barmherzigkeit nach außen hin vermarkten kann.«

»Das wird sie ganz sicher tun«, versicherte Carl ihm. »Außerdem ist es keine Barmherzigkeit, wenn wir unsere Angestellten angemessen bezahlen, Rudolf. Es geht um Gerechtigkeit. Das solltest du niemals vergessen.«

*

An diesem Tag schaffte es Katharina nicht, zur alten Kornmühle zu fahren, um ihren Mann zu besuchen. Zahlreiche andere Aufgaben warteten nach der Rückkehr aus Berlin auf sie. Es galt, die Rede vor dem Frauenverband vorzubereiten. Hildegard Krautmacher hatte ihr einen Brief geschickt, in dem sie um ein Treffen zum nächstmöglichen Zeitpunkt bat. So saß sie gegen Mittag in Carls Arbeitszimmer am Sekretär, um eine Antwort für die Verbandsvorsitzende zu verfassen. Kurzentschlossen lud Katharina sie zu sich nach Hause ein. Hier konnten sie ungestört reden und sich ihrem Gedankenaustausch hingeben. Natürlich war Katharina gespannt, was Hildegard Krautmacher von ihr wollte. Während sie schrieb, dachte sie über die Frauenbewegung nach, die sich in den letzten Jahren im Reich gebildet hatte. Sie beschloss, sich künftig mehr ehrenamtlich zu engagieren, um sich für die Gleichberechtigung einzusetzen. Und sie musste nach Clarholz fahren, um ihren Eltern endlich zu berichten, dass Carl eine Stadtwohnung in Gütersloh für sie gefunden hatte.

*

»Sie wollen die Fabrik nicht nur vergrößern, sondern eine neue bauen«, raunte Tiedtke ihnen mit wichtiger Miene ins Ohr, als er vom Kontor zurückkam. Er trug ein Paket Schrauben in der rechten Hand und hielt kurz an Idas und Alfons' Arbeitsplatz. Die beiden hatten im Laufe des Vormittags kaum ein Wort miteinander gesprochen und waren ihrer Arbeit nachgegangen.

»Was?« Alfons warf den Schraubenschlüssel auf die Werkbank und sah seinen Kollegen fragend an. Er runzelte die Stirn und ließ den Blick durch die alte Kornmühle schweifen. »Aber die Halle ist doch gut so, wie sie ist.«

»Nee.« Tiedtke schüttelte mit einem müden Grinsen den Kopf. »Viel zu klein, schon jetzt sind alle Plätze belegt, seht euch doch mal um. Und sie wollen sich vergrößern. Angeblich bauen wir demnächst Waschmaschinen.«

»Was bauen wir?«, mischte sich Ida nun ein.

»Waschmaschinen.« Tiedkte hatte betont und langsam gesprochen, so als wäre Ida schwerhörig. »Eine neue Erfindung von Thiele.« Er machte eine ausladende Geste. »Wenn die jetzt auch gebaut werden sollen, ist nicht genug Platz für alle. Auch neue Arbeiter sollen eingestellt werden.«

»Was sollen das für Dinger sein?«, fragte Alfons.

»Du füllst deine dreckige Wäsche in einen Behälter, und die Maschine wäscht die Kleidung schnell und effektiv – haben sie jedenfalls gesagt«, erklärte Tiedtke.

»Woher weißt du das?«, wollte Ida wissen.

Jetzt zwinkerte Tiedtke ihr verschwörerisch zu. »Zufällig habe ich ein Gespräch zwischen Böker und Zenker mitgehört.«

»Du bist schlimmer als ein Waschweib«, stellte Alfons kopfschüttelnd fest. »Wenn du da mal nicht die Gerüchteküche anheizt.«

»Das glaub ich nicht«, erwiderte Tiedtke. »Immerhin weiß Zenker ganz genau, was er tut. Und er hat Böker auf eine Vergrößerung des Unternehmens vorbereitet – damit wird er wohl nicht gescherzt haben.«

»Wir werden es erfahren«, war Ida sicher. »Und jetzt sollten wir uns beeilen, denn wenn Böker uns beim Nichtstun erwischt, gibt es Ärger.«

»Du hast recht«, stimmte Alfons ihr zu. »Lass uns wieder an die Arbeit gehen.« Er griff zum Schraubenschlüssel und bedachte Ida mit einem eigenartigen Blick, den sie nicht zu deuten wusste.

»Wir müssen reden«, raunte er ihr ins Ohr, als er sich unbeobachtet fühlte. »So geht es nicht weiter.«

Ida wollte etwas erwidern, doch ein dicker Kloß in der Kehle hinderte sie daran. So beließ sie es bei einem wortlosen Nicken und machte sich ebenfalls wieder an die Arbeit. Genau im rechten Moment, denn gerade erschienen Hermann Böker und Rudolf Zenker auf der Bildfläche. Sie waren in ein intensives Gespräch verwickelt und ignorierten die arbeitenden Männer und Frauen. Zenker hatte großformatige Papierrollen unter den Arm geklemmt. Der Werkleiter wirkte gegenüber dem Prokuristen demütig, fast schon schüchtern. Immer wieder nickte er diensteifrig, um Zenker zuzustimmen. Ida beobachtete die beiden Männer unauffällig. Offenbar war an dem, was sie eben von Tiedtke erfahren hatten, doch etwas dran. Sie war gespannt, wie es mit der Zentrifugenfabrik weitergehen würde. Waschmaschinen sollten sie künftig herstellen? Die Idee, dass eine Maschine das Waschen übernahm, klang nur allzu verlockend. Aber Ida konnte sich beim besten Willen nicht vorstellen, wie das funktionieren sollte. Doch wenn Carl Thiele eine Maschine erfunden hatte, die das ermöglichte und den Frauen den lästigen Waschtag ersparte, dann würde er damit die Welt revolutionieren, davon war sie überzeugt.

Kapitel 30

Katharina machte sich bettfertig. Sie stand im Nachthemd vor dem Spiegel und betrachtete prüfend ihr Äußeres, während Carl bereits im Bett lag. Er hatte sich das Kopfkissen in den Rücken geschoben und las ein Buch. Seine Finger glitten über den ledernen Buchrücken. Wie Katharina mit einem Blick auf den Titel erkannte, handelte es sich um die »Buddenbrooks« von Thomas Mann. Carl liebte zeitgenössische Literatur, fand zu seinem Bedauern aber nur selten Zeit zum Lesen.

Nun wollte Katharina von ihm wissen, wie sein Arbeitstag verlaufen war, und er legte das Buch in den Schoß, um ihr von seinem Gespräch mit Rudolf zu berichten.

»Rudolf findet, dass wir kein Wohlfahrtsverein sind«, erzählte Carl. »Er findet es richtig, dass Frauen weniger Lohn bekommen als die Arbeiter in der Fabrik. So machen es andere auch, hat er gesagt.«

Katharina schüttelte den Kopf. »Es ist gerechtfertigt«, verteidigte sie ihren Standpunkt. »Die Frauen leisten dieselbe Arbeit und haben im Gegensatz zu den Arbeitern nebenher noch eine Familie zu versorgen.«

»Aber letztendlich hat er zähneknirschend zugestimmt und

wird den Frauen ab nächster Woche denselben Lohn bezahlen wie den Männern.«

»Das ist gut.« Katharina war erleichtert.

»Und Rudolf ist der Meinung, dass wir unsere soziale Einstellung nach draußen tragen sollten.«

»Tue Gutes und rede darüber«, zitierte Katharina ein Sprichwort. »Aber warum? Es wird sich sicher schnell herumsprechen, dass wir den Frauen mehr bezahlen als andere Fabrikanten.«

»Er sagt, es sei gut für das Ansehen der Firma.«

Die kleine Petroleumlampe zauberte ihren Lichtschein auf das florale Muster der Tapeten im Schlafzimmer. Im Widerschein der Flamme wirkte Carls Gesicht markant und geheimnisvoll zugleich. »Wie unser gutes Ansehen den Verkauf der Maschinen beschleunigen soll, das will mir aber nicht in den Kopf.«

Katharina dachte kurz nach. »Vermutlich hat er sogar recht«, räumte sie ein, »denn dass unsere Maschinen langlebig sind, spricht sich schon bald herum, darauf würde ich wetten. Aber wenn bekannt wird, dass wir unseren Angestellten eine gerechte Bezahlung bieten, dann wird unser Ansehen in der Gesellschaft steigen und man ist nicht abgeneigt, bei uns zu kaufen.«

»So könnte es sein.« Carl nickte. »Und wenn wir unsere Angestellten gut bezahlen, kommen sie gerne in die Fabrik und werden vielleicht sogar seltener krank.«

Katharina musste lachen. »So wie die Maschinen.«

»Sie werden doch nicht krank.« Carl verstand nicht, worauf sie hinauswollte. Er betrachtete sie mit hochgezogener Augenbraue.

»Ich meine das im übertragenen Sinne«, erklärte Katharina ihm geduldig. »Es sollte bedeuten, dass Thiele-Maschinen nur selten repariert werden müssen.«

»Ach so.« Jetzt schien er sie verstanden zu haben. »Trotzdem lege ich meine Hand nicht dafür ins Feuer, dass niemals eine Reparatur fällig wird. Mit zunehmendem Alter nutzt sich auch das beste Material ab.«

»Dann müssen wir uns überlegen, wie wir der Kundschaft schnell helfen können.« Sie nickte.

»Ich hoffe, dass wir so schnell nicht in die Verlegenheit kommen, unsere ausgelieferten Maschinen reparieren zu müssen.« Carl seufzte. »Trotzdem habe ich in den letzten Tagen auch öfters darüber nachgedacht, was geschieht, wenn etwas kaputtgeht.«

»Wir brauchen Handwerker«, schlug Katharina vor. »Männer, die zu den Kunden fahren und die Thiele-Maschinen vor Ort reparieren können.«

»Wir verkaufen unsere Maschinen im ganzen Reich«, gab Carl zu bedenken. »Wie sollen die Monteure dann in die entlegensten Ecken kommen?« Er betrachtete Katharina mit einem ratsuchenden Blick. »Mit dem Zug? Mit der Kutsche?« Plötzlich erhellte sich seine Miene. »Ich hab's!«

»Was hast du?«

»Sie werden mit Automobilen durch das Land fahren.«

»Mit … Automobilen?« Der Gedanke gefiel Katharina nicht sonderlich. Ihr waren die neuartigen Fortbewegungsmittel nicht ganz geheuer. Obwohl sie sich durchaus für moderne Technik begeistern konnte, war sie sicher, dass die Welt auch ohne diese ratternden und qualmenden Dinger gut auskommen würde. Als sie Carl mit einem zweifelnden Blick betrachtete, erkannte sie, dass er die Lage ganz anders bewertete.

»Aber sicher, Liebes.« Er nickte. »Sie werden schnell und modern unterwegs sein, um ihre Reparaturen zügig und zuverlässig zu erledigen. Und dazu brauchen sie Automobile.«

In Katharinas Augen waren Automobile völlig überflüssig, doch das bremste Carl nicht in seiner Begeisterung. »Du wirst sehen, dass es mit dem Automobil besser ist.«

»Was soll besser sein?«

»Na, das Reisen allgemein. Niemand ist mehr auf die Eisenbahn angewiesen, um von einem Ort zum anderen zu gelangen, niemand muss viel Geld für eine teure Kutschfahrt bezahlen – zumal unsere Arbeiter sicherlich viel Werkzeug und Ersatzteile mitführen werden.«

»Und?«

Carl lachte auf. »Ich habe eine Idee, wie ich dich überzeugen kann: Wir werden dir ein Automobil anschaffen.«

»Bloß nicht!« Katharina hob abwehrend die Hände. »Niemals werde ich mit so einer Höllenmaschine unterwegs sein.« Bei der Vorstellung, selbst mit einem knatternden Ding zu fahren, graute es ihr.

»Denk doch mal an Bertha Benz – sie hat damals alleine mit den Kindern die legendäre Fahrt im Motorwagen ihres Mannes nach Mannheim zurückgelegt. Ich bin mir sicher, dass die Zeit der Pferdekutschen bald vorbei sein wird. Man wird mit dem Automobil reisen.« Er nahm im Bett sitzend Haltung an, reckte das Kinn vor und tat so, als würde er ein Steuer in der Hand halten. Mit der anderen Hand grüßte er weltmännisch die verdutzten Passanten am Straßenrand.

»Du meinst das ernst, ja?«

»Aber sicher.« Carl nickte.

»Für mich ist es bequemer, mich mit der Kutsche zum Ziel fahren zu lassen – oder eben mit dem Zug. Das Schienennetz wird immer weiter ausgebaut.« Während sie ihr langes Haar bürstete, dachte sie nach. Solange sie Carl kannte, hatte er immer ein gutes Gespür für technische Neuerungen bewiesen. Warum sollte er sich diesmal irren? Dennoch bezweifelte sie, dass die Zukunft des Reisens im Automobil lag.

»Wenn du so überzeugt davon bist, werden wir ganz bestimmt keines kaufen«, sagte sie, während sie ihn im Spiegelbild betrachtete.

»Nicht?« Er runzelte die Stirn.

»Nein.« Katharina legte die Haarbürste auf das Kabinett und setzte sich zu ihm auf die Bettkante. Ihr war eine Idee gekommen, mit der sie testen wollte, wie ernst es Carl mit dem Automobil war. »Wenn du so überzeugt davon bist, werden wir ein Automobil bauen.«

Carl glaubte, sich verhört zu haben. Er machte große Augen. »Wie belieben?«

»Wir werden ein Automobil bauen«, wiederholte sie geduldig. »Eines, das besser ist als diese stinkenden und knatternden Dinger, die man immer wieder mal auf den Straßen sieht.«

»Wie soll das funktionieren?« Carl war verdutzt.

»Du bist ein genialer Erfinder, hast du das etwa schon vergessen?« Katharina lachte und strich ihm liebevoll durch das Haar.

Carl dachte einen Moment lang nach. Die Vorstellung von einem eigenen Thiele-Automobil schien ihm zu gefallen, denn seine Miene entspannte sich. »Die Automobile knattern, stinken und qualmen, einige machen solchen Lärm, dass man diese pferdelosen Droschken als Höllenwerk verflucht.«

»Eben«, nickte Katharina zufrieden. »Dann ist es unsere Aufgabe, mit diesen Vorurteilen aufzuräumen. Da draußen gibt es unzählige Menschen wie mich, die mit diesen Dingern nichts anzufangen wissen. Warum also sollten wir nicht Überzeugungsarbeit leisten können?«

»Vielleicht hast du recht, Liebes.« Carl reckte sich im Bett. »Allerdings habe ich keine Ahnung von Verbrennermotoren, wie du weißt, liegt meine Expertise in einem anderen Bereich.«

»Und weil du nicht nur die besten Waschmaschinen der Welt baust, wirst du sicher auch bald das beste Automobil auf der Welt bauen.« Sie beugte sich zu ihm herab und hauchte ihm einen Kuss auf die Lippen.

*

»Ich weiß nicht, was in dieser Nacht passiert ist.« Josephine machte eine schuldbewusste Miene. Mit fahrigen Bewegungen strich sie das Tischtuch glatt und hielt Idas fragendem Blick stand. »Wir haben uns unterhalten, dabei gelacht und viel zu viel von dem Selbstgebrannten getrunken. Danach wurden wir albern, haben irgendein Kinderspiel gespielt.«

»Es fehlen mindestens fünf Stunden unserer Erinnerung.«

»Ja.« Josephine nickte. Es war das erste Mal, dass sie nach jener

Nacht wieder gemeinsam am Küchentisch saßen und sich unterhalten konnten. Ida hatte es nicht lange ausgehalten. Es widerstrebte ihr, sich über Belanglosigkeiten auszutauschen. So hatte sie die Gelegenheit ergriffen und Josephine darauf angesprochen, was sie bewegte.

»Hör zu«, sagte Josephine schnell, »egal, was passiert ist, du sollst wissen, dass ich von deinem Alfons nichts will. Wenn man euch beide so sieht, dann strahlt ihr vor Glück. Ihr seid frisch verliebt, und das ist auch gut so.«

»Und du?«, fragte Ida. »Sehnst du dich nicht auch nach einem Mann in deinem Leben?«

»Nee.« Sie schüttelte den Kopf. »Ich muss das nicht haben. Heiraten, Kinder bekommen, von früh bis spät schuften, alt werden. Für so etwas bin ich nicht gemacht.«

»Aber alle Frauen heiraten irgendwann«, gab Ida zu bedenken.

»Nicht alle.« Sie wirkte trotzig. »Ich brauche das alles nicht. Und nein, ich bin nicht einsam und ich werde wohl auch nie einsam sein.«

»Aber sehnst du dich nicht nach Nähe, Zärtlichkeit und nach Liebe?«

»Manchmal«, gab Josephine jetzt zu. »Aber dieses Vermissen ist nicht so schlimm, dass ich deswegen mein Leben aufgeben muss, um mich an einen Mann zu binden, weißt du?«

Ida verstand ihre Freundin nur ansatzweise, doch sie nickte.

»Und jetzt genieße die Liebe und mach dir nicht so viele Gedanken um diese eine Nacht. Alfons gehört dir, ich will und ich wollte nichts von ihm, hörst du?«

»Ja.« Ida konnte nichts antworten, ihr fehlten die Argumente. »Ist gut«, sagte sie nur. Und insgeheim wünschte sie, dass sie Josephines Aufforderung einfach so folgen konnte. Doch ein dumpfes Bauchgefühl sagte ihr, dass etwas zwischen ihnen stand. Und so blieb ihr nur die Hoffnung, dass bald alles wieder so war wie früher.

Kapitel 31

An einem Abend einige Wochen später, fand die nächste Frauenversammlung statt. Diesmal hatten die Organisatorinnen einen großen Hinterraum, fast so groß wie ein Saal, in einem Gasthof unweit des Bahnhofs von Gütersloh gemietet, und er war brechend voll. Obwohl der Wirt einige Fenster geöffnet hatte, war die Luft hier drinnen stickig. Durch die Fensterreihe hatte man einen Blick auf den Biergarten des Gasthauses, der im Sommer zum Verweilen unter den alten Kastanien einlud. Doch um diese Jahreszeit herrschte draußen kein Betrieb.

Ida, Josephine und Clara drängten sich durch die Menge. Gestern Abend hatte Ida sich überlegt, Josephine zum Treffen mitzunehmen. Das, was sie von der Freundin erfahren hatte, passte zu den Interessen, die der Frauenverband verfolgte. Josephine war eine moderne, selbstbewusste Frau. Entgegen ihrer ersten Skepsis hatte Ida sie überreden können, mitzukommen. Und jetzt war Josephine begeistert von den Zielen des Verbands und hatte ihr Mitkommen spontan zugesagt. So gab Ida sich Mühe, Josephine wieder ganz vorbehaltlos zu behandeln. Und sie freute sich, dass es ihr von Tag zu Tag besser gelang.

»Ist das voll«, prustete Ida, als sie sich durch die Anwesenden nach vorn schoben.

»Kein Wunder«, lachte Clara. »Wird doch heute die Rede einer Fabrikantenfrau erwartet.« Von ihr wusste Ida, dass Katharina Thiele heute anwesend war, ein Grund mehr, dem Treffen beizuwohnen. Sie sollte sogar eine Rede halten, auf die nun alle Verbandsmitglieder gespannt warteten. Ida verstand nicht so recht, warum Katharina Thiele an diesem konspirativen Treffen teilnahm, gehörte sie doch eher der sogenannten Gegenseite an. Entsprechend groß war Idas Neugier.

»Ist sie das da?« Josephine war stehen geblieben und zupfte Ida am Ärmel. In der von Josephine angegebenen Richtung erblickte sie die Frau ihres Arbeitgebers an der Seite der Verbandsvorsitzenden. Sie standen neben einem Podest und waren in einer Unterhaltung vertieft. »Ja«, nickte Ida jetzt. »Das ist sie.«

»Thiele«, rief Clara, »das ist Frau Thiele.«

»Sieht doch eigentlich ganz nett aus«, fand Josephine.

»Ist sie auch.«

»Und was will sie hier?«

»Wir werden es gleich erfahren«, erwiderte Ida.

Hildegard Krautmacher betrat das Podest. Sie griff zu einem Glöckchen, um es zu läuten. Augenblicklich kehrte Ruhe im Saal ein. Vereinzelt war noch hier und da ein Räuspern und ein Wispern zu vernehmen. Ida betrachtete die Rednerin. Wie schon beim letzten Mal strahlte Hildegard Krautmacher eine kühle, fast unnahbare Eleganz aus. Heute trug sie ein dunkelblaues Kleid, das im Licht der elektrischen Lampen seiden schimmerte. Die Ärmel und der Kragen waren mit weißen Rüschen besetzt, auf dem Kopf trug sie einen farblich passenden Hut mit schmaler Krempe. »Liebe Genossinnen«, erhob sie nun das Wort. »Ich freue mich, dass ihr euch so zahlreich zu unserem heutigen Treffen eingefunden habt.« Während sie sprach, war ihr Kopf in ständiger Bewegung, und Ida hatte das Gefühl, dass Hildegard Krautmacher jede einzelne Frau im Raum ansah. »Seit unserer letzten Versammlung gab es viele neue Ereignisse, über die ich heute berichten werde. Noch immer stehen die Herren unseren Interessen sehr skeptisch gegenüber. Sie halten uns für aufsässige Rebellinnen, die sie vom Thron stoßen wollen.« Nun lag ein mildes Lächeln auf ihren Lippen.

Ein Raunen wurde laut, Hildegard Krautmacher wartete ab, bis sich die Unruhe gelegt hatte, bevor sie fortfuhr. »Ich bin sicher, das liegt nur an der Verunsicherung, die wir mit unserer Auffassung bei dem einen oder anderen Mann hervorrufen.« Nun lag ein spitzfindiges Lächeln auf ihrem fein geschnittenen Gesicht. »Doch auch sie werden wir von unseren Zielen überzeugen. Danach, liebe Genossinnen, werden wir für zahlreiche und spürbare Verbesserungen in der Gesellschaft sorgen können. Längst schon ist es nicht mehr zeitgemäß, dass wir uns um die Haushaltsführung und den Nachwuchs kümmern, während unsere Männer für das Einkommen sorgen. Wir können mehr, und das möchten wir in die Köpfe bekommen, um unser Ansehen nach außen zu verbessern.«

»Recht hat sie«, raunte Josephine Ida ins Ohr. Ida nickte, ohne den Blick von der Vorsitzenden abzuwenden. Wieder wurde im Hinterraum des Gasthofes getuschelt, wieder pausierte die Rednerin, bis die Stimmen verstummt waren.

»Eingangs erwähnte ich, dass es bereits jetzt erste Erfolge gibt. Verbesserungen, von denen wir bald alle profitieren werden. Aus diesem Grunde freue ich mich heute über einen Gast, den ich euch jetzt vorstellen möchte.« Hildegard Krautmacher wandte den Blick nach rechts, wo Katharina Thiele stand. Ida sah ihr die Anspannung an. Offensichtlich war die Fabrikantengattin es nicht gewohnt, im Mittelpunkt zu stehen. Nervös rang sie die Hände.

»Ich darf nun Katharina Thiele zu mir bitten«, hallte die Stimme von Hildegard Krautmacher durch den Saal. Ein Lächeln lag auf ihren schmalen Lippen, als sie diese zu sich winkte.

Die Frau des Fabrikanten erklomm das Podest über die seitlich angebrachten Stufen und ließ den Blick über die Frauen im Saal schweifen. »Guten Tag«, sagte sie mit erhobener Stimme. »Ich freue mich, heute hier sein zu dürfen.« Hildegard Krautmacher blieb neben ihr stehen und lächelte ihr wohlwollend zu. Ida hatte den Eindruck, dass die Vorsitzende an ihrer Seite blieb, um ihr notfalls beistehen zu können. Offensichtlich befürchtete sie, dass die Stimmung im Saal schnell kippen würde.

»Gehören Sie als Fabrikantenfrau nicht eigentlich zur Gegenseite?«, rief eine untersetzte Frau von Ende dreißig aus dem Publikum. Ihr rundes Gesicht hatte eine tiefrote Färbung angenommen. An den Reaktionen im Saal war zu erkennen, dass die Rednerin die Ansicht von einem Großteil der anwesenden Frauen ausgesprochen hatte.

Katharina Thiele begegnete dem Blick der Frau und schien in ihren Augen lesen zu wollen. »Wie darf ich das verstehen?«

»Na – Ihr Mann ist doch einer dieser Fabrikanten, die Frauen bei sich arbeiten lassen und sie schlechter bezahlen als die Arbeiter.«

»Es stimmt, dass meinem Mann die Zentrifugenfabrik Thiele & Cie. gehört«, nickte Katharina Thiele.

Ida spürte, wie Clara sie in die Seite stieß. »Sie ist hier, um aufzuräumen mit den Vorurteilen.«

»Wart doch erst einmal ab«, erwiderte Ida.

»Ich habe das wundervolle Privileg, die Firma gemeinsam mit meinem Mann gegründet zu haben, ich darf ihm Ratschläge geben und bin dabei, wenn er die Geschicke der Firma mit seinem Kompagnon führt.«

»Wo gibt es so einen Mann?«, fragte eine drahtige Endvierzigerin mit schwarzen Haaren. Einige kicherten. »So einen Mann will ich auch.«

Katharina Thiele lächelte. Über die Frage der Frau ging sie geflissentlich hinweg. »Und wie einige von Ihnen wissen, konstruieren wir Maschinen, die uns Frauen das Leben erleichtern. Begonnen hat es mit der Erfindung der Milchzentrifuge für die Landwirtschaft, und in Kürze werden wir mit der Reihenproduktion einer neuartigen Waschmaschine beginnen, auf die wir uns alle freuen dürfen. Denn mit unserer *Thiele*-Waschmaschine wird der beschwerliche Waschtag schon bald der Vergangenheit angehören.«

»Das klingt wie eine Reklameveranstaltung«, fand eine andere Frau im Publikum, während sie sich Beifall heischend umsah.

Auch diesmal ignorierte Katharina Thiele den Einwand. »Aber ich bin nicht gekommen, um über unsere Produkte zu informieren«, sagte sie stattdessen. »In unserer Fabrik arbeiten seit einiger Zeit drei Frauen. Sie bereichern unseren Arbeitsalltag, sie sind fleißig und lernen schnell. Und es werden bald schon mehr sein.«

»Die für ihre Schufterei schlechter bezahlt werden als die Männer«, rief Clara in den Saal. Einige klatschten, Ida, die neben Clara stand, wäre am liebsten im Boden versunken. Sie spürte, wie ihr das Blut in den Kopf schoss, und duckte sich hinter eine größere Frau, die vor ihr stand.

Katharina Thiele richtete den Blick auf die beiden Frauen, die in der Fabrik ihres Mannes arbeiteten.

»Sie haben natürlich recht«, sagte die Fabrikantin. »Jedoch habe ich mit meinem Mann und seinem Geschäftspartner gesprochen, um diese Ungerechtigkeit aus der Welt zu schaffen.« Sie hielt kurz inne und fuhr dann fort: »Ab nächsten Monat erhalten unsere Arbeiterinnen denselben Lohn wie ihre männlichen Kollegen. Sie leisten gute Arbeit in der Fabrik, sie sind unverzichtbar für den Erfolg der Firma, und sie haben nach Feierabend noch ihre Männer und die Familien zu versorgen. Da ist es mehr als gerechtfertigt, wenn wir den Frauen das Gleiche bezahlen wie den Männern.«

Kurz herrschte eine angespannte Stille im Saal, dann brandete Applaus auf. Die Frauen im Publikum klatschten begeistert, nachdem sie die Bedeutung von Katharina Thieles Worten realisiert hatten.

Clara nickte anerkennend. Sie sah sich zu den anderen um und grinste zufrieden. »Geht doch«, rief sie zufrieden, bevor sie den Blick wieder nach vorn richtete.

»Siehst du«, raunte Ida Josephine zu. »Sie ist gekommen, um gute Nachrichten zu verkünden.«

»Was haben wir anderen davon?«, fragte Josephine ein wenig zu laut. Da im Augenblick Stille eingekehrt war, waren ihre Worte von den anderen im Saal gehört worden. Einige nickten zustimmend.

»Das kann ich Ihnen erklären«, sprach Katharine Thiele, die Josephines Einwand ebenfalls mitbekommen hatte. »Wir werden kundtun, dass unsere Arbeiterinnen denselben Lohn erhalten wie die Männer unserer Belegschaft. Und bald wird es sich herumsprechen und andere werden unserem Beispiel folgen.«

»Oder man wird Ihren Mann für verrückt erklären«, rief eine vorlaute Frau von rechts. Sie lachte und schien sich über ihren Einwand köstlich zu amüsieren.

»Davon gehe ich nicht aus«, erwiderte Katharina Thiele in einem sachlichen Ton. »Dank der Frauenbewegung und den Forderungen nach Gleichberechtigung wird sich die Gesellschaft verändern. Und ich freue mich, heute hier zu Ihnen sprechen zu dürfen und einen Teil zum Wandel beitragen zu können. Ich gehe sogar noch einen Schritt weiter und wage, einen Blick in die nächsten Jahre zu werfen: In den Fabriken werden mehr Frauen arbeiten, als das heute der Fall ist. Frauen werden Maschinen bauen und Montagearbeiten leisten. Ich bin gerade von einer Reise nach Berlin zurückgekehrt. Dort habe ich gesehen, dass große Fabriken gebaut werden, in denen Elektromotoren hergestellt werden. Es gibt Fabriken für Nähmaschinen und sogar für Uhren. Überall dort werden künftig auch Frauen arbeiten. Und sie werden sich weiterhin um den Haushalt und um die Kinder kümmern müssen. Umso wichtiger ist es, dass sie einen gerechten Lohn erhalten.« Sie hielt kurz inne, bevor sie verdeutlichte: »Außerdem planen wir eine weitreichende Krankenversicherung für unsere Beschäftigten.«

»Wie soll die aussehen?«, rief eine Frau aus dem Saal.

»Ich werde mir etwas einfallen lassen«, versprach Katharina Thiele. »Unter Umständen werden wir als Arbeitgeber für notwendige Arztbesuche aufkommen. Wir wollen, dass unsere Arbeiterinnen schnell gesund werden. Dazu könnte es nötig werden, einen kleinen Anteil des Lohns einzubehalten, um ihn im Krankheitsfall für Arztkosten einzusetzen.«

»Das klingt nach Betrug«, rief eine drahtige Frau mit Hakennase. Ida sah ihr an, wie skeptisch sie der Rede von Katharina Thiele entgegenstand.

Hildegard Krautmacher sah den Moment gekommen, sich einzumischen. Sie trat an Katharina Thieles Seite. »Das ist kein Betrug, sondern eine sinnvolle Investition in die Gesundheit, liebe Genossinnen.«

»Und was, wenn eine niemals krank wird?« Eine streng blickende, große Dame erhob sich von ihrem Platz. Sie trug einen Hut, der zu ihrem weinroten Kleid passte. Unter der Hutkrempe lugten dunkelblonde Haarsträhnen hervor. Mit kritischem Blick sah sich die Sprecherin im Publikum um. Plötzlich herrschte im Saal eine bedrückende Stille.

Idas Blick wechselte zwischen der Rednerin und Katharina Thiele, die mit versteinerter Miene am Rednerpult stand. »Ich garantiere Ihnen, dass das nicht der Fall sein wird«, versprach sie schließlich mit fester Stimme. »Wir alle hier im Saal sind bereits erkrankt und waren auf die Hilfe eines Arztes angewiesen, der uns meistens mit Medizin versorgt hat. Was – wenn kein Geld für einen Arzt vorhanden ist? Die Krankheit verschlimmert sich und sie dauert länger bis zur Genesung. Mit unserer Krankenversicherung könnten wir die Arztkosten tragen und zu einer schnelleren Gesundung unserer Arbeiterinnen beitragen.«

»Dafür nehmt ihr uns etwas von unserem Lohn weg«, schimpfte jemand im Publikum. »Geld, für das wir lange gearbeitet haben.«

Katharina Thiele schien mit diesem Einwand gerechnet zu haben. Sie tauschte einen Blick mit Hildegard Krautmacher, bevor sie die Stimme erhob. »Wenn Sie krank werden und das Bett für einen unbestimmten Zeitraum hüten müssen – bekommen Sie dann Ihren wohlverdienten Lohn?«

»Nee – ich arbeite ja nicht, also verdiene ich kein Geld«, antwortete die Frau wahrheitsgemäß.

»Eben«, nickte Katharina Thiele. »Und mit der Einführung einer Krankenkasse übernehmen wir nicht nur die ärztliche und medizinische Versorgung, sondern wir sorgen dafür, dass Sie Ihren Lohn weiter bekommen.«

»Auch, wenn ich gar nicht arbeiten kann?« Die Frau wirkte skeptisch.

Ida war auf die Antwort ihrer Chefin gespannt. Auch Josephine und Clara blickten mit gespannten Mienen zur Bühne.

»Auch, wenn Sie nicht arbeiten können – schließlich sind Sie nicht vorsätzlich erkrankt.« Katharina Thiele lächelte siegessicher. Ihr war anzusehen, dass sie sich mit guten Argumenten auf die Rede im Frauenverband vorbereitet hatte.

Bevor im Saal eine wilde Diskussion ausbrechen konnte, übernahm Hildegard Krautmacher wieder das Wort. »Ich denke, mit diesen Ausblicken sollten wir uns auseinandersetzen, Genossinnen. Sie klingen noch visionär und wir suchen nach Fallstricken und Nachteilen, ich aber finde, dass die Herrschaften von Thiele & Cie. uns allen vormachen, wie soziale Gleichberechtigung funktionieren kann.« Zustimmendes Gemurmel brandete auf. »Und deshalb danke ich Frau Thiele für ihren Besuch und die Ausblicke in die Zukunft der Frauen in ihrem Betrieb.«

Damit kam Katharina zum Ende ihre Rede. »Vielen Dank«, sagte sie so laut, dass es alle im Saal mithören konnten. Sie richtete den Blick in das Publikum. »Ich danke für Ihre Aufmerksamkeit und bin sicher, dass die eine oder andere schon bald eine Anstellung in unserer Firma finden wird.« Damit verabschiedete sie sich unter dem anhaltenden Applaus und verschwand von der Bühne. Ida fand, dass Katharina Thiele erleichtert wirkte. »Seht ihr«, sagte sie an ihre Begleiterinnen gewandt, »sie ist nicht nur nett – sie macht sich auch Gedanken um die Gleichberechtigung und um gerechte Löhne.«

*

Beschwingt machte sich Carl auf den Heimweg. Rudolf saß noch in seinem Büro, um Kundenbriefe auf seiner Schreibmaschine zu verfassen. Er setzte alles daran, möglichst viele Waschmaschinen zu verkaufen. Nur der Umstand, dass die Serienproduktion noch nicht angelaufen war, bereitete Carl etwas Sorge. Obwohl er zuversichtlich war, dass alles seinen Gang gehen würde, so spürte er doch, dass die Zeit langsam knapp wurde. Bald schon mussten sie die ersten Waschmaschinen an ihre Kundschaft ausliefern, und auch Lorenz Adlon wartete im fernen Berlin auf seine Großwaschmaschinen. Wenn sich herumsprach, dass die großen Maschinen für den professionellen Bereich erfolgreich ihre Arbeit verrichteten, dann würden auch andere Hoteliers auf Thiele & Cie. aufmerksam werden und ihre Waschmaschinen bestellen. Es ging steil bergauf, doch noch immer gab es eine ganze Menge Arbeit.

Auf dem Bürgersteig vor der alten Kornmühle angekommen, knöpfte sich Carl den Mantel zu. Fröstelnd schob er die Hände in die Taschen. Längst hatte sich die Dunkelheit über Herzebrock gesenkt. Dichte Wolken verhinderten einen freien Blick auf die Sterne. Die feuchte Kälte kroch ihm in die Knochen. Zu später Stunde herrschte auf den Straßen der kleinen Stadt kaum noch Betrieb. Niemand, der nicht unbedingt musste, war um diese Zeit noch unterwegs. In den Fenstern der umliegenden Häuser brannte Licht, auch die Straßenlaternen warfen ihren gelblichen Schein auf das Pflaster. Nur im Wirtshaus »Zum Hirsch« herrschte noch Hochbetrieb. Das Lachen und Stimmengewirr der Männer drang gedämpft auf die Straße hinaus.

Carl erschrak ein wenig, als er hinter sich ein knatterndes Geräusch vernahm, das sich schnell näherte. Immer wieder wurde das Knattern von einem lauten Knall begleitet, der in der Stille wie ein Schuss klang. Das Surren von grobstolligen Reifen mischte sich unter die Motorengeräusche. Carl ahnte, was einen solchen Höllenlärm verursachte. Als er sich umwandte und den Blick zur nächsten Straßenecke richtete, erkannte er das pechschwarze Vehikel, das sich mit knarrenden Achsen näherte und eine dicke Qualmwolke hinter sich herzog. Im Dunkel war nicht zu erkennen, ob sich nur der Fahrer des Automobils auf dem Bock befand. Carl fand, dass der Anblick einer pferdelosen Kutsche noch immer etwas Skurriles an sich hatte. Solange er denken konnte, gehörten Pferde zum täglichen Bild auf den Straßen.

Als sich das Automobil auf seiner Höhe befand, quiekte eine rostige Hupe durch die Straßen. Erschrocken wich Carl zur Seite, dann war der Spuk auch schon vorüber. Die Rücklichter verschwanden um die nächste Straßenecke in der Dunkelheit, kurze Zeit später kehrte Ruhe ein.

»Es muss doch auch leiser gehen«, dachte Carl kopfschüttelnd. Auch wenn der Anblick eines Automobils noch ungewohnt war, konnte Carl sich gut vorstellen, eines Tages selbst am Steuer eines solchen Gefährts zu sitzen. Doch mit einem derart knatternden und ratternden Modell würde er sich nirgendwo beliebt machen. Carl dachte wieder an das Gespräch, das er mit Katharina geführt hatte. Er würde sein eigenes Automobil entwickeln! Es musste doch möglich sein, ein Automobil zu bauen, das weniger Lärm machte und nicht dermaßen stank. Doch sein Schwerpunkt galt der Entwicklung von Haushaltsgeräten und Landwirtschaftsmaschinen. Ein Automobil war etwas ganz anderes. Als Carl seinen Heimweg fortsetzte, kreisten seine Gedanken trotzdem um den Bau eines eigenen Automobils. Er musste zugeben, dass die Vorstellung, ein Thiele-Automobil zu bauen, durchaus verlockend war. Doch erst einmal galt es jetzt, die Entwicklung der Waschmaschine voranzutreiben, um der täglich steigenden Nachfrage gerecht zu werden. Die Idee vom eigenen Auto musste wohl oder übel noch warten. »Gut Ding will eben Weile haben«, murmelte Carl, als ihr Haus in Sicht kam. Am Licht in den Fenstern erkannte er, dass Katharina schon von der Versammlung des Frauenverbands heimgekehrt war. Er war gespannt darauf, was sie ihm erzählen würde. Bei dem Gedanken daran, seine geliebte Frau gleich wiederzusehen, wurde ihm ganz warm ums Herz, und so legte er die letzten Meter bis zur Haustür fast im Laufschritt zurück.

*

Besorgt betrachtete Carl seine Frau, als sie ihm wenig später im Wohnzimmer bei einem Glas Wein vom Verlauf der Frauenversammlung berichtete. Im Kamin prasselte ein munteres Feuer, und Carl trug einen bequemen Hausanzug.

Katharina saß ihm gegenüber im gemütlichen Sessel. Sie drehte das langstielige Glas in den Händen und lächelte ihrem Mann zu. »Nein«, erwiderte sie. »Ich denke, man muss mit offenen Karten spielen, wenn man die Gesellschaft von einer Idee überzeugen möchte.«

»Genau das trifft es auf den Punkt«, nickte Carl und nippte an seinem Wein. »Was, wenn sich das alles nicht rechnet und wir einen Rückzieher machen müssen?«

»Das wird nicht passieren«, versicherte Katharina ihm. Carl war ein sehr vorsichtiger Mensch. Manchmal musste sie ihm ein wenig auf die Sprünge helfen, wenn es darum ging, etwas zu riskieren. »Wir werden zufriedene Arbeiterinnen haben, die selten ausfallen. Und sollten sie erkranken, müssen sie sich keine Sorgen machen, dass sie kein Geld mehr bekommen. Sie können zum Arzt, erhalten eine wirkungsvolle Behandlung und sind schnell wieder gesund und einsatzfähig.«

»Wer sagt denn, dass sie nicht öfters ausfallen?«

»Warum sollten sie das tun?«

»Möglicherweise, weil ihnen der Lohn trotz des Ausfalls gewiss ist. Sie müssen sich nicht mit dem Gesundwerden beeilen und fallen unter Umständen länger und öfters aus, als es jetzt der Fall ist.«

Katharina hatte schon immer an das Gute im Menschen geglaubt. Misstrauen war ihr fremd. »Das wird niemand tun«, antwortete sie Carl. »Alle sind bestrebt, schnell gesund zu werden. Die Versicherung wird ihnen eine neue Art der Sicherheit bieten, glaub mir.«

Carl leerte das Weinglas und stellte es auf das kleine Tischchen zwischen ihnen. »Ich hoffe es.« Er seufzte, lehnte sich im Sessel zurück und schlug die Beine übereinander. »Wie soll ich Rudolf davon überzeugen?«

»Er wird meine Argumente sicher nachvollziehen«, glaubte Katharina. Ihr war klar, dass Carls Kompagnon das Geld immer im Auge hatte, und das war auch gut so. »Wir sollten darüber nachdenken, uns sozial zu engagieren, Carl. Unseren Bekanntheitsgrad und unseren Wohlstand können wir nutzen, um Großes zu bewegen. Und so auch zum guten Ansehen unserer Firma beitragen.«

»Den guten Ruf erarbeiten wir uns mit unseren robusten Maschinen«, entgegnete Carl.

»Und dafür benötigen wir zuverlässige und motivierte Angestellte«, gab Katharina zu bedenken. »Deshalb ist es mir so wichtig, dass wir etwas für die Belegschaft tun – auch, um uns so von Konkurrenten abzuheben. Weil *Thiele* eben einfach immer besser ist.« Sie zwinkerte ihm zu. »Hast du schon vergessen?«

»Nein, natürlich nicht, Liebes.« Carl atmete tief ein. »Thiele. Besser geht immer.«

»Richtig.« Katharina nickte. »Und deshalb müssen wir uns mit unserem Ideenreichtum für die Angestellten einbringen.«

»Ich habe verstanden.« Carl grinste schief, dann gähnte er und erhob sich von seinem Sessel. »Es ist spät geworden, und wir sollten zu Bett gehen. Ich muss morgen ausgeschlafen sein, wenn ich Rudolf von den Vorteilen einer Krankenversicherung überzeugen will.«

⋆

»Und du meinst, sie hält Wort?« Alfons wirkte skeptisch, nachdem Ida ihm von der Frauenversammlung erzählt hatte. Spät am Abend war er zu Besuch gekommen. Den Abend hatte er bei seinem kranken Vater verbracht, doch die Neugier trieb ihn zu Ida und Josephine.

»Ganz bestimmt sogar«, nickte Ida voller Überzeugung. »Du hättest ihre Rede hören sollen, dann würdest du nicht zweifeln.«

»Nach dem, was du von Frau Thieles Rede und den Plänen zum Bau der Waschmaschine erzählt hast, hat Tiedtke vielleicht doch recht und die Firma wird vergrößert. Erinnerst du dich daran, was er erzählt hat?«, fragte Alfons.

»Natürlich. Wenn Tiedtke richtig gehört hat, dann werden sie nicht anbauen, sondern eine neue Fabrik errichten. Aber ist denn genug Platz dafür?«

»Gütersloh hat einen eigenen Bahnanschluss«, überlegte Alfons und rieb sich den Nasenrücken. »Ich könnte mir vorstellen, dass sie nach Gütersloh gehen.«

»Und wie kommen wir dann zur Arbeit?« Ida betrachtete ihn nachdenklich.

Alfons zuckte die Schultern. »Wenn es keine gute Verbindung dorthin gibt, haben wir zwei Möglichkeiten: Entweder wir kündigen unsere Anstellung bei Thiele … oder wir suchen uns eine Wohnung in Gütersloh.«

»Wir?« Ida glaubte, sich verhört zu haben. »Hast du eben ›wir‹ gesagt?«

»Na klar.« Alfons nickte, als wäre es das Natürlichste auf der Welt, dass sie sich eine gemeinsame Wohnung suchten. Denn eine Kündigung war keine Option, zumindest nicht für Ida. Sie fühlte sich wohl in der Zentrifugenfabrik. Inzwischen hatte sie sich damit abgefunden, dass sie das Schneiderhandwerk von Josephine erlernte.

»Dann musst du mir aber erstmal einen Antrag machen«, lächelte sie und nahm seine Hand. Alfons hauchte einen Kuss auf ihren Handrücken. »Kommt Zeit, kommt Antrag«, versprach er mit einem warmen Lächeln.

Ida spürte zum ersten Mal seit Langem, wie ihr Herz Freudensprünge vollführte. Am liebsten wäre sie vom Stuhl aufgesprungen, um ihn zu küssen. Doch so etwas gehörte sich nicht, schließlich saß Josephine ja auch noch am Tisch. »Gut«, sagte sie mit einem freudigen Zittern in der Stimme. »Dann warte ich auf den richtigen Zeitpunkt.«

»Ihr seid so goldig«, mischte sich Josephine jetzt ein. »Sagt mir nur Bescheid, wann ich euch gratulieren darf.«

»Abgemacht.« Alfons grinste schief. Als er Josephine ansah, verdunkelte sich seine Miene. »Geht es dir nicht gut?«

Ida richtete den Blick ebenfalls auf ihre Freundin, die neben ihr saß. Tatsächlich war Josephine kreidebleich geworden, kalter Schweiß stand auf ihrer Stirn und sie zitterte.

»Mir ist übel«, presste sie hervor. »Ich glaube, ich habe etwas Falsches gegessen.« Dann sprang sie so ruckartig von ihrem Platz auf, dass der Stuhl nach hinten umkippte und scheppernd auf der Lehne landete. Sie stürmte aus der Küche und würgte.

»Sie wird sich hoffentlich nichts Ernstes zugezogen haben«, murmelte Ida besorgt.

»Ach wo.« Alfons winkte ab. »Sie hat doch gesagt, dass sie wohl was Falsches gegessen hat.« Jetzt grinste er wieder. »Mach dir keine Sorgen, das wird schon wieder.«

*

»Gütersloh«, bemerkte Katharina beiläufig, als sie am Abend bei einem Wein im Wohnzimmer zusammensaßen und auf den Tag anstießen. Carl räkelte sich wohlig in seinem Sessel, stellte das Glas auf den kleinen Tisch und betrachtete seine Frau mit einem Lächeln auf den Lippen. »Gütersloh?«, fragte er. »Was meinst du?«

»Rudolf will neu bauen«, erklärte sie und genoss das fruchtige Aroma des Rotweins, den ihnen ein Weinhändler erst gestern geliefert hatte. »Wie wäre es mit einem Standortwechsel? Es ist mühsam, die Maschinen erst auf ein Fuhrwerk zu verladen, um sie dann über die schlecht ausgebauten Straßen zum Bahnhof zu bringen. Die Stadt bietet viele Vorteile.«

»Du meinst, wir sollen nach Gütersloh gehen?« Carl schürzte die Lippen. »Offen gestanden habe ich auch schon darüber nachgedacht.«

»Dann soll sich Rudolf nach einem geeigneten Grundstück umhören und einen Architekten beauftragen.«

»So schnell?« Er beugte sich mit einem Stirnrunzeln vor. »Ich muss zugeben, dass mir solche großen Veränderungen Angst machen.«

»Angst?« Katharina musste lachen. Ihr Carl war immer sehr vorsichtig, wenn es darum ging, groß zu denken. Doch Rudolf ermutigte ihn ständig wieder aufs Neue, denn er kehrte von jeder Reise mit vollen Auftragsbüchern heim und hatte schon mehrfach seine Sorge bekundet, die Aufträge nicht zügig abarbeiten zu können, weil in der alten Kornmühle keine Kapazitäten für die Produktion mehr zur Verfügung standen. »Du musst keine Angst haben«, fügte sie hinzu. »Warte ab. Wenn sich herumgesprochen hat, wie zuverlässig und robust unsere *Hera* ist, dann wollen alle eine eigene Waschmaschine haben. Und wir werden Konkurrenz bekommen, wenn wir erfolgreich sind.«

»Sie dürfen uns nicht kopieren, weil wir das Patent haben«, erinnerte Carl sie.

Den Einwand ließ Katharina nicht gelten. »Aber selbst wenn sie eigene Maschinen bauen, werden sie merken, dass sich damit Geld verdienen lässt.« Sie nahm seine Hand. »Und jede Maschine, die ein Konkurrent an unserer Stelle verkauft, ist eine zu viel.«

»Wie recht du hast.« Carl lächelte. »Einverstanden, ich werde Rudolf morgen bitten, alles Nötige für den Bau einer neuen Fabrik zu veranlassen. Er wird mit den Bankiers sprechen.«

»Ich bin sicher, dass sich unsere Bücher sehen lassen können«, bemerkte Katharina. Sie war glücklich, dass sie Carl überzeugen konnte, optimistisch nach vorn zu schauen.

Kapitel 32

Rudolf wirkte am nächsten Morgen, ganz im Gegensatz zu Carl, frisch und ausgeschlafen. Als er das Büro seines Kompagnons betrat, duftete es verführerisch nach frisch gebrautem Malzkaffee.

»Guten Morgen, mein Bester«, grüßte Rudolf sichtlich gut gelaunt. »Leiste mir einen Augenblick Gesellschaft, Carl.«

Carl kämpfte vergeblich gegen seine Müdigkeit an. Die letzte Nacht hatte er damit verbracht, Zukunftspläne mit Katharina zu schmieden. Entsprechend fehlten ihm ein paar Stunden Schlaf. Carl ließ sich auf einen der beiden Besucherstühle vor Rudolfs Schreibtisch sinken.

»Müde?«

»Und wie.« Carl leugnete nicht. »Ich hatte wenig Schlaf letzte Nacht.«

Rudolf zeigte sich verständnisvoll. »Mit Verlaub, das sieht man.« Er hielt eine Steintasse mit dampfendem Inhalt in die Höhe. »Darf ich dir zum Wachwerden auch einen Kaffee anbieten?«

»Nichts lieber als das«, nickte Carl. »Wenn es mich über den Tag rettet, nehme ich alles.«

»Gerne.« Rudolf sprang auf und verschwand in einem angrenzenden Raum, in dem sich eine kleine Küche befand. Wenig später kehrte er mit einer zweiten Tasse Kaffee zurück. »So, dein Wachmacher.«

Mit einem dankbaren Blick griff Carl zur Tasse, pustete in das heiße Gebräu und trank in kleinen Schlucken.

»Du wolltest mich sprechen?«

»Aber ja doch.« Rudolf nahm einen Ordner aus der Schreibtischschublade und schob ihn auf dem Tisch zwischen sie. »Hier«, sagte er, »ich stehe wegen des Neubaus mit einem Makler in Kontakt, der mir ein sehr attraktives Grundstück zum Bau unserer neuen Fabrik vorgestellt hat.« Er schlug den Ordner auf. Der Geruch nach Druckerpause stieg Carl in die Nase.

»Was ist das?« Er runzelte die Stirn. »Ich sehe nur Wiese.«

Rudolf lachte. »Da siehst du richtig. Aber die Wiese liegt äußerst verkehrsgünstig an einer erschlossenen Straße und in direkter Nähe des Bahnhofs.«

Carl betrachtete die Zeichnung und kratzte sich verlegen am Nacken. »Ich weiß nicht«, murmelte er und wechselte einen Blick mit Rudolf. »Wir fangen im Nichts an.«

»Ich wusste, dass du kalte Füße bekommst«, nickte Rudolf. »Also übernehmen wir etwas schon Bestehendes.«

»Was meinst du?«

»Ich habe hier noch ein weiteres Angebot für einen Neubau. In Gütersloh gibt es die Gießerei von August Verleger.«

»Und?« Der Name war Carl bekannt, denn Verleger belieferte ihre Fabrik seit einiger Zeit sehr zuverlässig mit Gussteilen, die sie zur Herstellung der Zentrifugen benötigten. Rudolf pflegte eine geschäftliche Freundschaft mit dem Fabrikanten aus Gütersloh. »Vermietet Verleger an uns?«

»Nicht ganz.« Rudolf lehnte sich in seinem Sessel zurück. Er legte die Fingerspitzen beider Hände aneinander und betrachtete Carl. »Er zieht um.«

»Hat er nicht eben neu gebaut?«

»Doch, aber bei Verleger laufen die Geschäfte wohl nicht halb so gut wie bei uns, deshalb muss er sich verkleinern. Und er hat mir angeboten, dass wir unsere Fabrik bei ihm bauen können. Einige Gebäude gibt es bereits, hier könnten wir mit der Produktion unserer Waschmaschinen beginnen.«

»Das klingt zugegebenermaßen verlockend«, räumte Carl ein. »Aber trotzdem würden wir in Gütersloh komplett neu anfangen. Ich bin gespannt, ob wir dort mit offenen Armen aufgenommen werden.«

»Hugo Brinkmann, seines Zeichens Ratsherr der Stadt Gütersloh, hat mir bereits zugesichert, unser Vorhaben nach besten Kräften zu unterstützen.«

»Wo befindet sich das Areal der Gießerei?« Carls Interesse war erwacht.

»In direkter Nähe zur Staatsbahn und der Teutoburger Wald-Eisenbahn. Es liegt zudem an der Chaussee nach Avenwedde.«

Diese Option gefiel Carl besser. »Dann sollten wir mit August Verleger in die Verhandlungen einsteigen.« Er nickte. »Damit sparen wir uns dann den Architekten.«

»Nicht ganz«, schränkte Rudolf ein. »Wir müssen weitere, neue Hallen auf dem Areal bauen. Außerdem benötigen wir eine Gasleitung, wenn wir mit Gasmotoren unseren eigenen Strom erzeugen wollen.«

»Du denkst weiter«, freute sich Carl. »Das gefällt mir.«

»Selbstredend«, nickte Rudolf. »Und hier kommt mein Freund Brinkmann ins Spiel, denn die Stadt muss uns bei unserem Vorhaben unterstützen. Schließlich schaffen wir Arbeitsplätze und erwirtschaften Steuern für die Stadt.«

»Und wenn alles gut läuft, profitieren alle Seiten von unserer neuen Fabrik.«

»So ist es.«

Carl leerte seine Tasse und erhob sich. »Wann?«

Rudolf betrachtete ihn mit fragender Miene. »Was – wann?«

»Wann fahren wir nach Gütersloh, um uns das Gelände anzusehen?«

»Wenn du magst, kann ich sofort einen Termin vereinbaren.« Rudolf schien erleichtert zu sein, dass er Carl so schnell von seinem Vorhaben begeistern konnte.

»Nur zu«, antwortete Carl, der bereits an der Bürotür angelangt war. Seine Müdigkeit war wie verflogen. Ob das am Kaffee oder an Rudolfs ehrgeizigen Plänen lag, vermochte er nicht zu sagen. Immerhin ging es jetzt mit großen Schritten voran. Eine Tatsache, die ihm immer besser gefiel.

*

Am späten Nachmittag hatte Carl Katharina abgeholt. Er wollte sie in ein gemütliches Café am Rand von Herzebrock einladen, um ihr die Neuigkeiten zu verkünden. Das »Café Schwarz« bot einen Blick auf den Klostergarten und verwöhnte seine Gäste mit feinstem Kaffee und bestem Kuchen aus eigener Herstellung. Auch die Einrichtung empfand Katharina als zeitgemäß, so beherrschte schlichtes, aber elegantes Mobiliar den Innenraum, in dem um diese Zeit mäßiger Betrieb herrschte. Beim Kellner hatte Carl ihnen zwei Stücke der wundervollen Muskazin-Torte bestellt. Der saftige Kuchen schmeckte herrlich nach Mandeln, Zimt, Nelken und Zitronen und löste Glücksgefühle bei Katharina aus.

Alles, was Carl ihr berichtete, ließ ihr Herz ebenfalls schneller klopfen vor Aufregung. »Das klingt doch großartig!« Begeistert klatschte sie in die Hände und scherte sich nicht um die neugierigen Blicke der anderen Gäste. Carl hatte ihr berichtet, was Rudolf plante. »Dann sollten wir keine Zeit verlieren und in die Verhandlungen einsteigen.«

»Rudolf kümmert sich um einen Termin mit August Verleger.«

»Sag mir Bescheid, dann komme ich mit.«

»Meinst du, das ist passend?« Carl legte die Gabel zur Seite und tupfte sich den Mund mit der blütenweißen Serviette ab.

»Warum sollte es unpassend sein?«

»Weil …« Carl druckste herum. »Weil du eine Frau bist.«

Katharina spürte kurz, wie die Wut in ihr aufloderte. »Ist das dein Ernst?«, fragte sie zornig. »Seit wann schließt du mich bei Entscheidungen aus?«

Carl errötete. Sie sah ihm an, dass er die Bemerkung schon bereute. »Versteh mich nicht falsch, Liebes«, sagte er hastig. »Ich meine nur, dass es …«

»Unüblich ist, seine Frau mitzunehmen?« Sie hatte lauter gesprochen, als sie es beabsichtigt hatte, und fing sich prompt wieder Blicke vom Nebentisch ein. Dort saßen zwei füllige, ältere Damen beim Kaffee zusammen.

»Nun ja, es ist …«

»Carl, ich bin deine Frau, und ich bin seit der ersten Zentrifuge, die wir in der Scheune auf dem Hof meiner Eltern gebaut haben, mit dieser Firma verwachsen.« Sie warf die Gabel auf den Tellerrand. Der Kuchen hatte plötzlich einen faden Beigeschmack bekommen. Hastig spülte sie mit einem Schluck Kaffee nach.

»Natürlich hast du recht, Liebes«, beeilte er sich zu sagen. »Entschuldige meinen törichten Einwand, natürlich kommst du mit, um dir das Grundstück in Gütersloh anzusehen.« Er erhob sich von seinem Platz, umrundete den Tisch und schloss sie liebevoll in die Arme. »Du bist doch meine Muse, und es war unangebracht, dich ausschließen zu wollen.« Die missbilligenden Blicke vom Nebentisch ignorierte er. Die alten Damen tuschelten miteinander und warfen ihnen immer wieder Blicke zu. Offenbar fanden sie die Unterhaltung des jungen Paares in der Öffentlichkeit unpassend.

An seinem Tonfall hörte Katharina heraus, dass er es ernst meinte. Nun tat er ihr fast schon wieder leid. Es war nicht üblich, dass sie ihn derart anfuhr. »Natürlich begleite ich dich nur, wenn du es wirklich möchtest.«

»Selbstredend«, versicherte er ihr. »Und es tut mir leid. Vielleicht bin ich ein wenig überempfindlich, weil du Reden beim Frauenverband hältst.«

»Was hat das damit zu tun?« Sie schüttelte den Kopf. »Verunsichert dich das etwa?«

Katharina sah ihm an, dass Carl die Situation äußerst unangenehm war. »Nun … sonst reagierst du nicht so empfindlich.«

»Wo wir gerade davon reden«, wechselte sie das Thema und zeigte sich versöhnlich. Katharina konnte ihm nicht lange böse sein. »Wie steht es mit der verbesserten Krankenversicherung für die Belegschaft?« Sie löste sich sanft aus seiner Umarmung.

Carl nahm wieder Platz, griff zur Gabel und genehmigte sich einen weiteren Bissen Torte. »Ich weiß offen gestanden nicht, wie weit Rudolf mit der Kalkulation gekommen ist«, gab Carl zu. »Fragen wir ihn einfach.«

»Das werden wir tun.« Katharina war zufrieden. Manchmal war es schwierig, dass sie ihren Mann zu seinem Glück überreden musste. Doch sie war sicher, dass es sich schon bald auszahlen würde, wenn sie sich für die Angestellten einsetzten und ihnen gute Arbeitsbedingungen boten. Katharina war überzeugt davon, dass die Belegschaft nur dann gute Arbeit machte, wenn sie sich in der Fabrik wohlfühlte. Und sie wusste, dass es nicht viele Fabrikanten gab, die ihrer Meinung waren.

Kapitel 33

Katharina hatte den Besuch lange genug herausgezögert, eigentlich viel zu lange. Heute hatte sie es endlich geschafft, nach Clarholz zu fahren, um ihren Eltern mitzuteilen, dass Carl und sie eine geeignete Stadtwohnung für sie gefunden hatten. Theresa und Bernhard würden in dasselbe Haus ziehen, in dem Lina und Rudolf wohnten. Eigentlich war es ja eine frohe Kunde, doch Katharina wusste, dass ihren Eltern der Abschied vom Hof schwerfiel.

Theresa hatte ihnen Malzkaffee aufgesetzt. Der würzige Duft breitete sich wie ein unsichtbarer Nebel in der Wohnküche aus. Nachdem sie die Küchenmagd gebeten hatte, eine kleine Pause einzulegen, waren sie zu dritt und konnten ungestört reden.

»Dann wird es jetzt also ernst«, stellte Theresa mit belegter Stimme fest und brach das Schweigen zwischen ihnen.

»Ist es doch längst«, brummte Bernhard und seufzte. In seinen großen Händen wirkte die Tontasse winzig. Er schlürfte in kleinen Schlucken. »Der Hof ist verkauft, und hätte Carl uns nicht geholfen, weiß ich nicht, wo wir künftig wohnen würden.« Er rang sich ein Lächeln ab. »Also sollten wir dankbar sein, dass wir eine Wohnung gefunden haben.«

»Sicherlich hast du recht«, stimmte Theresa ihm zu.

Katharina bemerkte, dass die Augen ihrer Mutter feucht schimmerten.

»Ihr werdet euch wohlfühlen in der Stadt«, versicherte Katharina den Eltern. Vom geplanten Umzug der Fabrik nach Gütersloh berichtete sie noch nicht. Sicher war es möglich, die Eltern dann mitzunehmen. »Ich habe mich auch schnell daran gewöhnt – und es lebt sich unbeschwerter als auf dem Land. An jeder Straßenecke gibt es Geschäfte, in denen man sich mit dem täglichen Bedarf eindecken kann, es gibt Gasthäuser und Ärzte, Bäcker und Metzger.« Sie lächelte ihrem Vater zu. »Und in der Zigarrenhandlung von Karl Ahring bekommst du den besten Tabak für deine geliebte Pfeife.«

»Hört, hört«, machte Bernhard und nahm die kalte Schaumkopfpfeife aus dem Aschenbecher. Er zwinkerte seiner Frau zu. »Jetzt will sie mir das Leben in der Stadt aber schmackhaft machen.«

»Es bietet viele Vorteile«, relativierte Katharina mit leuchtenden Wangen. »Ihr werdet es mögen.«

»Ich habe die Befürchtung, dass deinem Vater das Leben in der Stadt langweilig werden könnte«, äußerte Theresa mit einem vorsichtigen Seitenblick auf Katharinas Vater.

»Ach was – Vater, du könntest einem Schützenverein beitreten.«

»Du hast große Pläne mit mir«, lachte Bernhard. »Aber im Ernst: Wir werden uns damit arrangieren, Kind, auch wenn der Abschied vom Hof schwerfällt. Mach dir also keine Gedanken.«

Einen Moment lang herrschte Schweigen in der Küche, dann räusperte sich Theresa. »Wie war es überhaupt in Berlin?«, wechselte sie das Thema.

»Großartig«, schwärmte Katharina. Sie erzählte den Eltern von den Erlebnissen in der Kaiserstadt und vom pulsierenden Leben dort.

»Dann kann es ja jetzt in großem Rahmen losgehen mit der Thiele-Waschmaschine«, brummte ihr Vater zufrieden. »Ihr könnt stolz auf das Erreichte sein.«

»Ich wusste nicht, dass es bereits eine Waschmaschine gab«, räumte Theresa schließlich ein. »Also müsst ihr euch gegen die Konkurrenz durchsetzen?«

Katharina zuckte die Schultern. »Carl ist sicher, dass er sich mit unserer Erfindung gegen Mitbewerber behaupten kann. Er setzt darauf, die Maschinen besonders robust und zuverlässig zu bauen.«

»Und damit kann man die Kundschaft sicher überzeugen«, gab sich Bernhard zuversichtlich. Er trank seinen Kaffee und erhob sich, um die Tasse zum Spülstein zu bringen. »Und jede Tante, die eine andere Waschmaschine kannte und von der schlechten Leistung enttäuscht ist, wird eine *Thiele* kaufen.«

»Wahrscheinlich hast du recht, Bernhard«, stimmte Theresa ihm zu, dann wandte sie sich an Katharina. »Machst du die Reklame für Carl?«

Katharina nickte. »Ich schalte die Annoncen in den Zeitungen und lasse mir immer wieder einen griffigen Werbespruch einfallen.«

»Dann bist du jetzt auch gefordert«, fand ihr Vater. »Um euch von der Konkurrenz abzuheben, müsst ihr eure Botschaft nach draußen tragen.«

Katharina hatte eine Idee. Ihr Vater hatte eben schon die Stichwörter genannt. »Recht hast du«, nickte sie begeistert. »Wie findet ihr das: Thiele, Thiele, sagt die Tante, weil sie alle and'ren kannte?«

»Großartig!« Begeistert klatschte Theresa in die Hände. »Das sollte in jeder Reklame vorkommen!« Sie erhob sich, um einen Stift und Papier zu holen. »Hier«, sagte sie, nachdem sie beides vor Katharina platziert hatte. »Schreib es auf, bevor wir es vergessen.« Sie tippte auf den Papierbogen. »Und wenn ich die Augen schließe, sehe ich neben dem Schriftzug eine alte Hausfrau in Schürze, die vor einer Thiele-Waschmaschine steht und glücklich schaut.«

»Ich werde Carl bitten, einen Zeichner damit zu beauftragen«, antwortete Katharina. Die Idee gefiel ihr gut. Und der neue Reklamespruch ging ihr nicht mehr aus dem Kopf.

Nur Thiele, Thiele
sagt die Tante,
weil sie alle and'ren kannte

Kapitel 34

Staunend standen Katharina, Carl und Rudolf ein paar Tage später vor der Eisengießerei von August Verleger. Es handelte sich um einen dreistöckigen Backsteinbau mit hohen Fenstern, die im Innern für gute Lichtverhältnisse sorgten. Ein gemauerter Schornstein ragte wie ein mahnend erhobener Zeigefinger in den wolkenverhangenen Himmel von Gütersloh-Nordhorn. Leichter Rauch aus dem Schlot kräuselte sich in der Luft. An das Fabrikgebäude, Katharina schätzte es auf die dreifache Größe der alten Kornmühle, grenzte ein mit weißer Farbe angestrichenes Verwaltungshaus. Das Fabrikgelände selbst war weitläufig und bot viel Platz für die Errichtung zusätzlicher Hallen. Als Katharina den Blick nach Norden richtete, sah sie die sanft auslaufenden Hügel des herbstlichen Teutoburger Waldes. Stolz zeigte ihnen der Inhaber der Gießerei, August Verleger, sein Anwesen. »Es bietet viel Platz für die Errichtung Ihrer Fabrik«, pries er das Grundstück an.

»Das Gelände hat gigantische Ausmaße«, staunte Carl, während er den Blick über das Areal der Gießerei schweifen ließ. »Ist das nicht etwas zu groß für uns?« Er bedachte Katharina und Rudolf, die ihm gegenüberstanden, mit fragendem Blick.

»Es bietet uns genügend Platz für den Neubau«, fand Rudolf, der sichtlich angetan war von der Vorstellung, an dieser Stelle zu bauen.

»Hier wird unser neuer Firmenstammsitz entstehen«, schwärmte Katharina, die bereits Bilder im Kopf hatte. Sie sah eine große Fabrik, in der emsig werkelnde Arbeiter Waschmaschinen, Zentrifugen und Buttermaschinen montierten, um sie in die ganze Welt zu verschicken. »Und dort«, sagte sie mit ausgestrecktem Zeigefinger auf das Verwaltungsgebäude, »gibt es genügend Platz, um dir ein repräsentatives und standesgemäßes Büro einzurichten.«

»Ich lege nicht allzu viel Wert auf ein großes und protziges Büro«, entgegnete Carl mit säuerlicher Miene. »Offen gestanden bin ich mit meinem kleinen Büro in Herzebrock sehr zufrieden«, fügte er voller Bescheidenheit hinzu. Katharina wusste, dass er an ein Büro keine großen Ansprüche stellte, denn Carl war ein Praktiker, der sich lieber im Betrieb aufhielt als in seinem Büro. Doch mit dem Wachstum der Fabrik wuchsen sicher auch die Ansprüche der Menschen, die künftig mit Carl verhandeln würden.

»Wissen Sie«, mischte sich nun August Verleger ein, »es ist immer gut, seine Geschäftsfreunde in angemessenen Räumlichkeiten empfangen zu können.« Verleger war Ende fünfzig, groß und stattlich, sein Anzug saß trotz seines üppigen Umfangs perfekt, der Schnurrbart war fein gezwirbelt und der Gehstock, auf den er sich stützte, aus feinstem, schwarz gestreiftem Ebenholz. Katharina vermutete, dass er das gute Stück in einer der großen Manufakturen in Thüringen gekauft hatte.

»Was uns vielmehr reizt, ist das weitläufige Gelände«, warf Rudolf ein. Er fühlte sich offenbar berufen, Carls Einwände zu zerstreuen und ihn für das Grundstück zu begeistern.

»Brauchen wir denn so viel Platz?«

»Aber sicher, mein Lieber, aber sicher.« Rudolf nickte. »Wenn wir die Waschmaschine Typ *Hera* erst einmal präsentiert haben, wird jeder Haushalt, der sich diese Errungenschaft leisten kann, bei uns bestellen.«

»Und diese Maschinen müssen ja auch zu Ihrer werten Kundschaft gelangen«, bemerkte August Verleger mit einem nachsichtigen Lächeln auf den Lippen. »Dafür hat man hier einiges getan. Allein der Bau der neuen Chausseen ist ein Segen für uns Fabrikanten. Es wäre niemandem zuzumuten, die Waren, die hier entstehen, mit einem Handkarren über die ausgefahrenen Wege zum Bahnhof zu bringen.«

»Die Bahnstrecke bietet uns zahlreiche Vorteile«, pries Rudolf weiter an. »Wir haben in direkter Nähe die Eisenbahnstrecke Köln–Minden, die Teutoburger Wald-Bahn und die Staatsbahn-Linie.« Mit einem raschen Blick zu Verleger versicherte er sich davon, richtigzuliegen. Der Inhaber der Gießerei nickte zustimmend. »Und auch der Straßenbau wird weiter vorangetrieben, denn Bürgermeister Mangeldorf ist es ein Anliegen, dass die Straßen problemlos von Automobilen genutzt werden können.«

»Die Bahnstation ist von hier aus nur einen Steinwurf entfernt«, hörte sie August Verleger sagen. »Und wir haben in den letzten Jahren viele neue Kreis-Chausseen gebaut.«

»Da fällt mir ein, wenn wir unsere Gussteile künftig auf dem

Werksgelände produzieren lassen, fällt der Transportweg schonmal weg«, freute sich Rudolf. »Wir werden Zeit und Geld sparen, Carl.« Unternehmungslustig rieb er sich die Hände. Katharina sah ihm an, dass er am liebsten sofort mit dem Neubau der Zentrifugenfabrik auf dem Gelände der Gießerei begonnen hätte.

»Wir werden unsere Maschinen zur Bahnstation bringen lassen müssen«, überlegte Carl. »Da kommen uns die neuen Straßen sehr gelegen, erst recht, wenn sie für Automobile geeignet sind.«

»Das Automobil wird schon bald die Fuhrwerke ablösen«, zeigte sich August Verleger zuversichtlich.

Katharina zwinkerte Carl zu. »Die Sache mit dem Automobil«, flüsterte sie ihm ins Ohr.

»Wie belieben?« August Verleger bedachte sie mit einem fragenden Blick. Er machte keinen Hehl daraus, dass er eine Frau bei geschäftlichen Verhandlungen als störend empfand.

»Automobile bestimmen unsere Zukunft«, gab Carl ihm schnell recht. Offenbar fürchtete er eine bissige Antwort von Katharina.

»Und ich könnte mir gut vorstellen, dass wir bald auch Automobile bauen werden«, bemerkte Katharina stattdessen. Verleger betrachtete sie, als sei sie nicht recht bei Trost, doch das hinderte sie nicht daran, weiter zu plaudern. »Wir bauen die besten Zentrifugen und Buttermaschinen der Welt, wir bauen die besten Waschmaschinen der Welt – warum sollten wir dann nicht auch die besten Automobile der Welt bauen können?« Als Verleger schwieg, fuhr sie fort: »Ihre Gießerei hat ja auf dem

Gelände bereits ihren Sitz – und Sie könnten uns beliefern, mein Herr.«

Die verkniffene Miene von August Verleger entspannte sich ein wenig. Er rang sich ein Lächeln ab. »Herr Zenker berichtete mir bereits im Vorfeld, dass Sie beide«, er deutete erst auf Carl, dann auf Katharina, »wahre Visionäre sind. So betrachtet steht es mir nicht zu, Ihr Wort in Frage zu stellen, gnädige Frau.«

Katharina nickte zufrieden.

»Wie sieht es mit der Infrastruktur aus?«, wollte Carl wissen, mehr, um das Thema zu wechseln.

»Eine Gasleitung zu legen, ist angedacht, dann können Sie eigenen Strom für die Fabrik herstellen. Doch auch die vom Kaiser versprochene Elektrifizierung schreitet voran, sodass Gütersloh sicher schon bald ans Netz gehen wird.« Verleger lächelte zuversichtlich. »Sie sehen, hier haben Sie die besten Voraussetzungen, Ihre Maschinen zu bauen.« Er warf Katharina einen flüchtigen Blick zu. »Und gerne auch Ihre eigenen Automobile.« Es war ihm anzusehen, dass er Katharinas Anmerkung für einen schlechten Scherz hielt. Sie nahm sich vor, ihn irgendwann eines Besseren zu belehren, ersparte sich aber eine Antwort.

»Sicherlich gibt es auch gute Architekten in Gütersloh?«, wollte Rudolf wissen.

»Selbstverständlich.« Verleger nickte. Er stützte sich auf seinem Gehstock ab und verlagerte sein Gewicht. »Ich kann Ihnen Kontakte vermitteln, wenn es hilfreich ist.«

»Absolut«, stimmte Rudolf zu. »Für jede Art der Kontaktanbahnung sind wir Ihnen sehr dankbar, nicht wahr, Carl?«

»Selbstredend«, stimmte Carl ihm nickend zu und wandte sich an Verleger. »Die Idee, dass Sie auf unserem künftigen Gelände unsere Gussteile in Ihrem alten Betrieb fertigen, finde ich im Übrigen besonders reizvoll«, bemerkte Carl, als sein Blick zu dem einzigen vorhandenen Fabrikgebäude auf dem weitläufigen Areal schweifte. »Ich denke, wir werden uns einig.«

»Davon bin ich überzeugt.« Verleger nickte. »Wollen Sie mir jetzt zu einer Besichtigung der Innenräume und der Gießerei folgen?«

Katharina nickte. »Natürlich«, sagte sie, »wir sind sehr neugierig und können es kaum erwarten, mit dem Bau unserer Fabrik zu beginnen.« Der missbilligende Blick von August Verleger blieb ihr nicht verborgen, und Katharina ahnte, welche Meinung er von Frauen hatte. Das machte ihn nicht gerade sympathisch, doch hier ging es nicht darum, Freundschaften zu knüpfen, sondern Geschäfte zu machen. In der letzten Zeit hatte sie sich angewöhnt, diese beiden Dinge voneinander zu trennen. Deshalb lächelte sie Verleger charmant an und schwieg.

*

Es war ein verregneter Tag. Die Wolken hingen dicht und tief über Herzebrock, dicke Tropfen pladderten auf das Vordach der alten Kornmühle. Nur wenige Männer hielten sich im Freien auf, um hier ihre Pause zu verbringen. Einige rauchten und starrten schweigend und gedankenverloren in die tiefen Pfützen, die sich auf dem Hof der kleinen Fabrik gebildet hatten. Der Duft nach Eisen und Farbe hing schwer in der Luft.

Ida fröstelte, als sie sich zu Alfons gesellte. Ein feines Lächeln huschte um seine Mundwinkel. Schnell nahm er einen letzten Zug an seiner Zigarette, bevor er den Stummel in eine Pfütze schnippte. Mit einem leisen Zischen erstarb die Glut.

»Und?«

Ida bedachte ihn mit einem fragenden Blick. »Was – und?«

»Wie geht es Josephine?« Er schob seine Hände in die Hosentaschen und lehnte sich an einen der Pfeiler, die das löchrige Vordach stützten.

Sie zuckte die Schultern. »Wie soll es ihr gehen?« Ein wenig wunderte sie sich darüber, dass er sich nach ihrer Mitbewohnerin erkundigte. Plötzlich hatte sie einen Kloß im Hals.

»Sie … sie hat sich wohl den Magen verdorben«, sagte sie mit gesenktem Blick. »Ich habe Glück, mir geht es blendend.«

»Das ist gut.« Er sah sich um und überzeugte sich davon, dass niemand sie beobachtete, dann zog er sie in den Arm und küsste sie.

Ida spürte, dass ihre Zweifel dahinschmolzen wie Butter in der Sonne. Sie verzehrte sich nach seinen Zärtlichkeiten und genoss die flüchtige Zuneigung, die er ihr gab. »Das … das dürfen wir nicht«, flüsterte sie, als sich ihre Lippen voneinander gelöst hatten. Ängstlich blickte sie sich um, doch sie waren alleine unter dem Vordach, und niemand der anderen schenkte ihnen Beachtung.

»Warum dürfen wir das nicht?« Er strich sich eine Haarsträhne aus dem Gesicht und wirkte auf Ida ungemein anziehend.

Sie liebte seine verwegene, mitunter wilde Art. »Weil … weil wir nicht verheiratet sind und weil wir hier sind, um zu arbeiten. Was, wenn Böker uns erwischt?« Ida blickte sich um, doch von dem strengen Werkleiter war weit und breit nichts zu sehen.

Alfons lachte leise. »Wenn er was dagegen hat, dass wir uns in der Pause küssen, dann ist er sicher nur neidisch«, behauptete er, zog Ida an sich und verschloss ihr den Mund mit einem weiteren leidenschaftlichen Kuss, bevor sie Widerspruch einlegen konnte. Erst, als das schrille Pfeifen der Dampfsirene das Ende der Pause ankündigte, ließ er von ihr ab. »Und außerdem«, fügte er grinsend hinzu, »außerdem liebe ich dich – und da lasse ich es mir von niemandem verbieten, dich zu küssen.«

Bei diesen Worten klopfte Idas Herz gleich ein paar Takte schneller. Mit vor Aufregung roten Wangen stellte sie sich auf die Zehenspitzen und hauchte ihm einen Kuss auf die Lippen, dann machte sie, dass sie zurück in die Fabrik kam.

*

Zur Feier des Tages hatte August Verleger sie zum Essen in den *Westfälischen Hof* eingeladen. Der Betreiber der kleinen Gießerei war sichtlich zufrieden, dass seine neuen Geschäftspartner den Vertrag zum Kauf des Geländes bereits in Anwesenheit eines Advokaten und eines Notars unterzeichnet hatten. Damit war der Kauf in trockenen Tüchern.

Dunkles Holz und halbhoch getäfelte Wände unterstrichen die hier herrschende Gemütlichkeit. Der Boden war mit Fliesen in einem weiß-türkisfarbenen Schachbrettmuster belegt und sorgte für den nötigen Kontrast zur Einrichtung.

Aus der Küche wehte ein verführerischer Duft nach frischem Braten in den Gastraum und erinnerte Katharina daran, dass sie seit dem Frühstück nichts mehr gegessen hatte. Prompt verspürte sie Hunger.

»Dass es mit dem Verkauf des Fabrikgeländes so schnell geht, hätte ich tatsächlich nicht gedacht«, schmunzelte Verleger zufrieden, nachdem der Kellner die Bestellung aufgenommen hatte.

»Dachten Sie, wir machen einen Rückzieher?«, fragte Katharina und betrachtete ihn mit einem prüfenden Blick.

»Nun, der Kauf eines großen Areals bedarf einer gründlichen Überlegung«, gab Verleger zu bedenken.

»Aber wir benötigen dringend und so schnell wie möglich Platz«, bemerkte Rudolf mit einem verbindlichen Lächeln auf den Lippen. Seine Wangen leuchteten rot vor Aufregung. »Und schon morgen macht sich der Architekt daran, mit den Planungen für den Neubau zu beginnen«, fügte er hinzu. »Sie haben ein gutes Geschäft mit dem Verkauf gemacht und Sie profitieren davon, uns auch in den nächsten Jahren mit den Gussteilen zu beliefern.«

»Ein paar Jahre noch?« August Verleger betrachtete Rudolf mit betroffener Miene. »Offen gestanden weiß ich nicht, wie lange ich den Betrieb noch führen kann – schließlich bin ich nicht mehr der Jüngste, und meine Gesundheit ist nach Jahren am Hochofen auch schon in Mitleidenschaft gezogen worden«, erwiderte Verleger und klang plötzlich ein wenig melancholisch.

»Überlegen Sie etwa, den Betrieb in absehbarer Zeit einzustellen?«, fragte Carl und wirkte ein wenig beunruhigt. Der Gedanke, sich einen neuen Zulieferer suchen zu müssen, behagte ihm offenbar nicht.

»Aber es war ein Kaufkriterium für uns, dass die Gießerei aufrechterhalten bleibt«, betonte Rudolf mit einem pikierten Blick.

»Mein lieber Verleger«, sagte Carl, »wenn Sie den Betrieb schließen wollen, dann tun Sie sich keinen Zwang an.«

Alle Blicke richteten sich auf Carl, der mit einem verschmitzten Lächeln in die Runde sah. Katharina ahnte, was in ihrem Mann vorging.

»Wenn Sie auch die Gießerei verkaufen wollen, denken Sie zuerst an uns.«

»Wie belieben?« Verleger zog eine Augenbraue hoch.

»Nun, es gehört zu unserer Philosophie, alle Teile, die zum Bau unserer Maschinen benötigt werden, selbst herzustellen«, führte Carl unbekümmert an. »Bei gegossenen Bauteilen war das bisher nicht möglich, doch wenn Sie sich mit dem Gedanken tragen, den Betrieb zu veräußern, könnte ich mir gut vorstellen, dass wir die Gießerei übernehmen und unsere Teile künftig in Eigenregie produzieren.«

Nach einem kritischen Blick von Rudolf fügte er schnell hinzu: »Vorausgesetzt, Sie machen uns ein attraktives Angebot.«

Verleger wirkte sichtlich erleichtert. »Darüber ließe sich reden«, versprach er. Offensichtlich hatte er befürchtet, dass Carl, Katharina und Rudolf trotz der unterzeichneten Verträge vom Kauf zurücktreten könnten, wenn er ihnen eröffnete, die Gießerei schließen zu wollen.

»Dann lassen Sie uns darüber reden«, forderte Carl ihn auf. »Wir können die Gießerei übernehmen, sobald unsere neue Fabrik errichtet ist und wir die Produktion unserer Maschinen nach Gütersloh verlegt haben.« Er begegnete Rudolfs Blick mit einem jungenhaften Grinsen. »Ich bin sicher, dass wir eine Möglichkeit finden werden, oder, Rudolf?«

»Es ist eine Frage des Preises«, erwiderte Carls Kompagnon ein wenig zurückhaltend.

»Selbstredend«, nickte Verleger. »Ich werde Ihnen natürlich ein gutes Angebot zur Übernahme meines Geschäfts machen.«

»Das klingt vielversprechend – und allen wäre geholfen«, mischte sich Katharina jetzt ein. Sie hatte schon befürchtet, dass die Stimmung sich verschlechtern könnte, und war froh, dass Carl die Idee der Übernahme geäußert hatte. Und zum ersten Mal an diesem Tag bedachte August Verleger sie mit einem dankbaren Blick.

Bevor die vier in die Verhandlungen zum nicht geplanten Kauf der Gießerei einsteigen konnten, wurde ihnen das wohlverdiente Essen auf silbernen Tabletts serviert. Wilhelm Deichfuß, der vollleibige Wirt, wies gleich zwei Küchenhilfen an, die Gäste zu bedienen. Mit einem strengen Blick überwachte er seine Angestellten. Sie servierten auf edlem Geschirr und legten silbernes Besteck aus, das sie auf strahlend weiße Servietten betteten. Gespannt beobachteten Verleger, Carl, Rudolf und Katharina das Geschehen. Erst, als alles angerichtet war, entspannten sich die Gesichtszüge des Wirtes. Wilhelm Deichfuß zwirbelte sich den üppigen Schnurrbart, deutete eine Verbeugung an und wünschte »allseits einen guten Appetit«, bevor er sich in die Küche zurückzog.

Beim Anblick des Bratens lief Katharina das Wasser im Munde zusammen. Die Kruste war herrlich gebräunt und knusprig, dazu servierte man ihnen Rotkohl und Kartoffeln. Die Männer tranken Bier, sie selbst hatte sich einen Rotwein bestellt, der herrlich mit dem Essen harmonierte. Und mit jedem Bissen verbesserte sich die Stimmung zwischen den Männern. Die Zukunft konnte kommen!

*

Am späten Abend besuchte Katharina Carl noch einmal in seinem Büro in der alten Kornmühle. Er saß an seinem Schreibtisch und war in die Unterlagen versunken, die er vor sich ausgebreitet hatte. Als sie den Raum betrat, erhellte sich seine Miene.

»Ich mache nicht mehr lange«, versprach er, und in Katharinas Ohren klang es wie eine Entschuldigung.

Sie ging nicht darauf ein, umrundete den Schreibtisch und küsste ihn.

»Ich habe etwas für dich«, sagte er und griff hinter sich. In einer Papprolle befand sich ein großformatiger Papierbogen, den er nun auf dem Tisch ausbreitete. »Hier«, sagte er, »gefällt dir das?«

Katharina warf einen Blick auf das Plakat und war spontan begeistert. Die farbenfrohe Zeichnung zeigte eine Hausfrau älteren Jahrgangs neben einer *Thiele*-Waschmaschine der ersten

Generation. Darüber prangte der Reklamespruch, den Katharina aus Clarholz mitgebracht hatte. Der von Carl beauftragte Zeichner hatte ihre Idee in Perfektion umgesetzt.

»Nur Thiele, Thiele sagt die Tante, weil sie alle and'ren kannte«, las sie laut vor. »Das ist großartig, Carl!«

»Wenn du zufrieden bist, dann bin ich es auch.«

»Es ist wunderschön!«, schwärmte sie. »Ich bin erstaunt, wie gut der Zeichner meine Idee umgesetzt hat.«

»Wie geht es denn jetzt weiter damit?«, wollte Carl wissen.

»Wir werden Annoncen in den Zeitungen aufgeben und Plakate drucken lassen«, schlug Katharina vor. »Und je mehr Leute darauf aufmerksam werden, umso schneller wird der Satz zu einem geflügelten Wort, mit dem wir die Qualität unserer Maschinen bekannt machen werden.«

»Das klingt vielversprechend«, räumte Carl ein. Er betrachtete das Plakat mit einem zufriedenen Gesichtsausdruck. »Schön«, sagte er, »so machen wir es.«

»Es ist spät geworden, und der Tag in Gütersloh war anstrengend«, murmelte Katharina, während sie gegen die aufsteigende Müdigkeit ankämpfte. »Lass uns Schluss machen für heute.«

Carl hatte keine Einwände. Er rollte das Plakat zusammen und schob es in die Papprolle. Anschließend räumte er die Unterlagen auf seinem Schreibtisch zusammen und erhob sich. »Dann nichts wie nach Hause«, sagte er und streifte sich den Mantel über. »Für heute soll unser Tagwerk beendet sein.«

Kapitel 35

Theresa Zumwinkels Augen schimmerten feucht, als sie am frühen Abend am Küchenfenster stand, um einen traurigen Blick auf den Hof zu werfen. Dort war Bernhard damit beschäftigt, den alten Leiterwagen des Zumwinkel-Hofes mit ihren Habseligkeiten zu beladen. Die beiden Knechte halfen ihm dabei, denn die Holzkisten waren schwer und unhandlich.

Wurden sonst beim Arbeiten immer Scherze gemacht oder Lieder gesungen, so herrschte an diesem Abend eine bedrückende Stille auf dem Hof. Kein Wunder, war es doch die vorletzte Nacht auf dem Zumwinkel-Hof. Morgen würde ein Möbelwagen aus Gütersloh kommen, um Schränke, Tische und Stühle zu verladen.

Carl, ihr Schwiegersohn, hatte den Transporteur ausfindig gemacht. Theresa wusste nicht, ob sie sich an das Leben in der Stadt gewöhnen konnte. Eine Stadtwohnung, umgeben vom Grau der umliegenden Gebäude. Vor dem Haus verlief die Straße, auch der Blick aus den nach hinten liegenden Fenstern bot nur Aussicht auf den tristen Hinterhof.

Schon jetzt wusste Theresa, dass sie die Natur, die den Zumwinkel-Hof umgab, schmerzlich vermissen würde. Doch einen Vorteil brachte der Umzug mit sich: Die ständige Schufterei hatte ein Ende. Sie würden sich um Arbeit kümmern, um ihren Lebensunterhalt zu verdienen. Bernhard hatte die Möglichkeit, bei einem Friedhofsgärtner angestellt zu werden. Dann war er wenigstens draußen an der frischen Luft und würde sich nicht an das Leben in einer der düsteren Fabriken gewöhnen müssen. Um nicht den ganzen Tag über tatenlos herumzusitzen, würde auch Theresa sich eine Anstellung suchen. Vielleicht in einem der vornehmen Häuser als Haushaltshilfe. So hoffte sie, die sicher nötige Zerstreuung zu finden.

Draußen hatten die Männer ihre Arbeit beendet. Sie legten eine große Plane über das Fuhrwerk und banden sie mit Stricken an der einfachen Holzkonstruktion des Fuhrwerks fest. Einer der Knechte hatte Aurora, das treue Maultier, aus dem Stall geholt, um es vor den Wagen zu spannen.

Theresa würde auch die Tiere, an die sie sich gewöhnt hatte, vermissen. Doch es nutzte alles nichts – für das Nutzvieh gab es keinen Platz in der Stadt.

Mit einem schweren Seufzer auf den Lippen wandte sich Theresa vom Fenster ab. Zum ersten Mal seit einer Ewigkeit trug sie keine Kittelschürze. In den letzten Jahren hatte sie sich daran gewöhnt, nur sonntags, zum Gottesdienst, festliche Kleidung zu tragen. Als sie jetzt an sich herabsah, fühlte es sich eigenartig, ja fremd an. Auch die Küche wirkte kahl auf sie. Nur die große Eckbank und der Tisch standen noch im Raum. Darum würden sich die Männer von der Umzugsfirma morgen kümmern. Ein Großteil des Geschirrs war bereits verpackt und befand sich in den Kisten auf dem Leiterwagen. Morgen würden sie es mit in die Stadt nehmen. Bernhard wollte nach dem Frühstück mit den Knechten losfahren und die Wohnung einrichten. Dann würde ein neues Leben beginnen.

Kapitel 36

Am späten Abend hatten es sich Katharina und Carl in ihrer Wohnung gemütlich gemacht. Carl trug seinen bequemen Hausanzug, und auch Katharina war froh, das viel zu enge Korsett, das sie tagsüber unter dem mintgrünen Kleid mit Brüsseler Spitze getragen hatte, loszuwerden.

Der Regen, der sich den ganzen Tag über hartnäckig über Ostwestfalen gehalten hatte, war nach Osten weitergezogen. Katharina hatte das Fenster geöffnet. Sie liebte den Duft des Regens, der noch immer in der Luft hing.

Das Abendessen war nach dem opulenten Mahl in Gütersloh entsprechend spartanisch ausgefallen, Katharina hatte Brot und Wurst aufgeschnitten.

Bei einem Glas Wein saßen sie in der kleinen Küche beieinander, um den erfolgreichen Tag ausklingen zu lassen. Bereits am späten Nachmittag hatte Rudolf ein Telegramm an Verleger nach Gütersloh geschickt, in dem er ihm mitgeteilt hatte, auch die Gießerei übernehmen zu wollen. Zuvor hatte dieser ihnen ein attraktives Angebot zur Übernahme der Gießerei zukommen lassen. Carl hatte keinen Moment gezögert, denn der Gedanke daran, die Eisenbeschläge und viele Einzelteile auf dem künftigen Gelände in Eigenarbeit herstellen zu können, war verlockend und entsprach seiner Philosophie.

Ein guter Tag ging zu Ende und Katharina hatte den Eindruck, dass er sie einen großen Schritt nach vorn bringen würde. So schnell wie möglich sollten die Bauarbeiten in Gütersloh beginnen, um die neue, große Fabrik in Betrieb zu nehmen.

»Wir sollten über einen Umzug nachdenken, sobald die Fabrik in Gütersloh steht.«

»Wie meinst du das?« Carl blickte überrascht auf.

»Wir brauchen Platz für unsere Kinder.« Katharinas Wangen glühten vor Aufregung. »Und hier«, sie blickte sich um, »wird es auf Dauer zu eng für uns.«

»Bist du schwanger?« Carl zog die Augenbrauen hoch.

»Noch nicht.« Katharina musste lachen.

»Könntest du dir denn vorstellen, dort zu leben?«

»In der Stadt?« Als junges Mädchen auf dem Land hatte sich Katharina oft gewünscht, in der Stadt zu leben. Damals waren die wöchentlichen Einkäufe auf dem Markt im ländlichen Clarholz schon einer kleinen Sensation gleichgekommen. Oft hatte sie damals von Reisen in die großen Städte geträumt. Und an der Seite von Carl gingen diese Träume in Erfüllung. Kurz dachte sie an ihre Eltern. Für Theresa und Bernhard endete der Traum vom eigenen Hof morgen. Sie würden die Stadtwohnung beziehen, die Carl ihnen besorgt hatte.

»Ich könnte es mir gut vorstellen«, antwortete Katharina.

»Wir sollten bauen«, schlug Carl so unvermittelt vor, dass er sie jetzt doch überraschte. Seine feingliedrigen Hände ruhten auf dem Tisch, während er sie mit interessiertem Blick betrachtete.

Wahrscheinlich, dachte Katharina, *will er sehen, wie ich auf die Frage reagiere.* »Bauen?«, wiederholte sie, mehr, um Zeit zu gewinnen.

»Ja, ein Haus. Wenn unsere Fabrik in Gütersloh entsteht, sollten wir auch dort wohnen. In unserem Haus.«

»Was hast du vor, Carl Thiele?«

»Ich könnte mir vorstellen, mit dir in einer Villa am Stadtrand zu leben.« Er schmunzelte und hatte sichtlich Freude an Katharinas verdutztem Gesichtsausdruck.

»In einer Villa?«

»Sicher.« Carl nickte. »Sie bauen gerade ein neues Villenviertel am Rand des Stadtwaldes. Die Lage ist gut, die Nachbarn gehören zu den privilegierten Bürgern der Stadt.«

Katharinas Herz vollführte einen erfreuten Hüpfer. »Dann«, rief sie aufgeregt, »wünsche ich mir ein kleines Märchenschloss mit einem Turm.«

Carl lachte. »Ein Schloss ist vielleicht doch etwas zu groß, aber einen Turm könnte ich dir anbauen lassen.«

»Einverstanden, das wäre traumhaft!« Begeistert klatschte sie in die Hände. »Zeichne doch, wie du dir unser Haus vorstellst.«

»Ich?« Carl blickte entgeistert drein. »Ich bin doch kein Architekt. Obwohl ich mit meinem Vater als Maurer unterwegs war, so habe ich keine Ahnung davon, wie man ganze Häuser plant. Ob ich das kann?«

»Natürlich. Wenn du Maschinen konstruieren und zeichnen kannst, dann zeichne, wie du dir unser Traumhaus vorstellst.«

»Im Ernst?« Carl erhob sich, um ihre Gläser zu füllen. Katharina sah ihm an, dass ihrem Mann die Vorstellung gefiel, im eigenen Haus zu leben.

»Selbstverständlich«, nickte Katharina. Sie hob ihr Glas und prostete ihm zu. Carl fügte sich seinem Schicksal und holte einen Zeichenblock und einen Stift. Damit bewaffnet, nahm er wieder am Küchentisch Platz und begann zu zeichnen. Während Katharina ihm mit einem verzückten Lächeln zusah, hätte sie sich glatt erneut in ihn verlieben können. Er verzog beim Zeichnen die Lippen und die Augenbrauen und brachte sie unfreiwillig zum Lachen.

»Was hast du?«, fragte er irgendwann.

»Ich beobachte dich die ganze Zeit«, gestand sie ihm. »Es sieht lustig aus, wie du mit deiner Miene malst – dein Gesicht zeichnet sozusagen mit.«

»Und das findest du lustig?«, fragte er in gespielter Strenge. »Du amüsierst dich über mich?«

»Offen gestanden ja.« Katharina prustete vor Lachen. Sie erhob sich und setzte sich zu ihm auf die Eckbank, legte einen Arm um seinen Hals und warf einen Blick auf seine Skizze. Carl verstand es nicht nur, Maschinen zu zeichnen, sondern auch Häuser.

»An dir ist ein Architekt verlorengegangen«, stellte sie fest. »Das ist gut, es sieht traumhaft aus.« Sie betrachtete das Bild ihres Hauses, so, wie Carl es sich in seiner Phantasie vorstellte. Er hatte eine prachtvolle Villa auf das Papier gezaubert. Sie stand an einer Straßenecke, die beiden Straßen, die vor ihrem Grundstück aufeinandertrafen, waren gesäumt von Pappeln. Das Grundstück war umgeben von einer Mauer aus Sandstein, darüber thronten schmiedeeiserne Zäune, die den Bewohnern Schutz bieten sollten. Es gab Fachwerk und Elemente der Renaissance, eine etwas eigentümliche Mischung, die Katharina aber gefiel. »Das ist etwas ganz Besonderes«, stellte sie staunend fest. »Und sogar an meinen Turm hast du gedacht.« Sie beugte sich zu ihm und hauchte ihm einen Kuss auf die Wange. »Es ist zauberhaft, Carl!« Mit verzücktem Blick bewunderte sie den halbrunden Turm, der links neben dem Portal der Villa in den Himmel ragte. Unwillkürlich frage sich Katharina, wie es wohl im Innern des Turmes aussehen mochte.

»Bauen wir so unser Haus in Gütersloh?«

»Wenn du es magst.« Carl nickte. »Gefällt es dir, Prinzessin?«

»Ob es mir gefällt?« Sie zog eine Grimasse. »Nein – es gefällt mir nicht einfach nur, es ist großartig! Es ist, als hättest du in meinen Traum sehen können, um die Villa zu zeichnen. Genauso habe ich sie mir vorgestellt, Carl!«

»Dann habe ich deinen Geschmack getroffen«, stellte er sachlich und zufrieden fest. »Das freut mich sehr.«

»Wann können wir dort einziehen?«

»Bald, Prinzessin«, versprach er ihr, während er Block und Stift zur Seite legte und Katharina zu sich heranzog. Sie küssten sich leidenschaftlich, und Katharinas Herz vollführte einen Freudensprung. Carl hatte ihr ein Traumhaus gezeichnet, und sie war davon überzeugt, dass er alles daransetzen würde, dass es schon bald Wirklichkeit wurde.

Kapitel 37

Wie kommst du mit dem Prototyp der neuen Waschmaschine voran?« Mit interessiertem Blick war Rudolf in Carls kleine Werkstatt getreten, wo er seinen Partner bei der Arbeit antraf. Carl war gerade damit beschäftigt, ein im Spannbock befestigtes Zahnrad zu bearbeiten, als sein Kompagnon auf der Bildfläche erschien. Er hatte sich eine Kladde unter den Arm geklemmt und die Hände lässig in den Hosentaschen versenkt. Interessiert blickte Rudolf sich um.

Carl legte die Feile aus der Hand.

»Was kann ich für dich tun?«

»Es gibt Arbeit.« Mit einer lässigen Bewegung warf er die mitgebrachte Kladde auf die Werkbank. Carl erkannte mit einem Blick, dass es sich um die Auftragsbücher handelte.

»Na«, grinste er, »das will ich doch hoffen.«

Rudolf schüttelte den Kopf. »Es wird ernst, Partner. Ich habe bereits zahlreiche Waschmaschinen vom Modell *Hera* verkauft. Die Kunden warten jetzt auf uns.«

»Welche Lieferzeiten hast du genannt?«

»Willst du das wirklich wissen?« Rudolf grinste schief.

»Ich fürchte, ich muss es sogar wissen.«

»Vier Monate.«

»Wie viele Maschinen?«

»Fünfzehn.«

Carl machte große Augen. »Fünfzehn?«, wiederholte er und spürte, wie sich sein Herzschlag beschleunigte. »Die Arbeiter produzieren gerade acht Zentrifugen – sie sind ausgelastet.«

»Und die großen Maschinen für deinen Freund Adlon müssen auch noch gebaut werden«, erinnerte Rudolf ihn.

In einem Anflug von Panik tippte Carl auf den halbfertigen Prototyp. »Erst muss der hier funktionieren.«

»Womit wir wieder bei meiner Frage vom Eingang wären«, spannte Rudolf den Bogen. »Wann bist du fertig damit?«

Lautstark blies Carl die Luft durch die Wangen. »Zehn Tage, eine Woche mindestens noch, schätze ich.«

»Das ist zu lange.« Energisch schüttelte Rudolf den Kopf.

»Was schlägst du vor?« Carl lehnte sich mit verschränkten Armen an die Werkbank. Sosehr er sich auch über den Erfolg der Firma freute, so brachten ihn die von Rudolf genannten Lieferzeiten an seine Grenzen. Kurz fragte er sich, warum Rudolf ihn nicht gefragt hatte, bevor er den Kunden die Liefertermine bestätigt hatte.

»Wir sollten zusätzliche Leute einstellen und Tag und Nacht arbeiten.« Aus Rudolfs Mund klang das wie eine selbstverständliche Konsequenz. »Und wir hoffen, dass der Neubau in Gütersloh schnell voranschreitet.«

Carl lehnte sich an die Werkbank. »Manchmal fürchte ich mich vor dem, was wir geschaffen haben«, gestand er seinem Freund. »Was, wenn wir alle Maschinen verkauft haben?«

»Dann werde ich weitere verkaufen«, versprach Rudolf ihm. »Es ist der richtige Zeitpunkt, an die Serienproduktion zu gehen, deshalb wird uns die neue Fabrik weiter nach vorn bringen.«

»Und wenn die Aufträge ausbleiben?«

»Das wird nicht passieren«, behauptete Rudolf voller Zuversicht. »Denn wenn sich erst herumspricht, wie robust unsere *Hera* ist, dann wollen alle eine haben.«

»Manchmal machst du mir Angst«, murmelte Carl ein wenig besorgt.

»Was bereitet dir Angst?« Rudolf musste lachen. »Unser Erfolg? Dein Ideenreichtum?«

Es klopfte an der Tür. Carl und Rudolf blickten auf. Auf Carls gemurmeltes Herein betrat Hermann Böker die Werkstatt. Er nahm die Mütze vom Kopf und deutete eine Verbeugung an. »Gut, dass ich Sie beide hier antreffe, meine Herren.«

»Warum?« Carl betrachtete den Werkleiter.

»Draußen stehen fünf Frauen und fünf Männer.«

»Was wollen sie?«, fragte Rudolf.

»Sie fragen nach einer Anstellung in unserer Fabrik, Herrschaften.« Böker schien die Angelegenheit unangenehm zu sein. »Wir suchen aber keine Leute.«

»Da wissen Sie nicht alles, mein lieber Böker.« Rudolf klopfte dem Werkleiter jovial auf die Schultern. »Aber das ist ein anderes Thema, mit dem wir uns zu einem späteren Zeitpunkt auseinandersetzen werden.«

»Wie kommen die Leute darauf, bei uns arbeiten zu wollen?«, erkundigte sich Carl.

»Sie gaben an, dass Ihre Frau unlängst für die gerechten Löhne und die guten Arbeitsbedingungen geworben hat.« Böker war mit der Situation offensichtlich überfordert, ein eher ungewöhnlicher Anblick für Carl und Rudolf.

»Was soll ich denn jetzt sagen?«

Carl wechselte einen schnellen Blick mit seinem Kompagnon, der offensichtlich ähnlich dachte wie er. Rudolf deutete ein knappes Nicken an. Somit war klar, was zu tun war. »Bitten Sie die Leute herein«, forderte er den Werkleiter auf. »Wir brauchen tatsächlich dringend Verstärkung.«

*

»Du hast den Nerv der Frauen getroffen.« Carl lächelte glücklich, als Katharina gegen Mittag sein Büro betrat. Hemdsärmelig saß er am Schreibtisch und blätterte durch einen Stapel von Unterlagen. Der Geruch von Papier und Tinte hing schwer im Raum.

Katharina zog die Jacke aus und hängte sie an die Garderobe hinter der Tür. »Warum das?«

»Nun, deine Rede beim Frauenverband hat sich schnell herumgesprochen.« Carl erhob sich von seinem Stuhl, umrundete den Schreibtisch und nahm sie liebevoll in den Arm. »Du hast Reklame für uns gemacht, und nun rennen sie uns die Bude ein.«

Katharina verstand nicht, wovon er sprach. Sie erwiderte seinen zärtlichen Kuss und gab sich einen winzigen Augenblick lang den Schmetterlingen hin, die in ihrem Bauch flatterten.

Dann besann sie sich auf den Anlass ihres Besuches und nahm auf einem der Stühle Platz. Auch Carl setzte sich wieder. »Wir haben heute Vormittag zehn neue Leute eingestellt, die sich hier spontan vorgestellt haben. Fünf von ihnen sind Frauen.«

»Das ist doch großartig«, freute sich Katharina, dann zögerte sie. »Das heißt … gibt es denn genug Arbeit und war Rudolf damit einverstanden, künftig zusätzliche Löhne bezahlen zu müssen?«

»Aber ja.« Carl nickte und berichtete ihr von den vollen Auftragsbüchern, die Rudolf von seiner letzten Geschäftsreise mitgebracht hatte. »Wir müssen die *Hera* rund um die Uhr in Serie produzieren.«

»Und die großen Maschinen, die Lorenz Adlon in Auftrag gegeben hat«, fügte Katharina hinzu. »Wir sollten es uns mit ihm nicht verderben.«

»Ich weiß, Prinzessin.« Er lächelte sie an. »Und deshalb kommen mir die neuen Angestellten sehr gelegen.« Etwas schien ihn plötzlich zu bedrücken, denn er versank einen Augenblick lang in dumpfes Brüten. »Manchmal macht es mir Angst, wenn ich daran denke, wie schnell die Fabrik wächst.«

»Rudolf hat einen wachsamen Blick auf die Zahlen«, versicherte Katharina ihm. »Und wenn Rudolf es sagt, hat er ein solches Projekt sicher längst durchkalkuliert. Du kannst ihm vertrauen, wenn es um so etwas geht, Carl.«

Er nickte zustimmend. »Ich weiß.«

»Hat Rudolf denn schon konkrete Pläne, wie es weitergeht, bis die neue Fabrik fertig ist?«

»Er möchte die *Hera* so schnell wie möglich in Serie produzieren lassen, in allen möglichen Größen. Und die Industriemaschinen. Und die Buttermaschinen und die Zentrifuge *Satellit.*«

»Das tut er bestimmt nicht, ohne sicher zu sein, dass es auch künftig genügend Käufer für unsere Maschinen geben wird«, überlegte Katharina. Sie verstand die Sorge ihres Mannes durchaus, doch sie war sicher, auf Rudolf vertrauen zu können.

Carl seufzte. »Manchmal fühle ich mich wie in einem Traum – und ich fürchte, ich könnte daraus erwachen und stehe vor den Trümmern unseres Lebens.«

»Das wird nicht passieren«, versicherte Katharina ihm. »Deshalb ist es gut, die neue Fabrik zu bauen. Und je schneller wir nach Gütersloh umziehen können, um die Maschinen im großen Stil zu fertigen, umso besser.«

Mit einem nachdenklichen Nicken nahm er wieder auf seinem Schreibtischstuhl Platz. »Dann ist es jetzt höchste Zeit, den Prototyp der neuen Maschine auf Herz und Nieren zu testen.«

»Gut.« Katharina klatschte in die Hände. »Worauf warten wir dann noch?«

*

Auf den Schlag waren zehn neue Arbeiter da. Fünf Männer und fünf Frauen hatten Zenker und Thiele heute Morgen eingestellt. Ida musterte die Neuen ein wenig skeptisch. Zwar gab es genügend zu tun, doch langsam wurde es eng in der alten Kornmühle. Sie fragte sich, wo die neuen Maschinen gebaut werden sollten. Doch es gab noch etwas anderes, das sie an diesem Morgen beschäftigte. Ida trug es mit sich herum und wagte nicht, darüber zu sprechen. Wut und Trauer machten ihr schwer zu schaffen.

»Schläfst du?«, riss sie die Stimme von Alfons aus den Überlegungen. Tatsächlich hatte sie ihre Arbeit unterbrochen. Gerade war sie damit beschäftigt gewesen, vier Holzfässer mit einem glänzenden Schutzlack zu streichen. Die Fässer waren von Tiedtke vormontiert worden, er hatte die eisernen Reifen um die Bretter gepresst und Boden und Deckel eingepasst. Jetzt standen die Fässer in Reih und Glied da und warteten auf ihre weitere Bearbeitung.

Ida stand mit dem Pinsel in der Hand da und hing ihren Gedanken nach. Der Geruch der Farbe legte sich schwer auf ihre Atemwege. »Tut mir leid«, murmelte sie schnell.

»Wir warten auf die Trommeln und müssen weitermachen, aber dazu muss die Farbe trocken sein.«

»Ich beeile mich.«

Alfons betrachtete sie mit fragender Miene. Er schob sich die Mütze weit in den Nacken und wischte sich mit dem Handrücken den Schweiß aus der Stirn. »Alles in Ordnung?«

Ida dachte kurz nach, überlegte, ihn an ihren Gedanken teilhaben zu lassen, dann schüttelte sie den Kopf. »Nein«, sagte sie mit tränenerstickter Stimme. »Nichts ist in Ordnung.« Sie spürte, wie sich ein dicker Kloß in ihrer Kehle bildete. »Gar nichts ist in Ordnung, Alfons.« Die Tränen rannen über ihr Gesicht, sie drehte sich zur Wand. Niemand sollte sie weinen sehen.

Alfons nahm sie an den Schultern und beugte sich zu ihr herab. »Ida«, flüsterte er leise in ihr Ohr. »Was bedrückt dich? Es sind nicht die neuen Arbeiter, oder?«

»Nein.« Sie schüttelte den Kopf, zog ein Taschentuch aus der Schürzentasche und schnäuzte sich geräuschvoll die Nase. Ein paar Mal musste sie tief durchatmen, dann nahm sie ihren Mut zusammen und blickte sich zu ihm um.

»Josephine ist schwanger«, eröffnete sie ihm und wusste nicht, ob sie weinend zusammenbrechen oder ihm eine Ohrfeige verpassen sollte.

»Und?« Er schien sie nicht zu verstehen.

»Josephine bekommt ein Kind«, verdeutlichte sie ihre Worte.

»Ich habe dich verstanden, Ida.« Alfons blickte ihr tief in die Augen. »Und jetzt? Wird sie heiraten?«

»Nein.« Ida schüttelte den Kopf und knüllte das Taschentuch in ihrer Hand. »Es gibt niemanden, den sie heiraten kann.«

»Aber … ich verstehe nicht.«

»Du bist der Vater«, eröffnete sie ihm verbittert. »Es muss in der Nacht passiert sein, als wir aus dem Varieté zurückkamen und am Morgen zu dritt in meinem Bett erwacht sind.« Jetzt war es raus, doch Ida fühlte sich nicht erleichtert. Im Gegenteil, jetzt wurde sie von einer mürbenden Übelkeit übermannt. Am liebsten hätte sie sich gleich hier übergeben.

Kapitel 38

Dann ist es jetzt also an der Zeit, Abschied zu nehmen.« Tränen standen in Theresas Augen, als sie auf den Kutschbock kletterte. Vor dem Hauseingang stand ein Pferde-Möbelwagen. Die Packer trugen unter ständigem Fluchen das letzte Mobiliar aus dem Wohnhaus, um es zu verladen. Das noch übriggebliebene Geschirr, Vasen und Töpfe hatten sie in eine Kiste gepackt, die anschließend mit Heu ausgestopft worden war, um Beschädigungen auf dem holprigen Transportweg zu vermeiden. Theresa fragte sich, ob ihre Habseligkeiten den Weg unbeschadet überstehen würden. Die Knechte waren bereits im Morgengrauen mit einem schwer beladenen Handwagen losgezogen, um zeitgleich mit Bernhard und Theresa an der Wohnung einzutreffen. Später würden dann die Packer der Möbelspedition zu ihnen stoßen.

»Ja«, seufzte Bernhard, nachdem er sich zu ihr auf den Bock geklemmt hatte. »Beeilen wir uns, sonst werde ich noch sentimental.« Ohne seine Frau anzuschauen, griff er zu den Zügeln, löste die Bremse und setzte den Leiterwagen in Fahrt. Seine Miene war wie versteinert, und von der Seite her erkannte Theresa, dass auch seine Augen feucht schimmerten.

»Wir machen es uns schön in der Stadt«, versprach sie ihm. Doch der Versuch, ihren geliebten Mann aufzumuntern, klang eher halbherzig.

Bernhard richtete den Blick nach vorn und nickte stumm. In gemächlichem Tempo rumpelte das Fuhrwerk über die Landstraße nach Herzebrock. Theresa war aufgefallen, dass er sich nicht ein einziges Mal zum Hof seiner Eltern umgesehen hatte. Ein sicheres Zeichen dafür, wie schwer ihm der Abschied fiel. Und so nahm sie sich nun vor, alles in ihrer Macht Stehende dafür zu tun, ihm das Leben in der Stadt so angenehm wie möglich zu machen. Das war sie ihm schuldig.

*

»Das ist nicht wahr!« Alfons' Miene war verzweifelt. Sie hatten sich in der Pause in eine Ecke des Fabrikhofes zurückgezogen. Hier hofften sie, ungestört reden zu können. Ida war, als würde Alfons die erschreckende Wahrheit verdrängen wollen. Betont lässig lehnte er an einer Mauer und kaute auf einem Zündholz herum.

Das Butterbrot wollte Ida heute nicht schmecken. Seitdem sie die Nachricht von Josephines Schwangerschaft ereilt hatte, fühlte sie sich, als hätte man ihr den Boden unter den Füßen weggerissen. Sie hatte auf Wolken geschwebt, sich ihre Zukunft mit Alfons ausgemalt. Doch nachdem Josephine ihr beteuert hatte, dass nur Alfons als Vater für das ungeborene Kind infrage kam, war Idas Traum zerplatzt wie eine Seifenblase. Dabei war sie froh gewesen, dass sie ihn wieder so unbefangen lieben konnte wie vor jener Nacht. Lange genug hatte es gedauert, und die Ungewissheit über das Geschehene hatte ihr zu schaffen gemacht. Erst seit ein paar Tagen hatte sie sich seiner Liebe wieder hingeben können.

In der letzten Nacht hatte Ida kaum Schlaf gefunden, so sehr waren die Gedanken durch ihren Kopf gespukt. Stundenlang hatte sie wachgelegen und in ihr Kissen geweint, Wut, Trauer und Enttäuschung hatten sich abgelöst.

Erst irgendwann im Morgengrauen war sie erschöpft eingeschlafen. Entsprechend schwach fühlte sie sich heute. Ida hatte überlegt, sich eine andere Bleibe zu suchen. Der Gedanke war unerträglich, sich weiterhin mit Josephine eine Wohnung zu teilen. Doch Josephine hatte mehrfach beteuert, dass sie in jener verhängnisvollen Nacht nichts von Alfons gewollt hatte. Wie es doch dazu gekommen war, konnte sie sich allerdings selbst nicht mehr erklären. »Das war der verdammte Selbstgebrannte, jede Wette«, wetterte Josephine, doch es klang wie eine halbherzige Entschuldigung. »Wir waren alle nicht mehr Herr unserer Sinne und müssen nun mit den Konsequenzen daraus leben.«

Das sagt sich so einfach, hämmerte es immer wieder in Idas Schädel. *Mit den Konsequenzen leben.*

»Alfons, ich halte das nicht mehr aus«, flüsterte Ida ihm so zu, dass niemand der anderen Arbeiter sie belauschen konnte. Genau so unerträglich, wie mit Josephine zusammen zu wohnen, war es für sie, mit Alfons zusammen zu arbeiten. Deshalb hatte sie Böker darum gebeten, ihr eine andere Arbeit zuzuteilen.

»Ich kann nur sagen, was ich weiß«, murmelte Alfons mit gesenktem Blick, die Hände tief in den Hosentaschen versenkt. »Und ich weiß nicht mehr, was in dieser Nacht passiert ist.«

»Josephine ist aber sicher, dass nur du als Vater infrage kommst«, entgegnete sie verbittert. Während Ida sprach, kämpfte sie gegen die Tränen an. Der Traum, an der Seite von Alfons alt zu werden, war wie eine Seifenblase geplatzt. Die Wut und der Verlust schmerzten sie.

»Wir müssen einen Weg finden, damit umzugehen«, bemerkte Alfons mit belegter Stimme.

»Wie … wie stellst du dir das vor?«

»Ich weiß es nicht.« Alfons wirkte verzweifelt. Offenbar konnte er es selbst nicht glauben, dass er Vater wurde. Vater eines Kindes mit der Freundin seiner Geliebten. »Ich weiß es nicht«, wiederholte er leise. Als er sie in den Arm nahm, widerstand sie dem ersten Impuls, ihn von sich zu stoßen. Ida musste sich eingestehen, Alfons immer noch zu lieben. Doch welche Zukunft hatte ihre Liebe, wenn ihre Freundin ein Kind von ihm erwartete?

Kapitel 39

So«, sagte Bernhard am Abend, als er in seinen geliebten Sessel sank und die Beine übereinanderschlug. »Da wären wir also in unserem neuen Zuhause.«

»Ja«, sagte Theresa mit einem Kloß im Hals. Sie hatten bis in die späten Abendstunden geschuftet, um sich ihr neues Heim so wohnlich wie möglich zu machen. Dabei hatte sich Theresa über ihr Durchhaltevermögen gewundert. Nur selten hatte sie Probleme beim Luftholen gehabt und musste eine kleine Pause einlegen, bevor es weitergehen konnte.

Die Packer der Möbelspedition hatten ihnen noch dabei geholfen, die zahlreichen Holzkisten auszupacken, nachdem sie einen Großteil der Möbel bereits aufgebaut und zurechtgerückt hatten. Inzwischen senkte sich die Dunkelheit über den Ort, und sie saßen im Schein einiger Petroleumlampen in der Stube der Wohnung. Sie mussten noch elektrische Lampen kaufen, um die Elektrizität der Wohnung nutzen zu können. Theresa spürte trotz Bernhards Anwesenheit, dass die Einsamkeit nach ihr griff. Jahrelang war sie es gewohnt gewesen, sich das große Wohnhaus mit dem Gesinde zu teilen. Das Gefühl, ganz alleine zu sein, kannte sie gar nicht mehr.

»Seltsam, oder?« Bernhard schien ihre Gedanken erraten zu haben. Er lächelte ihr aufmunternd zu. »Jetzt haben wir nur noch uns im Leben.«

»Ganz so schlimm ist es nicht«, entgegnete Theresa kopfschüttelnd. »Wir haben immer noch Katharina, Carl und seine Eltern.«

»Aber sie schlafen in einem anderen Haus, und das ist ziemlich ungewohnt für uns.« Er seufzte. »Wir kennen es gar nicht, auf uns alleine gestellt zu sein.«

»Das ist wahr.« Theresa seufzte. »Also machen wir das Beste daraus. Wir werden uns schon noch daran gewöhnen.«

»Du hast recht, Frau.« Bernhard nickte, und in seinen Worten klang ein Hauch Wehmut mit.

Theresa war froh darüber, dass die Umzugshelfer ihr altes Kastenbett schon in der Schlafstube aufgestellt hatten. Vermutlich würden sie schon innerhalb der nächsten Stunde erschöpft von dem langen Arbeitstag ins Bett fallen. Und morgen, da war Theresa sicher, würde alles schon viel freundlicher aussehen. Ein Zurück gab es sowieso nicht mehr. Bernhard und Theresa Zumwinkel mussten sich in ihrem neuen Leben zurechtfinden.

*

»Was … was wird nun aus deiner Schneiderlehre?«, fragte Alfons kleinlaut, als sie zu dritt abends am Küchentisch saßen. Er stierte in die zuckende Kerzenflamme, der Schein warf geheimnisvolle Schatten auf sein Antlitz.

»Ich werde die Schwangerschaft verheimlichen«, erwiderte Josephine. »Wenn ans Tageslicht kommt, dass ich ein uneheliches Kind bekomme, wird man mich rauswerfen.«

»Und man wird dich verteufeln«, fügte Ida hinzu. »Es wird sicher schnell die Runde machen, dass du schwanger bist, obwohl du unverheiratet bist.« Damit hatte sie Josephines schlimmste Befürchtung ausgesprochen.

»So weit darf es nicht kommen«, antwortete Josephine. Sie nippte an ihrem Tee, hielt die Tasse aus grobem Steingut fest in beiden Händen, als wolle sie sich daran wärmen.

»Dann müsst ihr heiraten«, beschloss Ida energisch. Ihr Blick huschte zwischen Alfons und Josephine herum.

»Ich werde nicht …«, begehrte Alfons auf, doch ein einziger Blick von Ida, die ihm gegenübersaß, genügte schon, um ihn zum Schweigen zu bringen. »Wir sollten das in Ruhe überlegen«, fügte er beschämt hinzu und senkte den Blick wieder. Ida sah ihm an, dass er einer Hochzeit nicht zustimmen würde. »Du solltest Verantwortung übernehmen«, fand sie. Wie er so dasaß, das Gesicht in den Händen geborgen hielt, wäre sie am liebsten aufgestanden, um ihm durch das dichte Haar zu streichen. Doch dann wurde ihr wieder bewusst, dass er sie mit ihrer Mitbewohnerin betrogen hatte. Obwohl Gefühle wie Wut und Eifersucht in ihr aufloderten, konnte sie ihm nicht böse sein. Sie waren alle drei betrunken gewesen, und niemand konnte sich mehr an die Geschehnisse in jener Nacht erinnern. Vielleicht traf auch sie Schuld an dem, was geschehen war. Hätte sie weniger getrunken, so hätte sie womöglich Schlimmeres verhindern können. Doch jetzt war es zu spät, um sich darüber Gedanken zu machen.

Alfons ließ die Hände sinken und blickte zu Ida hinüber. Sein Gesicht war gerötet, seine stahlgrauen Augen schimmerten feucht. »Ida«, sagte er mit belegter Stimme. »Ich kann das nicht.«

»Und warum nicht?«

Josephine betrachtete sie nachdenklich und wohnte der Unterhaltung schweigend bei. Sie kaute nervös auf der Unterlippe und wagte nicht, sich einzumischen.

»Weil ich dich liebe, Ida.« Als Alfons zu Ida aufblickte, standen Tränen in seinen Augen.

*

In dieser Nacht lag Carl lange wach. Katharina, die schon seit geraumer Zeit neben ihm schlief, bemerkte nicht, dass er nicht zur Ruhe kam. Zusammengerollt lag sie neben ihm und ahnte nichts von den unzähligen Gedanken, die ihm im Kopf herumgeisterten. Carl lauschte ihren gleichmäßigen Atemzügen, während er sie mit einem verliebten Lächeln beobachtete. Am liebsten hätte er sie geweckt, um sie an den Dingen, die ihn bewegten, teilhaben zu lassen, doch er wusste, dass sie ihren Schlaf dringend benötigte.

Vorsichtig legte er sich auf den Rücken und starrte zur Zimmerdecke hinauf, um seinen Gedanken nachzugehen. Ab morgen würden sie in der alten Kornmühle rund um die Uhr arbeiten, um die Aufträge fristgerecht abarbeiten zu können. Kein leichtes Unterfangen in der kleinen Fabrik. Es wurde höchste Zeit für den Umzug nach Gütersloh. Doch noch war es nicht so weit. Rudolf hatte den Abend im Büro von August Verleger verbracht, um mit ihm alles Nötige für den Neubau zu veranlassen. Die Zeit drängte, und wenn sie erst mit der Serienproduktion der *Thiele Hera* anfangen konnten, würde die Firma sicher schnell wachsen.

Carls Herz klopfte schneller, als er an den Berliner Hotelier Lorenz Adlon dachte. Der Mann war einflussreich in der Kaiserstadt, und sicher kannte er unzählige potenzielle Käufer für große Waschmaschinen. Adlon durften sie also nicht enttäuschen. Sie mussten ihm große Maschinen bauen – und termingerecht liefern. Sollten sie versagen, würde sich das ganz sicher schnell in der Hotellerie herumsprechen, und das galt es tunlichst zu vermeiden. Noch gab es nicht eine einzige *Hera Professionell*, und Zeit, die großen Maschinen lange zu erproben, hatten sie nicht. Carl würde in der Produktion und in der Entwicklung der neuen Maschine mitarbeiten müssen, während Rudolf sich um die neue Fabrik kümmerte. Es war eine aufregende Zeit, die ihnen jeden Tag neue Herausforderungen abverlangte. Irgendwann kam sein Körper zur Ruhe, und Carl fühlte sich federleicht, er spürte, wie er von einer wohligen Stille umfangen wurde, und fiel kurz darauf in einen tiefen Schlaf.

*

Sekundenlang hing eine beklemmende Stille in der Küche. Nach dem Geständnis von Alfons war Ida sprachlos. Sie warf Josephine einen Blick zu, die jedoch ins Leere starrte und nervös am Tischtuch herumnestelte.

Aus ihren Erzählungen wusste Ida, dass Josephine sich noch nicht erwachsen genug fühlte, um schon jetzt den Bund fürs Leben zu schließen. Zwar war sie längst im heiratsfähigen Alter, aber Ida wusste, dass die Freundin erst einmal ihre Schneiderlehre abschließen wollte. Dass sie nun von der Wirklichkeit eingeholt worden war, schien ihr nicht zu behagen.

»Du musst dich der Wirklichkeit stellen«, bemerkte Ida an Josephine gewandt. »Josephine, du bekommst ein Kind von Alfons.«

Bei ihren Worten zuckte Alfons wie von unsichtbaren Peitschenhieben getroffen zusammen. Nur Josephine saß regungslos da und stierte ins Nichts. Sie war kreidebleich, und Ida hatte den Eindruck, als würde ihrer Mitbewohnerin erstmals die gesamte Tragweite der Situation bewusst. Mit zitternden Fingern strich sie das Tischtuch glatt und nickte. »Ich weiß«, sagte sie mit tonloser Stimme. »Ich weiß, Ida.«

»Dann gibt es für euch nur eine einzige Konsequenz: Ihr müsst gute Eltern werden, ihr müsst für das Kind da sein. Das bedeutet, dass ihr heiraten werdet.«

»Wie bitte?«

Josephine und Alfons starrten sie an. »Das … das geht nicht«, behauptete Alfons kopfschüttelnd. »Es muss doch einen anderen Weg geben, um …« Er brach mitten im Satz ab und barg das Gesicht in seinen Händen.

»Dann schlag etwas vor«, forderte Ida und wunderte sich insgeheim über ihre Stärke. »Wir können gute Miene zum bösen Spiel machen.«

»Wie stellst du dir das vor?«, wollte Josephine wissen. »Wir …

wir lieben uns nicht einmal.« Sie betrachtete Alfons mit einem prüfenden Blick und schien erleichtert zu sein, als er zustimmend nickte.

»In der Gesellschaft ist es verpönt, ein uneheliches Kind zu haben«, erinnerte Ida sie. »Deshalb ist die Hochzeit die einzig logische Folge für euch.«

»Ich werde das auf keinen Fall tun«, entgegnete Alfons. Er nahm Idas Hand und drückte sie. »Ich liebe dich und nicht Josephine.«

»Es wäre so etwas wie eine Scheinhochzeit«, murmelte Josephine. Auch sie schien alles andere als begeistert zu sein von der Idee, einen Mann zu heiraten, für den sie nichts empfand.

»Und wir«, Alfons nickte Ida zu, »würden uns dann heimlich treffen?«

Ida zuckte die Schultern. »Hast du eine bessere Idee?«

Alfons musste nicht lange nachdenken. »Ehrlich gesagt nein.«

»Na also.« Ida seufzte. »Dann ist es an der Zeit, eure Hochzeit zu planen.«

»So schnell?«, schoss es aus Josephine heraus. Sie hatte die Augen weit aufgerissen. »Muss das sein?«

»Die Hochzeit sollte stattfinden, bevor man sieht, dass du schwanger bist«, fand Ida. »Sonst zerreißen sich die Leute ihre Mäuler – und genau das wollen wir ja verhindern.«

Alfons wandte sich an Josephine. »Was werden deine Eltern sagen?«

»Nichts.« Josephine winkte ab. »Sie leben beide nicht mehr. Ich bin in einem Kinderheim aufgewachsen und war froh, als ich von dort wegkam und auf eigenen Beinen stehen konnte.«

»Braucht es nicht trotzdem einen Vormund, der deinen Plänen zustimmt?«

»Nicht, dass ich wüsste.«

»Prima!« Ida klatschte in die Hände. »Dann steht eurer Hochzeit ja nichts mehr im Wege, und wir können mit den Vorbereitungen beginnen.« Sie wollte keine Zeit verlieren. Insgeheim brannte der Schmerz in ihrer Seele, ihren Alfons an eine andere Frau zu verlieren. Es würde eine reine Vernunfthochzeit sein, denn die beiden hatten jetzt mehrfach beteuert, sich nicht zu lieben. Doch sie heirateten für ihr Kind, und das war auch gut so, denn es sollte in geordneten Bahnen aufwachsen. Ida erhob sich, um einen Bleistift und den Block zu holen.

»Was machst du?«, fragte Josephine ein wenig irritiert. Ihr war anzusehen, dass ihr das alles ein wenig zu schnell ging, doch Ida fürchtete, dass sie es sich anders überlegen konnten, und wollte so schnell wie möglich zur Tat schreiten.

»Die Gästeliste«, sagte sie, als sie sich zu den beiden setzte. »Wir schreiben jetzt auf, wen ihr einladen wollt.«

Kapitel 40

Katharina und Carl hatten es sich nicht nehmen lassen, ein paar Wochen später die erste Waschmaschine vom Typ *Thiele Hera Professionell* persönlich an ihre Kunden auszuliefern. Nachdem die große Maschine die alte Kornmühle in Herzebrock mit dem Pferdefuhrwerk verlassen hatte, wurde sie an der Bahnstation von Gütersloh per Eisenbahn auf die lange Reise nach Berlin geschickt. Dort war die Waschmaschine unter den staunenden Blicken der anwesenden Reisenden wieder auf ein Fuhrwerk verfrachtet worden. Von dort aus führte der letzte Teil der Fahrt zum *Continental Hotel*, wo Lorenz Adlon voller Neugier auf die Ankunft der ersten Maschine wartete.

»Wertester Herr Thiele, Sie haben sich selbst übertroffen«, lobte der Hotelier, nachdem die *Thiele Hera Professionell* in die hoteleigene Wäscherei geschafft und aufgestellt worden war. Mit einem zufriedenen Blick betrachtete er seine neueste Errungenschaft, strich fast zärtlich über das mit glänzender Lasur gestrichene Holz und die schwarz glänzenden Gussteile.

Die Luft im Waschraum war stickig, es duftete nach Seife und Jasmin. Überall waren junge Frauen in Arbeitsschürzen mit verschiedenen Prozessen des Waschens beschäftigt.

Zwei junge Hauswirtschafterinnen waren auserwählt worden, die neue Maschine zu testen. Sie füllten die Trommel mit benutzter Hotel-Bettwäsche und setzten sie unter Katharinas fachlicher Anleitung erstmals in Gang. Sie hoben den schweren Deckel an, gaben die Wäsche hinein und füllten das Fass mit Wasser. Nachdem der Deckel verschlossen war, konnten sie mit der Arbeit beginnen.

Ratternd setzten sich die vier hölzernen Zapfen auf dem gusseisernen Kreuz in der Trommel in Bewegung, um die Wäsche zu bewegen. Die beiden Mädchen freuten sich über den geringen Kraftaufwand.

»Bei einer derart großen Trommel hätte ich vermutet, dass mehr Kraft erforderlich ist, als es den Anschein macht«, lobte Adlon. »Ich bin beeindruckt.«

Carl wurde ganz verlegen ob des Lobes und strahlte glücklich. »Die anderen Maschinen befinden sich bereits in der Fertigung und werden so schnell wie möglich ausgeliefert.«

»Sehr schön.« Adlon zog ihn am Ärmel seines Jacketts aus der Reichweite seiner Angestellten. Die neugierigen Blicke der Mädchen folgten ihnen.

»Die Rechnung haben Sie sicher schon mitgebracht?«, wollte Adlon von Carl wissen. Der Hotelier hakte die Hände in den Hosenträgern ein und wippte erwartungsvoll auf den Fußspitzen.

»Selbstverständlich.« Carl griff in die Innentasche seines Jacketts und zog einen Briefumschlag hervor, den er Lorenz Adlon aushändigte. Der Hotelier öffnete das Kuvert und entnahm ihm die Rechnung. Nachdem er den Bogen umständlich auseinandergefaltet hatte, zog er einen Zwicker hervor, um ihn sich auf die Nase zu klemmen. Mit zusammengekniffenen Augen überflog Lorenz Adlon die von Rudolf verfassten Zeilen auf der Rechnung. »Nein«, brummte er kopfschüttelnd und warf Carl einen missmutigen Blick zu. »Das ist völlig inakzeptabel.« Bevor Carl etwas erwidern konnte, zerknüllte er die Rechnung und warf sie achtlos auf den Boden.

»Gnädiger Herr«, rief Carl erschüttert, »der Preis für die Herstellung einer Waschmaschine war Ihnen bekannt – bei allem nötigen Respekt, aber Sie wussten, welche Summe wir veranschlagen, mein Kompagnon hat Ihnen ein schriftliches Angebot zukommen lassen.« Carl fühlte sich, als würde man ihm den Boden unter den Füßen wegziehen. Schwarze Punkte tanzten vor seinen Augen, als er Katharina einen hilfesuchenden Blick zuwarf. Doch seine Frau war mit den Hauswirtschafterinnen beschäftigt und bemerkte nicht, was sich gerade ereignete.

»Mein lieber Thiele«, sagte Lorenz Adlon gefährlich leise, und Carl registrierte, dass sein Gesicht eine tiefrote Färbung angenommen hatte. »Ich fürchte, Sie verstehen mich nicht.«

»In der Tat«, erwiderte Carl kleinlaut. »Was hat Sie denn derart aus der Fassung gebracht, dass Sie …« Er brach im Satz ab und deutete mit dem Kinn auf die zusammengeknüllte Rechnung am gefliesten Boden.

»Die Summe«, zischte Adlon. »Sie stimmt nicht.« Er rollte mit den Augen und blickte zur Decke. »Ich habe fünf Maschinen bestellt, und Sie stellen mir lediglich ein einziges Exemplar in Rechnung.«

»Dort«, sagte Carl und zeigte auf die erste der bestellten Maschinen, »steht das gute Stück.«

»Eine Maschine.«

»Eben.« Carl nickte. »Die anderen folgen.«

»Warum berechnen Sie dann nicht alle fünf Maschinen?«

»Wie bitte?« Es dauerte einen Augenblick, bis Carl die Frage des Hoteliers verstand. »Ich habe mir erlaubt, nur die ausgelieferte Waschmaschine zu berechnen. Es wäre unpassend gewesen, alle fünf Exemplare in Rechnung zu stellen, wenn erst eines ausgeliefert wurde.«

»Ach was.« Adlons Gesichtszüge entspannten sich. »Ich vertraue Ihnen.« Er klopfte Carl jovial auf die Schulter. »Weil ich guten Gewissens davon ausgehen kann, dass Sie mir die restlichen Maschinen noch liefern werden, bin ich auch bereit, den vollen Rechnungsbetrag anweisen zu lassen.«

»Vielen Dank für Ihr Vertrauen«, stammelte Carl verdutzt. Im Kopf überschlug er die Rechnungssumme für alle fünf bestellten *Professionell*-Maschinen und wäre Adlon dabei fast um den Hals gefallen vor Freude. Das Geld konnten sie gut gebrauchen, denn erst gestern hatte der Neubau der Fabrik in Gütersloh begonnen. Zwar hatte Rudolf eine Vereinbarung mit den Bankiers getroffen, doch mussten sie immer auch mit der schlechten Zahlungsmoral einiger Kunden rechnen. Im Fall von Lorenz Adlon verhielt es sich offenbar genau andersherum – er bezahlte die gesamte Summe seines Auftrags, obwohl er erst eine einzige Waschmaschine bekommen hatte.

»Sehr gerne, Thiele«, nickte Adlon. »Sie sind ein junger Fabrikant mit großen Plänen. Und ich bin fest davon überzeugt, dass

Sie auf die Zahlungskraft Ihrer Kundschaft setzen. Ich möchte mit gutem Beispiel vorangehen und Sie bei Ihrem unternehmerischen Tatendrang unterstützen, indem ich meine Rechnungen unverzüglich begleiche.«

Tatsächlich hatte sich Rudolf in jüngster Vergangenheit immer öfter über die schlechte Zahlungsmoral einiger Kunden beschwert. Umso angenehmer war diese Überraschung.

»Sie bitten Ihren Buchhalter, eine neue Rechnung auszustellen, auf der alle fünf Maschinen berechnet werden, und ich werde mich darum kümmern, dass Sie unverzüglich bezahlt werden.« Lorenz Adlon zwinkerte Carl zu. »Und dann werde ich Reklame machen für Ihre Waschmaschine.«

»Das ist ja ganz wunderbar«, rief Katharina, die sich unbemerkt zu ihnen gesellt hatte. »Wir sind Ihnen für Ihre Unterstützung sehr dankbar, gnädiger Herr!«

Lorenz Adler winkte mit einem gütigen Lächeln auf den Lippen ab. Er beobachtete seine Angestellten, die an der Waschmaschine arbeiteten. »Meine Hauswirtschafterinnen scheinen äußerst zufrieden zu sein«, stellte er fest. »Der erste Waschgang ist bereits erledigt?«

»Es hat den Anschein«, nickte Carl, der froh war, dass der erste Probelauf der *Hera Professionell* ohne Zwischenfälle verlaufen war. Sie gesellten sich zu den jungen Frauen, die eben die saubere Wäsche aus dem Holzfass zogen. Die Bettwäsche strahlte in einem kräftigen Weiß. Der angenehme Duft der Waschlauge lag im Raum.

»Das ist einzigartig«, fand Adlon, »die Wäsche ist gereinigt und strahlt wie am ersten Tage. Und es ist kaum eine Stunde vergangen.« Auch die Hauswirtschafterinnen waren begeistert von der Leistungsfähigkeit der neuen Waschmaschine.

Adlon ließ es sich nicht nehmen, die jungen Frauen nach ihrem Eindruck zu fragen.

»Es war großartig, gnädiger Herr«, schwärmte die eine der beiden. »Wenn doch alle eine solche Maschine hätten.« Ihre Kollegin nickte zustimmend. Sie hatte den Blick gesenkt und wagte offenbar nicht, dem mächtigen Hotelier in die Augen zu schauen.

»Bald werden alle eine solche Maschine haben«, versprach Adlon mit einem väterlichen Schmunzeln. »Die Waschmaschine wird schon bald in alle Haushalte einziehen, da bin ich mir sicher.«

*

»Berlin scheint unsere Glücksstadt zu sein.« Katharina strahlte über das ganze Gesicht, als sie sich am Abend im Hotelzimmer, das ihnen Lorenz Adlon überlassen hatte, bettfertig machte. Sie stand vor dem Spiegel und bürstete ihre Haare, um sie zu einem Zopf zusammenzubinden.

Carl lag bereits im Bett. Er hatte sich das Kopfkissen in den Rücken gestopft und las in den »Buddenbrooks«. Das Buch hatte ihn im Koffer nach Berlin begleitet. Doch so recht fand er auch hier keine Zeit zum Lesen. Lächelnd sah er zu seiner Frau auf. »Warum?«

»Hast du denn nicht gehört, was Adlon zu seinen Hauswirtschafterinnen gesagt hat?« Katharinas Herz klopfte noch immer vor Freude. Am liebsten hätte sie an diesem Abend die ganze Welt umarmt.

Carl musste offenbar überlegen, denn auf seiner Nasenwurzel bildete sich eine steile Falte, und er deutete ein Kopfschütteln an.

»Er sagte, dass unsere Waschmaschinen schon bald in allen Haushalten Einzug halten.« Katharinas Stimme bebte vor Freude. »Ist das nicht wunderbar?« Im Nachthemd trat sie an eines der beiden Fenster. Sie zog die bodenlangen Gardinen einen Spalt breit auseinander und warf einen Blick hinab auf die Straße. Vor dem Continental tobte das Nachtleben, und immer, wenn ein Zug in den Bahnhof Friedrichstraße einfuhr, drang das metallische Dröhnen der Gleise bis an ihre Ohren hinauf. Trotz später Stunde flanierten ganze Scharen von Nachtschwärmern an dem prächtigen Hotel vorbei.

»Das ist es.« Carl war hinter sie getreten. »Wunderbar.« Liebevoll schlang er seine Arme um Katharina und küsste zärtlich ihren Nacken. Sie erschauderte und legte den Kopf zur Seite, um ihn gewähren zu lassen. »Und das alles habe ich dir zu verdanken.«

Katharina kicherte leise. »Weil ich deine Muse bin?«

»Nein.« Er hauchte ihr einen Kuss in die Halsbeuge, der ihr einen weiteren angenehmen Schauer den Rücken herabrieseln ließ. »Weil du Lorenz Adlon auf unsere Waschmaschinen aufmerksam gemacht hast.«

»Ich habe ihm nur erzählt, dass wir ein Patent beantragen wollen«, entgegnete sie mit geschlossenen Augen, während sie sich seinen Zärtlichkeiten hingab.

»Und jetzt ist er überzeugt von uns«, flüsterte er ihr ins Ohr. »Er wird es im Berliner Hotelgewerbe herumerzählen.«

»Und noch viel mehr.«

»Wie bitte?« Er ließ von ihr ab.

Katharina löste sich sanft aus seiner Umarmung und wandte sich zu ihm um. »Lorenz Adlon hat mir erzählt, dass er Vorsitzender der Berliner Hotelgesellschaft ist.«

Carl pfiff durch die Zähne. »Und das erzählst du mir erst jetzt?«

»Er hat es mir heute erst offenbart«, entschuldigte sich Katharina. »Jedenfalls bezeichnet man ihn hinter seinem Rücken schon jetzt als den ungekrönten Hotelkönig von Berlin.«

»Das klingt hochtrabend«, fand Carl.

»Mag sein. Dennoch gehören zahlreiche große Häuser zur Hotelgesellschaft, und schon bei unserem ersten Besuch erzählte er mir von seinen Plänen, schon bald ein neues, noch viel größeres Hotel errichten zu wollen.«

»Weiß man schon, wie das neue Haus heißen wird?«

Katharina nickte. »Es wird das *Adlon* heißen.«

»Ernsthaft?« Carl runzelte die Stirn. »Ist es nicht ein wenig vermessen, ein ganzes Hotel nach seinem Betreiber zu benennen?«

»Ehre, wem Ehre gebührt«, lachte Katharina. »Adlon ist ein feiner Mann, und er hat es verdient.«

»Unsere Maschinen heißen ja auch *Thiele*«, stimmte Carl ihr zu.

»Ganz genau, und deshalb bin ich auf seinen nächsten großen Wurf gespannt.«

»Als dankbarem Abnehmer unserer Waschmaschinen sollten wir es uns mit ihm jedenfalls nicht verderben.«

»Das wird nicht geschehen«, versicherte Katharina ihm, bevor sie seine Hand nahm, um ihm vom Fenster wegzuziehen. Mit sanftem Druck bugsierte sie Carl zum Bett. Unter leidenschaftlichen Küssen sanken sie in die weichen Federn und vergaßen schnell, weshalb sie in Berlin waren, denn die Nacht gehörte nur ihnen.

Kapitel 41

Missmutig starrte Rudolf aus dem Fenster seines Büros. In den letzten Tagen waren die Temperaturen gefallen, nachts gab es immer öfters Bodenfrost, und wenn es so weiterging, würde es nicht mehr lange bis zum ersten Schnee dauern. Das war ungünstig, denn wenn erst einmal der Winter übers Land gezogen war, dann mussten die Bauarbeiter in Gütersloh ihre Arbeiten einstellen. Sie würden wertvolle Tage, wenn nicht sogar Wochen verlieren, bis der Neubau weiter voranschreiten konnte.

Die Bankiers und zahlreiche Kunden warteten aber ungeduldig auf den Beginn der Serienproduktion der *Thiele Hera*. Doch wenn es so weiterging, wurde daraus erst im Frühjahr etwas. So lange konnte und wollte Rudolf nicht warten. Schon jetzt arbeitete die Belegschaft rund um die Uhr in der alten Kornmühle. Inzwischen war das Dach undicht und der Wind pfiff durch die hohen Fabrikfenster. Die ersten Arbeiter hatten sich bereits krankgemeldet. Bei ihrem Einzug damals hatten sie die anfallenden Reparaturen nur notdürftig ausgeführt, da sie nicht wussten, ob sie die Fabrik lange halten würden. Als es an der Bürotür klopfte, schreckte Rudolf aus seinen Gedanken hoch. »Herein!« Er riss sich vom Blick auf den Hof los und fuhr herum. Die Tür öffnete sich und eine vornehm gekleidete Frau betrat Rudolfs Refugium. Sie strahlte etwas Aristokratisches aus, hatte Kinn und Nase nach vorn gereckt und sah sich im Raum um.

»Wer gibt mir die Ehre?«, fragte Rudolf.

»Sie sind Herr Zenker?«

»Ja, so ist es, meine Dame.« Rudolf überspielte seine Überraschung so gut es ging und lächelte der Fremden freundlich zu. »Was kann ich für Sie tun?«

»Mein Name ist Hildegard Krautmacher«, stellte sich die Besucherin vor. »Ich bin die Vorsitzende des Frauenverbands, der sich für die Arbeitsbedingungen für Frauen in Fabriken einsetzt.«

Die hat mir gerade noch gefehlt, dachte Rudolf entgeistert, machte aber gute Miene zum bösen Spiel. »Herzlich willkommen«, sagte er mit einem freundlichen Lächeln und bot der Dame einen Platz an. »Was kann ich für Sie tun?«

»Wie mir zu Ohren kam, befindet sich Katharina Thiele auf einer Geschäftsreise in Berlin.« Hildegard Krautmacher nahm auf einem der Besucherstühle Platz und sah sich interessiert im Büro um.

Rudolf sank auf seinen Bürosessel und betrachtete die Besucherin neugierig. »Ich fürchte in der Tat, dass Sie mit mir vorliebnehmen müssen«, bedauerte Rudolf und legte die Fingerspitzen beider Hände aneinander. Nachdenklich betrachtete er die Frau.

»Ich denke, dass mein Anliegen auch bei Ihnen in den besten

Händen ist.« Hildegard Krautmacher bedachte ihn mit einem vielsagenden Blick. »Es geht um die Frauen in der Fabrik.«

»Was ist mit ihnen?«

»Sie verrichten gute Arbeit, und sie werden gut entlohnt.«

»Das von Ihnen zu hören, bedeutet mir viel«, antwortete Rudolf. »Doch sicher sind Sie nicht gekommen, um mir Ihre Einschätzung mitzuteilen?«

»Wohl wahr.« Die Vorsitzende des Frauenverbands nickte milde. »Sicher ist Ihnen bekannt, dass Katharina Thiele unlängst auf einer Versammlung unseres Verbands eine Rede gehalten hat.«

»Ja, das ist es.«

»Dann können Sie sich vielleicht vorstellen, welche Reaktionen die Rede ausgelöst hat.«

»Ich fürchte, ich kann Ihnen nicht folgen«, räumte Rudolf ein. Seine Hoffnung, die Besucherin schnell wieder zur Tür geleiten zu dürfen, schmolz dahin wie Butter in der Sonne.

»Dann will ich Ihnen helfen. Die Rede der Frau des Firmengründers hat unsere Mitglieder neugierig gemacht. Zahlreiche Frauen möchten hier arbeiten.«

»Das … das ist hervorragend!«

»Aber so viele Arbeitskräfte können Sie nicht beschäftigen, oder irre ich mich?« Hildegard Krautmacher zog fragend eine Augenbraue in die Höhe.

»Mitnichten«, erwiderte Rudolf. Er berichtete seiner Besucherin vom Neubau in Gütersloh und den zusätzlichen Stellen, die besetzt werden mussten. In den letzten Tagen hatte er sich immer wieder gefragt, ob es ihnen gelingen würde, genügend zuverlässige Angestellte einstellen zu können. Ging man nach den Bestellungen der *Thiele Hera*, würden Carl und er mindestens die fünffache Zahl an Arbeitern einstellen müssen, um alle Liefertermine einhalten zu können.

Hildegard Krautmachers Blick glitt an ihm vorbei aus dem Fenster. »Bei diesem Wetter wird man Ihnen keine neue Fabrik bauen können, fürchte ich.«

»Bedauerlicherweise haben Sie recht, meine Dame.« Rudolf setzte einen zerknirschten Gesichtsausdruck auf. »Jedoch hoffen wir, dass die neue Fabrik so schnell wie möglich fertiggestellt wird und wir dort produzieren können.«

»Ich kann Ihnen die Kontakte der Frauen, die Arbeit suchen, vermitteln«, schlug die Vorsitzende des Frauenverbands vor. »Das Ganze wäre aber an eine Voraussetzung gebunden.«

Jetzt kommt es, durchzuckte es Rudolf. *Die Sache hat einen Haken, und ich wusste es.* Nach außen ließ er sich nichts anmerken. »Wie lautet diese … Voraussetzung?«

»Ich möchte meinen Frauen eine bessere Krankenversicherung zusichern können, wenn ich sie an Ihre Firma verweise.«

»Das ist längst abgemacht«, erwiderte Rudolf ein wenig zu schnell. »Wir haben uns bereits Gedanken gemacht, wie wir …«

»Also sichern Sie den künftigen Arbeiterinnen eine Lohnfortzahlung im Krankheitsfall ebenso zu wie medizinische Versorgung? Mit der Übernahme der Arztkosten?«

Ich muss dringend mit Carl reden, dachte Rudolf. Er spürte, wie ihm das Blut in den Kopf schoss. Die Krankenversicherung war ihm vom ersten Moment an ein Dorn im Auge gewesen. Auf der anderen Seite war die Absicherung auch ein Argument für die Frauen, die hier arbeiten wollten. So blieb zu hoffen, dass dieser Luxus keine Begehrlichkeiten weckte.

»Ich werde das mit meinem Kompagnon und seiner Frau abstimmen müssen«, antwortete er schließlich. »Aber ich denke, das wird sich machen lassen.«

»Gut.« Hildegard Krautmacher nickte zufrieden. »Im Gegenzug sichere ich Ihnen zu, nur die besten und zuverlässigsten Frauen zu schicken, um in ihrer Firma eine Anstellung zu finden.«

»Das klingt vielversprechend.«

»Dann sind wir im Geschäft.«

»Darf ich Ihnen eine Frage stellen, gnädige Frau?«

»Selbstverständlich.«

»Warum tun Sie das?« Als sie nicht gleich antwortete, formulierte er die Frage anders. »Warum setzen Sie sich für unsere Fabrik ein?«

»Die Antwort ist denkbar einfach«, erwiderte Hildegard Krautmacher mit einem feinsinnigen Lächeln. »Es liegt in meinem Interesse, mich für faire Arbeitsbedingungen der Frauen unserer Gesellschaft einzusetzen. Und Sie gehen mit einem guten Beispiel voran.«

Rudolf verstand. »Und nun hoffen Sie, dass viele andere Fabrikanten nachziehen und unserem Beispiel folgen?«

»So ist es.« Hildegard Krautmacher nickte. »Also«, fügte sie hinzu. »Sind wir im Geschäft?«

Nickend erhob sich Rudolf von seinem Platz. »Wir sind im Geschäft.«

Als auch seine Besucherin sich erhob, führte er sie zur Tür. Rudolf hoffte, mit den Arbeiterinnen, die sich nun vorstellen würden, die Serienproduktion ihrer Waschmaschinen voranzutreiben.

Kapitel 42

Die nächsten Tage verbrachten Hermann Böker und Carl damit, die Frauen, die ihnen Hildegard Krautmacher schickte, einzustellen. Und tatsächlich kamen auch einige Männer, die von dem gerechten Lohn und den guten Arbeitsbedingungen bei Thiele & Cie. gehört hatten, um nach Arbeit zu fragen. So waren es am Ende fast fünfzig neue Angestellte, die für eine schnelle Abfertigung der Bestellungen in der neuen Fabrik sorgen sollten.

Der Winter hatte nur ein kurzes Intermezzo in Ostwestfalen gegeben. Nach einigen schneereichen Tagen wurden die Temperaturen wieder milder, so dass die Bauarbeiter ihre Arbeit in Gütersloh schnell wieder aufnehmen konnten, um den Neubau voranzutreiben. Der Architekt hatte die neue Halle so geplant, dass sich gleich an der Hinterseite ein Gleisanschluss befand, der den Transport der Maschinen zur Bahnstation per Fuhrwerk überflüssig machte. Auch der Bürgermeister der Stadt Gütersloh, Emil Mangelsdorf, hatte ihnen zugesichert, den Bau der werkeigenen Gasleitung so schnell wie möglich umsetzen zu lassen. Zwischenzeitlich lief die Serienproduktion der Modelle *Hera* und *Hera Professionell* an.

Der Umstand, dass eine der Fabrikarbeiterinnen kündigte, verwunderte die Männer. »Dürfen wir den Grund erfahren?«, fragte Rudolf verwundert, als Ida Brenneisen ein wenig kleinlaut im Büro auftauchte.

»Es hat nichts mit der Arbeit zu tun, jedenfalls nicht direkt«, antwortete sie kleinlaut.

»Das beruhigt mich«, erwiderte Rudolf erleichtert. »Sie haben gute Arbeit gemacht, waren stets fleißig und strebsam und sind uns nie negativ aufgefallen.«

»Vielen Dank für das Lob.« Das Mädchen errötete. »Wenn ich vielleicht einen Wunsch äußern dürfte?«

»Gern – reden Sie.«

»Ich brauche eine kleine Pause und würde gern zu einem späteren Zeitpunkt wieder in der Fabrik arbeiten.«

»Das wird sicherlich möglich sein«, versicherte Rudolf ihr ein wenig verwundert. Er fragte sich, wie die junge Frau ihren Lebensunterhalt bestreiten wollte, wenn sie keinen Lohn bezog, wagte sich aber nicht zu fragen.

»Sicher wundern Sie sich über meinen Wunsch«, sprach Ida Brenneisen seine Gedanken aus.

»Ich kann es nicht abstreiten.«

»Dann werde ich es Ihnen erklären … ich bin dankbar für das, was Sie mir hier ermöglicht haben. Sie haben mir eine Anstellung gegeben als einer der ersten Frauen in der Fabrik. Ich durfte viel lernen. Über das Leben und über die Arbeit. All das bedeutet mir sehr viel, und dafür danke ich Ihnen. Aber jetzt brauche ich ein paar Monate Zeit für mich, bevor ich mich wieder um die Arbeit kümmere.«

Bevor er weitere Fragen stellen konnte, machte die junge Frau auf dem Absatz ihrer Stiefel kehrt und stürmte aus dem Büro. Er wurde den Verdacht nicht los, dass sie ihre Tränen vor ihm zu verbergen versuchte.

Kapitel 43

Die nächsten Monate vergingen wie im Fluge. Da der Winter mild war, waren die Bauarbeiten an der neuen Fabrik in Gütersloh schnell vorangeschritten. Im Frühjahr, als die ersten Krokusse sich der Sonne entgegenstreckten, war der Umzug ins neue Werk geschafft.

In der Zwischenzeit war die Serienproduktion der Waschmaschinen angelaufen, und in der alten Kornmühle wurde Tag und Nacht gearbeitet, um die Aufträge der Kundschaft so schnell wie möglich abzuarbeiten. Zuletzt war der kleine Betrieb aus allen Nähten geplatzt, und alle hatten dem bevorstehenden Umzug entgegengefiebert. Entsprechend groß war die Freude, als die neue Fabrik in Betrieb genommen werden konnte. Zahlreiche geladene Gäste hatten es sich nicht nehmen lassen, den neuen Standort im Rahmen der Eröffnungsfeier zu besuchen. Sogar Lorenz Adlon hatte den weiten Weg aus Berlin in Kauf genommen. Der Hotelverband stand hinter ihm, bereit, weitere große Maschinen in Auftrag zu geben. Der Hotelier hatte Katharina eröffnet, dass der Bau des Hotel Adlon noch in diesem Jahr beginnen würde.

»Und dann, meine Werteste, werde ich meine Waschmaschinen bei Ihnen kaufen. Es werden Unmengen an Wäsche anfallen, die ich meinen Hauswirtschafterinnen kaum ohne die *Hera Professionell* zumuten könnte.« Er grinste verschmitzt, während Katharinas Herz einen Freudensprung vollführte.

»Was tuschelst du denn mit dem Hotelkönig herum?«, fragte Carl sie wenig später in einer ruhigen Minute.

Ihre Wangen röteten sich, denn Carl schien eifersüchtig zu sein. »Das erzähle ich dir später«, erwiderte sie und nippte an ihrem Wasserglas.

»Nein, jetzt gleich. Ich bin neugierig«, forderte Carl sie auf. Er nahm sie an der Hand und bugsierte Katharina durch die Gästeschar. Immer wieder wurden sie angesprochen, doch Carl wehrte sie höflich ab. Erst an der frischen Luft, als das Stimmengewirr der Gäste in der Fabrik nur leise an ihre Ohren drang, atmete er tief durch. »Und?«, fragte er. »Was hat es damit auf sich?«

»Lorenz Adlon hat mir verraten, dass er noch in diesem Jahr mit dem Bau seines neuen Hotels beginnen wird und noch mehr Waschmaschinen von uns beziehen möchte.« Katharina sah ihn mit einem geheimnisvollen Lächeln an. »Aber ich möchte dir noch was ganz anderes erzählen.« Sie standen unter dem Sternenzelt, die sanften Hügel des Teutoburger Waldes zeichneten sich in der blauen Stunde vom Schwarz des Himmels über Gütersloh ab. Vereinzelt schaffte es der Mond, die Wolken zu durchdringen. Die Nacht war kühl, und als Carl bemerkte, dass Katharina fröstelte, zog er seine Jacke aus, um sie ihr über die Schultern zu legen.

»Es hat etwas mit uns zu tun, nicht mit der Firma«, eröffnete Katharina ihm.

»Dann sag es«, forderte Carl sie auf. »Die letzten Monate waren aufregend. Wir haben die Fabrik in der alten Kornmühle, wir haben erstmals Frauen eingestellt, wir haben Tag und Nacht Maschinen gebaut, sind verreist, haben das Patent bekommen und fangen jetzt erst richtig an zu leben.« Er seufzte schwer. »Wenn dir das alles etwas zu viel wird, dann habe ich Verständnis, Katharina. Ich werde versuchen, weniger zu arbeiten, um mehr für dich da zu sein.«

»Das ist es nicht, Carl, denn ich liebe unser aufregendes und rastloses Leben.« Katharina schüttelte den Kopf. »Erinnerst du dich noch an den Abend, als wir von einer Villa hier in Gütersloh geträumt haben?«, fragte sie ihn. Dabei achtete sie auf jede Regung in seinem Gesicht.

»Natürlich.« Er runzelte die Stirn. »Aber ich bin froh, dass die Fabrik schnell fertiggeworden ist. Erst jetzt können wir uns um das Haus kümmern – das heißt, wenn du noch immer umziehen möchtest. Wir könnten natürlich auch in Herzebrock wohnen bleiben, wenn dir das lieber ist?«

»Nein.« Katharina musste lachen. »Wir werden bald unsere Villa brauchen.«

»Weil du dir unbedingt den Turm gewünscht hast?«

»Zumindest weiß ich jetzt, was wir darin unterbringen könnten.« Katharina spürte, wie ihr Herz klopfte.

»Und? Möchtest du im Turm ein Ankleidezimmer errichten?« Carl maß sie mit einem prüfenden Blick.

»Nein, absolut nicht.«

»Dann mach es nicht so spannend«, forderte Carl sie auf. »Ich platze gleich vor Neugier!«

»Gut, dann mache ich es kurz«, kam es Katharina über die Lippen. »Wir werden bald ein Kinderzimmer benötigen.«

»Wie bitte?« Carl machte große Augen. »Du beliebst zu scherzen.«

»Nein.« Lachend schüttelte Katharina den Kopf. »Damit scherzt man nicht. Wir werden Eltern, Carl!« Nun war es heraus. Das Geheimnis, das sie in den letzten Tagen mit sich herumgetragen hatte, war gelüftet. Seit ihrem Besuch bei Doktor Benthien in der vorigen Woche stand fest, dass Katharina schwanger war.

»Du … ich … wir werden …« Carl stammelte herum und war sichtlich gerührt. Im Mondlicht schimmerten seine Augen feucht vor Rührung. »Wir bekommen ein Kind?«

»Ja.« Katharina nickte. »Und ich freue mich auf unser erstes Kind, mein geliebter Carl.« Sie stellte sich auf die Zehenspitzen und hauchte ihm einen Kuss auf den Mund. »Schon bald sind wir zu dritt.«

Carl zog sie in den Arm und küsste sie voller Leidenschaft. »Ich liebe dich, Prinzessin«, keuchte er völlig aufgelöst. »Ich liebe dich über alles, Katharina Thiele. Und natürlich bekommst du dein Turmzimmer in der Villa am Stadtrand.« Bevor sie etwas erwidern konnte, zog er sie an sich, umarmte sie so fest, als würde er sie nie wieder loslassen wollen, und küsste sie. In diesem Augenblick fühlte sie sich wie im siebten Himmel und hoffte, dass der Zauber des Augenblicks niemals enden würde.